SILENTIUM

THE FORERUNNER SAGA

헤일로 | 사일렌티움

그렉 베어 지음 · 정호운 옮김

제우미디어

헤일로 | 사일렌티움

초판 1쇄 | 2014년 4월 8일
초판 2쇄 | 2016년 4월 1일

지은이 | 그렉 베어
옮긴이 | 정호운

펴낸이 | 서인석
펴낸곳 | 제우미디어
출판등록 | 제 3-429호
등록일자 | 1992년 8월 17일
주소 | 서울시 마포구 상수동 324-1 한주빌딩 5층
전화 | 02-3142-6845
팩스 | 02-3142-0075
홈페이지 | www.jeumedia.com

ISBN | 978-89-5952-307-8
       978-89-5952-284-2(SET)
※ 파본은 본사나 구입하신 서점에서 교환해 드립니다.

제우미디어 소설 공식 카페 | cafe.naver.com/jeunovels
제우미디어 페이스북 | www.facebook.com/jeumedia
제우미디어 공식 블로그 | http://blog.naver.com/jeumediablog

만든 사람들
출판사업부 총괄 손대현 | **책임 편집** 김혜리 | **기획** 전태준, 김용진, 홍지영, 신한길 | **디자인** 장상호
제작 김금남 | **영업** 김응현, 김영욱, 박임혜
도와주신 분 박수민

3부작을 쓰는 내내 영감을 주었던 아들 에릭에게 바칩니다.

감사의 말

헤일로 개발진과 343 제작진에 진심으로 감사드립니다. 그리고 가상의
세계관을 훌륭히 빚어낸 개발진과 제작진에게 축하의 말을 전합니다.

트리벨리언 해군 정보국 연구시설
극비

이 문서는 일련의 선조 데이터 39개를 음성과 문자로 변환한 것이다. 해당 기록은 모두 두 출처를 통해 추출됐다. 하나는 879번 선조 유해에서 발견된 외피('카탈로그')이며, 다른 하나는 손상된 모니터이다. 해당 모니터는 화석으로 변한 '법률사'와 연관된 개체이다. 법률사는 미지의 선조 계층으로서 법률과 관련된 업무를 수행했던 것으로 추측된다.

'카탈로그'의 외피에는 증언자료 수집에 고도로 특화된 것으로 보이는 선조가 봉인되어 있었다. 내부의 기형적인 육체는 대부분 부패해 사라진 상태였다.

전후 상황: 선조 제국의 종말이 목전에 닥친 시기, 플러드가 대대적인 공세를 가해오면서 건축사와 부활한 전사 종복 계층은 최후의 방어를 준비하는 가운데, 법률사 계층은 제국 전역의 모든 민간 및 관료 기록에 자유롭게 접속할 권한을 얻었다.

법률사 계층이 받은 명령은 바로 '별빛내기 관련문서('오리온 혼합성운 수도 행성의 함락', 해군 정보국 파일 CR–537–21)'와 조금이라도 연관성이 있는 제반 상황을 조사하는 것이었다. 뿐만 아니라 인류와 선조의 기원, 그리고 인류와 선조를 창조했다고 전해지는 선각자의 최후에 관한 민감한 사안을 조사하는 임무도 포함되었다.

일단 모니터 343 길티 스파크를 수거, 수리하여 취조했던 함선이 회수되면 이와 관련한 문제가 보다 상세히 밝혀질 것이 분명하다. 그때까지 일부 문제는 모호한 상태로 남을 수밖에 없다.

단편 기록은 시간 순으로 정리되어 있다. 일부는 정확한 시간대를 파악하는 것이 불가능하나, 모두 헤일로 배열에서 방출된 에너지가 은하계를 휩쓸기 직전, 선조 제국 말기에 작성되었다.

당 보고서의 전술 번역에는 인명과 장소, 함선, 그리고 개인과 관련된 음성 기록이 포함되어 있음을 밝힌다. 일부는 번역되어 동일한 의미의 현대 용어를 괄호 속에 병기했고, 나머지는 가독성을 고려해 구어체로 옮기는 방침을 따랐다.

해군 정보국에서는 다음 번역본 가운데 특히, 다이댁트 또는 라이브러리안에 관한 추론을 바탕으로 내려지는 지휘관 결정에 대해서는 책임지지 않는다.

— 해군 정보국 연구시설 조사대

1번 기록
상급 법률사

환영하오, 법률사여. 오늘 저녁에는 유난히도 도메인이 평온하구려. 아무래도 그 무자비한 바퀴들이 드디어 이동을 멈췄나 보오. 그럼 어디서부터 도와드리면 되겠소?

"감사합니다, 하루스피스님. 저는 신생 의회의 명을 받고 선각자 및 수호자의 의무를 위반할 소지가 있는 부분에 대해 조사하고자 여기까지 왔습니다."

굉장히 생소하나 그리 반갑잖은 요청이구려. 그것과 관련된 도메인 영역은 굳게 닫혔소이다. 더는 존재하지 않는 영역이 되었다오.

"최고 법률사께서 열라고 지시하셨습니다."

제아무리 높은 자리에 있는 자라 할지라도 그만한 권한은 없소이다.

"그럼 달리 누구한테 있다는 말씀이십니까?"

천만 년을 거슬러 올라간 시절의 일이오. 그때는 전사가 종복이 아니라 계층 최상위에 자리하고 있었소. 아마 당시의 전사 중에서도 위대하기로 손꼽히는 이들이라면 도메인을 설득해볼 여지가 있을지도 모르겠구려.

"이렇게 나오신다면 하루스피스님을 경질시키고 도메인에 직접 접속하라는 명령도 받고 왔습니다."

적법절차를 밟으셨나 보구려. 하지만 그렇다고 해서 그대가 하려는 일이 숭고하고 현명한 행동이 되지는 않는다오.

"지금 우리 선조는 그런 미덕에 연연할 형편이 아닙니다. 플러드 및 최고 건축사, 구(舊) 의회, 그리고 다이댁트에 관해 카탈로그가 수집한 증언의 사실 여부를 판단하려면 반드시 증거가 있어야 합니다. 분명히 그런 사례와 관련된 기타 자료를 저장해놓으셨을 테지요?"

그러려 했으나 도메인이 거절했소이다.

"어떻게 그런 일이 가능하단 말입니까? 도메인은 선조와 관련된 모든 것이 기록된 영혼과도 같은 존재입니다. 그런데 아직 존재하지도 않는 역사를 미리 판단하고 수정한단 말씀이십니까?"

수도 행성이 함락된 뒤로 도메인과 연결이 끊어지는 경우가 잦구려. 게다가 접속이 가능하고 연결이 혼잡하지 않을 때조차 저장하거나 불러오는 일이 매끄럽지 않은 경우가 가끔 있다오.

"개인과 앤실라들은 도메인 접속에 어려움을 겪고 있다고 합니다. 하루스피스님마저 그렇다는 말씀이십니까?"

짐작건대 앞으로 벌어질 일대 사건의 영향이 아닐까 하오. 그대의 눈에도 보이시오? 그래서 그럴싸한 구실을 마련하고자, 아니면 어떻게든 대비하기 위해 증거를 요청하는 것 아니오?

"그런 사항은 제 직권을 넘어서는 일입니다."

나를 경질하러 왔다고 했으니 어서 그리 하시구려. 그동안 도메인과 기나긴 시간을 보냈으니 부지불식간에 그 일부가 될 것이오. 이야말로 하루스피스가 된 자로서 더할 나위 없는 최후가 아니겠소?

"되도록이면 하루스피스님의 경험을 십분 활용하고 싶습니다. 이리 간곡히 부탁드립니다!"

그렇게 망설이다가는 애써 내린 결단마저 무뎌질 것이오. 가만…… 잠시만 기다려보시오.

"무슨 일이 있습니까?"

도메인이 직접 요청하고 있소이다. 그대에게 직접 증언하길 원하는구려.

"도메인은 계층 위계에 속하는 존재가 아닙니다. 살아 있는 인격체도, 의식이 있는 존재도 아니잖습니까!"

참 답답하시구려. 이제 이 몸은 물러서겠소. 기록하는 중이시오?

"예. 이런 일은 유례가 없습니다만, 어쨌든 기록 중입니다."

이제 통로가 모두 열렸소이다. 일부러 그러는가 싶을 정도로 신호가 강하구려. 이런 일은 나도 처음이라오.

"기록 중…… 지나치게 빠릅니다! 너무나 강하군요! 전부 받아들일 수가 없을 지경입니다."

법률사 그대가 바라던 일 아니오? 이제 도메인이 완전히 모습을 드러냈소이다. 하지만 그리 반가운 눈치는 아닌 모양이구려.

2번 기록
카탈로그

수많은 함선이 정오의 하늘을 뒤덮고 있다. 머나먼 지평선을 따라 번개가 번쩍인다. 나는 지금 세 명의 생명가공사와 함께 메마른 풀이 끝없이 펼쳐진, 드넓은 평원이 내려다보이는 바위곶 가장자리에 서 있다.

생명가공사들은 이 행성에서 얼마 남지 않은 생명체를 선별하고 수집하는 임무를 맡고 있다. 우리의 생명이 현세의 종말과 함께 끝나는 날, 헤일로가 불러일으킬 신성모독을 용서받을 수 있길 빌면서. 이곳은 에르데 티레네라는 행성이다. 크고 작은 함선들이 인류의 발상지로 추정되는 이곳 행성의 대륙을 가로지르며 날아다니고 있다.

나는 카탈로그. 목격한 바를 빠짐없이 기록하는 것이 나의 소임이다. 내 몸은 현재 맡고 있는 사건과 관련된 증거 및 증언으로 가득하다. 다른 행성에서 진행된 조사 기록에 접속함으로써 나는 수많은 역사를 학습한다. 플러드 전쟁으로 말미암아 붕괴된 가족과 가문, 동반자들, 무너진 도시, 감염을 막기 위해 주민들을 퇴거시킨 도시까지. 어마어마한 공포와 증오가 속에서 걷잡을 수 없는 불길처럼 타오른다. 이러한 참극이 도메인 속으로 울려 퍼지면 자연히 법률사들의 관심이 쏠리기 마련이고, 곧 카탈로그가 파견된다.

나는 수많은 개체 중 하나이자, 우리 모든 개체는 하나이다.

이론상으로는 그렇다.

카탈로그를 파견하라는 지시가 떨어지면 누구도 거부할 수 없다. 카탈로그는 발생 가능성이 있는 범죄를 미연에 조사하여 어떤 정보를 법률사에게 전달할지 결정한다. 수호자의 의무를 위반했다는 죄목으로 기소되기를 바라는 이는 아무도 없을 것이다. 하지만 그 죄목은 지금 내가 증언과 증거를 모으고 있는 현장에서 발생할지 모르는 여러 잠재 범죄 중 하나에 불과하다.

내 옆의 세 생명가공사는 초기 조사를 끝마치고 신호기를 가동해 라이브러리안의 게이아스가 각인된 인간들이 모두 하던 일을 멈추고 한곳으로 모이도록 지시했다. 벌써 며칠째 대피가 진행되는 중이다. 눈앞의 평원에서는 끔찍한 소음이 끊이지 않았다. 함선들이 착륙하고 생명가공사들이 밖으로 나와 수집을 시작하자 겁에 질린 인간들과 다른 동물들이 숨을 곳을 찾으며 내지르는 소리다.

에르데 티레네 곳곳의 대초원과 산지에서, 섬과 섬 사이에서, 심지어는 북반구의 두터운 빙하에서까지, 겁에 질린 인간들이 정든 사냥터와 논밭, 촌락을 떠나고 있다. 소집령 앞에 짐승들은 선택의 여지가 없다. 생명가공사들의 은혜에 힘입어 상당수가 보존될 것이나, 대다수는 구원받지 못한다.

들리는 말에 라이브러리안은 인간을 편애한다고 한다. 하지만 카탈로그인 나로서는 그분이 우리 은하 영역 내의 삼백만 행성에서 발견된 123개 종족을 연구하고 또 애지중지했던 전례가 있음을 익히 알고 있다. 그 모두가 문명을 이룩할 만한 저력을 갖춘 생명체들이다. 그분이 이중에서 얼마나 많은 종을 살리고자 하시는지 예측하거나 판단하는 일은 내 소관이 아니다.

생명가공사들은 수도 행성의 폐허 깊숙한 곳에서 발견된 생존자들로 재구성한 신생 의회의 명을 받들겠노라 맹세했다. 구 의회 의원 대부분이 멘디컨트 바이어스라는 메타아크급 앤실라가 헤일로의 살상력을 방출함과 동시에 목숨을 잃었는데, 이는 최고 건축사의 사주에 따른 행동일 가능성이 있다.

이점 역시 법률사들이 검사하고 결정해야 하는 사안 중 하나이다. 하지만 내가 이곳에 온 이유는 그것 때문이 아니다.

생명가공사 셋은 말없이 엄숙한 태도로 내 옆에 서 있었다. 그들은 각자 착용한 백색 전투복을 통해 에르데 티레네 주위의 정보를 전달받는다. 나도 새로운 사건이 발생하리라 예상하고 제국 전역에 투입된 법률사 탐사정을 통해 비슷한 데이터를 수신한다. 하지만 지금 접속 가능한 곳은 국지 통신망뿐이다.

여러 척의 거대한 함선에서 발진한 수천 정의 소형 함선이 천둥소리로 가득한 평원을 가로지르며 모기떼처럼 흩어졌다. 먼발치에서 들려오는 엔진 소리는 마치 벌레가 귓전에서 윙윙거리는 소리 같았다.

소형 함선들은 오염된 비가 내리듯 누런 흔적을 남기며 이동했다. 헤일로 가동으로 목숨을 잃게 될 동물들을 순식간에 분자 단위로 분해하는 용매를 분사하는 작업이었다. 이로써 향후 생태계가 백지상태로 돌아가는 사태는 방지하겠지만, 어떻게 보면 오늘날 저지른 엄청난 죄를 후대에 감추기 위한 방편이기도 했다.

조사해볼 기회가 된다면 정말로 흥미진진할 텐데.

현재 생명가공사들에게 주어진 시간과 장비로 보존 가능한 에르데 티레네의 대형 생물종은 극소수에 불과하다. 대규모 멸종이 뒤따르면 이윽고 행성 전체가 침묵에 잠길 것이다. 그것 하나만 본다면 수호자의 의무에 대한 죄가 성립되기는 힘들지 모른다. 고의로 행성 전체에 걸친 멸종을 조장했다면 혐의가 성립되겠지만, 이번 일은 그 범주에 들지 않는다.

헤일로를 가동한 이후라면 모를까.

선임 생명가공사이자 성숙한 3형체인 '면역의 운반자'가 우리 뒤편, 멀지 않은 바위곶에 착륙한 탐색용 수송기에서 신호를 받았다.

"생명세공사께서 행성계에 진입하셨다는군."

"직접 뵙게 될까요?"

젊은 1형체 '탄생의 축하자'가 들뜬 목소리로 물었다. 생명가공사는 수없이 많지만 생명세공사는 오로지 한 명뿐이다.

"아직 일러. 마론틱 거주지에 사는 인간들을 마저 대피시켜야 하잖아."

'면역의 운반자'는 그렇게 말하며 덧붙였다.

"하지만 새 지시가 내려왔어. 카탈로그를 에르데 티레네에서 철수시켜야 한다는군. 내가 직접 생명세공사님이 타고 계신 함선으로 데려가지."

"라이브러리안께서 제 조사 업무에 간섭하시려는 걸까요?"

문득 경계심이 들어 물었다. 죄가 시시각각 늘기만 하는구나!

"저는 당신을 함선으로 데려오라는 지시만 받았습니다. 따라오시죠."

운반자는 수송기를 향해 걸어갔다. 일단 나머지 일행은 대피 과정이 훤히 내려다보이는 벼랑 끝 바위에 남겨둔 채 순순히 따라갈 수밖에 없었다.

우리는 수송기에 올라 금세 저궤도로 이탈했다. 나는 외부 감지기를 거두어들이고 통신망과 주파수대를 모두 차단했다. '면역의 운반자'라는 이 생명가공사와 현재 사안을 놓고 논의할 이유는 없다. 이자는 권한이 작으므로 과실이 있을 가능성도 그만큼 낮다.

수송기가 라이브러리안의 함선에 도킹하자 나는 승객용 갑판 위로 내렸다. 운반자는 나를 내려준 직후 다시 수송기를 발진시켰는데, 다시 에르데 티레네로 돌아가 업무를 계속한다는 생각에 분명 안도했을 것이다. 나는 혼자였다. 갑판은 넓고 횅하고 어두웠다. 법률사 계층이 거머쥔 권한에도 불구하고 불안한 마음이 앞섰다.

현재 조사 중인 용의자들은 하나같이 거물이다. 라이브러리안, 아이소 다이댁트, 그리고 최고 건축사까지. 그 가운데 혐의로 인해 자리에서 물러난 인물은 아무도 없었다. 라이브러리안은 맡은바 임무가 막중하므로 퇴직 처분을 면제한다는 허가도 받았다.

아이소(Iso) 다이댁트는 원본인 우어(Ur) 다이댁트[1]를 그대로 빼닮은 복제본으로, 원본의 각인을 받기 전에는 '영원불멸을 창조하는 별빛내기'라는 매니퓰러였다. 그는 현재 선조 제국 방어의 전권을 위임받고 생명가공사 활동의 안전을 책임지고 있다. 라이브러리안은 그 복제본을 여전히 자신의 남편으로 여기고 있고, 그도 라이브러리안을 부인이라 부른다.

몇 분쯤 지나자 어둠 속에서 뭔가 울리는 소리가 들렸다. 곧 출입구가 열리고 타오르는 금빛 햇살이 쏟아지면서 두 인물이 들어섰다. 하나는 험상궂고 우락부락한 반면 다른 하나는 작고 늘씬했다.

아이소 다이댁트의 체구는 라이브러리안에 비해 훨씬 거대했다. 옛 전사 종복 계층 중 가장 명예로운 계급으로 통하는 프로메테안의 일원인 다이댁트이다. 강인한 근육질 체격과 넓은 어깨, 굵직한 팔다리에 손은 솥뚜껑만 했다. 넓은 얼굴과 쏘아보는 듯한 눈동자, 납작한 코는 누가 봐도 선조의 얼굴이지만, 동시에 야만적인 풍모도 느껴졌다. 그리고 원래는 다이댁트의 각인을 받은 매니퓰러였음을 나타내는 희미한 흔적도 남아 있었다. 고형광선 재질의 전투복 내피 겉면을 따라 푸르스름한 빛이 감돌았다. 전투복의 색을 보면 그가 어떤 기분인지 금방 짐작할 수 있는데, 지금은 불쾌한 기분 탓에 어두웠다.

---

1) '아이소(Iso)'는 '등위, 동격'을 뜻하는 라틴어 접두사이고, '우어(Ur)'는 '원조, 원형'을 뜻하는 독일어 접두사이다.

"법률사들의 일에 간섭하는 것은 옳지 않소."

다이댁트가 불만 섞인 목소리로 말했다.

"간섭이 아녜요."

라이브러리안이 앞으로 나서며 지지 않고 응수했다. 그녀는 프로메테안
인 다이댁트에 비해 체구가 작고 섬세했으며, 커다란 두 눈으로 만물을 꿰
뚫어 보는 듯했다. 라이브러리안은 푸른색 생명가공사 전투복을 입고 있
었는데, 팔과 상체를 따라 이어진 좁은 홈과 삽입구에 진정제, 스캐너, 샘
플 용기, 피하주사기, 조직 검사용 내시경, 그리고 업무와 관련한 기타 도
구가 갖춰져 있었다.

"당신 호위대에서도 무슨 꿍꿍이인지 말해주지 않았잖소."

아이소 다이댁트가 말했다. 법적으로 원본 다이댁트의 과실을 조사하는
것도 흥미로운 일일 듯하다.

"그쪽은 명령에 따를 뿐이에요. 제 의도까지 파악하고 있을 리는 없죠."

라이브러리안은 내게 고개를 돌렸다. 생명세공사는 생명가공사들 사이
에서 그녀를 칭하는 직함으로, 경외와 존경의 마음을 담고 있다. 그녀의
늘씬한 몸매와 수심 가득한 얼굴, 크고 검은 눈을 보고 있으니, 내가 외피
를 취하기 이전에나 느꼈을 법한 감정이 되살아나는 듯했다. 한때는 계층
을 불문하고 아름다움을 꿰뚫어 보는 심미안을 지니고 있었는데. 하지만
라이브러리안이 간직한 아름다움이란 생기발랄한 젊음이나 완벽한 육체
에서 느껴지는 그런 것이 아니었다.

사실 흠잡을 데가 많은 외모다. 살짝 처진 한쪽 눈, 비스듬한 아랫입술,
지나치게 새하얀 치아 등등. 자신이 수집 중에 있는 인간들의 신체적 특징
에 맞춰 일부러 외모를 살짝 손본 듯했다. 그런 라이브러리안의 모습이 아
이소 다이댁트의 눈에 여전히 아름답게 비춰질지 궁금할 따름이다.

"다 제 탓이에요."

라이브러리안은 그렇게 말하며 깃털처럼 가벼운 발걸음으로 내 주위를 맴돈다. 마치 나를 관찰하는 동시에 달래는 듯한 눈빛이었다.

순간 카탈로그가 된 나의 운명에 서글퍼졌다. 라이브러리안이든 아이소 다이댁트이든 굳이 내게 호감을 표하거나 점잖게 대해줄 이유는 없었다. 최근의 역사는 그 둘에게 그리 우호적이지 않았고, 이는 법률사 계층도 마찬가지였다.

나는 외피를 돌리며 라이브러리안의 움직임을 좇았다.

"현재 임무 수행에 차질이 빚어지고 있습니다. 저는 의회의 명령을 받고 이곳에 파견됐으며 조사 허가도 이미 받아뒀습니다."

그제야 아이소 다이댁트가 헬멧에 가려진 턱에 손을 대고서 마치 적수를 살펴보듯 내 주위를 천천히 맴돌았다.

"건축사들이 네게 외피를 입혔을 테지. 네 동료들은 과거 반역죄를 저지른 전과가 있을 테고."

"반역죄라는 말씀은 부당합니다."

나는 상황을 살피며 조심스레 말을 꺼냈다.

"건축사들이 네게서 진실을 감추고자 무슨 짓을 했는지 생각하면, 너조차도 모르는 비밀을 감추고 있을 것이다. 그런 전례가 없는 것도 아니니."

세기에 걸친 최고 건축사의 폭정 아래 자행된 범죄에 대해서는 나로서도 도저히 변호할 여지가 없었다.

"당시는 불행한 시기였습니다. 폭정의 시대는 제가 외피를 취하기 이전에 막을 내렸고, 부정부패에 영합했던 이들은 처벌을 면치 못했습니다."

"그렇다 한들……."

아이소 다이댁트가 중얼거렸다. 라이브러리안은 남편을 향해 가볍게 나무라는 눈빛을 던졌지만, 한편으로는 존경심도 담겨 있었다. 혹시 둘이 작당해 조사를 중단시키고 나를 격리시키기라도 할 셈인가? 그럴 확률이 의

외로 높다고 내 앤실라가 귀띔해주었다.

"저는 현재 원격지와 연결이 끊어진 상태입니다. 외부의 간섭 없이 증거를 수집하도록 해주십시오."

"간섭할 생각은 없어요. 다이댁트, 당신은요?"

라이브러리안이 물었다. 그러자 아이소 다이댁트는 내 외피에 손을 얹었다.

"흠, 건축사가 남몰래 간섭하고 있지는 않군. 접속 권한을 모두 허용하마."

조회 요청을 전송하자 함선의 앤실라가 협조에 나섰다. 원격지에서 새로운 데이터가 전송되어 계속되는 기록 작업 사이에 생긴 공백을 메워주었다. 하지만 법률사 대형 통신망과 교신하는 데는 여전히 어려움이 남았다.

아이소 다이댁트는 계속 내 외피에 손을 얹고 있다. 무슨 의도인지 확실하지 않다.

"법률사들은 아직도 수도 행성에 남은 파괴 현장을 조사하는 중이지. 알다시피 나도 현장에 있었다. 무슨 일이 일어났는지 물어봐도 좋다."

이는 전혀 몰랐던 사실이다. 당시 그는 아이소 다이댁트로서 현장에 있었던 것일까, 아니면 매니퓰러로서 현장에 있었던 것일까? 내가 묵묵부답이자 그는 말을 이었다.

"카탈로그는 새로 발생한 범죄와 진행 중인 범죄에 대해서도 반드시 법률사와 신생 의회에 보고해야 한다고 들었다. 맞느냐?"

"그것이 제 소임입니다."

"생명가공사들이 행성계 내부의 생명체를 보존하는 동안 우리 둘의 증언을 미리 받아두는 편이 효율적이지 않겠느냐? 이곳에 범죄란 없느니라. 오직 자비와 연민만이 존재할 뿐."

내가 이 두 인물을 직접 대면하리라고는 예상치도 못했거니와, 이렇게 증언을 기록하게 될 줄은 상상도 못했다. 조사 범위를 확장해 달라고 요청할 수도 있지만 교신이 불안정한 현재로서는 응답이 지연될 것이 뻔하다.

"제게 주어진 권한은 얼마 되지 않습니다. 우선 허가부터 받아야 합니다."

이리도 부끄러울 수가.

아이소 다이댁트와 그의 아내는 서로 손을 잡고 소리 없는 대화에 들어갔다. 대화가 끝나자 다이댁트는 내게 고개를 돌렸다.

"행동거지로 짐작건대 원래는 전사 종복이었나 보구나. 어찌하여 네가 속한 계층을 져버리고 이 길을 택하였느냐?"

저자가 그런 말을 입에 올리니 이리도 어색할 수가! 나 역시 한때 다이댁트만큼이나 체격이 크고 힘이 강했던 시절이 있었다. 무슨 사연으로 내가 그 힘을 버리게 되었던가? 외피를 취하기 이전에 저질렀던 과오 때문이다. 전사 종복의 신조에 어긋나는 짓을 저질렀던 것이다. 스승이 내린 직속 명령을 어긴 죄, 그리고 분노를 주체하지 못하고 오판을 내린 죄로.

카탈로그의 힘은 바로 자신이 저지른 죗값을 깨닫는 데서 나온다.

"너무 몰아세우지 마세요, 여보."

라이브러리안이 보다 못해 그를 타일렀다.

아이소 다이댁트는 솥뚜껑 같은 손을 들어 올리며 반쯤 돌아섰다. 그 몸짓이 무엇을 의미하는지는 익히 안다. 이는 명령을 받아들였음을 나타내는 몸짓이다. 그는 두툼한 손가락을 꽉 그러쥐다 말고 이내 힘을 풀었다. 증언을 하겠다는 둘의 제안은 없던 일이 됐을지도 모른다. 하지만 증언을 통해 하려던 말은 현재 우리가 검토하고 있는 수많은 사안과 밀접한 관련이 있을지도 모를 일.

"현재 저는 법률사 통신망과 연결되지 않은 상태입니다. 통신이 재개되기까지는 다이댁트 님의 증언을 듣겠습니다."

"현명한 선택이로군."

그 순간 경보음이 갑작스레 터져 나오는 바람에 대화가 끊어졌다. 생명 가공사들과 전사 종복들이 라이브러리안과 아이소 다이댁트를 에워싸며 경호했다. 바닥에서 중력이 사라지자 우리 모두 허공으로 떠올랐다. 격벽을 따라 장막 가동기가 빛을 발하며 행성 간 궤도로 이동하려는 듯 전투복과 외피에 걸쳐 연계조정에 들어갔다. 비상 점프에 들어가는 것이다. 선조 소함대를 나타낸 희미한 형상이 다이댁트의 주위를 빠르게 맴돌았다.

일순 나의 존재는 관심 밖으로 사라졌다.

"위험한 상황이오."

다이댁트의 목소리에 노기가 어렸다.

"플러드 감염선이 방어선을 돌파하고 산개했소. 에르데 티레네 보존 작업은 여기서 마무리를 지어야겠소. 몇 시간이면 플러드가 태양계까지 들이닥칠 것이오. 부인, 당신처럼 중요한 인물을 위험에 빠뜨릴 수는 없소."

"하지만 아직 구하지 못한 종들이 많아요!"

라이브러리안이 목소리를 높였다.

"이만하면 족하지 않소?"

다시 둘 사이의 말없는 대화가 오갔다. 남편과 아내가 다시금 이별을 앞두고 있다. 라이브러리안의 얼굴에는 깊은 슬픔이 어렸다. 그녀의 더없이 아름다운 모습에 나의 객관성이 또다시 흔들렸다.

아이소 다이댁트가 자신은 행성계 내부에서 완전무장을 갖춘 유일한 드레드노트에 탑승할 것이라 지시를 내렸다. 방어 작전을 수행하고 생명가 공사들이 탑승한 함선들의 안전을 보장한 후, 그는 제국의 심장부로 돌아갈 예정이다. 공세에 나서기에는 병력이 턱없이 부족하다.

"자네는 라이브러리안과 동행하도록."

현직 전사 종복과 전직 전사 종복—그가 이토록 급성장시킨—계층에 속한 우리 둘 사이로 부탁과 지시가 오갔다.

'라이브러리안을 반드시 지켜다오.'

이상하게도 나는 기꺼이 그 뜻을 받들고 싶었다.

"영광입니다."

◦──────◦

다이댁트와 라이브러리안은 마지막 순간을 함교 한쪽 조용한 곳에서 보냈다. 바깥으로 펼쳐진 에르데 티레네의 모습은 긴박한 상황과 거리가 멀었다. 갈색과 푸른색이 어우러진 가운데 북반구에는 거대한 얼음판이 덮여 있고 그 위로는 하얀 구름이 떠다닌다. 겉보기에는 평온하기 그지없었다. 생명가공사 수집선단이 마지막 생물 표본을 싣고 철수하는 중이다.

라이브러리안이 내게 따라오라고 손짓했다.

"수집한 생명들을 지키기 위해 우리가 할 수 있는 한 온 힘을 다할 겁니다. 대형 아크로 가서 안전하게 보관할 수 있다면 좋으련만……."

통로 저편에서 아이소 다이댁트가 다른 전사들과 상의하고 있었다. 그들이 입은 전투복은 짙고 견고한 빛을 발했다. 출입구가 열리자 모두 드레드노트에 승선했고, 곧이어 두 함선이 서로 분리되었다.

나와 라이브러리안은 수집실 아래로 깊숙이 내려가 각종 동물 보관 구획으로 가득한 층을 거치고 또 거쳤다. 층마다 구비된 보관 구획은 너비가 수백 미터에, 하늘과 바다, 땅 등 이곳에 실려 온 동물들이 보다 친숙하게 느낄 만한 환경이 조성되어 있었다. 우리는 함선의 중심부에 있는 응축 및 보관실까지 내려왔다.

"남편은 플러드 방어책에 관해서 그간 논쟁이 끊이지 않았던 견해를 오랫동안 고수해왔답니다."

그렇게 말하는 라이브러리안의 눈빛은 담담했지만, 그 속에서는 뼈아픈 상실감이 묻어났다.

"벌써 짐작했겠지만, 그이는 법률사 측에서 진행하는 최고 건축사에 대한 조사를 불신하고 있어요."

"저도 그런 인상을 받았습니다."

"다이댁트는 고지식한 사람이에요. 그이는 당신이 나를 있는 힘껏 지켜주기를 바라겠죠. 당신이 더 이상 전사 종복이 아닌데도 말예요."

그 말에 왠지 모르게 가슴이 아렸다.

우리는 신축성 이동관을 타고 무중력 상태의 미로를 통과했는데, 그곳은 수백 기에 달하는 모니터들이 점검 중인 보관용 실린더로 빼곡했다. 이곳은 방문객을 맞이할 만한 장소가 아니었다. 잠시 무중력 속에서 맴돌던 우리를 보호장이 아래편 플랫폼으로 끌어내려 정중하게 산소를 공급해주었다.

"그분은 조사를 시작하려거든 몇 세기 전부터 시작했어야 한다고 보시는군요. 맞습니까?"

나는 세세한 정보를 분석하며 질문했다.

"법률사들이 신속하게 대처했더라면 그이는 귀양을 떠나지 않았을지도 몰라요. 근래에 있었던 플러드의 습격 역시 막아냈을 테고요. 그랬으면 작금의 사태를 처음부터 피해갈 수도 있었겠죠."

라이브러리안은 넓은 실내를 손으로 훑었다.

"우리가 보존한 대형 생물종은 극히 일부에 지나지 않아요."

"한낱 짐승들이지요."

나는 무심코 말했다가 그녀의 한쪽 눈썹이 날카롭게 올라가는 모습에 얼른 덧붙였다.

"에르데 티레네의 짐승들, 그리고 인간들 말씀이시군요. 다 생명세공사님의 은혜를 입어 목숨을 건진 셈입니다. 구해낸 인간의 수가 적어 아이소 다이댁트께서 실망하실까요?"

"법률사들은 보수적인 시각을 견지한다고 들었어요. 당신도 그런가요?"

"외피를 취하기 이전, 저는 전사 종복의 몸가짐을 숙지했습니다. 하지만 인간을 상대로 싸워본 적은 없습니다. 법률사로 말할 것 같으면, 이들의 보수성은 도메인에 접속한 오랜 경험에서 나옵니다. 우주만물은 본디 매우 보수적인 편이지요. 생명세공사님께서도 그렇게 생각하지 않으십니까?"

"그런 우주만물에서 생명이 탄생했고, 생명이란 늘 끊임없이 변화하는 법이죠. 나는 지금까지 생명이 탄생하고 때로는 몰라보게 변해가는 과정을 수도 없이 지켜봤어요. 하지만 그러한 과정이 경이로운 일이라 한들, 지금은 다른 사안에 관해 증언하려고 이 자리에 있는 거예요. 아직까지 카탈로그 전체가 소홀히 하는 사안에 관해서 말이죠."

카탈로그의 수는 많지만 하나로 통합된 존재가 아니라는 암시를 은연중에 흘린 것은 굳이 들추지 않고 넘어갈 만한 실례이다. 우리가 외피를 취하는 과정에서 수반되는 서약과 훈련, 혹은 이로써 거듭나는 일심전력의 마음가짐을 진정으로 이해하는 이는 드무니까.

"여기서 여쭙고자 하는 사안은 부군의 방어책에 관한 것이 아닙니다. 좌우간 지금은 아닙니다. 이미 최고 건축사에 대한 증언은 충분히 수집했습니다."

최고 건축사가 여전히 생존해 플러드 방어책에 관여하고 있다는 사실에 관해서는 함구령을 받았다. 이는 내가 관여할 일이 아니다.

"우리 부부는 천 년 동안 서로 떨어져 있었어요. 그동안 수많은 일들이 벌어졌죠. 지금 다이댁트는 온전히 활동하는 중이지만, 활성화된 기억은 불과……."

라이브러리안은 말을 끝맺기가 몹시 힘든 듯했다.

"원본의 반도 채 되지 않아요."

"그렇군요."

나는 우어 다이댁트가 제국으로 생환했다는 사실 역시 전하지 말라는 지시를 받았다. 왜 알아서는 안 되는 것일까?

"시간이 지나면서 바뀔지도 모르지요. 각인된 기억이 아직도 깨어나고 있으니까요. 하지만 그이는 아직 심란한 사실까지는 모르고 있어요."

"그런 사실을 알고 계셨는데도 여태껏 증거 수집을 위해 소환되지 않으셨다는 점이 이상하군요."

"왜 없었겠어요. 법률사들이 최고 건축사의 한낱 도구로 쓰이던 무렵에 불려간 적이 있었어요. 그때는 증거 제출 요청을 거부했죠. 하지만 당신은 때 묻지 않았군요. 아닌가요?"

서로 다른 감정이 뒤섞인 그녀의 눈이 빛났다. 호기심, 그리고 설마 장난기인가? 수심이 가득하던 눈빛에 생기가 감돌자 나도 덩달아 힘이 났다. 그녀의 휘하에서 업무를 도맡는 이들에게 라이브러리안이 어떤 모습으로 비춰지는지 조금씩 이해되기 시작했다.

"라이브러리안 님의 판단이 정확하다면 말입니다."

나는 이런 대답밖에 하지 못했다.

"좋아요. 지금 증언할 내용은 살았는지 죽었는지도 모를 최고 건축사도, 혹은 신생 의회에 반대하는 우리 남편한테도 전혀 쓸모없는 그런 내용이에요."

우리는 생명체들이 즉석에서 환원되는 가혹한 광경을 피해 근처 다른 곳으로 자리를 옮겼다. 폐쇄장에 보관되는 개체는 다치지 않은 소수이다. 나머지는 모두 환원된다.

"정치적 간섭으로부터도 안전할 겁니다."

라이브러리안은 내 말을 곱씹는 듯했다.

"다이댁트는 수호자의 의무를 지키겠노라 맹세했어요. 그건 사실 생명 가공사의 주된 소임이지요."

"수호자의 의무에 따른 가르침을 준수하는 것은 저희 소임이기도 합니다. 선조의 모든 법률은 수호자의 의무와 함께 찬란히 빛을 발하니까요."

벽면이 움직이며 즉석에서 옷걸이를 만들어냈다. 라이브러리안이 입은 전투복이 상체에서 제거되었다. 그녀는 유연한 팔을 뻗으며 손가락을 풀었다. 사뭇 지친 기색이었는데 이는 오랫동안 마음속으로만 품고 털어놓지 못했던 사연 때문이지, 근래의 격무 때문은 아니었다. 카탈로그는 이와 같은 사례를 이전에도 접한 바 있으며, 그런 짐을 덜어주기도 한다.

증인이 되는 것이야말로 나의 맡은바 소임이니까.

"천 년 전, 나는 그이와 껄끄러운 상황 속에서 작별을 고할 수밖에 없었어요. 이제는 이렇게 화합할 기회가 있으니 참으로 다행이지요. 하지만 삶이란 것이 그렇듯, 뜻밖의 일은 함께 찾아오기 마련이죠. 그이가 어린 매니퓰러에게 각인을 심어서 내게 되돌아온 순간, 지난 만 년간 감추었던 기억이 되살아나 그이를 괴롭히기 시작했어요."

그렇게 말하는 라이브러리안의 안색은 다소 창백했다.

"선조는 수호자의 의무를 마땅한 책임이라 여기죠. 그럼에도 우리의 생존이나 자존심, 혹은 오만을 앞세우고 의무를 등한시하는 경우가 비일비재했어요. 악에 받친 분노 앞에서 수치심은 안중에도 없었던 거예요. 한때 창조주에 맞서 궐기한 역사까지 있으니까요."

금시초문이다. 옛 우화인가?

판단은 내 몫이 아니다. 나는 오로지 기록할 뿐.

내가 처음부터 생명세공사였던 것은 아녜요. 생명세공사라는 직함을 얻은 건 만 년 전, 챠룸 하코르에서 인류 패잔병들 사이를 다이댁트와 함께 거닐기 직전이었죠. 그때가 바로 하나의 시발점이었답니다.

남편은 안쓰러운 몰골로 드러누운 인간들 앞에서 승자의 위용을 드러냈지만, 나는 스러져간 친구와 동료 그리고 가족들 앞에서 구슬피 흐느끼는 기분일 뿐이었죠. 하지만 오로지 그들을 위해서만 속으로 흐느꼈던 것은 아녜요. 수호자의 의무에 따른 가르침에서처럼, 다치고 전사한 가여운 인간들은 나의 자식이나 마찬가지니까요.

예로부터 선조는 우리가 만물을 수호해야 한다는 의무를 받들어 지켜왔죠. 비록 지키고자 하는 생명이 우리를 물고 할퀴고, 죽이려 들어도 말예요. 하지만 아예 선조를 멸망시킬 기세로 덤비는 때에도 그래야 할까요? 인류는 엄청난 강적이었어요. 또 도를 넘어설 정도로 잔혹하고 오만한 모습을 숱하게 보였고요.

선조는 인류 군대를 격퇴하는 과정에서 인류가 문명과 종족을 깨끗이 말살했거나, 아니면 자기네 구미에 맞게 복속시킨 행성계를 거듭 맞닥뜨렸죠. 향락에 취해 살아가던 아름다운 종족인 산 시윰한테 우리가 그랬던 것처럼요.

챠룸 하코르에서 마지막 승리를 거두었지만, 마치 저주받은 보물 상자를 연 것처럼 패배한 인류를 거쳐 돌아온 것은 정체불명의 전리품과 불가해한 수수께끼뿐이었어요. 어쩌면 우리 대오를 깨뜨리고 사기를 저하시켜 굳은 신념까지 무너뜨릴 속셈으로 일부러 진 것은 아닐까 하는 생각마저 들 정도였답니다.

그중에서도 가장 난해한 전리품은 바로 거대한 챠룸 요새 한복판에 보관되어 있던 시간 빗장이었죠. 빗장 안에는 인간이 보존해둔 것인지 가두어둔 것인지 아니면 둘 다였을지 모를, 은하계 변방의 성단 너머에서 발견된 고대의 존재가 들어 있었고요. 인류는 놈을 시간을 초월한 존재라고 불렀죠.

다이댁트는 그 고대의 존재를 프라이모디얼이라 이름 붙였죠.

그이는 인간의 앤실라에 해당하는 손상된 기계지능을 통해 결국 시간 빗장의 작동 구조를 알아냈어요. 빗장을 풀지도, 갇혀 있던 존재를 꺼내지도 못했지만 프라이모디얼과 잠시나마 대화하는 데 성공했죠.

프라이모디얼은 키와 너비가 대략 6미터에, 고대에 서식했던 절지동물과 포유동물을 접붙인 듯한 괴상한 모습을 하고 있었어요. 넓고 납작하며 비스듬한 두상, 서로 겹쳐지는 구부정한 어깨, 다이아몬드 원석처럼 반들거리는 미간과 넓은 겹눈, 다리가 여럿 달린 채로 잔뜩 오그라든 몸통, 비대한 유인원을 보는 듯한 체격, 척추를 따라 내려온 바다전갈처럼 마디진 꼬리. 이런 모습이 한데 어우러진 존재가 빗장 속에 꼼짝없이 갇혀 있었던 거예요.

처음에 다이댁트는 시간 속에 갇힌 그 흉물을 교묘한 속임수라고, 정신적 혼란을 일으키고자 꾸민 일종의 무기라고 여겼죠. 하지만 실은 단순한 속임수 그 이상이었어요.

놈과 접촉한 뒤부터 다이댁트는 어딘가 변했어요. 천 년 전 자기가 무엇을 보았든 내게 얘기해줬지만, 놈한테서 무슨 말을 들었는지만큼은 일언반구도 없었죠. 그것만큼은 나나 다른 이들한테 숨겼던 거예요. 우리를 지켜줄 요량으로 그랬겠죠. 물론 뜻대로 되지는 않았지만요. 그이를 크립팀에 안치하고 얼마 지나지 않아, 나는 파스 케토나로 여정을 떠났고 프라이모디얼의 비밀을 직접 알아냈거든요.

모든 일의 근원이 되는 바로 그곳에서 말예요.

———————○───────○———————

인류-선조 전쟁이 우여곡절을 거듭하며 종국으로 치닫는 중에도 건축사들은 필요 이상으로 많은 양의 병기와 전함을 생산했어요. 그러면 그럴수록 더욱 많은 부와 권력을 거머쥐었고, 그렇게 권력을 차지하자 어느새 과거의 방침과 태도마저 등지기 시작하더군요. 건축사 계층의 영향력이 나날이 커지면서 구 의회 역시 변화의 바람을 피하지 못했어요. 의회는 갈수록 가혹해졌고 부에 좌지우지하며 변질되었어요.

그동안 인류가 잔혹한 약탈을 일삼았음이 만천하에 드러나자, 구 의회는 인류가 수호자의 의무에 위배되는 범죄를 저질렀다는 판결을 내리기에 이르렀죠. 나도 처음에는 동의했답니다. 다만 인류가 플러드를 퇴치하고자 피나는 노력을 기울였고, 또 여태껏 인류가 저지른 잔악무도한 행위도 이 때문이었음을 뒤늦게 알고부터는 생각을 바꿨죠. 하지만 생명가공사 계층의 의견은 묵살됐어요. 정치적 입지가 약화된 탓에 우리 주장을 관철시킬 수가 없었죠.

전사 종복 가운데서도 일부는 여기에 반대표를 던졌어요. 전사 특유의 명예심과 의무감 때문이었죠. 인류는 선조의 상대로 조금도 부족하지 않은 호적수였거든요. 그런 적수를 상대로 승리를 거둔 것은 영예로운 일이지만, 멸망시키는 것은 도리가 아니라는 거죠. 하지만 그쪽 의견도 묵살되고 말았어요.

건축사 계층은 인류를 재기불능 상태로 만드는 데만 혈안이 되었죠. 죗값을 치르게 한다는 미명 아래, 우리 선조도 인류가 저질렀던 잔학 행위와 조금도 다르지 않은 짓을 저지르려 했던 거예요. 이토록 얄궂은 모순이 또 있을까요? 상황이 이렇게 이율배반적으로 흘러가는데도 법률사 계층마저 입을 굳게 다물고 있었죠. 다른 한편에서는 훨씬 심각한 문제인 플러드가 대두되었어요. 형체를 뒤바꾸며 뭐든지 집어삼키는 플러드라는 역병은 경악 그 자체였어요. 플러드는 수백에 달하는 선조 함대에 침투해 승무원 전원을 바닥에 기어 다니며 고통에 울부짖는 흉물로 만들거나, 그렇게 변해버린 이들을 한데 모아 그레이브마인드라는 중심 지능체를 형성했죠. 전사 종복들이 감염된 함대를 철저히 파괴한 까닭에, 진상을 분석할 단서라고는 기껏해야 손상된 모니터나 부서진 전투복의 파편뿐이었어요. 어렵사리 회수한 몇 안 되는 모니터마저 수리는커녕 대화조차 불가능할 정도로 손상되어 있었고요. 하나같이 지금껏 알려진 바 없는 정신고문으로 일그러진 상태였는데, 훗날 멘디컨트 바이어스가 보였던 행동과 흡사한 증상이었죠. 그렇게 변질된 모니터들은 다른 인공지능까지 급속히 변질시켰어요.

그레이브마인드와 일대일로 지혜를 겨루기란 앤실라의 정신 건강에 그리 이롭지 않은 것이 분명해요. 유기 생명체도 예외는 아닐 테죠. 하지만 플러드는 그렇게 앤실라를 타락시킴으로써 단순한 변질이나 설복의 수준을 초월했어요.

막무가내로 흡수하고 변이시켜 결국 소진시켜버렸죠.

플러드의 창궐을 알리는 조짐이 인류 사회에서 최초로 나타난 때는 인류가 선조와 전쟁을 시작하기 몇 세기 전, 우리가 플러드를 맞닥뜨리기 훨씬 전으로 거슬러 올라가요. 처음에 감염원은 정체 모를 오래된 소형 함선들을 통해 인류에게 전해졌죠. 기이한 분말이 실린 함선들은 은하계 외부에서 유입되었는데, 아마도 파스 케토나[전술 번역: 대마젤란운] 방향이었을 테죠.

그때만 해도 문제의 분말은 인류가 애완용으로 기르던 페루라는 동물을 더욱 매력적인 모습으로 바꾸는 정도에 지나지 않았죠. 페루를 기르던 인간들이 거기서 어떤 괴이쩍은 변화의 추이를 찾아냈을지 한동안 궁금하더군요. 하지만 기발한 생각이란 어리석은 생각과 종이 한 장 차이인 경우가 많아요. 그리고 그런 어리석음이야말로 내가 인류에게 호감을 느끼는 가장 큰 이유랍니다.

페루의 원산지는 챠룸 하코르와 같은 행성계에 속한 파운 하코르 행성이었어요. 그곳은 인류 문화의 중심지이자 선각자 유물의 거대한 집합소였죠.

우리와 전쟁을 벌이기 몇 세기 전부터 변종 페루들은 새로운 변이 과정에 접어들어 포자를 생산하기 시작했고, 주인들을 감염시켜 플러드 창궐의 초기 단계에 돌입했어요. 감염 사태가 급속도로 번지면서 플러드는 새로운 숙주를 확보했고 급격히 진화했어요. 그렇게 인류의 기반을 극도로 약화시킨 나머지 전쟁 초기에 우리는 손쉽게 승리할 수 있었죠.

인류는 사실 이중 전선에서 고전하고 있었던 거예요.

하지만 불과 수십 년 만에 상황이 뒤바뀌었죠. 몰라보게 강해진 인류가 반격에 나섰던 거예요. 우리 함대는 플러드 감염 지대에서 감염되기는커녕 오히려 멀쩡해 보이는 상당 규모의 인구 밀집지를 발견했죠. 플러드를 상대로 면역력을 갖추는 방법을 알아냈거나, 내성이 생긴 것이 틀림없었어요. 어쩌면 치료법을 찾아냈는지도 모를 일이죠.

인류는 그렇게 재기에 성공했어요. 하지만 전쟁 초반 고전한 까닭에 선조가 전열을 정비하고 요충지에 병력을 배치할 충분한 시간을 내준 다음이었어요. 우리는 이미 상당한 수적, 전략적 우위를 점하고 있었죠.

덕분에 누구보다도 득을 보았던 이들은 다름 아닌 남편 휘하의 함대와 전사들이었어요.

플러드는 이제 더는 인간을 감염시키지 않는 듯했지만, 은하계 변방을 따라 수천에 달하는 행성에서 맹위를 떨치고 있었죠. 다이댁트의 함대는 고립된 감염지역을 맞닥뜨리면 엄청난 화력을 퍼부어 남김없이 불태웠어요. 한동안은 그렇게 진압되어 가는 듯했죠. 하지만 나도 그이도 그런 소규모 방역만으로는 턱없이 부족하다는 사실을 알고 있었어요. 생명가공사들은 플러드의 맹독성과 적응력을 고려할 때, 놈들이 앞으로 수백 년 안에 우리 은하 전체를 장악할 것이라는 계산을 내렸어요.

그런데 인류가 패배를 거듭하던 바로 그 무렵, 플러드는 햇볕에 증발하는 서리처럼 홀연히 자취를 감췄죠. 마치 인류와 밀약을 맺고 전세가 불리해지자 작전상 후퇴한 것 같았어요. 얼마 가지 않아 선조 함대는 인류를 궁지로 몰아넣어 최후의 보루 몇 곳만 남겨놓게 되었죠. 그 가운데 챠룸 하코르는 최후의 순간까지 끈질기게 항전했던 곳이었고요.

한동안은 선조 제국의 가장 두려운 적이었던 두 세력이 한꺼번에 일소된 것처럼 보였어요. 하지만 긴장을 늦출 수는 없었죠. 플러드가 얼마나 위험한지 똑똑히 목격했으니까요. 구 의회뿐 아니라 건축사들 사이에서도 놈들이 다시금 독기를 품고 되돌아오리라는 의견이 압도적이었죠. 게다가 우리로서는 치료법도 전무했고요.

인류가 어떻게 플러드를 상대로 생존했는지를 밝혀내는 일이 시급했죠. 포로로 붙잡힌 인간들은 끝까지 비밀을 털어놓지 않았어요. 인간 시체를 분석해서 알아낸 정보도 미미한 수준에 불과했고요. 하지만 구 의회는 어딘가에 예방법이나 치료법이 있으리라 믿어 의심치 않았죠.

그럼에도 의회에서는 인류를 말살하라는 지시를 내렸어요. 일단은 내부의 모순부터 해결하고 넘어가야 하는 상황이었죠.

일부 건축사들은 벌써부터 플러드가 또다시 기승부릴 때를 대비해 나름의 대응책을 계획하고 있었어요. 거기서 나온 계획의 결정체는 그로부터 수천 년이 지나 실체를 드러냈고, 이름 하여 헤일로라 불리게 되었죠. 그래도 정치적 미봉책 차원에서나마 생명가공사 계층에 플러드 연구를 맡긴 점만큼은 적절한 판단이었어요.

당시 다이댁트가 승리를 거둔 덕분에 나도 출세 가도를 달리게 되었답니다. 다이댁트는 개선장군이었고, 나는 그런 그이와 언제나 함께한 동반자이자 플러드에 잠식당한 여러 행성을 면밀히 연구한 인물이었으니까요. 그렇게 생명세공사라는 직함을 받고서 재개된 임무에 착수했죠. 이때부터 플러드 연구는 나의 소관이 되었어요. 다이댁트도 말리지 않았죠. 이로써 플러드 문제에 관한 한 의회에서 그이가 행사할 입김이 커질 테니까요. 게다가 내가 공적을 세울 때면 언제나 자랑스러워하던 그이였죠.

다이댁트는 자신감에 한없이 부풀어 있었어요.

때마침 수도 행성으로 이동해 의회에 출두하라는 지시가 떨어졌답니다. 나도 한때는 인류를 상대로 강경책을 펼치자는 주장에 찬성했지만, 이제는 묵살됐던 생명가공사 계층의 의견을 피력했죠. 종족 전체를 말살한다면 이는 곧 수호자의 의무에 반하는 범죄일 뿐만 아니라, 플러드 연구에도 지장을 준다고 말이죠. 결정적인 해답은 인간의 유전자나 기억이 아니라, 자연 상태의 인류에게서만 발견되는 고유한 특질일지도 모른다고 의원들

앞에서 솔직하게 이야기했죠. 문화, 언어, 인구 전반에 걸친 교류…… 종족끼리 주고받는 크고 작은 문답이야말로 아직 존재 여부조차 모르는 치료법의 비밀을 밝혀낼 열쇠라고 말예요. 따라서 가능한 많은 인구를 보존해야 하므로, 아직도 챠룸 하코르와 주변 일대에서 최후의 항전을 펼치고 있는 잔존 세력을 살려둬야 한다고 주장했죠.

구 의회도 일리가 있다고 보았지만, 전쟁을 치르면서 우리도 많은 것을 잃었어요. 의원들은 플러드 해결책을 강구하느라 다른 우려할 만한 사태까지 소홀히 해서는 안 된다고 강력히 주장했죠. 언젠가 인류가 재기할 날에도 대비해야 했으니까요.

다이댁트 역시 기분이 복잡했지만 평소에도 속마음을 내게 털어놓는 경우는 좀처럼 없었죠. 그때도 마찬가지였답니다. 그이는 수호자의 의무에 따른 가르침을 신봉하지만, 한편으로는 프로메테안으로서 어떠한 희생을 치러서라도 선조 제국을 지키겠노라 맹세했던 인물이니까요. 혹시라도 인류가 우리의 고삐를 벗어나 다시금 강성해지면 얼마나 무서운 적으로 돌변할지 알고 있었던 거예요. 하지만 그런 다이댁트도 인류를 보존할 필요가 있다는 데에는 반론의 여지가 없다고 생각했죠.

건축사들은 끝내 고집을 꺾고 나와 타협했어요. 생명가공사들과 협력하며 산더미 같은 연구 계획에 박차를 가했죠. 언젠가 플러드가 되돌아와 우리가 점령한 행성계를 위험에 빠뜨린다면, 건축사 자신들이 차지한 권능도 그만큼 줄어들 테니까요.

끝내 나는 구 의회와 끔찍한 타협을 보게 됐죠. 인간들을 살려두는 대신 기존의 문명과 기술을 모조리 박탈하기로 했던 거예요. 그리고 인간의 플러드 면역에 관한 비밀을 밝히기 위해서라면 수단과 방법을 가리지 말라는 지시가 생명가공사들에게 떨어졌죠. 우리가 받은 지침은 사실상 인류에 대한 징벌이나 마찬가지였어요. 다들 슬픔에 가슴이 미어졌죠. 아직도 슬픔이 가시질 않는답니다.

인류-선조 전쟁은 서서히 필연적인 결말로 치달았어요. 인류의 패배가 목전에 닥쳤음에도 챠룸 하코르에서는 마지막까지 치열한 공방이 벌어지면서 양측 모두 수천에 달하는 함선과 수백만에 이르는 생명이 목숨을 잃었죠.

그러던 중, 이름만 떠올려도 몸서리쳐지지만 한편으로는 이름만으로도 위엄이 느껴지는 제독 군주 포르덴초가 항복을 선언했어요. 다이댁트가 맞섰던 최고의 적수 포르덴초는 함대와 함께 투항한 다음 지휘권을 포기하고 우리가 내릴 처분을 달게 기다렸어요.

○────────○

그런 일을 거친 끝에 챠룸 하코르에서 다이댁트와 나는 나란히 서게 되었답니다. 지난 수십 년간 때로는 용감하게, 때로는 비열한 술수를 발휘하며 우리와 맞섰던 인간 전사와 장교, 그리고 그 가족들 사이를 거닐면서요. 나와 그이는 우리를 향해 쏟아지는 쓰라린 눈길을 피할 수 없었죠. 그곳에 선조라고는 우리밖에 없었으니까요. 하지만 지금껏 인류가 치렀고, 또 앞으로 계속해서 치르게 될 대가란 너무도 참혹했어요.

전쟁의 상흔이 도처에 남아 있었죠. 폐허로 변한 인간 건물도 보였지만, 안개와 연기 사이로는 가느다란 선을 하늘에 그리며 만고불변의 자태를 뽐내는 선각자의 성간 도로 역시 눈에 들어왔죠. 끝끝내 이해하지 못할 태초의 우주에 깃든 신경물리 에너지 속에서 침묵한 채, 성간 도로는 중궤도를 따라 영겁의 회색빛 소용돌이를 그리며 끊임없이 회전하고 있었어요.

삶이란 가슴 아플 만큼 아름다운 것이지만, 한편으로는 참으로 고달픈 것이기도 하죠.

제독 군주를 비롯한 최후의 인간 생존자들에게 가져간 장치는 바로 컴포저였어요. 덩치만 무식하게 큰 그 기계는 원래 건축사들이 플러드에 대한 면역력을 얻으려고 발버둥 친 부질없는 시도의 산물이었죠. 컴포저는 고밀도 공명파로 이루어진 고에너지장을 방출해 대상의 정신, 즉 정수를 포착하여 기계화 데이터로 전환시켜요. 그렇게 수거한 정수에서 플러드 형질을 제거한 다음, 변환 과정에서 새롭게 생겨난 신체로 이식한다는 것이 원래 계획이었죠.

하지만 결과는 썩 만족스럽지 못했답니다. 오히려 끔찍하기 그지없었죠. 컴포저를 사용한 선조 육신은 오래가지 않아 모두 죽었어요. 정신을 저장장치 외부로 옮겨서 살아남은 이는 아무도 없었죠.

하지만 그런 컴포저야말로 우리가 가진 전부였답니다. 수중에 있는 해결책이라고는 그것뿐이었죠. 건축사들과 복수심에 불타던 의원들은 반론의 여지가 없다며 입을 모았고요.

챠룸 하코르에 남아 있던 인간 생존자 수만 명은 생명가공사의 소관으로 넘어갔고, 분자와 사고, 세포 하나하나까지 면밀히 연구, 조사되고 분석당한 끝에 컴포저에서 쏟아져 나오는 변화무쌍하고 복잡다단한 에너지장에 맡겨졌죠.

컴포저가 제몫을 다하며 생명의 불씨가 꺼져가던 마지막 인간 생존자들의 기억과 형질을 남김없이 빨아들인 뒤, 시신은 원자 단위로 분해되어 산산이 흩어졌어요. 홀로코스트가 따로 없었죠. 한때 선조 다음가는 위대한 문명이자 은하계 굴지의 종족이었던 인류가, 다시는 선조의 적수로 맞서지 못하도록 철저하게 짓밟히고 분쇄당한 거예요.

그중에서도 가장 힘들었던 과정은 인간 아이들을 처리하는 일이었죠. 아이들은 방어 명령에 따라 자체 조직까지 편성하고 있더군요. 전쟁 통에 나고 자란 탓에 앞으로 무슨 일이 벌어질지 어른들보다도 잘 알고 있는 눈치였죠. 아이들의 얼굴에 서린 의연하고도 소름 끼치는 눈빛이 아직도 눈에 선해요.

카탈로그 기록: 생명세공사의 앤실라가 상기한 시간대에 기록된 감지 데이터를 전송해줌. 일부를 살펴본 결과 컴포저 처리 과정은 굉장히 충격적임. 지금까지 이런 과정을 직접 목격한 적은 전무함. 하지만 지금까지 밝혀진 사실은 수호자의 의무에 위배되는 죄목으로 확정할 만한 수준에 미치지 못함.
더 조사할 필요가 있음.

라이브러리안

대비책을 강구하고자 이토록 열을 올리면서도 건축사들과 구 의회에서는 플러드의 존재를 비밀로 감추기에 급급했어요. 전시 상황에 사회적 동요를 가중시킬 필요가 없다는 것이 표면상의 이유였죠.

제국의 대부분은 플러드의 존재를 까맣게 모른 채 승리를 자축하기 바빴답니다.

의회와 맺었던 타협안의 뒷부분에는 자생력을 갖춘 인류를 보존한다는 내용이 있었는데, 그러자면 건강한 필수 표본군부터 수집해야 했어요. 그래서 선조가 정복한 인류 권역 곳곳의 무너진 거점에서 몸을 숨기고 있던 수천에 달하는 인간을 추가로 생포해 에르데 티레네로 실어 날랐죠. 지금까지도 인류 최고(最古)의 화석 기록이 발견되는 그곳으로 말예요.

구 의회가 순순히 요구를 들어주나 싶더니, 돌연 태도를 바꿔 최후의 인류 생존자마저 퇴화시키라고 나오더군요. 한마디로 지금껏 인류가 밟아온 진화를 역행시킴으로써 유구한 세월이 녹아들어 탄생한, 진화라는 음악을 거꾸로 연주하라는 소리였죠. 지난날의 오만과 잔혹성을 되새기고 벌한다는 의미에서, 의회는 퇴화당하는 과정을 인간 자신들도 똑똑히 체감할 수 있도록 조치하라는 지시까지 덧붙이더군요.

하루하루가 지날수록 보존해둔 인간들은 두뇌의 기억력과 복잡성, 용적 등이 서서히 떨어졌고 끝내 지능마저 잃고 말았어요.

의회와 건축사들은 그래도 성이 차지 않았는지, 내가 어떻게든 인류의 문화와 양식을 보존하려고 기울였던 노력을 모조리 엉망으로 비틀기 시작했어요. 챠룸 하코르에서 컴포저로 처리당한 전우들의 인격과 기억을, 퇴화당해 변해가던 인간들의 몸속에 저장했던 거죠. 컴포저 처리에 따른 인격손상이라는 부작용이 일어나지 않게끔 휴면 상태로 말예요.

훗날의 연구와 조사를 위한 보존의 일환으로 퇴화된 인간마다 수천 명에 달하는 동족의 기억이 심어졌고, 그 기억은 부모에서 자식으로 전해 내려갔죠.

거기다 지속적으로 심문을 가하고자 동일한 기억과 인격을 기계 저장장치로 옮겼고, 향후 수천 년간 지속적으로 고문당할 운명에 처한 유령들을 한데 가둬놓은 일종의 도서관이 탄생하기에 이르렀어요. 의회에서는 이렇게 하면 인류가 어떻게 플러드 면역력을 지니게 되었는지 언젠가 밝혀지리라 믿었죠.

우리가 수호자의 의무를 맹목적으로 신봉한 끝에 저지른 만행은 단지 인류 전체를 멸종시킨 선에서 그치지 않았어요. 건축사들은 사실상 자신들이 원하던 것을 모조리 손에 넣었죠. 하지만 그렇다 한들 내 남편과 최고 건축사 사이에서 벌어질 전혀 다른 상황의 전쟁을 막지는 못했어요.

의회와 전사 종복 내부의 여론은 다이댁트의 플러드 격리 전략을 강력히 지지했죠. 수백에 달하는 거대한 실드 월드를 은하계 곳곳의 요충지에 배치함으로써 플러드 침입을 경계하고, 경우에 따라서는 성계 전반에 걸쳐 신중하게 퇴치작전을 수행한다는 방어책을요. 그이는 나와 손을 잡고서, 해당 지역에 한해서라도 위기에 처한 생물을 대량으로 보존하고 수용할 수 있는 거대한 실드 월드를 준비했죠.

그이는 자신의 방어책이 수호자의 의무에 따른 가르침을 준수하노라고 당당히 주장했어요. 최고 건축사가 제안한 헤일로 계획과는 달리, 실드 월드 계획은 대규모 멸종 사태가 벌어질 염려가 없고, 또 실드 월드 자체가 위기가 닥쳤을 때 대피소로도 운용이 가능하니까요.

그러자 최고 건축사도 지지 않고 헤일로에도 생명을 부양하고 보존할 수 있는 환경을 갖추라는 지시를 내렸죠. 정치적 수완이 우리 부부보다 훨씬 탁월했던 최고 건축사는 그렇게 하면 헤일로 계획을 가로막고 있던 의회로서도 더는 제재할 수 없으리란 사실까지 훤히 꿰고 있었어요. 이로써 은하계를 구하고자 도리어 은하계를 파괴하는 모순, 즉 수호자의 의무를 위반할 우려가 깔끔하게 사라졌으니까요.

설상가상으로 그자는 헤일로의 보호구역 설계를 나에게 맡겼답니다. 나로서는 도저히 뿌리치지 못할 부탁이었기에 남편의 뜻을 어기게 된다는 사실을 뻔히 알면서도 최고 건축사와 결탁하고 말았죠.

이쯤 되자 최고 건축사는 의회가 누구 손을 들어줄지 뻔히 안다는 듯, 은하계 외부에 있는 헤일로 생산 공장이자 '아크'라는 명칭으로 통하는 시설에도 보호종들을 안전하게 보존할 환경을 갖추겠노라고 표명했어요. 어마어마한 비용이 들지만 건축사 입장에서는 이만한 건수도 없었죠. 건축사들은 쌍수를 들고 환영하더군요.

그것도 모자라 아크를 비밀리에 하나 더 건설해 수용력을 확대해야 한다고 주장하더군요. 은하계의 생명체를 더 많이 살릴 수 있음은 물론이요, 헤일로도 더 많이 생산할 수 있다면서요. 게다가 최초의 아크가 완공을 앞두자, 기존의 문제까지 낱낱이 불거질 상황이 목전에 닥쳤죠.

우리 부부한테 남은 선택권은 점점 줄어들었어요. 정치적 노선이 서로 갈릴 수밖에 없는 순간이 서서히 다가오고 있었답니다.

바닷가에 있는 물웅덩이에서부터 광활한 우주에 이르기까지, 생명은 경쟁과 죽음과 세대교체 속에서 격렬히 소용돌이치고 있어요. 그 속에서 생명의 잔혹성과 독창성은 서로 긴밀하게 작용하죠.

아무리 그런 사태가 처음 있는 일도 아니라지만, 우리는 수호자의 의무를 정면으로 거역함으로써 제국 전체를 일당 독재에 맡겨버린 채 부패의 구렁텅이로 빠져들고 말았죠. 개인적으로는 가장 오래된 표현을 써서 우리를 '광기'로 몰아넣었다고 말하고 싶군요.

물론 건축사 계층이 헤일로 축조를 빌미로 생명가공사와 전사 종복 계층을 재야로 밀어냈고, 나중에는 구 의회를 손아귀에 넣어 공정성을 지켜야 하는 법률사마저 휘어잡았다고 변명할 수도 있겠지만…… 그런 가운데 또다시 은하계를 위험에 빠뜨릴지 모르는 플러드의 위협은 항상 도사리고 있었어요.

이제 와서 아무리 변명한들 소용없는 일이겠죠.

───○────────○───

건축사들은 첫 번째 아크를 완공한 다음 초기 헤일로 시설을 생산하기 시작했어요. 회전하는 거대한 고리 형태에 지름은 3만 킬로미터였고, 내부 표면은 수십억까지는 아니더라도 수백만에 달하는 생명체를 부양할 수 있었죠. 겉보기에는 생물 연구의 낙원과도 같은 곳이지만, 실은 주변 수만 광년 이내에 있는 생명체를 모조리 말살하는 대량살상무기였어요.

구 의회에서는 그나마 현명하게도 아크 추가 건설을 연기한다는 결정을 내렸죠. 건축사 계층이 의회에서도 제지하지 못할 정도로 막강한 권력을 거머쥐게 놔둬봤자 좋을 일은 하나도 없으니까요.

그 무렵 사지육신이 온전한 최후의 인간들이 에르데 티레네에 도착했어요. 당초에 계획했던 것보다 훨씬 적은 수였죠. 그래서 최고 건축사나 의회의 감시를 피해 곧바로 인구 증대 계획에 착수했죠. 남편인 다이댁트조차 눈치채지 못했답니다.

기존의 주거지와 유사한 환경을 갖춘 그곳에서 인류는 번성했어요. 번성한 정도가 아니라, 놀랍게도 초자연적인 수준의 회복력을 보이더군요. 삶의 터전으로 되돌아간 인간들은 교배를 거치며 불과 천 년 사이에 몰라보게 진화된 모습으로 변해갔고, 아름다운 꽃들을 수없이 피워내는 덤불처럼 각기 다른 특색을 갖춘 여러 인종으로 분화되어 갔죠. 이를 지켜보던 생명가공사들은 입을 다물지 못했어요. 한편 인구수도 수천에서 수만으로, 수만에서 수백만으로 불어났답니다.

어떻게 그토록 급속히 성장했는지는 지금 생각해봐도 수수께끼예요. 유전자를 조사해봤지만 아무런 해답도 찾지 못했죠. 다른 요인이 작용했던 것일까요? 혹시 우리한테는 보이지 않는 뭔가가 있었던 걸까요?

이윽고 인간들은 무리에서 부족으로, 부족에서 촌락을 이루었죠. 밭을 갈아 농사를 짓고, 늑대와 염소, 양, 소, 새에 이르기까지 수많은 야생동물을 가축으로 길들였답니다. 나중에는 온갖 도구를 만들면서 서툴게나마 상업과 산업을 일구었고요.

불과 천 년 사이에 하루가 다르게 발전하는 인간들을 보면서, 불현듯 제독 군주의 모습이 눈앞을 스쳐가더군요.

때로는 커다란 눈망울을 깜박이던 아이들의 모습도 스쳐갔고요.

하루가 다르게 발전해가는 인류에 관해서는 의회나 건축사들한테 비밀로 부쳤어요. 남편인 다이댁트한테도 이야기하지 않았죠. 애초에 에르데 티레네는 함선이 수시로 오가는 항로에서 멀찌감치 떨어진 외딴 곳에 위치했어요. 처음에는 소수의 생명가공사만 남겨두다가 나중에는 모두 철수시켰죠. 그렇게 에르데 테레네는 어느새 잊힌 행성이 됐답니다.

가끔은 인류의 발전상을 연구하고자 혼자서 그곳을 찾아갔죠. 내가 이제까지 전해줬던 도움과 가르침, 자긍심의 증표로써 그곳의 인간들에게 빠짐없이 게이아스를 심어주었고요. 내심 누군가는 나를 기억해주길 바랐던 거예요. 우리가 인류에게 무슨 짓을 저질렀는지 생각하면 나조차 덧없는 존재처럼 느껴졌거든요. 인간과 더불어 지내면서 인류의 유전자와 인격을 연구할 때면, 먹구름처럼 다가오는 걱정도 어느새 사라지고는 했답니다.

하지만 그때는 남편과 멀리 떨어져 있었고, 그이는 난관에 봉착한 상태였죠. 다이댁트는 의회에 나가 실드 월드가 얼마나 효과적인지를 거듭 설명하며 자기 계획을 줄기차게 고집했어요. 정적도 줄기차게 만들어갔죠.

그이가 거둔 승리에 관한 기억은…… 어느덧 과거에 묻히고 말았어요.

결국에는 희미한 옛일로만 남게 되었죠.

최고 건축사는 능수능란한 솜씨로 그나마 있던 다이댁트의 지지기반마저 흔들기 시작하더군요. 건축사와 전사 종복 사이의 반목은 절정에 이르렀죠. 끝내 전사 종복은 계층 전체가 축소당하는 수모를 겪었어요. 수많은 이들이 건축사 계층으로 옮겨가 건축사 보안요원이라는 직책을 맡게 되었죠. 너무도 모욕적인 처사였지만, 그렇게라도 살아남은 이들은 번영을 누리며 새로운 체제 속에서 귀한 대접을 받았어요.

그러던 중 마침내 결정타가 날아들었죠. 법률사 측에서 그이에게 불리한 판결을 내렸던 거예요. 다이댁트는 의회 모독죄를 선고받았죠. 또한 실드 월드 축조를 중단하고 앤실라 기록을 제출함으로써 현행 계획을 전면 포기한 다음 건축사, 그중에서도 특히 최고 건축사인 페이버의 권위에 승복하라는 엄명이 떨어졌죠.

그이는 불복했어요.

인간들은 내 보살핌 속에서 과거의 모습을 되찾고 어느새 뜻밖의 새로운 종으로까지 번창하고 있었지만, 앞으로도 이 과업을 홀로 도맡게 되리라는 두려움은 어느새 확신으로 변했어요. 그이가 유배를 당하거나 아예 사형에 처해질지도 모르는 상황이었으니까요.

4번 기록
라이브러리안

그이와 마지막으로 함께 했던 장소는 수도 행성계에서 7광년 떨어진 주황색 항성 파 놈다그로 인근에 있는 사유 행성이었어요. 우리 부부는 그곳에서 백만 명의 전사 종복과 함께 살고 있었죠. 이웃들은 하나같이 땅을 정리하고 식솔을 챙겨, 출생 계층마저 저버리고 건축사 보안요원으로 신분을 옮겨갔어요.

놈다그로는 태고에 형성된 야틈한 산들이 들어선 곳으로 기후는 온화하고 지각의 반은 육지, 나머지 반은 바다로 이루어진 행성이랍니다. 다른 곳에 비하면 조금 누추하지만, 나는 그토록 호사스러운 곳에서 살아보기란 처음이었죠. 전사 종복과 달리 생명가공사는 언제나 검소한 삶을 살아가니까요.

우리 부부가 지낼 집을 설계할 적에 다이댁트는, 남들 눈에는 살풍경할지 몰라도 웅장함이 묻어나는 미적 감각을 선보였어요. 장엄함으로 따지면 고대에 축조된 성채도 그이의 솜씨에는 미치지 못했죠. 실내 중앙은 용암을 통째로 깎아내 만들었는데, 그 속에는 놈다그로의 유일한 토착 생물이자 오랜 옛날에 멸종한 형형색색의 아름다운 누에 화석이 가득했답니다. 얼핏 보기에는 굳어버리기 이전의 용암 속을 헤엄치며 살았던 듯하지만, 실제로는 용암이 덮쳐 온몸을 비틀며 죽어갔던 거예요. 그렇지만 엄청나게 튼튼한 각질과 연골 조직이 열기를 버텨주었고, 덕분에 석공들이 굳은 용암을 잘라내 벽돌로 다듬을 무렵까지 고스란히 남을 수 있었죠.

다이댁트는 나를 생각해서 그런 석재를 골랐는데, 조금 오싹했지만 마음에 쏙 들더군요. 화석에는 토륨과 우라늄이 조금 남아 있어서 밤이면 은은한 빛을 냈고, 그이가 크립텀에 들기 바로 전날 마지막 저녁 식사를 하러 갈 때에도 그렇게 앞길을 밝혀줬지요.

그날은 지금도 또렷하게 기억한답니다. 이미 전날 밤에 하루스피스의 대리인이 도착해 있었죠. 참으로 찬란한 밤이었어요. 오리온 혼합성운 저편에 있던 불안정한 항성이 백 년 전에 초신성으로 변했거든요. 오랜 길을 걸어온 복사선이 마침내 우리 눈에 들어와 광대한 성운을 환히 밝히며 멀리 퍼져가는 구름과 실오라기처럼 흘러가는 가스를 씻어냈어요. 그런데 마치 별세계에서 날아든 무언가가 불길한 앞날을 예고하는 듯했죠.

"길일을 고르셨군요. 우주에서 일어나는 시간차란 참으로 심오한 법이지요."

하루스피스의 대리인이 무미건조한 말투로 그렇게 말했죠. 대리인이란 자들이 으레 그렇듯 자신을 감추는 태도가 다이댁트의 심기를 불편하게 했어요. 마치 우리가 이 순간을 기리며 한껏 이목을 끌고자 일부러 오늘 같은 날을 골랐다는 투라서 다이댁트는 더욱 언짢아했죠.

하늘에서 환하게 타오르는 노랑, 주황, 그리고 짙은 보랏빛 빛줄기 아래에서 그이는 욱하는 감정을 억누르며 대리인을 정면으로 마주보더군요. 대리인이 신호를 보내자 그이가 입은 전투복이 고형광선 내의를 드러내며 몸에서 풀려났고, 다가올 전투에 대비하듯 뾰족한 쐐기와 가시를 내미는가 싶더니 이내 계란 모양으로 가지런히 줄어들었어요.

다이댁트는 손을 뻗어 인추코와가 가득한 첫 잔을 받아들고 단숨에 들이켰어요.

그때부터 산 채로 온몸이 건조되기 시작했죠.

식사가 끝난 뒤에는 조용하고 다정한 분위기 속에서 이야기가 오갔답니다. 그이와 나는 도무지 어울리지 않는 한 쌍이지만, 지난 수천 년간 줄곧 함께였어요. 남들이 보기에는 부부간의 불화나 말싸움, 티격태격하는 것처럼 보이는 모습도 사실은, 우리의 깊은 사랑 속에서 타오르는 불길이었죠. 서로 부딪혀서 불꽃이 튀어도 우리는 즐겁기만 했답니다.

지금도 기억이 생생하군요…….

다이댁트의 피부에 소금기 섞인 진물이 맺히기 시작하자 가정용 모니터들이 그이가 앉은 의자 주위로 수건과 그릇을 가지런히 올려두었죠. 넓적하고 위풍당당하던 얼굴의 피부가 어느새 팽팽하게 늘어났어요.

진물이 흐르면서 얼굴이 번들거렸고, 살갗은 말라붙은 가죽처럼 변해 희멀건 핏방울이 흘러내렸죠.

그이는 갈수록 말이 느려지면서 또박또박 말하려 애쓰더군요. 입술을 움직이기 힘들어졌으니까요.

"이대로 당신 곁을 떠나야 한다니 탐탁지 않구려. 뭔가 방법이 있다면 좋으련만……."

그이는 커다란 머리를 내저으며 팔을 뻗어 쪼그라드는 어깨를 주물렀죠. 평소에는 잿빛과 짙은 보랏빛을 띠던 피부가 어두운 적갈색으로 변해 갔어요.

그러고는 뜬금없이 웃음을 짓더군요. 우리가 매니퓰러였던 시절 이후, 그이가 웃는 모습은 처음이었어요. 웃음을 지을 수 있다는 사실이 의외였죠. 어쩌면 온몸이 건조되는 소름 끼치는 과정에서 굳은 근육이 느슨히 풀려 그랬는지도 모르겠네요. 아니면 이토록 얄궂기 그지없는 상황을 음미하며 마지막으로 웃음을 지었는지도 모를 일이고요.

"내가 없는 동안 당신 홀로 실행에 옮기려는 계획이 있다는 걸 익히 알고 있소."

"우리 계획은 아직 끝나지 않았어요."

"머잖아 정계가 술렁일 거요. 최고 건축사 그자는 나를 찾아내지 못하더라도 그동안 내 지지기반을 무너뜨릴 방법은 기어코 찾아낼 거요."

"그자도 당분간은 그런 계략을 삼가겠죠."

그이를 안심시키려고 그렇게 말했어요.

"그런들 당신은 여전히 그자와 맺은 약속을 지켜야 하잖소."

"그래야 하겠죠."

"당신이 그토록 아끼는 생물들을 지키고자 말이오."

"맞아요."

"그리고 인간들도."

"마찬가지죠."

"그놈들이 우리 자식들을 무참히 죽였는데도 말이오."

"훌륭한 호적수를 거두어들이는 것은 명예로운 일이라고 그러셨잖아요. 그리고 인류 보존이 최선책임에는 당신도 동의하셨고요."

"당신은 뭐든 덥석 동의해서 탈이오."

그러자 그이의 얼굴에 묘하고 뻣뻣한 웃음이 다시 떠올랐어요. 겉으로는 쌀쌀맞게 들려도 실은 다정하게 건넨 말이었답니다. 전쟁을 거치면서 혈육을 잃는 뼈아픈 고통을 겪었던 탓에, 악담을 주고받는 데는 우리 부부 모두 이골이 났거든요. 우리 아이들은 전사 종복인 아버지의 뒤를 따랐고, 유능하고 용맹한 전사임을 입증해 보였죠. 최고의 적수를 기리는 것이 수호자의 의무에 속하는 전사들의 신조였고, 인간은 바로 그에 해당되는 적수였어요.

"때로는 당신이 매정하고 복수심에 불타는 성격이기를 바랄 때가 있다오."

"전사의 도리에도, 수호자의 의무에도 걸맞은 성품이 아니죠. 저야 말할 것도 없고요."

"어련하겠소."

통증이 커지자 다이댁트는 몸을 들썩였죠. 그이는 인추코와가 든 두 번째 잔을 반쯤 들이켜더니, 잔을 든 채로 만지작거렸어요.

"온 제국이 혼란에 휩싸였소. 의회가 제 발로 기만과 불명예의 길을 향하고 있으니. 한데 당신은 내가 귀환할 순간과 우리의 투쟁이 다시금 불붙게 될 앞날을 내다보고 있구려."

"한바탕 피바람이 불기 전에는 잔뜩 곪아 터지는 법이죠."

"역겹고 살벌하기 그지없는 말로 들리는군."

그이는 다시 잔을 입으로 가져가며 마지막 한 모금을 들이켰죠.

"애초에 내가 어찌하여 당신과의 사랑을 염원하게 되었는지가 문득 떠오르는구려."

"염원하고 계셨단 말인가요?"

"그렇소."

"제 기억으로는 그렇지 않은데. 당신 동료들이 말했다시피 어쩌다 맺어진 있을 수 없는 사랑이라면 모를까."

"하지만 우리 모두 알고 있었잖소. 당신이 입버릇처럼 말했다시피 현세에서 맡은 역할을 다하면서, 삶이 우리에게 주는 것과 앗아가는 것에 순응하며 살아가자고 말이오. 그렇기에 수호자의 의무를 받들었던 것이지. 다오와 마아투."

수많은 의미가 담긴 고색창연한 인간 경구를 그이가 입에 올리다니 뜻밖이었죠.

그러고는 이렇게 덧붙이더군요.

"인간들…… 애당초 자신들의 죄를 순순히 인정했더라면 놈들도 우리와 견줄 만한 위대한 문명을 이루었을 거요. 그러나 끝까지 부정했으니. 당신의 보살핌 속에 있는 것들만큼은 부디 기대를 저버리지 않았으면 좋겠구려. 당신의 기대마저 저버린다면 그때는 나로서도 화를 억누르지 못할 테니 말이오."

그때 다이댁트의 부관이 하루스피스의 대리인을 데리고 돌아왔죠. 대리인은 못마땅한 눈빛으로 저택을 힐긋거리더군요. 도메인을 섬기는 자들은 겉으로 드러나는 부와 권력을 특히나 멸시하니까요.

"다이댁트 님, 저희가 크립팀에 안치해드리기 전에 침대에 누우셔서 유리질화 과정을 끝내셔야 합니다."

부관은 그렇게 말하고는 당장이라도 곡할 것처럼 몸을 푹 숙였죠. 다이댁트가 그러지 말라고 미리 당부했는데도 말예요. 하지만 그이는 그 여자를 말릴 기력조차 남아 있지 않았죠.

모니터들이 허공에 떠오른 침대를 앞으로 대령한 다음, 말라붙은 그이의 몸에 맞춰 크기를 조절했어요. 그이는 간신히 자리에서 일어났죠. 차마 눈 뜨고는 볼 수 없었어요. 하지만 저렇게 당장 죽을 것처럼 보여도 실은 그렇지 않다는 것쯤이야 나도 알고 있었죠. 다만 앞으로 수세기 동안 얼굴조차 보지 못할 테고, 그렇게 그이가 가수면 상태로 명상에 젖어 있는 사이에 살벌한 숙청이 선조 사회를 휩쓸겠죠.

보나마나 최고 건축사는 언젠가 넘지 말아야 할 선을 넘을 테고, 그러는 사이 플러드의 침공으로 다이댁트가 되돌아올 수밖에 없는 날이 올 테죠.

내가 곁에서 따라가는 동안 그이는 크립팀 속으로 운반됐어요. 다들 알고 있었다시피 머나먼 초신성에서 발하던 빛도 어느덧 흐릿하더군요. 그보다 멀리서 비추던 광채는 천문현상에서 일어난 빛이라 그렇게 놀랍지도 않았답니다.

다이댁트가 기나긴 명상 속에서 집중이 흐트러지지 않게끔, 하루스피스의 대리인이 중기 다이곤으로 운을 뗐죠. 도메인이 그럴 뜻이 있고 또 다이댁트 본인도 그에 걸맞은 자세를 갖춘다면, 고차원적 경험과 폭넓은 인식의 장을 열어주기를 바라는 염원이 담긴, 넋을 잃게 만드는 흥얼거리는 가락을 읊으면서요.

고통 속에서도 그이는 그 말을 놓치지 않았죠. 내게 손을 뻗더군요. 간절한 몸짓을 보고서 나는 얼굴과 맨살이 그대로 드러난 그이의 팔을 쓰다듬었죠. 살갗은 벌써 차갑게 식어 마치 돌덩이를 만지는 듯했어요. 그이는 이제 흐릿한 그림자처럼 보이는 주위 사람들을 어렵사리 눈으로 좇았어요. 조금 있으면 이 세상의 것은 무엇 하나 보지도 듣지도 느끼지도 못하겠죠. 오로지 가느다란 초자연적 실오라기로만 우리와 연결될 테니까요.

죽음의 본연에서 한걸음 떨어진 곳이자,

모든 지식에서 한걸음 떨어진 곳에서요.

그렇게 우리는 다이댁트를 눈이 없는 물고기의 입처럼 쩍 벌어진 타원형 해치 속에 안치했어요. 살아 있는 육신을 지닌 존재는 우리뿐이었죠. 안치 과정에는 모니터나 앤실라의 합석이 금지되니까요.

그렇게 다이댁트는 누운 채로 위를 바라보며 우리 눈앞에서 사라졌어요.

카탈로그

라이브러리안이 진술을 멈췄다.

우리는 보관실 중앙 내부로 걸음을 옮겼다. 이곳은 상당히 부산스럽다.

앤실라들이 새로 선별한 인간들을 옮기느라 여념이 없다. 라이브러리안은 인간들이 억제장 속에서 어깨를 맞대며 나란히 정렬하는 과정을 유심히 지켜봤다. 인간들 모두 잠에서 깨어나 잠시 억제장에서 풀려났다.

"인간들은 자신들이 훨씬 좋은 곳으로 떠난다고 믿고 있답니다."

도메인에 관해 말할 때와 마찬가지로 경건함이 묻어나면서도 한편으로는 깊은 죄책감이 담긴 어조로 라이브러리안이 말했다.

인간들을 진정시키려고 투사한 가상 자연환경 끝자락의 반들거리는 테두리가 어렴풋이 눈에 들어왔다.

"내세 말씀이십니까?"

"그런 것 같아요. 인간들이 태어날 적이면 내가 빠짐없이 찾아갔거든요. 언젠가 다시 만날 때는 내가 자신들의 고난과 고통을 덜어주리라 믿고 있죠. 어떻게 보면 틀린 생각은 아니로군요."

라이브러리안의 머리 위로 빛이 드리운다. 선실에 있던 인간들이 동시에 돌아서서 라이브러리안을 바라본다. 표정들이 환해진다. 다들 앞으로 몰려와 서로 기쁨과 희망을 나누려 하자 선실은 어느새 경외심에서 우러난 웅성거림으로 가득 찼다.

빛이 어두워지고 억제장이 재가동되면서 인간들을 서로 떼어놓고 다시 온몸을 마비시키자 환희도 잠시, 인간들은 고난 속으로 되돌아갔다.

"무릇 생명은 끈질긴 법이죠. 인간은 더더욱 그렇고요."

라이브러리안이 읊조렸다. 소리가 너무 작아 잘 들리지 않았다.

"다들 아크로 옮길 예정이랍니다."

그 말에 나는 일말의 경외심과 동시에 찾아드는 모욕감을 억누르기 어려웠다. 한 종족의 존망을 논할 정도의 권력이라니! 내겐 오만으로밖에 여겨지지 않았다. 하지만 생명세공사인 라이브러리안의 손길이 없었더라면 인류는 오래전에 멸종했을 것이다.

생명세공사로서 자신의 소임을 다했을 뿐.

"아무런 고통이나 위험도 느끼지 않을 거예요. 우리 내부에서는 더 이상 컴포저를 사용하지 않으니까요. 인간들의 기억과 유전 형질은 에르데 티레네가 다시금 자생할 무렵에 후세의 육신을 통해 전해질 거예요. 그런 식으로 영생을 누리게 되는 거죠. 하지만 육신의 존재는 여기서 끝난답니다."

인간들은 연못에서 올라오는 거품처럼 위로 솟아올라, 거대하고 빛나는 파란색 꽃잎 주위를 돌면서 구석구석 검사를 받았다. 다들 눈빛이 풀리더니 온몸이 눈부신 보라색 불길에 휩싸였고, 타고 남은 유해는 압축되어 에르데 티레네의 바다로 되돌아갔다. 불타고 분해된 한 줌의 재가 아니라, 헤일로의 에너지가 방출되는 동안 바닷속 미생물을 먹여 살릴 풍부한 영양분이 되어서.

지난 몇 시간 동안 수집된 수만 명의 인간들이 처리된 뒤, 라이브러리안은 자리를 옮겼다. 우리 둘은 서늘한 어둠 속에 들어섰다.

"훗날의 학자들에게 안타까운 마음이 드는군요. 여기서 벌어졌던 일을 설명해줄 단서는 하나도 찾지 못하겠죠. 화석 기록이 증가한 이유도, 급격한 멸종의 이유를 뒷받침할 증거도 전혀 나오지 않을 테니까요. 자, 그럼 이제 내가 파스 케토나에서 무엇을 찾아냈는지 설명할 차례로군요. 들어보겠어요?"

허락을 구할 필요는 없다. 나는 카탈로그.

귀를 기울일 뿐.

라이브러리안

남편이 자취를 감춘 뒤로도 상황은 나아질 기미가 없었죠.

최고 건축사는 나와 맺었던 협력관계를 짐짝처럼 여기더군요. 이를테면 우리의 지위를 유지하는 일이 그랬는데, 얼마 남지 않은 특권이나마 지키려면 의회와 건축사 계층 양쪽 모두에서 핵심적인 존재로 자리매김해야 했죠.

그래서 나는 플러드의 정체를 밝혀내자고 의회에 제안했죠. 놈들의 기원, 약점, 동기 등등 무엇이 되었건 말예요.

우리 은하에서 플러드가 침공한 지역에 근거해 지난 수천 년간 놈들의 발원지를 놓고 추측만 무성했어요. 국부 은하계 가운데 하나인 파스 케토나, 그리고 거미[전술 번역: 타란툴라 성운]라 부르는 어린 태양으로 가득한 거대한 섬유 성운이 발원지로 의심되는 장소였죠.

전설에 따르면 파스 케토나는 천만 년 전 대탐험기의 선조들이 첫발을 내디뎠던 곳이라고 하더군요. 하지만 그 옛날에 그렇게 멀리까지 탐험이 가능했을지는 상당한 의문으로 남아 있었죠. 도메인 연구에 일생을 바치는 하루스피스조차도 당시의 기록에는 접속할 수가 없었어요.

더구나 도메인은 세월이 흐를수록 역사적 사실을 모호한 진실로 바꾸기 때문에, 후대에 이르면 대부분의 선조들은 이해조차 할 수 없게 되죠. 그런 모호한 기록을 오늘날의 이해에 맞춰 재구성하려면 당시의 대장정을 재현하는 방법밖에 없었어요.

그곳까지 직접 가볼 수밖에 없었답니다.

태양과 태양 사이를 오갈 때도 마음이 편치 않은데, 은하계와 은하계 사이를 오가야 한다면 말할 것도 없겠죠. 내가 애착을 갖는 분야는 내면의 무한에 속해 있답니다. 몸속에서 거침없이 요동치는 세포와 촘촘히 맞물려 서로 협동하는 동시에 경쟁하는 수많은 분자처럼, 자신들이 살아 움직인다는 사실조차 자각하지 못하는 존재가 한데 뒤엉킴으로써 훨씬 거대한 무한으로 향하는 문을 열죠. 나와 당신, 그리고 온갖 생물에 이르기까지.

우리 내면의 무한이 없으면 광대한 우주도 있으나 마나죠. 내면의 무한이야말로 우주의 빛줄기에 눈을 뜨게 해주고, 온기를 느끼는 감각을 유지해주며, 난관에 맞설 정신을 일깨워주는 존재니까요.

그렇다고 별들이 마음에 걸린다는 말은 아녜요. 빛을 비추어 생명을 탄생시키는 존재니까요. 마음에 걸리는 부분은 별과 별 사이의 공허한 공간이죠. 우주는 고유한 조화와 수수께끼를 지니고 있어요. 추출되기 전까지 일정한 형체조차 없고 오르내림을 거듭하는 유령 같은 입자 속에서 우리 선조는 동력을 이끌어내요. 공간과 시간이 불확실성과 차원이라는 작디작은 매듭으로 묶인 우주 자체의 미세한 틈새에서도 동력을 이끌어내고요.

하지만 감각이 결여된 공허한 공간, 즉 별과 별 사이의 광대한 공간은 악몽을 불러일으킬 뿐이죠. 내가 가장 큰 행복을 느끼는 순간은 생명으로 넘쳐나는 행성에 발을 딛고서 투쟁과 포식, 탄생의 순간을 하나하나 살피고 애정을 품을 때예요. 그리고 그 과정에서 생겨나는 모순되는 감정의 실타래에 둘러싸여 있을 때랍니다. 내가 바라보는 현실이란 작은 데서부터 시작하는 것이니까요.

하지만 현실은 필연적으로 그보다 훨씬 큰 데서 끝나는 법이죠.

다이댁트를 안전하게 숨긴 후 나는 의회에 출두했어요. 은하계 사이를 신속히 오갈 수송수단, 즉 은하계 전역의 건축사들에게 부를 안겨줄 그런 함선을 건조하자는 제안서를 갖고서 말예요. 전례가 없던 일이죠.

의회에서 벌어지는 이런 정치놀음에 어떤 수가 먹히는지 몸소 익혀둔 뒤였죠. 내가 던진 도전장에는 계약에 목숨 거는 건축사들이 도저히 뿌리치기 어려운 요소가 포함되어 있었거든요. 찬란했던 과거를 재현해 신기술로 무장함으로써, 제국 내부의 막대한 자원의 보고를 열고, 건축사 계층의 재정을 튼튼하게 하자는 계획이었으니까요.

목적도 분명하고 구미가 당기는 내용이었죠. 원래는 생명가공사 계층에서 지원할 법한 원정이었어요. 생명가공사야말로 생명을 보존하고 이해하는 데 누구보다도 헌신하는 계층임은 건축사들도 구 의회도 부정하지 못하니까요. 제아무리 기이하다 해도 플러드는 살아 움직이는 생물 또는 그런 생물의 군집체이니, 자연히 생명가공사 계층의 소관이었죠.

사상 최초인지 아니면 두 번째인지는 몰라도, 그렇게 내가 계획한 원정은 은하계 외부에서 발원한 플러드의 기원을 낱낱이 파헤치는 데 목적이 있었어요. 이로써 구 의회와 건축사 계층 모두와 거래를 맺게 되었죠.

건축사들은 조선 분야에서 언제나 탁월한 솜씨를 발휘했지만, 이번 함선은 건조하는 데만도 십 년이 걸렸어요. 구 의회에서 원정 허가가 떨어지기까지는 다시 십 년이 걸렸죠.

왜 지연되는지 알 만했어요.

포탈을 타거나 슬립스페이스 점프로 단 몇 광년만 이동해도, 거기서 발생하는 인과율의 간극을 반드시 해결하고 넘어가야 돼요. 성계 사이를 가로지를 때면 시공간에 저항이 축적되면서 오염 효과가 발생해 결국에는 이동과 통신에 제약이 생기는데, 도메인 접속에 방해를 일으키기도 하죠. 조정 작업을 완료하여 잔류 여파가 양자 배경 속으로 흩어짐으로써 축적된 저항력을 해소한 뒤에야 비로소 이동을 재개할 수 있어요.

하지만 항해를 떠나는 함선이 소형함 한 척뿐이라 해도 16만 광년이 넘는 거리를 불과 몇 차례에 걸친 슬립스페이스 점프만으로, 그것도 중간에 오랜 휴지를 두지 않고 이동하려면 상당한 지원이 뒷받침되지 않고서야 불가능하죠. 파스 케토나 대장정으로 인해 1년이 넘도록 제국 전반에 걸친 운항이 느려지거나 아예 중단될지도 모를 일이고요. 그럼에도 선조 최대의 수수께끼를 풀어냄으로써 역사를 새로 쓰겠다는 계획은 좀처럼 뿌리치기 어려운 유혹이었죠. 예상대로 건축사들은 서로 합의를 이끌어 내려고 무던히 애쓰더군요.

생명가공사가, 그것도 다이댁트의 아내인 생명세공사가 원정의 주도권을 잡는다는 사실이 건축사들은 여전히 불만이었지만, 이것만큼은 그쪽도 체념할 수밖에 없었죠. 플러드의 기원을 연구하는 데 적격인 사람이 달리 누가 있겠어요? 선각자의 시발점을 밝혀낼 적임자는요? 하기야 선각자는 수십억 년 전에 파스 케토나에서 우리 은하로 왔다고들 하지만요.

우리는 승선하게 될 함선에 '대담무쌍'이라 명명했어요. 채 100미터가 되지 않는 길이에 높이는 30미터, 무장은 경무장만 갖추고 있었죠. 대장정에 함께할 탑승자는 나를 포함해 일곱이었어요. 구름처럼 몰려든 백만여 명에 달하는 지원자 중 채굴사 하나, 모험심 강한 건축사 셋, 생명가공사 둘이 선택되었죠.

법률사는 동행하지 않았어요. 이때까지만 해도 우리가 곧 선조 역사상 가장 거대한 죄목을 밝혀내게 되리라는 의심 따위는 없었으니까요.

우리 함선은 2차 슬립스페이스 점프를 끝내며 오리온 혼합성운에서 8천 7백만 광년, 우리 은하의 불규칙한 변두리에서 6천만 광년 떨어진 중간 지점에서 모습을 드러냈죠. 투명한 함교에 서서 머나먼 은하계로부터 희미하게 비치는 불빛에 둘러싸여 있자니 기분이 묘하더군요. 내 영혼이 육신에서 풀려나 우리 은하의 거리가 얼마나 머나먼지, 또 은하의 안개가 얼마나 차디찬지 제대로 가늠조차 못한 채, 그 속을 헤매며 홀로 터벅터벅 집으로 돌아가는 소름 끼치는 상상이 뇌리를 스치더군요.

다이댁트라면 그렇게 광대한 공간을 눈앞에 두고서 쾌재를 불렀을 거예요. 하지만 당시 그이는 크립팀 속에 고립된 채, 삶의 주위를 따라 흐르는 형언하지 못할 노랫가락에 귀를 기울이고 있었겠지요.

공허함.

광활함.

무상함.

인간은 아무것도 존재하지 않는 무의 상태가 있다고 믿었어요. 그 점이 바로 인류만의 특징이랍니다. 인간은 거듭해서 무의 개념을 고안했죠. 하지만 선조는 다른 시각을 견지했어요. 아무리 물질이 희박한 곳일지라도, 입방 센티미터의 우주 공간 하나하나에도 상당한 밀도의 복사선이 통과하기 때문에 근본적으로는 아득히 머나먼 장소며 태곳적 시간과도 이어지니까요.

대담무쌍을 다음 점프에 돌입시키기에 앞서, 복잡하게 뒤엉킨 채 외부 감지기에 포착된 광원 기록을 현재 위치에 맞추어 조정했어요. 무턱대고 앞으로만 나가다 비극적인 결말을 맞이한 항해 이야기라면 다들 익숙하니까요. 알다시피 시공간은 함선처럼 한 차원에서 다른 차원으로 추월을 거듭하는 물체의 표면에 얼룩 같은 흔적을 남기죠. 우리도 예외는 아니었고요. 그랬다가 자칫 위태로운 상황이 될지도 모르니, 여기까지 무사히 도달했다는 사실을 통신으로 알리지도 않았답니다.

이런저런 이유 때문에 우리가 속해 있는 기준좌표계에서 여정에 소요될 시간은 예상을 훌쩍 뛰어넘었는데, 이론상 슬립스페이스 점프가 눈 깜박할 사이에 끝난다는 사실을 생각하면 엄청나게 느린 속도였어요. 시공간의 간극을 얼마나 매끄럽게 메우느냐에 따라 여정의 성패가 달린 셈이었죠.

우리가 기존의 기준좌표계를 벗어난 뒤로 얼마나 오랜 시간이 흐를지는 여정이 끝날 때까지 아무도 모를 일이었어요.

몇 달이 될지, 아니면 몇 년이 될지.

더 길어질지도 모르죠.

여정의 마지막 절반 동안은 천천히 회전하는 보호막에 몸을 맡긴 채 담요를 느슨하게 감싸고 잠들어 있었죠. 이따금 꿈조차 없는 잠에서 깨어나 남편과 아이들의 얼굴을 차례로 떠올리려 해봤지만, 무엇 하나 뜻대로 되지 않더군요.

앤실라라면 그런 기억을 되살려줄지도 몰라요. 전투복이라면 우리 가족이 함께했던 순간을 되새겨줄지도 모르죠. 하지만 나는 어디에도 의지하지 않았어요.

휘하의 대원들은 현명하게도 여정이 거의 끝나갈 무렵까지 줄곧 잠에 빠져 있었죠.

———————o———————o———————

알람이 울렸어요.

만반의 태세를 갖출 때가 다가온 거예요.

나는 함선이 반응할 때까지 알람을 무시했죠. 그러자 소형 모니터가 선실로 들어와 나를 감싸고 있던 부드러운 보호막을 걷어내더군요.

거리상으로 아직 멀었지만 이제 점프 한 번이면 목적지가 눈앞이었죠.

동료 대원들은 대기실과 함교에서 슬슬 준비를 하고 있었어요. 나는 쏜살같이 오가는 작동음, 물결치는 영상, 그리고 새 떼처럼 오르내리는 진단 수치와 발견사항이 표시된 제어반 사이로 올라섰어요. 수차례에 걸친 장거리 점프만으로 여기까지 무사히 도달한 덕에 한숨을 돌렸죠.

대원들 역시 무사 도착을 축하하며 전투복을 벗어던지고 부둥켜안은 채 한껏 상기됐는데, 그 바람에 대원들의 건강 상태를 점검하려던 소형 모니터들이 난감해했죠.

내가 다가가자 대원들은 상황을 눈치채고는 조금씩 침착함을 되찾았어요.

'공구의 파수꾼'이라는 우쭐대기 좋아하는 젊은 건축사가 내게 다가와 대원 모두 이상이 없다고 일러주더군요. 유서 깊은 채굴사 가문 출신인 '옛 숲의 공터'가 축하주에 회복제를 타서 한 잔씩 돌렸죠. 내 휘하의 생명 가공사인 '푸름을 향한 찬가'와 '빛을 향한 탄생'에게는 회복제를 갑절로 넣어줬어요. 그 둘은 다른 대원들에 비해 어쩐지 초췌해 보였거든요. 놀랄 일도 아니죠. 나 역시 기력이 없었거든요. 여기처럼 아득한 곳에서는 바다를 떠난 물고기처럼 현세의 기운이 너무도 희미하게 느껴지니까요.

"아무래도 여독이 많이 쌓이신 듯해 송구스럽습니다, 생명세공사님."

나는 '옛 숲의 공터'가 회복제를 곱절로 탄 축하주를 받아들었죠.

"많이 피로해 보이나요?"

"그렇게 보이십니다."

여느 채굴사들처럼 공터도 격식에 구애받지 않고 직설적으로 답했어요.

"사과할 필요 없어요. 여기서 망연자실한 기분이 들기는 피차 마찬가지일 테니까요."

"맞습니다. 행성이나 바위, 마그마는커녕 아무것도 없으니 말입니다! 어둠 속에서 수조에 달하는 자그마한 눈동자가 저를 감시하는 기분입니다."

공터는 솔직하게 털어놓으며 몸서리를 치더군요.

일행은 축하주를 홀짝이며 조금씩 기운을 되찾았지만, 다들 여전히 지친 눈치였죠.

"역사상 우리보다 멀리 도달한 선조는 아무도 없을 겁니다. 대담무쌍을 건조한 이들에게 모든 영광을 돌립시다!"

'공구의 파수꾼'의 말에 일행은 마지막 남은 축하주로 건축사들과 건배한 뒤, 다시 전투복을 입었어요. '빛을 향한 탄생'은 벌써 파스 케토나에서 새로 들어온 광원을 검사하고 있었죠. 빛을 향한 탄생은 실력 있고 경험이 풍부한 2형체 생명가공사로, 전에도 여러 차례 손발을 맞춘 적이 있는 여자였죠.

"문명의 흔적이라고는 없군요."

탄생이 읊조렸어요.

보는 안목이 있다면 우주 공간만 훑어봐도 고등 문명의 흔적이 한눈에 들어오는데, 대개 첨단기술은 수많은 항성에서 발산되는 자연 방사선을 이용하고 거기에 영향을 미치기 때문이죠. 또 새로운 광원에는 추가적인 정보와 검출 가능한 양자 얽힘이 실려 오기 마련이고요. 이곳 일대의 항성에서 나오는 빛의 나이는 천 살 아래더군요.

"그렇긴 하네요. 하지만 확실히 파악하려면 시간이 걸릴 거예요."

최연소 대원인 '푸름을 향한 찬가'가 말했어요.

나는 유난히 찬가가 마음에 들었죠. 성실하고 총명한 두뇌에, 부족한 경험을 열정으로 대신하는 모습을 보노라면 챠룸 하코르 전투로 잃었던 딸아이가 떠오르더군요. 그 아이 역시 전사 종복이었죠. 내가 다른 계층에 속한 이와 가약을 맺지 않았더라면 아마도 찬가와 같은 딸아이가 있지 않았을까요.

나도 직접 측정을 해봤어요. 일대의 항성은 어디 하나 건드린 흔적이 없었고 색상 전환도 지극히 자연스러웠죠. 대담무쌍에 탑재된 측정 장비만큼 눈썰미가 예리한 편은 아니지만, 이곳의 작은 위성은하는 지금까지 경험했던 여느 항성계와 마찬가지로 생명의 불모지라는 예감이 들었어요.

"느낌에는 어린 은하 같습니다."

두 번째 건축사이자 일행 중에서 가장 말수가 적고, 나를 제외하면 가장 연장자인 '들판에 드리운 여명'이 그렇게 말하더군요.

"은하계로 치자면 어리다는 것도 수십억 년에 해당하죠."

나는 대원들에게 그렇게 되새겨주었죠.

"문명이란 대초원의 불씨처럼 타오르며 사라지죠. 태양이 폭발해 생명을 앗아가고, 성운이 새로운 원소를 퍼뜨리며 새로운 태양의 씨앗을 뿌리고…… 모두 처음부터 다시 시작되는 거예요. 우리 은하도 그런 주기를 여러 차례 거듭했죠. 우리는 가장 근래에 들어선 문명일 뿐이에요."

사실은 이렇게 말하고 싶었죠. 우리가 '마지막' 문명이라고 말예요.

———◇———

여정의 막바지에 이르러 목적지까지 수천 광년 앞둔 무렵까지도 아무런 사고가 일어나지 않았어요. 하지만 함선이 가장 격렬한 단계의 조정 작업에 접어들면서, 우리는 전투복을 다시 착용한 채로 장시간 수면에 들어가야 했어요.

조정이 완료된 뒤, 파수꾼과 여명은 함선의 상태 점검을 끝마쳤죠.

감지기로 일대를 면밀히 훑어본 결과, 위성은하 내부의 수십억 항성 어디에서도 우리가 아는 종류의 통신은 하나도 잡히지 않았어요. 파스 케토나에는 기술문명의 흔적을 좀처럼 찾아볼 수 없었고, 몇몇 행성계를 근접 분석한 결과 어떠한 종류의 생명체도 없었죠.

탐사의 초점은 파스 케토나 깊숙한 곳이자 거미 성운의 외곽에 있는 어느 항성에 맞춰져 있었어요. 그 항성은 백만여 년 전, 지금은 사라진 계층인, 어느 이론사의 이목을 끌던 곳이죠. 그 여자의 이름은 '영원'이었는데, 영원이 죽고 얼마 지나지 않아 이론사 계층은 건축사 계층과 강제로 통합되고 말았어요.

영원은 전사의 명령을 거역하면서까지 일생 동안 끈질기게 그 항성을 연구했죠. 전사들이 어째서 유독 그곳만은 미탐사 상태로 남겨두기를 원했는지는 끝내 밝혀지지 않았어요. 어쩌면 본인들도 이유를 몰랐을지도요. 결국 영원은 명령 위반으로 기소됐어요. 짐작건대 법률사가 내린 조치였을 거예요.

당신이라면 당시의 사건을 알지도 모르겠군요. 모르나요? 그렇다면 공교롭게도 기록이 소실되거나 뇌리에서 사라졌나보군요. 당시는 우여곡절이 정말 많은 시기였으니 말이죠.

영원은 연구를 금지당하고 강제로 크립텀에 들어가야 했어요. 나중에서야 크립텀이 고장 난 상태였다는 사실이 드러났는데, 누군가 일부러 손을 써뒀지 싶어요. 그렇게 천 년이 지나 크립텀을 열었을 때 영원은 시체로 발견됐고, 유해는 그녀의 가르침을 받았던 일단의 제자들이 남몰래 수습했죠.

그렇게 영원이 죽은 지 수만 년이 흐른 뒤에 이상한 소문이 돌았어요. 도메인을 연구하는 하루스피스의 눈앞에 당시 검열됐던 영원에 관한 정보가 자꾸만 맴돈다는 소문이었죠. 일각에서는 도메인이 그 여자를 총애해 생긴 일이라고 여겼지만, 지금에 와서는 황당무계한 이야기일 뿐이죠.

하지만 늘 궁금증이 머릿속을 떠나지 않았어요.

다이댁트가 크립텀에 들기 한 세기 전, 케스 시돈에 있는 전직 이론사 기록소에서 영원의 실제 연구기록 사본을 찾아낸 적이 있었죠. 사본을 읽다 보니 그녀가 파스 케토나에 관해서 엮어놓은 별난 사실들이, 내가 그동안 인류의 유전자를 연구하면서 머릿속에 떠올렸던 가설과 묘하게 맞아떨어진다는 점에 호기심이 생기더군요.

인류는 에르데 티레네에서 발원했을 가능성이 높아요. 하지만 오래전에 그곳을 버리고 외부로 팽창하는 과정에서 수십 광년 떨어진 두 태양계를 따라 인구 중심지를 건설했고, 그 뒤로는 3만 광년에 걸쳐서 일련의 전초기지를 구축하며 우리 은하 변방을 넘어섰죠.

당연히 선조는 그런 인류를 의식했고 날로 증가하는 인구와 공격적인 이주지 개척 동향을 주시했어요. 당시만 해도 인류에 대한 뚜렷한 판단 기준이 없었어요. 장차 인류가 상당한 골칫거리로 자라날 가능성이 높다는 의견이 주를 이루었지만, 그때만 해도 실질적 위협을 느끼지는 않았으니까요.

불과 몇 세기만에 한낱 전초기지에 지나지 않던 인류 개척지도 어느새 인구가 조밀해졌고, 뒤따른 전쟁을 거치면서 플러드의 초기 공격을 고스란히 받아냈죠.

하지만 플러드보다 앞서서 인류의 존재를, 나아가 인류와 선조의 존재를 동시에 의식하고 있던 존재는 과연 누구였을까요?

⸻○————————○⸻

파수꾼이 내게 다가와 숨죽여 말하더군요.

"우리가 여기까지 온 이유가 신경물리 건축물의 유무를 확인하기 위해서라던데, 사실입니까?"

"틀린 말은 아니죠."

"선각자도 이렇게 멀리까지 진출했으리라 지금껏 짐작만 해왔으니 말입니다."

"지레짐작은 금물입니다. 하지만 조사하겠다면야…… 환영이죠."

이제 우리는 짧게 몇 광년 간격을 두고서 여섯 차례 점프에 들어갔죠. 마지막 점프에 돌입하던 순간에는 나중을 대비해 퇴로의 선택권을 가능한 폭넓게 마련하고자, 소형 포탈을 열어뒀죠.

행여나 파스 케토나를 긴급히 떠나야 하는 경우를 위해서 말예요.

우리는 목표 항성의 이온화 플라즈마 기둥에서 나오는 충격파 속에서 장시간 이리저리 표류했어요. 플라즈마 기둥은 백억 킬로미터가 넘는 거리를 따라 산들바람에 흔들리는 촛불처럼 일렁였고, 인근 태양 성단에서 나오는 분출량이 일정한 에너지를 가로질렀죠.

"바위투성이 행성 네 곳이 잡힙니다."

파수꾼은 그렇게 보고하면서도 좀처럼 흥분을 드러내지 않더군요. 왜소

한데다 아직 새파랗게 젊고 자아도취에 빠지기는 했어도, 팽팽한 긴장의 끈을 놓지는 않았어요.

"그리고 이상 질량체 다섯 개가 포착됐습니다."

여명이 그렇게 덧붙이며 가상 관측창에 위치를 표시했어요.

"감지기에 포착되기 전부터 저런 질량체가 있으리라고 예상했던 줄로 압니다. 어떻게 아신 건가요?"

내가 물었죠.

"미약한 편차가 있어서 그렇게 짐작했습니다. 아주 미약하게 말입니다."

"거기다 두 행성 궤도에 작은 변화가 있습니다."

파수꾼은 동료 건축사의 예리한 감각에 감탄하며 고개를 끄덕이더군요.

"서로 질량이 같고 지름도 같은 점을 보아…… 항성이 되려다 만 갈색 왜성일지도 모르겠습니다."

여명이 그렇게 추측하자 파수꾼이 말을 받았죠.

"그럴 가능성도 있겠군요. 하지만 갈색 왜성이라면 가시광선은 아니더라도 여전히 열을 발산하고 있어야 합니다. 이 질량체들은 성간 공동(空洞)보다도 차갑군요."

뒤따라 예의를 갖춘 정중한 침묵이 감돌았어요. 우리 모두 같은 생각을 하고 있었죠. 학창시절에도 비슷한 물체를 본 적이 있었거든요. 우리 은하에는 이제 소수밖에 존재하지 않는 그런 질량체를 말예요.

"설마 선각자 고정기란 말입니까?"

파수꾼의 물음에 여명이 말을 받았죠.

"고정기를 서로 연결하거나 항성 사이를 잇는 교각이나 섬유는 전혀 보이지 않습니다. 적어도 항성계 내에서는 말입니다."

아무리 잠들어 있는 상태라 해도 그런 구조물은 불안정하거나 위험하니까요. 대담무쌍에 탑재된 앤실라를 통해 이전에 선조가 이런 구조물과 접촉했던 사례를 찾아보았는데, 살펴보니 마음이 심란해지더군요. 함선이 흔적도 없이 사라지는가 하면, 생존자들은 신경위상 기하학을 보는 시각이 뒤틀려 제정신을 되찾느라 장기간 원기하학 치료를 받아야 했다고 나오더군요.

대원들은 불안한 눈치였지만, 흔들림 없는 모습들이었죠.

"주의해서 접근해보도록 합시다."

내 조언에 따라 파수꾼과 여명은 전투복을 나와 연계한 후, 대담무쌍과 함께 정밀한 항로를 설정했어요. 가장 인접한 어두운 질량체, 그리고 현재 위치와 그 사이를 가른 20억 킬로미터에 달하는 공간을 가로지르면서요.

신중을 기하고자 우리는 전투복으로 몸을 고정하고 신진대사를 감소시켰죠. 그렇게 며칠간 대담무쌍이 쌍곡선 궤도를 따라 인접한 차갑고 어두운 질량체에 접근하는 사이, 우리는 함선을 통해서 선각자 건축물을 비롯해 지금까지 선조가 접했던 온갖 수수께끼 유물에 관한 기억을 낱낱이 되새겼어요. 개중에는 족히 수십억 년을 묵은 것도 있었죠.

지레짐작은 금물임을 명심하면서도, 한편으로는 본능적으로 어렴풋이 알아가며 지난 수십만 년간 선조 사회를 당혹케 했던 케케묵은 논란의 심장부로 조금씩 다가갔답니다.

정말로 파스 케토나가 선각자의 발상지였을까요? 아니면 선각자보다도 먼저 존재했던 더욱 위대한 태초의 종족을 탄생시킨 은하계였을까요? 어쩌면 그보다 더 앞선 존재로 거슬러 올라가 수수께끼의 우주 공간인 글로우와 그 기원을 함께하는 종족을 탄생시킨 장소였던 것은 아닐까요?

앤실라의 도움으로 기억을 되새기며 머릿속이 한껏 달아오르고 우리 몸은 한없이 느릿느릿 움직이는 사이, 함선은 점점 항성계 깊숙이 들어서고 있었어요.

5번 기록
카탈로그

법률사 통신망이 잠깐 열린 틈을 타, 카탈로그는 지금까지 수집한 정보를 전송하고, 라이브러리안의 진술과 연관된 자료를 받아서 자신의 이해에 부족한 점을 보충했다.

한편 법률사들은 다른 항성계로 우어 다이댁트를 추방시켰다. 카탈로그는 라이브러리안의 진술과 관련된 발췌문을 받았으나, 우어 다이댁트가 생존해 있다는 사실을 라이브러리안에게 알려서는 안 된다.

우어 다이댁트

최고 건축사는 내가 탄 함선을 산 시움 격리 행성계에서 나포한 이후, 나를 일촉즉발의 폭탄이라도 다루듯 나를 군용 등급 폐쇄장에 감금시켰소.

그때부터 시간이 얼마나 흘렀는지는 나도 모르겠소.

그러다 느닷없이 커다란 종소리 같은 굉음이 귓전을 때리더니, 뒤따라 뿌연 오존 냄새가 코를 찔렀소. 끝내 거품막이 깨진 것이지. 이제껏 억눌려온 시간이 한꺼번에 밀려들면서 살갗을 그을리더군. 눈앞이 흐릿하고 팔다리가 후들거리는 탓에 간신히 몸을 일으켰소.

적어도 일 년은 흘렀지 싶소.

내가 일어난 곳은 함선 내부였소. 함내는 넓은 편이었고 버려진 상태임이 분명했소. 내가 나온 거품막은 장기저장용 화물칸에 버려져 있더군. 화물칸의 해치가 열린 채였고 조명은 흐릿했소. 주변에서 들려오는 소리는 하나같이 불길하기 짝이 없었지. 뭔가 삐걱대는 소리, 부품이 낡아서 딸깍거리는 소리, 먼발치 어디선가 뭔가를 애처롭게 긁어대는 소리까지 말이오. 보아하니 수리도 하지 않은 낡아빠진 함선 같았소.

그래도 정신을 가다듬으며 어렵사리 화물칸 밖으로 나와, 굽은 통로를 내려가 이동관이 있는 곳까지 다다랐소. 애써 왔건만 이동관이 말을 듣지 않더군. 그래서 벽에 몸을 기대고서 비척거리며 다음 구획으로 걸음을 옮겼소. 그곳에도 화물칸이 있었소.

살펴보니 군용 등급 폐쇄장 거품막 네 기가 구석에 처박혀 있었소. 거품막에서 희미하게 들리는 기계음과 막이 깜박거리면서 내용물의 모습이 드러나는 점으로 보아, 얼마 가지 않아 내가 들어갔던 거품막처럼 깨질 듯했소.

네 거품막을 구석에서 끌어내 간격을 벌린 다음 그 사이에 서서, 막을 감싼 불투명한 얼룩들이 하늘의 구름처럼 꾸물대는 모습을 가만히 지켜봤소. 시간이 지나자 전투복을 입은 채 누워 있는 건축사가 어렴풋이 눈에 들어오더군. 다음 거품막에는 건축사 보안요원으로 짐작되는 자가 있었는데, 전투복도 입지 않은 채였소. 전사 종복의 육체적 특징에 새로운 형질을 덧붙인 흔적이 있더군.

그다음 거품막에는 외피에 둘러싸인 카탈로그가 들어 있었소. 법률사 계층의 정보수집 요원이라던가. 아무래도 당시 상황에서는 별반 쓸모가 없을 듯했소. 나야 당신네하고는 전부터 껄끄러운 사이였잖소. 인류-선

67

조 전쟁이 막바지에 접어든 무렵, 그쪽에서 전사들의 일거수일투족을 감시했던 전력도 있으니 말이오.

내가 각인을 심었던 매니퓰러, 그리고 녀석과 함께 데리고 다녔던 두 인간은 온데간데없었소. 최고 건축사 그자가 전부터 플러드 대응책을 강구하는 데 병적으로 집착했음을 생각하면, 어딘가의 연구소로 끌려가 불행한 최후를 맞이했을 테지.

나는 잠시 거품막이 있는 화물칸 밖으로 나와 항법실로 보이는 곳으로 걸음을 옮겼소. 항법실 내부는 침침하고 스산했으며, 지저분한 유기질 조각으로 뒤덮여 있었소.

역시나 버려진 배였지.

갈수록 태산이었소. 무허가 상선 혹은 압수당한 고철배가 틀림없으니. 그래도 선조 함선이라는 사실이 그나마 불행 중 다행이었소. 나는 다음 층으로 올라가 주함교에 올라섰소.

함내의 중력이 당장이라도 사라질지 모른다는 불길한 조짐이 들었소. 이러다 위태로워지기 십상이겠더군. 함선 내부는 중력 변화에 굉장히 민감한 곳이잖소. 자칫하면 갑자기 천장을 들이받거나 벽면에 내동댕이쳐져 온몸이 으스러질지도 모르니 말이오. 전사라면 익히 아는 사실이지만, 불안정한 중력이란 [전술 번역: 불경스런 표현으로 추정되는 욕설로, 번역 불가]과도 같소이다.

일단 갑판을 거닐며 함교를 살펴보았소. 어떻게 된 것이 챠룸 하코르에서 싸웠던 시절에 타던 함선보다도 장비가 구식이더군. 누가 최고 건축사 아니랄까봐 정적을 처리할 때조차 투철한 절약정신이 돋보였소. 당최 어디서 이런 고철을 구했는지 신기할 따름이니. 변방 행성에 있는 잉여물자 폐기장에서 구했거나 자기 건축시설 궤도를 떠돌던 배를 인양했겠지.

소리쳐 지시를 내렸지만 아무런 반응이 없었소. 나를 돕거나 아니면 나를 차단할 앤실라조차 모습을 드러내지 않았소.

투명한 제어반에 수북이 쌓인 먼지를 털어내고 살점으로 짐작되는 찌꺼기를 치운 다음, 침을 뱉어 핏자국으로 보이는 흔적을 닦아냈소. 한차례 악전고투를 치렀던 함선임이 틀림없었소. 하지만 대체 무슨 전투였단 말인가?

얼룩이 덕지덕지 붙은 제어반에서 희미한 빛이 새어 나오자 나는 표면을 다시 닦아냈소. 빛이 밝아지나 싶더니만 도로 깜박거리며 희미해지더군. 아직은 함선이 간신히 작동하는 중이었소.

그나마 내부 온도가 얼어 죽을 정도는 아니더군. 공기도 호흡에는 크게 지장이 없었지만 색이 부옇고 퀴퀴한 냄새까지 났소.

얼마나 멀리까지 왔으며, 얼마나 오랫동안 이동했으며, 어디서 출발했단 말인가? 그리고 대체 어디로 향하고 있었단 말인가?

불현듯 불길한 생각이 머릿속을 맴돌았소. 뚜렷한 목적지도 없이, 점프를 하거나 포탈도 거치지 않고 광속 이하로 이동하는 함선이라. 폐쇄장의 동력이 떨어질 즈음이면 내가 들어 있던 거품막도 열릴 테고, 그렇게 나를 삶과 죽음의 경계에 내팽개쳐 서서히 죽어가게 만들 작정이었을 것이오.

최고 건축사 그자가 도의심이라고는 눈곱만큼도 없으며 반드시 뒤끝을 내보이고야 마는 성미라는 사실은 익히 알고 있었지만, 이 정도였을 줄이야!

그때 희미하던 불빛이 밝아졌소. 얼른 제어반을 두드려 지지직거리는 표시창을 불러내 함선 전방의 상황을 띄웠소. 불그스름한 빛을 띠는 성난 행성의 가장자리가 나타났소. 마치 막대기로 휘저어놓은 물감처럼 대륙 위로 기이한 소용돌이무늬가 얼핏 보였던 듯했지. 그 독특한 지질 구조로 짐작건대 우테라 미드게르드 같았소. 우테라는 선조 제국의 최극단에 있는 행성으로, 순찰조차 돌지 않는 은하계 변두리에서 불과 백 광년 떨어진 곳이오.

크립텀에 들어가기 이전에 알던 바로 우테라는 선조 문화와 양식의 최 변방과도 같은 곳으로, 건축사 세력에 반대하는 반골 성향의 채굴사들을 비롯해 소속된 계층을 등진 자들이 산다는 그런 곳이었소. 최고 건축사는 기강이라고는 눈곱만큼도 없는 이런 해이한 곳에 프로메테안인 나를 내침 으로써, 달콤하리만큼 얄궂은 모순을 음미했는지도 모르겠소.

그때 등 뒤에서 인기척이 느껴졌소. 고개를 돌리니 웬 얼굴이 이동관 언 저리 너머로 날 쳐다보고 있었소. 싸늘한 충격이 뇌리를 스침과 동시에, 나는 그자가 과거 인류와의 전쟁에서 함께 싸웠던 동료 참전용사이자, 휘 하의 전술 소함대 중 하나를 이끌었던 지휘관임을 알아차렸소. 당시 '불시 의 기습'이라는 이름으로 기억하던 자였지.

"이게 누구신가! 정녕 다이댁트께서 나와 유배를 함께하고자 예까지 친 히 행차하셨단 말인가?"

'불시의 기습'은 그렇게 나직이 탄성을 내뱉고는 함교로 들어와 팔을 뻗 으며 몸을 풀었소. 초췌하고 수척한 모습하며, 갖은 고생을 겪었는지 몰골 이 말이 아니더군.

"우리 말고도 둘이 더 있네만, 보존 상태가 열악하더군. 말도 못할 상황 일세."

우리는 지친 걸음으로 다가가 서로 부둥켜안고 옛 추억에 젖어들었지 만, 좋은 기억만 있는 것은 아니었소. 나의 원대한 전략에 반대하며 실드 월드 계획은 실효성이 없다고 의회를 설득하는 데 결정타를 날렸던 원흉 이 바로 그자였으니.

하지만 시시비비를 가려봤자 이제는 부질없는 짓일 뿐.

기습은 표시창을 자세히 들여다보았소.

"저것은 혹시 우테라인가? 예감이 좋지 않군. 나는 여기서 족히 천 광년 은 떨어진 곳에서 이 배 저 배를 오가며 백 년 가까이 플러드의 움직임을 감시했다네. 이제는 우테라로 좌천되다니! 이것이 충성을 다해 건축사들을 섬긴 대가란 말이던가. 자네는 무슨 곡절인가? 크립텀에서 풀려났다는 소문은 들었네만."

"상황은 어떤가? 아는 대로 말해주게."

나는 말을 자르며 최대한 위압감을 감춘 목소리로 말했소.

"일단 이곳은 소멸지대 한복판일세."

기습은 난감하다는 듯이 혀를 찼소.

"소멸지대란 말은 처음 듣는군."

"앤실라도, 전투복도 없다니."

그러고는 자기 양손을 살피더니 겉으로 드러난 맨살이 익숙지 않은지 주먹을 쥐었소.

"갓난아기처럼 무방비로 노출된 꼴이로군. 소멸지대란 플러드의 손에 넘어간 군관구나 외곽호를 일컫는 말일세. 여기는 플러드에 통째로 잠식된 항성계일세. 수십 광년 내에 있는 인접한 성계도 마찬가지일 테지."

기습은 어깨를 축 늘어뜨렸소.

"나를 진정한 전사로 성장케 한 사람은 다이댁트 자네였네. 하지만 이제는 낙오자 신세로군. 이런 나를 뜻대로 벌하는 것도 자네의 몫일세."

나는 평소에 내가 아끼고 존경하던 이들에게 위해를 가한 자들은 좀처럼 용서치 않는 성격이오. 하지만 이제 불시의 기습은 과거의 덧없는 그림자에 지나지 않았으니.

반면 나로 말하자면…… 별반 다를 것도 없었소.

"좌우간 서로 도와야 하는 처지로군. 이게 어떤 함선이고 어떤 기능이 있는지 아는가?"

기습은 상체를 펴고는 숨을 깊이 들이쉬었소.

"어느 건축사가 폐함 처분하라는 직속 명령을 어기고 숨겨둔 함선일세.

원래라면 진작 재활용됐겠지만, 성공률이 희박한 임무에 투입시켜 훨씬 값비싼 신형 함선을 대체하는 용도로 사용하더군. 그런 배에서 몇 번을 복무했던가. 참으로 힘겨운 임무였다네."

그러고는 마른침을 삼키고 인상을 찡그리며 말을 이었소.

"건축사들은 사리사욕에만 매달리는 작자들이잖나. 나는 제국을 위해서 최선을 다했네."

"두말할 필요 있겠나."

패배에서 살아남은 전사들이 으레 그렇듯, 어느덧 기습은 속에서 끓던 자기혐오를 싸늘한 분노로 터뜨리기 시작했소.

"누군가가 이 함선을 무작정 소멸지대로 보내라고 지시한 것이 틀림없네. 혹시 딸려온 함선이 더 있다면 지금쯤 전부 플러드의 손아귀에 넘어가 꼭두각시로 변했을 테고, 한창 주변에 병을 퍼뜨리고 있을 걸세."

기습은 앞을 노려보며 가슴속에서 신음을 내뱉었소.

"우린 지금 역병이 창궐한 함선에 갇힌 꼴일세!"

극도의 공포에 사로잡힌 기습의 표정을 보자, 불안정한 중력 변화 때문에 마음을 졸이던 때보다 훨씬 더 심란해졌소.

"속단하기는 아직 이르다네."

"나머지 둘은 여전히 폐쇄장에 있잖나. 벌써 감염됐는지도 모르네!"

"마찬가지로 속단하기는 이르지."

"감염 초기 단계의 징후라고는…… 눈치채기 어려운 자그마한 상처나 촉수 한 가닥 정도란 말일세!"

기습은 쿨럭거리면서 기침을 해대다 발작을 일으키며 고꾸라졌소. 버림받기 전부터 모진 대접을 받아 몸이 쇠약해진 모양이지. 함선 내부의 공기가 갈수록 탁해지고 있었소. 나도 점점 목과 가슴이 조여들었으니 말이오.

발작이 잦아들자 기습은 자제력을 되찾았소.

"이거 못난 모습만 보였구먼. 이렇게 다시금 자네 밑으로 돌아와 다행일세. 자네가 날 받아주겠다면 말이지."

우리는 침울한 분위기 속에서 잠시 서로를 바라보았소. 기습도 왕년에는 나무랄 데 없는 지휘관이었소. 행동보다 말이 앞서는 점이 흠이었지만.

"지금은 힘을 합칠 때잖나. 우선은 상황부터 파악하세."

기습이 제어반으로 걸어가 우리네 귀에는 솔직하고 친근하게만 들리는 전사의 욕설을 내뱉으며 두드려도 보고 살살 건드리기도 하면서 제어반과 씨름한 끝에, 말을 듣지 않던 고철배가 가까스로 작동하기 시작했소. 직시 관측창이 열리자 우테라 전역이 시야에 들어왔소.

"영 신통찮군."

기습이 그렇게 말하자 낡은 앤실라가 느릿느릿 되살아나고자 몸부림쳤소. 처음에는 빙빙 도는 납작한 원반 모양으로 나타났다가 이내 앞을 노려보는 두 눈알만 달린 머리 없는 흉상 형태를 취했소.

"실례합니다. 저는 네 척의 함선으로 구성된 소함대의 연계지능을 대표하도록 설계된 앤실라입니다. 소함대 사령관 이외에는 명령을 내릴 권한이 없습니다."

"소함대별로 하위 메타아크가 있는 경우가 흔하다네. 이런 함선은 단독으로 전투를 수행할 능력이 없으니 말일세."

사정을 알려주는 기습의 목소리에는 넌더리가 난다는 기색이 역력했소.

"나머지 함선 모두 응답이 없습니다. 저는 기능을 상실했습니다. 이제는 불완전한 파편에 불과……."

"어련하실까. 신경 쓸 것 없다. 이 함선에는 어떤 기능이 있나?"

내 말에 앤실라는 보기 흉한 신체구조를 구석구석 드러냈다 감추기를 반복하며 한동안 뜸을 들인 끝에, 남아 있는 재주를 다해 우리가 처한 상황을 파악했소.

"현재로써는 항성계를 벗어날 수가 없습니다. 이 함선은 슬립스페이스 진입이 불가능합니다. 점프에 필요한 부품이 지나치게 노화된 데다, 점프에 앞서 허가를 받을 수단도 없습니다."

"항해수칙이야 무시하면 그만이잖나."

기습이 한마디 던지자, 조각난 앤실라는 말을 이었소.

"현재 인근에는 포탈도 없습니다. 통로를 모두 닫은 듯합니다. 제가 이 항성계의 상태에 관해 아는 바는 불완전하나, 인근의 열다섯 항성과 그 주위를 도는 행성은 모두 오래전에 격리된 것으로 보입니다. 함선의 기록에서 복구한 내용은 이것이 전부입니다."

"나머지 거품막 두 기를 확인해보게. 그 둘은 뭐라도 알고 있을지 모르잖나. 풀려나는 과정에서 살아남을지는 모르겠지만 말일세."

나는 기습에게 조용히 일렀소. 기습은 고개를 끄덕이고는 이동관에 들어가다 말고 고개를 돌렸소.

"내 한때는 건축사 밑에서 덕을 봤을지 모르나, 더는 그치들한테 빌붙지 않겠네. 자네의 기억 속에서만이라도…… 전사 종복이었던 과거의 모습으로 남고 싶네."

"자네 바람대로 하겠네."

"고맙네, 사령관."

그러고는 이동관 속으로 사라졌소.

그나마 서로의 마음만큼은 헤아리게 되어 다행이었소. 행여 죽더라도 그편이 나을 터이니.

나는 그 앤실라에 어떤 능력이 남아 있는지를 알아내는 데만 전념했소. 함선의 탐색 기능을 시험하려 했더니 앤실라는 난감하다는 반응을 보였소.

"저는 당 함선의 직접 통제에는 적합하지 않습니다. 함선을 손상시킬 위험도 있습니다."

일전에 우테라를 찾아갔던 이후로 이 항성계는 달라진 구석이 없는 듯했으나, 정밀 관측 자료 없이는 자세히 알아볼 방도가 없었소.

"위험을 감수하도록 하마."

"알겠습니다. 하지만 제가 알기로 당신은 사령관으로 임명된 분이 아닙니다."

"그렇다면 사령관을 찾아보도록."

"그러자면 함선의 내부 및 외부 감지기를 작동시켜야 합니다. 그 과정에서 함선의 시스템이 추가로 손상을 입을지 모릅니다. 아무래도 진퇴양난인 듯합니다."

허공에 뜬 채 앞을 노려보는 놈의 눈알이 거슬렸소. 아까처럼 회전하는 원반 형태로 모습을 바꾸든가, 아예 형체를 드러내지 말라고 일렀소. 앤실라는 후자를 택했는데, 그러자 반응 속도가 눈에 띄게 향상됐소.

"살펴본 결과 함선이 간단한 조회에는 응답합니다. 함선의 명칭이나 번호는 자신도 더는 기억하지 못한다고 합니다. 또한 작동으로 말미암아 장비에 손상이 가지는 않을 것이라고 하는군요. 다소 안심이 되시는지요?"

"조금은."

계속 바라보면 아직까지 알아채지 못한 사실이 밝혀지기라도 할 것처럼, 나는 아래로 펼쳐진 행성에 정신을 쏟으며 건성으로 대답했소.

그때 뭔가가 눈에 들어왔소.

"외부 감지기는 부식이 심각해 간신히 작동되는 상태입니다. 하지만 신중하게 조작하면 약간의 정보를 얻어낼 수 있습니다. 시도해볼까요?"

나는 우테라 가장자리의 회색빛 땅덩이를 가리켰소. 손으로 가리키는 순간에도 계속해서 행성 반대편의 어둠 속으로 들어가고 있었소. 하지만 땅덩이가 돌아가자 행성 너머의 우주를 배경으로 불룩한 형체가 눈에 띄었소.

"저곳에 초점을 맞추도록."

"규모가 상당하군요. 그러나 자연적으로 형성된 지형도, 선조 건물도 아닙니다. 일대를 확대하겠습니다."

일렁이는 열기 속에서 잡아낸 장면처럼 흐릿하고 불투명한 화면을 통해 가장 우려하던 물체가, 만 년 전에 단 한 번 목격했던 물체가 드러났소. 물체의 정체는 포자 산이었소.

플러드에 잠식된 것이오.

"저 물체의 높이는 해발 50킬로미터로, 측량 결과 최대 지름은 400킬로미터이며 지표면을 뒤덮고 있습니다. 또한 다수의 선조 건물과 교차하고 있으며 대도시 중심부에서 형성된 것으로 보입니다. 제 기억이 정확하고 또 이곳이 우테라가 맞다면 저곳은……."

현재 상황에서 그런 정보는 하등 중요치 않았소.

"함선이 내 명령에 따르도록 해보겠느냐? 너 또한 명령에 따르겠느냐?"

조각난 앤실라는 곰곰이 생각하더니 복잡한 다각형의 기하학적 무늬로 깜박거렸지.

"함선통제 암호를 숙지하고 계십니까?"

내가 기억하는 암호는 족히 천 년은 된 구닥다리였소. 그러나 그 초라한 앤실라나 놈과 밀접히 연계된 함선이 말을 듣게 하는 데는 족할지도 모를 일.

"불러주마."

나는 건축사 시스템에서 주로 사용하는, 겉만 번지르르한 분절암호의 일종이자 400개의 단어와 숫자가 복잡하게 꼬리를 무는 일련의 엉터리 암호를 쏟아냈소.

"확인 중."

앤실라가 암호를 점검하던 중 불시의 기습이 이동관 출구에서 모습을 드러냈소. 다만 이번에는 관에서 새어나오는 바람 소리와 함께 자세를 갖추고 천천히 몸을 일으켰소.

"이동관이나 운반 장치는 대충 작동하는 중이네. 자네는 소득이 있었나?"

"함선을 깨우는 중일세. 화물칸에 있는 전우들은 어떻던가?"

"거품막이 부옇긴 한데, 점차 걷히는 중이네. 얼마 가지 않아 깨질 걸세. 하나는 고위급 건축사 같더군. 전투복을 입고 있네."

기습은 그렇게 말하며 내가 잘못 봤던 것이 아님을 확인해주었소.

"혹시 페이버가 아니던가?"

"안타깝게도 최고 건축사는 아닐세."

기습은 아깝다는 듯이 입맛을 다셨지.

"참으로 애석하게 됐군."

일순 침묵이 흐르는 가운데 우리는 왼손 여섯 번째 손가락을 만지작거리며 서로 복수심을 다독였소.

"아마 최고 건축사의 눈 밖에 난 수하였겠지. 전투복이 아직도 작동하고 있다면 함선 제어에 도움이 될지도 모르겠네."

"나머지 하나는 어떻던가?"

그러자 기습은 암울한 소식을 전했소.

"카탈로그더군. 외피가 손상된 듯했네. 해제하는 도중에 죽을지도 모르네."

여기서도 최고 건축사의 악의로 가득한 손길이 느껴졌소. 보나마나 법률사 측에서 최고 건축사를 조사할 요량으로 보낸 카탈로그였을 텐데, 결국에는 폐쇄장 속에서 얼어붙은 채 그자의 쓰레기 더미와 함께 처박히고 말았으니 말이오.

내가 크립팀에서 일어나자 아내는 여태까지 벌어진 일들이 낱낱이 갱신된 전투복을 챙겨주었소. 이제는 그마저도 빼앗기고 말았으니 최근의 사건에 관한 기억은 하나같이 뒤죽박죽이었소. 애초에 최고 건축사가 무엇에 그리도 쫓기고 있었는지조차 몰랐으니 말이오. 원래라면 아무리 나를 붙잡았다 해도 미리 뇌물로 매수한 법률사 앞에 데려가 형식적인 재판이나마 받게 해줬을 터인데, 그마저도 생략했잖소. 그렇다는 말인즉 나를 손아귀에 넣기 전부터 그자의 권세는 기울고 있었던 것 아니겠소.

카탈로그가 죽지 않고 풀려나 법률사 통신망에 접속하기만 한다면야 제국으로 생환해 우리가 처한 상황을 보고할 수 있었소. 지금껏 당했던 수모를 생각하면 카탈로그 자신도 그러고 싶어서 안달일 테니 말이오.

우테라는 플러드에 잠식된 상태였소. 함선을 수리하려고 지표면에 착륙하기라도 했다가는 그대로 끝장났을 거요. 근방의 다른 행성도 사정은 마찬가지였소. 언제부터 이토록 난장판이 되었단 말이오?

"지난 몇 년간 일이 어떻게 돌아갔는지, 내가 자취를 감췄던 동안 무슨 일이 있었는지 어디까지 아는가?"

"전투복이 없는지라 나도 기억이 가물가물하네만, 결국에 최고 건축사는 아무도 신뢰하지 않았네. 끝까지 믿었던 것은 멘디컨트 바이어스뿐이었지."

"그러다 어떻게 됐는가?"

"끝내 페이버는 체포되어 재판을 받게 되었네. 한데 재판 도중 느닷없이 헤일로 배열이 수도에 공격을 감행하는 사태가 터지고 말았네. 누구는 멘디컨트 바이어스가 그자를 구하려고 꾸민 짓이라고 하던데, 난 아니라고 보네."

여기까지 듣고 나자 아귀가 하나둘씩 맞아떨어지기 시작했소. 기습의 표정에도 그런 기색이 역력하더군.

"최고 건축사는 탈출에 성공했던 것이로군. 자네도 그자를 뒤따랐을 테고."

기습은 이마와 콧대 위로 Y를 그리며 전사들 사이에서 죄를 시인하는 손짓을 했소.

"페이버를 수도에서 탈출시켜 내게 보낸 장본인이 바로 워든이었다네. 나는 쾌속 호위함의 지휘를 맡았는데, 그 호위함은 고위직 건축사 보안요원을 태우고 있었을지도 모르는 여섯 척의 함선 중 하나였다네. 수도가 공격받고 있는데도 수도 행성계를 탈출하라는 명령이 떨어졌지 뭔가."

"그래서 어떻게 됐나?"

"최고 건축사의 개인 보안부대가 몰려들어 함선에 타고 있던 승무원들을 제압했네. 그자의 인장을 보고서 그놈들이 친위대란 사실을 알아차렸지. 나만 살려두고 나머지 대원들은 모조리 죽였네. 내가 아는 바는 거기까지일세."

"여섯 척의 호위함 중 하나에 내가 타고 있었을 테지. 알고 있었나?"

"나는 아무것도 몰랐네."

어쩌면 너무 늦었을지도 모른다는 생각이 들었소. 은하계 전역이 플러드로 뒤덮였을지도 모를 일이니. 그렇다면 최고 건축사는 필시 그놈의 바퀴들을, 그토록 아끼던 헤일로를 발사했을 테지! 수도가 공격받던 와중에 헤일로가 손상을 입거나 파괴되지 않았더라면 그러고도 남았을 거요.

기습은 헤일로의 발사 여부 혹은 헤일로가 몇이나 남았는지에 관해서는 아는 바가 없다고 밝혔소. 최고 건축사와 함께 탈출했으면서도 정작 최근의 사건에 관해서는 별반 아는 바가 없다는 말이 그리 믿음이 가지는 않았소만, 그런 것을 따지고 있을 시간이 없었소.

그때 기습이 표시창을 가리켰소.

"우리가 주의를 끈 모양일세."

수많은 작은 불빛이 궤도를 돌아 나타나더니 행성 둘레를 따라 움직였소. 불빛들 위로 추적 기호가 표시됐고, 멀찍이 떨어진 항성계 외부에서도 불빛이 몰려들고 있더군. 추적 기호는 어느새 해당 함선의 규모, 등급, 무장 등을 나타낸 정보로 변했소.

"선조 함선이로군. 수백 척에 달하는 강력한 신형 함선일세."

기습이 그렇게 말하자 새로 모습을 드러낸 함선들이 이쪽과 교신을 시도했는데, 함선을 직접 통제하려는 듯했소.

"자신들이 이곳 항성계를 장악하고 있다고 하는군. 우리더러 대열에 동참하라며 환영하고 있네."

기습은 전투 표시창을 통해 상황을 전달하다 의심쩍은 눈빛으로 나를 돌아보았소.

"그러면서 순순히 항복하라는군. 대체 여태껏 소멸지대에서 뭘 하고 있었단 말인가?"

"서둘러 나머지를 깨워야겠네. 그 둘이 마지막 희망일세."

○────────────○

남아 있던 폐쇄장 거품막은 동력이 소진되어 당장이라도 붕괴될 지경이었소. 나와 기습은 무력으로 상황을 타개하기로 했소. 본디 전사 종복은 온 힘을 끌어내면 때려 부수지 못할 것이 없으니, 시도해볼 만하잖소. 우리는 무겁고 단단한 도구를 하나씩 챙겨들었소. 다행히도 함선이 낡아서 자가 복구 기능이 최저로 떨어진 덕분에 내부 골조나 기자재, 제어반 받침대처럼 힘이 실릴 만한 것들이 금세 손에 들어왔소.

우리는 내려치고 또 내려쳤소. 동력이 완충된 상태라면 폐쇄장 거품막은 웬만한 타격에는 끄떡도 없소. 하지만 지금은 약화될 대로 약화된 상태라, 힘을 합쳐 동시에 내리칠 때마다 희미하게 어른거리며 자외선을 내뿜었소. 우리는 다급했고, 거기다 운까지 따라줬소. 곧 폐쇄장이 어두워지더니 파열음과 함께 눈부신 푸른빛이 터져 나오더군.

아슬아슬한 찰나, 우리는 급히 고개를 돌렸소.

거품막 속에서 건축사가 튀어나와 바닥을 나뒹굴었소. 여자였지. 마치 죽어가는 벌레처럼 몸을 둥글게 웅크리자 전투복도 따라서 파르르 경련을 일으켰소. 얼굴에는 땀이 흥건했고, 피부는 시퍼런 데다 반점으로 얼룩덜룩했소.

혹시 감염된 것은 아닐까 일순 의심했을 정도였으니⋯⋯.

눈꺼풀을 깜박이다 눈을 뜨자 우리는 뒤로 물러났소. 기습은 가까이 다가가 그 여자를 가지런히 눕히고 고개를 살며시 돌려 눈을 확인해보았소.

"감염된 상태는 아닐세."

옆에서는 카탈로그가 바닥에 드러누운 채, 다섯 팔다리를 제대로 가누지 못하고 꿈틀대고 있었소. 외피는 곳곳이 상처투성이라 성한 데가 없더군. 어지간히도 함부로 다뤄진 모양이었소.

둘 다 쇠약해진 상태였지. 좌우간 나는 건축사를 부축하고 기습은 카탈로그를 맡아 주함교까지 힘겹게 끌고 갔소.

함선은 여전히 원상태로 돌아가려고 애쓰는 중이었소. 정성은 갸륵했지만 안쓰럽기 그지없었소.

"굉장히 낡은⋯⋯ 배로군요."

여자 건축사는 주위를 살핀 후 내 손을 뿌리치고는 자기 힘으로 일어서려고 가냘프게 몸부림쳤소. 뜻대로 해줬더니 맥없이 앞으로 쓰러져서 도로 잡아줘야 했소.

"제가 어째서 여기 있는 거죠?"

"우리 모두 이곳에 버려진 채 플러드에 잠식된 항성계로 보내졌소."

여자는 믿을 수 없다는 반응이었소.

"그럴 리가요!"

"직접 둘러보시오."

기습은 카탈로그를 들고서 다리를 제대로 땅에 디디게 한 다음 살짝 내려놓았소. 다리 셋은 바닥을 받치고 팔 둘은 도로 접히더군. 그러다 결국 바닥에 쿵 쓰러지고 말았소.

"저는 증언을 하고 있었어요…… 바로 저 녀석한테요!"

그 건축사는 도움 없이 간신히 몸을 일으켰소. 혈색도 서서히 정상으로 돌아오고 있었소.

"그런데 도중에 페이버의 친위대가 들이닥쳤죠. 법률사 계층의 조사를 원천봉쇄할 작정이었던 거예요! 이런 짓까지 하다니 도저히 믿을 수가……."

"그전에는 어디에 있었소?"

내가 물음을 던지자 그 건축사는 기억을 되살리려고 애썼소. 앤실라가 별반 도움이 되지 않았던 모양이지.

"세쿤다에 있는 비상 의회요. 송환령을 받고 체포된 건축사가 한둘이 아녔어요. 저도 그중 하나였고요."

"그래서 몸을 사려볼 심산으로 의회에 증거를 제출하려 했을 테고."

기습은 그렇게 추리하고는 날 바라보더니 알 만하다는 듯이 어깨를 으쓱였지. 나는 이어서 물음을 던졌소.

"무슨 일이 벌어졌던 거요?"

"수도 행성계가 기습받았다는 급보를 들었어요. 건축사 고위 인사들은 목숨을 부지하려고 아우성이었죠. 모니터들이 반기를 들었던 거예요. 마지막으로 기억하는 것은 카탈로그가 강제로 폐쇄장에 갇히는 모습이었어요. 다음은 제 차례였겠죠."

건축사들의 권세가 하늘을 찌르는 세태를 근심하던 때에도, 나는 그치들이 이렇게까지 타락하리라고는 상상조차 못했소.

여자 건축사는 내 얼굴을 뜯어보더니 믿기지 않는다는 표정을 지었소.

"당신은 다이댁트로군요! 지난 천 년 동안 당신을 찾아 헤맸어요. 어떻게 이토록 위급한 순간에 우리를 외면하셨나요?"

예전부터 치미는 분노를 꾹꾹 참은 적이 한두 번이 아니었소. 그때마다 웬만하면 참고 넘겼는데, 이번에도 예외는 아니었소.

"앤실라가 아직 작동하고 있소?"

그러자 여자 건축사는 눈을 감았소.

"미약하지만 아직은 작동 중이에요."

"무슨 직무를 맡고 있었소?"

"플러드에 대항할 시설을 설계하는 일을 도왔죠."

"헤일로 말이오?"

"네, 완성을 눈앞에 둔 단계에서요."

여기까지 듣고 나자 도저히 참을 수가 없었소. 나는 벽에다 주먹을 날리고는 기괴한 웃음을, 실성한 듯한 웃음을 흘렸소. 그 여자는 길길이 날뛰더군.

"지금 웃고 계시는군요. 어찌 한낱 짐승들이나 하는 짓을!"

"인간들도 말이지."

또 웃음이 새어 나오려 하자 나는 입을 가리며 대꾸했소.

기습은 창피스러운지 고개를 돌리더군.

인류 최고의 장군이자 내게는 최고의 적수였던 포르덴초 역시, 내가 아내와 함께 챠룸 하코르에서 그자의 처형을 준비하던 최후의 순간에 웃음을 지었소. 그렇게 아까 같은 거칠고 날카로운 웃음소리를 흘렸지.

세월이 흘러 그때 들었던 웃음소리와 웃음 속에 깃든 감정이 꿈속에서 되살아나고는 했소. 나중에는 그날 들었던 웃음의 뜻을 헤아리다 못해 감탄해 마지않았소. 그날은 무슨 바람이 불었는지, 크립텀에 들어가던 순간에도 인간처럼 입가에 웃음을 지었소. 아마도 아내는 내가 혹시 실성하지 않았을까 염려했을 거요.

한데 지금은 어째서란 말인가? 문득 머릿속에서 무언가가 끓어오르는 느낌이 들더니…… 이제껏 접했던 정황들이 은밀하게 뒤섞이며 무언가로 귀결되는 듯했소. 전에는 머리로 받아들이지 못했던 사실들이 한편으로는 이해되기 시작한 거요. 프라이모디얼이 시간 빗장 속에서 마지막으로 들려줬던 충격적 진실, 인간이 플러드에 대한 저항력을 얻어낸 수수께끼 같은 과정, 아내와 의회가 최고 건축사와 결탁해 컴포저를 이용함으로써 인간의 개성과 기억과 역사를 보존하기로 결정했던 일.

그리고 챠룸 하코르에서 선각자의 유물이 남김없이 파괴된 초유의 사태를 목격한 것까지 말이오.

말을 꺼내려는 순간, 뜻밖에도 운이 풀리는 듯했소.

"함선이 깨어나고 있어요."

건축사는 그렇게 말하더니, 혹시나 환각이 아닌가 싶어 살을 꼬집었소.

"이제 손상된 앤실라는 필요 없겠어요. 수천 년 전의 일이기는 해도 저희 가족이 이런 등급의 함선을 설계했던 것 같아요. 무슨 기능이 남아 있는지 알아보라고 조금 전 지시를 내렸어요."

───────◦───────◦───────

여자 건축사의 이름은 '달의 창조자'였는데, 대대로 중무장 쾌속함을 생산했던 유서 깊은 가문 출신이라고 했소.

"내 당신의 부친을 알고 있소. 최고 건축사 밑에서 일하며 그자가 벌이는 온갖 비열한 술수를 도맡았었지. 나를 끝내 귀양길로 내몰았던 장본인이 바로 당신의 부친이었소."

기습은 '달의 창조자'에게 후회가 담긴 눈길을 던졌소.

전투복이 자동 설정에 따라 방어태세에 들어갔지만, 창조자는 나를 가만히 내려다보며 전투복에 걸린 설정을 해제했소.

"아버지는 십 년 전에 돌아가셨어요. 최고 건축사의 명령에 암살당하셨죠."

"그런 줄은 몰랐소."

"어떻게 그러실 수가 있어요? 우릴 저버리시다니!"

나는 또다시 새어 나오려는 헛웃음을 삼켰소. 함선이 스스로 상태를 진단하는 한편, 적이 접근해오는 동안 우리는 손을 놓은 채 아무것도 할 수가 없었소.

지난날의 이야기를 꺼내기에 알맞은 그런 때였지.

창조자는 이천 살이 채 되지 않았소. 최고 건축사가 의회를 장악하자 다른 건축사들마저 어려운 시기를 맞이했는데, 그도 그럴 것이 창조자의 부친처럼 부패의 온상에 발을 담그지 않았던 이들에게 당시는 고역스러울 따름이었소.

창조자가 처음으로 맡았던 직무는 기존의 헤일로 계획을 보완하는 일이었소. 하지만 그러던 중 최고 건축사의 계획 가운데 치명적인 결함을 발견한 것이오.

"한마디로 시설의 규모가 지나치게 컸어요. 헤일로를 하나만 운송하는데도 어마어마한 조정 비용이 들어요. 초기에 생산된 헤일로는 모든 시설을 필요한 위치에 그때그때 신속히 배치하기가 사실상 불가능해요. 전 그런 계획을 수긍할 수 없었죠."

창조자의 말로는 최초로 생산된 시설들이 최종 점검을 거치던 도중에야 그런 결점들이 뒤늦게 드러났다고 했소. 설상가상으로 초기 헤일로 시설들을 생산하고자 건설된 아크는 그보다 작은 시설을 만들어낼 수가 없었지. 배치까지 이루어진 몇몇 헤일로에는 이론상 자체 구획을 분리해 질량과 규모를 감소시키는 기능을 갖추고 있었으나, 실상 시설의 내구성이 버텨주지 못해 있으나 마나한 기능이었소. 자가 감축에는 너무 많은 위험이 뒤따르니 말이오. 시설이 불안정해지는 것은 물론이요, 자칫 통째로 붕괴

될지도 모를 일이었소.

그러나 누구도 창조자의 말에 귀를 기울이지 않았소. 수십 년에 걸친 작업과 고충이 허사로 돌아가자, 창조자는 이에 항의하며 자진 사직했소.

창조자는 무언가를 유심히 살피듯 진지한 눈초리를 했지.

"고집을 꺾지 않았던 탓에 저는 법률사 앞에 불려가게 되었죠. 보다 못한 아버지께서도 개입하셨고요. 결국에는 최고 건축사의 명령을 받은 건축사 보안요원의 손에 처형당하고 마셨어요."

그러고는 전투복이 감싼 발로 카탈로그를 툭 건드렸소. 카탈로그는 마치 졸린 곤충처럼 움찔거렸소.

"이 카탈로그한테 억울한 심사를 토로하고 있었죠. 최고 건축사는 명령을 내려 우리 둘 다 폐쇄장에 가둬버렸고요."

카탈로그는 신음 소리를 내며 세 다리로 바닥을 딛고 일어나 복잡하게 생긴 여러 눈알을 움직였소.

"저는 카탈로그입니다."

"알고 있다."

기습이 응수하더군.

카탈로그는 우리가 보는 앞에서 주위를 살피며 갸우뚱거리더니, 외피 속에서 기묘한 기계음과 액체가 출렁이는 소리를 냈소. 카탈로그들이 흔히 내는 소리였지만 내가 듣기에는 몹시 거슬렸소.

겉보기에 녀석은 비실비실했지. 양팔을 배배 꼰 채로 천천히 옆으로 돌아서더니, 달의 창조자 쪽으로 몸을 숙였소.

"제가 맡은……."

거의 넘어질 뻔하다 가까스로 균형을 되찾더군.

"제가 맡은 증인은 이쪽 건축사 분입니다."

그러고는 몇 초간 무어라 더듬거리더니 사과를 건넸소.

"본체가 손상된 듯합니다. 내부에 접속을 시도한 흔적이 있습니다."

"침입에 뚫린 건가요?"

창조자가 묻더군.

"저로서는 모릅니다. 하지만 더는 보안을 보장하기 어려우므로 진술을 기록해서는 안 됩니다."

"현명한 판단이로군. 아까 이쪽 건축사가 들려준 이야기에 덧붙일 내용은 없는가?"

내가 물었소.

"현재 이 함선은 통신이 가능합니까?"

"아뇨."

창조자의 대답에 카탈로그가 기운을 조금 되찾은 목소리로 덧붙였소.

"여기서도 사용이 가능한 법률사 주파수대가 있습니다. 하지만 안타깝게도 법률사 이외에는 사용이 금지되어 있습니다."

이쯤에서 우리가 설득에 나설 수밖에 없었소. 나는 다시 외피를 돌리는 카탈로그를 도와 접근 중인 함대에 시선을 맞추도록 했소.

"아군은 아닌가 보군요. 맞습니까?"

"아군일 리 만무하지."

카탈로그는 내 대답을 듣더니 눈과 기타 감지기를 내게 돌렸소.

"당신은 다이댁트 님이시군요. 의회와 최고 건축사의 뜻에 반기를 들고 천 년이 넘도록 공식 항의를 제기하셨지요."

"그렇다."

"그 항의건은 기각됐습니다. 현재는 다이댁트 님에 대한 소송 절차가 없습니다."

카탈로그는 여기서 잠시 말을 멈췄소.

"최고 건축사가 저를 쫓아낸 후에 굵직한 사건이 연달아 터졌습니다. 참으로 굴곡이 많았지요. 구 의회는 수도 행성계에 있었던 공격으로 함락되기 직전까지 갔습니다. 이제 신생 의회가 생겼지요."

카탈로그는 나를 더욱 자세히 살펴보더니 의심쩍은 듯 몸을 뒤로 젖혔소.

"하지만 정말로 다이댁트 본인이 맞으십니까? 현재 다른 분이 전권을 위임받고 생명세공사님과 함께 임무를 수행하고 계십니다."

그때 처음 알았소. 별빛내기가 살아 있었구나!

"내가 붙잡힐 때를 대비해 각인을 심어둔 매니퓰러가 있었다. 아마도 그 녀석일 테지."

"제가 몰랐던 일들이 한둘이 아니군요."

그러자 카탈로그의 목소리가 작아지면서 말소리가 느려졌소.

"이런! 법률사들에게 문제가 제기되어 계층이 대대적으로 재편됐습니다. 내부 부패가 있었던 까닭입니다."

"암, 있었고 말고."

나는 카탈로그가 몰랐던 사실을 습득하도록 홀로 내버려두고, 우리가 활로를 모색하는 동안 함선을 보다 안전한 위치로 이동시킬 수는 없는지 창조자에게 물었소.

"그렇잖아도 애쓰고 있어요. 아직은 불확실하군요. 주 앤실라가 폐기된 상태인데, 누가 했는지는 몰라도 뒷마무리가 어설프네요. 비상용 대체본이 그대로 남아 있을지도 몰라요. 조금만 시간을 주세요."

내 경험상 수리를 맡은 건축사들은 하나같이 시간을 달라는 말을 하고는 했소. 그 말을 들으니 왠지 기운이 나더군. 나도 모르게 그 건축사에게 정이 갔소.

"이런!"

카탈로그가 또다시 당혹해하더니 몸을 홱 틀며 주의를 집중했소. 어느새 목소리가 전보다 커져 있었소.

"플러드가 오백 곳이 넘는 성계에 침입해 수많은 행성과 함대를 통째로 감염시켰다고 합니다."

"좀 기운 나는 소식을 들려주지 그러나."

불시의 기습이 퉁명스레 받아쳤소.

"침입당한 성계와는 통신이 완전히 두절됐고, 그곳에 배치된 방어병력은 모두 플러드의 손아귀에 들어갔습니다."

"말귀를 못 알아듣는군."

창조자는 한참을 함선과 씨름한 끝에 상황을 알려주었소.

"중앙 앤실라가 연결됐어요! 역시 건축사 함선 아니랄까봐 성능은 여전하군요."

"무장은 어떻소?"

기습이 제어반 표시창에 다가서며 물었소.

창조자는 뒤로 물러서며 기습이 직접 접속하도록 해주더군.

"우리가 오기 전부터 무장은 해제된 상태였어요. 최고 건축사가 처음부터 다이댁트 님을 무방비로 소멸지대에 내다버릴 작정이었는지는 모르겠지만, 아무래도 감정이 단단히 실렸나보네요."

"그자하고는 언제나 큰소리가 오갔으니."

창조자는 그래도 상황을 긍정적으로 보려고 애썼소.

"현재 항성계 내에서는 이동이 가능할지도 모르겠지만 장시간은 어려워요. 게다가 장거리도 안 되고요. 범위는 항성 위쪽으로 1억 킬로미터 이내, 아래쪽으로는 그 두 배쯤 되겠네요. 그래도 감지기 반응 속도가 전보다 빨라졌어요."

날카로운 경고음이 울리더니, 우테라의 위쪽과 황도면을 따라서 위치한 회색 원형 물체가 표시창에 나타났소. 그 물체는 어둠 속에서 동시에 모습을 드러낸 흐릿한 형체를 둘러싸고 있었소. 눈에도 잘 보이지 않는 그 흐릿한 형체의 정체가 무엇인지는 우리도 함선도 분간할 길이 없었소. 흐릿한 형체와 회색 원형 물체가 갈수록 넓어지는데도 도통 실마리를 잡을 수가 없더군.

확실한 점은 정체불명의 질량체가 대략 2억 5천만 킬로미터 거리에서 빠른 속도로 접근해온다는 사실뿐이었소.

"암흑 태양이로군. 틀림없네."

기습이 말을 꺼내자 창조자도 거들었소.

"하지만 인근에 그만한 질량이 없는걸요."

그 물체는 지름이 적어도 5만 킬로미터는 되어 보였는데 확실치는 않소. 가까이 다가올수록 점점 작아졌으니 말이오.

"혹시 신형 헤일로요?"

"헤일로 치고는 너무 커요. 질량도 그보다 작고요. 질량 판독치가 좀 이상한걸요. 수치가 계속 변하고 있어요."

창조자는 내 물음에 답하고는 잠시 앤실라의 말에 귀를 기울였소.

"새로운 광원이 잡히지 않아요. 양자 얽힘도 없고요. 일반적인 물질로 이루어진 물체가 아녜요. 하지만 일부러 질량이 들쭉날쭉한 형태를 취하는 것은 아닌 듯해요."

창조자는 마치 그 원형 물체를 치우려는 것처럼 팔을 들어 표시창을 돌리고는 화면을 확대했소.

그러자 수천 가닥에 달하는 가느다란 실들이 서로 얽힌 광경이 눈에 들어왔는데, 가닥의 두께는 기껏해야 몇 킬로미터를 넘지 않았소. 실들은 느릿느릿 장대하게 이리저리 꼬여들며, 한데 뒤엉켜 추위를 피하는 뱀 떼처럼 더욱 가까이 밀착했소.

창조자는 미간을 찡그리더니 마치 그 물체를 행성과 항성계에서, 우리 함선이 있는 궤도에서 멀찌감치 치워버리기라도 하려는 듯 기다란 여섯 번째 손가락으로 화면의 원을 톡톡 건드렸소.

"물질로 구성된 형체가 아닌 듯해요. 하지만 분명 어딘가 비슷한 데가……."

그러면서 그 물체의 정체를 가늠하더니 나를 쳐다보았소.

나도, 그쪽도 같은 생각을 하고 있었소.

"전에도 비슷한 물체를 목격한 적이 있잖소."

"신경물리 구조예요. 선각자 구조물이로군요."

"터무니없는 소리! 선각자 구조물은 수백만 년이 넘도록 죽어 있었잖나!"

기습이 외쳤소.

하지만 내가 알기로는 아니었소. 미지의 과거에서 생존했던 존재와 대화까지 해봤으니. 자신들을 멸한 대가로 반드시 선조에게 복수하리라 맹세했던 존재와 말이오.

"죽어 있었거나, 아니면 잠들어 있었겠죠."

그렇게 말하는 창조자의 전투복이 어둡게 변했소.

경악스러운 광경에 기운을 차리기라도 했는지, 갑자기 함선이 깨진 종을 울려대듯 굉음을 내기 시작했소.

"정체불명의 구조물이 광속의 3분의 1 수준으로 접근 중. 지시 요망!"

기습은 아직도 도저히 믿지 않는다는 눈치였소. 회색 원이 서서히 넓어지면서 얼기설기 감기고 뒤틀린 채, 울퉁불퉁 덩어리진 물체가 윤곽을 드러냈소. 그것은 선조가 존재해온 이래로 줄곧 우리 주위에 있었던, 창조주의 흔적이라 하여 선조도 인간도 숭배의 대상으로 여겼던, 불변의 선각자 유물인 성간 도로였소.

"접근 중인 함선들과 동시에 도달할 듯하군요."

창조자의 말에 내가 물었소.

"추월이 가능하겠소?"

"아뇨."

"시도해보시오. 일단은 그렇게 우리를 추격하게 하시오. 그러면 보다 많은 사실을 알아낼 수 있을 터이니…… 게다가 이쪽을 찾고 있는 중이 아닐지도 모르잖소. 그래봐야 우리는 좁쌀만 한 크기에 지나지 않으니."

최고 법률사: 플러드에 잠식된 지역에서 통신망에 연결했던 퇴역 카탈로그는
저희도 알고 있습니다. 하지만 당시 그곳의 포탈은 모두 닫혔고, 잔존 시민
과 함선에는 엄중한 이동 차단령이 발효된 상태였습니다. 어째서 통신을 구
축해 위치를 알리지 않으셨습니까? 누군가가 구조하러 왔을지도 모르잖습
니까.

다이댁트: 그럴 가능성은 낮았고, 무엇보다 호기심이 들었소. 그대로 위치를
고수하는 편이 차라리 유용할 듯했소.

최고 법률사: 정말입니까?

다이댁트: 게다가 나는 법률사들을 신뢰하지 않소이다. 내가 신뢰하는 존재는
아무도 없소. 내 아내라면 또 모를까. 그런 아내마저도 비밀로 감춰둔 계획이
있었을 거요. 내가 크립텀에 봉인된 뒤로 뭔가 중요한 사실을 알아냈을지도
모를 일이지. 내 말이 틀렸소?

최고 법률사: 지금은 본인의 진술에만 집중하시기 바랍니다.

다이댁트: 그렇게 원리원칙에 매달리는 사이 제국이 종말을 고한다면 유구한
역사는 물론 당신네가 그토록 아끼는 법마저 사라질 터인데, 그래도 맹목적

으로 원칙에 매달릴 거요?

최고 법률사: 선조 문명이 플러드에 점령당했을 경우를 가정하고, 플러드의 치하에서 법률이 어떤 지위를 갖게 될지는 이미 우리 측에서 고려해보았습니다. 우리가 알기로 그레이브마인드는 수많은 기억과 정보가 결합된 방대한 기록소입니다. 살아 있는 도서관인 셈이지요. 문명이 붕괴된 상황에서 이러한 정보의 보고가 얼마나 요긴할지는 잘 아시잖습니까?

다이댁트 (혐오감을 드러내며): 그렇다면 내가 어째서 당신네를 불신하는지도 잘 아시겠군. 당신들은 지난 수천 년간 그런 패배주의적인 태도를 고수해왔으니…… 혹시 라이브러리안이 그쪽에 동의를 내비친 적이 있었소?

최고 법률사: 타인의 진술은 어떤 경우에도 누설이 불가합니다.

다이댁트: 그렇다면 내 진술도 여기까지요.

최고 법률사: 안타깝군요. 정 그렇다면 소멸지대에 떨어진 카탈로그의 운명이라도 밝혀주시겠습니까?

다이댁트 (흥미를 보이며): 나를 소멸지대로 보낸 배후에 아내가 연루됐는지의 여부를 먼저 알려준다면야. 나는 정치놀음에서 손을 뗐으니, 아내는 보나마나 눈치 보지 않고 자신만의 수를 뒀을 테지. 혹시 라이브러리안이 최고 건축사와 또 결탁한 적이 있었소?

최고 법률사: 검색…… 검색 중…… 이전 사례를 찾아보니 결정적 진술을 받아내기 위해서라면 해당 사건의 증언자와 무관한 정보를 대가로 맞바꿀 여지도 있습니다.

다이댁트: 그 정보가 진술을 유도할 미끼가 된다 해도 말이오?

최고 법률사: 요구가 수락된 점에 대해 찬성하시는 겁니까, 아니면 반대하시는 겁니까? 미묘한 법률적 차이를 판가름할 권한은 제게 없습니다.

다이댁트: 소멸지대에 있던 순간에 카탈로그가 했던 일이 바로 그것이었소. 덕분에 내가 목숨을 건졌을지도 모를 일.

최고 법률사: 그렇군요.

다이댁트: 구미가 당기시오?

최고 법률사: 사적인 호기심 따위는 없습니다.

(기록상 잠시 시간 경과)

최고 법률사: 말했다시피 전례가 있는 일입니다. 소모적인 논쟁은 이쯤 해두고, 관련된 정보를 조금 알려드리겠습니다.

다이댁트: 부디 그래 주시오. 그래야 나도 진술을 마칠 터이니.

최고 법률사: 라이브러리안 본인의 계획은 아니었습니다.

다이댁트: 그렇다면 최고 건축사의 계획이었을 테지.

최고 법률사: 그렇다는 확증은 없습니다. 하지만 논리적인 결론이로군요. 어떻게, 그리고 어째서 카탈로그가 지시 사항을 어겼던 것입니까?

다이댁트: 나와 같은 생각이 들었던 게지. 그러자 용기를 되찾았소. 다시금 진정한 선조로 돌아왔던 거요.

동력을 아끼고 사고를 방지하고자 지휘 구획에는 중력이 차단됐소. 깜박이는 표시창에 둘러싸여 일행과 허공을 맴돌자니, 점점 갑갑한 기분이 들었소. 직시 표시창을 통해 시야가 한눈에 들어오기는 하지만, 함선에 기대기보다는 육안으로 직접 봐야 직성이 풀려서 말이오.

불시의 기습이 해준 말로는 우리가 있는 고철배를 비롯해 소멸지대로 보내진 함선은 모두 폐철로 쓰였거나 폐함 처분됐다고 기재된 고물이었소. 즉 공식적으로는 존재하지 않는다는 소리니, 우리 모두 버림받고 팽개쳐진 것이지. 그래도 유능한 대원이 함께하고 있었소. 유능하다 뿐인가, 저마다 어떻게든 생존해야 한다는 의욕도 있었소.

선각자의 올가미가 그림자를 드리울수록 그런 의욕은 더욱 강렬해졌소.

하지만 창조자가 가능한 빨리 손을 썼음에도 한발 늦고 말았소. 함선의 시스템은 여전히 먹통이었고, 기껏 되살려낸 앤실라마저 급격한 자율중추 분열증을 보이고 있었소.

"함선들이 성간 도로망 주위로 대형을 이루는 중일세."

감히 우리가 고대 선각자 기술의 비밀을 헤아릴 수 있겠소? 선각자 유물이 비활성화 상태이며 죽어 있다고 여겼던 것부터가 무지의 소치였소. 선각자 유물은 죽은 것이 아니라, 때를 기다리며 절호의 순간을 노리고 있었던 거요. 아마도 은하계 전역에서 이와 유사한 일이 벌어지고 있으리란 짐작이 들었소.

불현듯 최고 건축사가 비밀리에 헤일로를 시험한 여파가 고스란히 남아 있던 챠룸 하코르의 광경이 뇌리를 스쳤소. 성간 도로를 비롯한 온갖 선각자 구조물이 남김없이 붕괴되어 있었지. 헤일로가 방출하는 에너지는 신경물리 구조에 교란을 일으키는데, 선각자 기술의 원리를 설명할 때마다 곧잘 들먹이는 방법이 바로 신경물리를 시공간에 빗대는 가설이오. 시공간을 생명이 내재된 일종의 유기체로 간주한다면, 이도 자연히 헤일로의 파괴력에 영향을 받는다는 얘기요.

"정체는 몰라도 필시 무적은 아닐 테지."

그러자 창조자는 내게 시큰둥한 눈빛을 보냈소.

"우주이동이 가능하면서도 저토록 거대한 구조물은 우리로서도 일찍이 축조한 바가 없어요."

"우주이동이 가능한지 아직 모르잖소."

기습이 의심 섞인 목소리로 말했소.

"지금 우리 코앞에서 이리로 다가오고 있잖아요."

창조자는 그렇게 응수하며 제어반에서 손을 뗐소.

그때 카탈로그가 수만 개의 눈알과 감지기를 위로 뻗었소.

"보고서를 전달하고 답신을 받았습니다. 법률사 측은 여러분 모두 생존해 진술을 들려주길 바라는군요. 우리를 돕고자 그쪽에서 현재 위치로 통신 범위를 확장하고 있습니다. 수도나 의회에 연락을 취하거나, 우리가 오리온 혼합성운으로 무사히 생환하도록 도움을 줄 만한 적임자를 알고 계신다면 직통 회선을 구축해 실시간으로 조언을 구하셔도 됩니다."

"해가 서쪽에서 뜨겠군. 법률사들이 여전히 최고 건축사와 결탁하고 있을지 누가 알겠느냐? 우리를 죽이거나 플러드에 흡수되게 할 작정으로 여기다 떨어뜨린 것이 아니라고 장담할 수 있느냐?"

풀죽은 짐승이 갈기털을 가지런히 내리듯, 내 반문에 카탈로그는 난감해하며 외피를 슬쩍 기울였소.

기습은 나를 자세히 뜯어보았지.

"자네 얼굴에 훤히 쓰여 있군 그래. 호의를 아니꼽게 받아들이는 이유가 궁금하네. 무슨 사연인지 알려주겠나?"

"잠시 기다리게. 지금은 저 함선들을 누가 장악했는지부터 알아내야 하잖나."

일행은 나를 염려스러운 표정으로 바라보았소.

"법률사 통신망이 곧 닫힐지도 모릅니다. 제국 전역에서 통신량이 폭주하고 있습니다. 대규모 대피가 진행되는 중입니다. 이런 때에 헤일로들이 이동을 재개하기라도 한다면……."

카탈로그는 뜸을 들이다 덧붙였소.

"모든 계획이 물거품으로 돌아갈 겁니다."

한순간 모두 암담한 상상에 사로잡혔소. 수십억 시민들이 수백만 척에 달하는 함선에 올라 플러드의 손아귀를 피해 달아나는 아수라장이…… 귀양길에 접어들기 직전에 그런 대피 작전의 구상 작업을 도왔던 적이 있었건만.

그때 기습이 흉근을 파르르 떨었소.

"불과 몇 시간 안에 플러드가 우리를 집어삼킬지도 모르네. 나는 우리의 희생이 무의미하지 않기를 빌며 의연하게 운명을 맞이하겠네."

"과연 의미가 있을지, 그것이 의문이란 말일세."

밤이 드리운 우테라는 마치 검은 구슬 같았지. 저곳 어딘가에 던지기 꺼림칙한 질문의 해답이 있을지도 모르기에, 나는 표시창에 떠오른 우테라를 주시했소. 곧 시선을 돌려 육안으로도 살폈지.

나는 다시 카탈로그를 향해 주의를 돌렸소.

"좋다, 통신을 열도록. 어떻게 플러드가 이곳 성계들을 장악했던 것이냐? 법률사 측에 질의하도록. 해당 지역의 방어를 담당하던 지휘관들을 모조리 경질하기라도 했다더냐?"

언뜻 카탈로그로서 답하기에는 너무 무리한 물음을 던졌나 싶었소. 녀석이 도로 눈알과 감지기를 쏙 감추자 외피의 윤곽이 매끄럽게 변하더군. 그러다 녀석은 전율했소.

"법률사 측의 도움으로 위기를 벗어나기만 한다면 앞서 하신 질문에 관해 차후 답변을 받으실 수 있습니다. 다이댁트 님의 진술이 누구보다도 중요합니다."

나는 기습에게 돌아섰소.

"자네도 여기 있었던 게로군. 내 말이 틀렸나? 그러지 않고서야 되돌아올 리 없겠지. 어째서 그 사실을 숨긴 건가?"

그러자 기습은 무릎을 바짝 끌어당겼소. 얼굴 위로 온갖 감정이 교차하더니, 마침내 입을 열었소.

"이곳은 야트 크룰라 방어선[전술 번역: 마지노 영역] 외부에 있는 항성계일세. 야트 크룰라 바깥의 항성계는 속수무책으로 방치됐네. 내가 알기로 제국에서는 보호구역 내부의 성계를 보존하는 데만 총력을 기울였으니."

야트 크룰라라면 익히 알고 있는 전법이었소. 내가 태어나기 50만 년 전에 있었던 끝없는 내전에서, 야트 크룰라는 오리온 혼합성운 내부 권역에서의 빈번한 운항을 효과적으로 통제하기 위한 '요새화 방어선 구축전략'의 일환으로 운용되었지.

야트 크룰라의 관건은 모든 경우의 수에 해당하는 슬립스페이스 진입점과 포탈을 비롯해, 왕래가 잦고 가장 효율적인 슬립스페이스 항로에 대한 감시에 있었소. 요소요소에 배치된 수백만 방어 시설이 마치 구슬로 장식한 커튼처럼 수백에 달하는 행성계 사이를 뒤덮음으로써, 상호 연계된 점프 제원을 상시 감시하는 동시에 과거에 상업로 또는 공격용이나 방어용으로 이용된 전례가 있는 항로까지도 철통같이 지켰소.

때문에 공격을 감행하려면 방어 시설로 겹겹이 둘러싸인 삼엄한 경계선부터 거쳐야 했소. 거기다 경계선은 순식간에 경화(硬化)되는 기능을 갖추고 있어서, 여차하면 진입을 원천봉쇄할 수도 있었소.

그러던 차에 배짱 좋기로 이름났던 일단의 사령관들이 고착상태를 깨고자 나섰소. 크리스털 기반의 슬립스페이스를 통과하는 통상적인 기동법을 포기하는 대신, 공격용 소함대 20개 조를 이끌고 '강행돌파'를 감행함으로써 야트 크룰라 방어선을 우회했던 것이오. 그 과정은 무척 험난했소. 돌파 도중 전체 소함대의 55퍼센트가 격침되는 엄청난 피해를 입었지만, 생존한 함선들은 방어선 내부로 빠져나와 주요 성계 열네 곳을 신속히 장악했소.

이때의 대담하고 비극적인 결단을 본보기로 기존의 선조 전략체계를 송두리째 바꿨어야 했건만. 훗날 야트 크룰라는 고하를 막론하고 전사 종복 계층에 속한 모든 일원에게 통렬한 교훈을 깨우쳐주는 하나의 상징이 되었소. 난공불락의 방어선이란 결코 존재하지 않는다는 사실을 말이오.

그러나 그토록 뼈아픈 역사의 교훈도 잊히고, 케케묵은 것이 다시금 참신하고 기발한 것으로 둔갑할 순간이 언젠가 찾아오는 법이니.

"천치들이 우리를 다스리고 있었단 말인가."

탄식이 절로 새어 나왔소.

"한탄하긴 이르다네. 짐작건대 그레이브마인드 놈들을 겨냥했을 터인데, 최고 건축사는 헤일로의 위력을 플러드 앞에서 공개적으로 선보임으로써 우리한테는 패배하느니 차라리 집단 자멸을 택하는 결의가 있음을 각인시킬 심산이었나 보더군."

그렇다면 챠룸 하코르에서 벌어진 일까지도 설명되오. 전술적인 화력 시범을 보임으로써, 가까이 다가오면 차라리 스스로 목숨을 끊겠다고 협박하는 격이니. 야트 크룰라…… 그 안이한 전술이 자살마저 불사하는 무리수와 맞닿고 말았던 것이오.

치미는 분노에 살갗이 달아오를 지경이었지.

"통탄할 일이로다!"

"저 역시 경고하며 말렸죠."

달의 창조자가 나지막한 목소리로 덧붙였소.

나는 몇 분이 지나도록 이처럼 한심한 현실을 도저히 받아들일 수가 없었소. 창조자는 기습의 도움을 받으며 함선이 원래대로 작동 가능하게끔 동력을 되찾고자 최선을 다했소. 하지만 엔진이 가동되려는 찰나, 시스템 다수가 한꺼번에 꺼지고 말았소.

결국 잠에서 깨어나 어마어마한 규모로 똬리를 튼 성간 도로에 따라잡히고 말았소. 그 광경은 마치 거대한 둥지 속에서 온몸을 뒤트는 뱀 떼를 보는 듯하더군. 태곳적부터 우아한 자태를 드리우며 우리 주위에 상존하던 구조물이, 이제는 두렵고 소름 끼치는 존재로 돌변한 거요. 성간 도로 망이 우테라 주위로 고리 모양을 이루며 진로와 교차되는 그 행성을 교묘히 피해갔소. 그런데 갑자기 우테라가 거대한 손아귀에 붙잡힌 것처럼 쭈그러들자, 궤도에 변화가 생기면서 질량체와 우리 사이의 거리는 훨씬 가까워졌소. 우리를 가까이 끌어당기고자 행성을 통째로 부숴버렸던 거요.

"이게 바로 선각자가 별들을 움직이는 방식이로군요."

창조자가 나직이 말했소.

이제는 성간 도로망을 호위하던 함선들의 윤곽이 드러날 정도로 거리가 좁혀졌소. 살펴보니 대략 네 가지 등급의 함선이 섞여 있었소. 낯선 신형도 있었지만 틀림없이 전부 선조 함선이었소.

"통신 주파수대는 아직 열려 있습니다. 그래도 진술할 시간은 아직 남아⋯⋯."

"시끄럽다."

카탈로그의 말에 기습이 응수했소.

비록 현명한 판단은 아닐지 모르나, 나는 어찌 됐건 다가오는 숙명을 잠자코 받아들이기로 마음먹었소. 우리 은하에서 정확히 무슨 일이 벌어지는지 알아내기 위해서였지. 그러다 퇴로마저 차단될지 모르지만, 그렇게 내가 미끼가 되는 사이에 나머지 일행을 탈출시킬 요량이었소. 적어도 나는 각인을 심어둔 복제본이 있음에 마음의 위안을 얻었으니 말이오. 내가 이 위기에서 빠져나간다면 직면하게 될 역경을 그가 대신 꿋꿋하게 극복해나갈 터이니. 나의 분신이나마 고통에 시달리지 않고 자유롭게 목숨을 이어갈 터이니.

"혹시 폐쇄장 거품막을 재충전할 수 있는가?"

내가 불시의 기습에게 물었소.

"함선에 그만한 동력을 생산할 여력이 있다면야 가능하네. 그런데 그건 왜⋯⋯?"

기습은 이내 말뜻을 알아차렸소.

"그러고 보니 거품막은 감지기에도 잡히지 않는군. 함선이 격침되더라도 생존할 수 있을 걸세. 놈들이 우릴 곧바로 생포하지 않거나 우리가 아직 살아 있는 줄 모른다면 말일세."

"영영 궤도를 떠돌게 될지도 몰라요."

"그레이브마인드의 일부가 되느니 차라리 그편이 낫잖소."

창조자의 염려에 기습이 대꾸했소.

"확신이 서지 않습니다."

카탈로그가 말했소.

"어서들 가보게."

이동관 해치로 내려가기 직전, 창조자가 나를 돌아보았소.

"가시지 않을 건가요?"

"아직은."

내 속셈을 알아차린 눈치더군.

"자진해서 놈들한테 붙잡힐 작정이세요?"

"어설픈 계획이라는 것쯤은 나도 알고 있소. 이번이 마지막이 될지도 모르고 말이오. 그렇다고 같이 남을 생각 따윈 마시오."

창조자는 나를 잠시 바라보았소.

"예전부터 건축사한테 악감정이 많으셨겠죠. 아닌가요?"

"호감은 없었소."

"아무튼 이게 필요하실 거예요."

창조자는 그렇게 말하며 전투복을 벗었소. 전투복이 몸에서 풀려나며 팔다리와 상체 위로 둥둥 떠올랐는데, 주인을 무방비로 내버려두기 꺼림칙하다는 듯이 여전히 파르르 진동하고 있었소. 창조자는 가지런히 포갠 전투복을 나한테 내밀었소.

"폐쇄장 속에서는 별반 쓸모도 없을 테니까요. 그런데 제가 이렇게 전투복을 넘겨줄 줄 알고 계셨던 거죠?"

"내심 바라고는 있었소. 속옷 바람으로 폭발하는 함선에서 살아남기란 여간 힘든 일이 아닐 테니."

"차라리 함께 남아 있고 싶군요."

"어련하겠소."

"아니면 제가 조종을 맡을 테니 대신 폐쇄장에 들어가세요."

"꿈도 꾸지 마시오."

그렇게 실랑이를 벌이는 동안에도 카탈로그는 자리에서 꼼짝도 하지 않았소.

"저는 다이댁트 님 곁을 절대 떠나지 말라는 지시를 받았습니다. 저는 외피가 있기 때문에 진공은 물론 그밖에 혹독한 환경도 문제되지 않습니다. 외피가 지금 입고 계신 전투복보다 튼튼할 겁니다."

녀석의 말에서는 참된 용기가 묻어났소. 나도 모르게 가슴이 뭉클해지더군.

"카탈로그의 용기에 우리까지 부끄러워지는군."

기습은 그렇게 말하며 고개를 떨궜소.

"어디 자네만 그런가."

나는 그렇게 기습을 달래고는 카탈로그에게 말했소.

"정 그렇다면 남도록."

"행여나 살아남거든 다이댁트 님의 희생을 널리 알릴게요."

"부디 그리 해주시오."

곧 선체가 갈고리팔에 붙들리자 귀에 거슬리는 쇳소리가 미끄러지듯 주위를 감쌌소. 창조자는 해치 아래로 모습을 감췄고, 기습은 턱을 만지며 손짓하고는 뒤를 따랐소.

"그간 자네와 함께해서 영광이었네."

"그만 가보게, 전우여."

그 뒤로 나는 두 번 다시 그 둘을 보지 못했소.

카탈로그만이 곁에 남았지. 문득 혼자가 아니라 다행이라는 생각이 들더군. 지난 수천 년 만에 처음으로, 진정한 공포가 온몸을 엄습했소. 그렇다 해서 부끄러운 일은 아니오. 플러드에 당한 선조들을 똑똑히 보았던 경험이 있으니 말이오.

그렇게 나는 카탈로그와 함께 함선을 파괴할 방법을 찾기 시작했소.

이윽고 대담무쌍이 근처 거대한 구체형 질량체의 타원 궤도에 진입했어요. 우리 함선의 모습이 고스란히 비치는 반사면이 드러났죠. 마침내 기나긴 선잠에서 벗어나 처음 눈에 들어온 광경은, 흐릿한 초록색 미광이 구체의 깊숙한 곳에서 움직이며 가까이 접근한 우리를 추적하는 모습이었어요.

그러더니 마치 쫓아오라는 듯, 느닷없이 우리를 앞질러 가더군요. 분명 매끄러운 표면에 우리 함선이 반사된 모습은 아니었어요.

파수꾼은 흥분을 감추지 못하며 입을 열더군요.

"아무래도 개연성 반사구 같습니다. 제 짐작이 맞다면 저 반사구가 시공간의 좁은 간극 내부의 광원을 반사하겠지요. 그런 다음 항적을 재구성함으로써 단기성 양자 얽힘을 해소할 겁니다. 저 구체가 조정 작업의 초기 형태일지도 모릅니다!"

"선각자 기술일까요?"

찬가의 물음에 파수꾼이 얼른 답하더군요.

"아닐 겁니다. 선각자는 다른 방법으로 인과율을 해결하는 듯합니다."

"거기에 관해서는 알려진 바가 전무하잖습니까."

파수꾼은 공터의 지적에도 아랑곳하지 않았어요. 뜻밖의 발견에 흥분한 나머지, 채굴사인 공터가 건축사인 자신의 의견에 이의를 제기했다는 사실에도 전혀 개의치 않았죠.

반사면에 비친 모습이 깜박거리나 싶더니 점점 커지다 도로 줄어들었어요. 상(像)이 정확하게 잡히지는 않는 것 같더군요. 지금 내려다보이는 상은 몇 초 뒤의 우리 함선일 수도 있고, 아니면 수십억 년 전에 비쳤던 다른 비슷한 함선일 수도 있었죠.

공터는 참견해서 미안하다며 사과하고는 투명한 함교에 올라선 내게 가까이 다가왔어요.

"생명세공사님, 제 추측을 들어주시겠습니까? 옳다는 확신은 없지만, 꽤 그럴싸한 구석이 있어서 말입니다."

파수꾼도 곁으로 다가오더군요.

"이야기해보세요."

"저 질량체들이 정말로 시간 위상 반사구라면, 거대한 포탈을 연달아 생성할 때 생기는 물리적 힘을 상쇄시키는 평행추로 사용됐을지도 모릅니다. 오늘날 우리가 쓰는 기술은 아니지만, 어딘가 친숙한 데가 있습니다."

"역시 그랬군요! 정말 기발합니다. 조정과 고정 작업을 동시에 해결한다니!"

파수꾼이 감탄하자 공터가 덧붙였죠.

"저런 반사구를 썼던 이들은 다름 아닌 선조, 즉 우리 조상일 겁니다."

여명과 찬가가 다가와 공터의 어깨에 손을 얹더군요. 상위 계층의 일원들이 자신의 의견에 수긍하자 공터는 겸손하게 고개를 저었지만, 그래도 내심 기뻐 보였죠.

"추측일 뿐입니다. 저로서는 반사구의 출처조차 모릅니다."

"그렇다면 어마어마한 수의 함선을 이동시킬 수도 있겠군요?"

"거기까지는 생각을 못해봤습니다."

파수꾼이 조용히 속삭이더군요.

"먼 길을 왔던 우리 조상들이 짊어진 인과율의 짐이 저 속에 있을지도 모르겠군요. 시공의 모순이 산처럼 쌓여서 생겨난 거대한 쓰레기 더미라니……."

마치 그림자 속으로 이끌린 기분이었죠. 탐사를 하려 신호를 보냈지만 그 거대한 검은 구체는 아무런 반응도 없었어요. 이쪽에서 보낸 신호를 몇 초쯤 앞뒤로 반복하며 반사할 뿐, 구체의 성분이나 내부 구조 등을 알아낼 단서는 전혀 나오지 않았죠. 항성계 내부에 있는 다른 구체도 똑같은 반응을 보이리란 짐작이 들더군요.

"저주받은 별들이로군요."

푸름을 향한 찬가가 그렇게 나지막이 말하자, 다들 어이없다는 얼굴로 쳐다보더군요.

나는 보다 못해 함교를 다시 불투명하게 전환하라고 지시했어요. 아래로 펼쳐진 구체를 계속 쳐다보자니 정신이 사나웠거든요. 괜스레 기운이 빠지더군요.

"잠시 위치를 옮겨서 행성들을 조사하도록 합시다. 저 구체들이 정말로 우리 조상의 작품이라면 항성계 내부에 뜻밖의 사실이 더 숨겨져 있을지도 모르니까요."

"함선에도 잡히지 않는 뭔가가 있다는 말씀이신가요?"

"그럴지도 모르지요."

우리는 다시 전투복으로 신체 활동을 둔화시키고 항성 아래쪽으로 수억 킬로미터를 이동했어요. 혹시나 해서 대담무쌍에 탑재된 앤실라에게 변화를 감시하다 뭔가 중대한 일이 생기거든 나만 깨우고, 다른 대원들은 그대로 두라는 지시를 내려뒀죠.

아니나 다를까 얼마 지나지 않아 앤실라가 나를 깨웠어요. 이어서 감지기로 살펴본 결과 항성에서 약 7억 킬로미터 떨어진 곳에서 측정치가 갑자기 불규칙하게 변했다고 알려주더군요. 아직은 항성 상부 궤도라 자세한 내막은 대부분 장막에 가려 있었어요. 드디어 항성계 내부 세계의 실체가 분명하게 드러나려는 순간이었죠.

일부 건축사들은 선조가 한때는 지금보다 월등한 기술을 보유하고 있었지만, 오래전에 잃어버리고 말았다는 믿음을 견지하며 이를 마치 굳건한 신념처럼 떠받들었죠. 저 구체들이 선조의 작품이라면, 그리고 이곳에 장막을 둘러 지난 천만 년 동안 항성계 전체를 봉인한 장본인이 정말로 과거의 선조라면, 그런 신념의 전통이 전적으로 옳은 셈이 되겠지요.

하나같이 궁금증을 자극하더군요. 하지만 그보다 중요한 의문은 여전히 풀리지 않았어요. 그토록 머나먼 과거에 여기서 무슨 일이 있었으며, 도대체 어떤 결말을 맞이했을까요?

우리는 플러드의 기원을 밝혀내고자 이곳까지 왔어요. 하지만 수수께끼는 풀리지 않고 갈수록 깊이를 더해갈 뿐이었죠.

대원들은 다시금 선잠에서 깨어났어요. 대담무쌍은 어느덧 다섯 번째 행성의 원형 궤도에 도달했는데, 그 행성은 얼음덩어리로 이루어지고 일곱 가닥의 고리로 둘러싸인 흐릿한 가스 거성이었죠.

"성간 도로입니다! 규모가 굉장합니다!"

공터가 탄성을 내질렀어요.

거성을 둘러싼 일곱 고리에서 나온 좁고 거대한 띠가 안쪽으로 뻗어 내려가며 차갑고 꾸물거리는 행성 외층까지 닿더군요. 함선의 위치를 반대편으로 옮기자, 굉장히 가느다란 모양의 다른 성간 도로가 고리 아래쪽에서 솟아올랐죠. 그러고는 이웃한 천체 사이에 매달린 한 가닥 거미줄처럼 거대하고 매끄러운 곡선을 그리며 행성의 남반구를 휘감는 광경이 시야에 들어왔어요. 여기서 말한 이웃한 천체는 그 거리가 4천만 킬로미터에 불과했어요.

우리가 지켜보는 동안에도 성간 도로는 천천히 굽이쳤고, 시시각각 변화하는 물리력에 따라 자동으로 형태를 조절하며 항성 아래로 내려갔죠. 그러면서 태양 표면을 스치는 것처럼 보이는 마지막 바위 행성까지 이어졌어요.

게다가 하나가 아니었어요. 항성계 내부로 갈수록 성간 도로는 계속해서 모습을 드러내며 거대한 도로망을 이루고 있더군요. 하지만 도로 자체의 자동조절 기능이 따라가지 못하는 지점은 도로가 끊기고 무너져 있었죠. 선각자의 기술로도 카오스적 불균형을 바로잡을 수가 없어 허물어진 구간도 도로 곳곳에 남아 있었어요. 과거 이곳의 행성은 모두 하나로 연결되어 있었던 거예요. 그물처럼 이어진 성간 도로는 태양 아래위로 고리를 그리며, 아이들의 줄넘기 줄처럼 반대편으로도 넘어가고 있었죠. 하지만 줄넘기에 빗대기에는 규모가 너무나 거대하더군요.

성간 도로망이 선각자의 작품임에는 의심의 여지가 없었어요. 우리 은하에서 봤던 어느 성간 도로보다도 웅장한 동시에, 그 어떤 선각자 유적보다도 오래된 것 같더군요. 하지만 마찬가지로 잠들어 있었어요. 똑같이 버려진 채 죽은 듯이 잠들어 있었죠.

하지만 죽은 듯이 잠들어 있다는 생각은 어디까지나 과학자들의 생각일 뿐이죠. 거기에 의구심을 품던 생명가공사 가운데 건축사들이 주관하는 의무 강연에 과연 몇이나 참석했겠어요? 선각자 구조물이 아무런 생명력도 갖추지 않은 채 어떻게 주위의 환경에 적응하고 변화하는지에 관해서는 가설만 분분했죠.

성간 도로를 비롯한 선각자 유물이 단순히 주위 환경에 적응할 뿐, 그 형태가 눈에 두드러질 정도로 변하는 사례가 전무했기에 군말 없이 받아들일 따름이었죠. 그냥 그렇게 믿었던 거예요.

파수꾼은 득의양양한 눈치더군요.

"우리 조상들이 과거에 선각자와 함께 이룩한 성과가 틀림없습니다! 건축사 계층에 영광을! 우리 모두에게 영광을!"

왜 그렇게 비약하는지 도통 모르겠지만, 실제로 그랬는지도 모를 일이었어요. 시간 위상 개연성 반사구, 항성 상부에 펼쳐진 장막, 웅장한 규모의 성간 도로망까지, 여기서는 불가능한 일이 없어 보였죠.

찬가, 파수꾼, 공터는 함교 반대편으로 자리를 옮기고 각자 조용히 분석에 몰두하더군요. 난해하기 그지없는 무언의 증거 앞에서 모두들 가슴이 벅차올랐던 것은 아니니까요.

"항성 아래편 중간에 위치한 바위 행성 부근에 뭔가 굉장히 이질적인 형태의 함선들을 포착했습니다. 규모는 훨씬 작습니다."

여명의 보고에 파수꾼이 말을 받았죠.

"분명 선조 함선일 겁니다. 가동이 중단된 상태겠지요. 아무런 움직임도 잡히지 않습니다. 보나마나 연대는 유사 이전일 겁니다. 건축사 의식을 밟으면서 비슷한 기호를 본 적이 있습니다."

파수꾼은 엉겁결에 비밀까지 털어놓더니 난감한 얼굴로 나를 힐끗 쳐다보았죠.

"그런 함선들은 신성한 배라고 배웠습니다. 이렇게 실제로 발견될 줄 누가 알았겠습니까."

곧이어 대담무쌍도 상태를 확인했죠.

"에너지 신호는 감지되지 않습니다. 전부 비활성 상태입니다. 동면 상태일지도 모르나 그럴 가능성은 낮습니다."

파수꾼의 얼굴에 드러난 경외심과 갈망의 표정을 보니 실마리가 잡히더군요. 건축사 계층에 대대로 내려오는 수수께끼에 관해 학습한 바가 있었던 것이겠죠. 건축사 사회의 고위층으로 발돋움하기 위해 착실히 준비하고 있었나 보더군요. 이번 임무에 동참한 이면에도 그런 이유가 있었을 테고요.

파수꾼은 마치 알몸이라도 보이듯 마지못해 다들 볼 수 있도록 화면을 확대해 돌려주더군요. 수천 척에 달하는 함선이 넓게 아치를 그린 성간 도로 주위에 밀집해 있었어요. 오래된 함선이지만 규모가 상당해서 전장이 1 내지 2킬로미터에 달했고, 커다란 덩치에도 불구하고 날렵한 형태를 띠고 있었죠. 내가 보기에는 굉장히 두렵고 무시무시한 인상을 풍기더군요. 그래도 집안 내력은 못 속이는지, 고대의 선조 탐험대가 남겨둔 자취는 수백만 년이 흐른 후손의 눈에도 묘하게 익숙한 느낌이었죠.

"이렇게 멀리까지 오느라 막대한 경비가 들었겠네요."

푸름을 향한 찬가의 말에 파수꾼도 거들었죠.

"아무렴요. 우리가 타고 있는 이 작은 함선 하나를 여기까지 보내느라 제국 전체가 파산 직전까지 갔으니 말입니다! 하지만 이유가 뭘까요? 어째서 내버려뒀을까요?"

"목적을 완수한 뒤에는 버리고 가는 편이 싸게 먹혔을 테지요."

곰곰이 생각에 잠겨 있던 공터가 입을 열더군요.

"하지만 무슨 목적인지 그 정체를 모르잖습니까?"

파수꾼은 답답하고 혼란스러운 눈치였어요.

"저런 함선 수십 척만 있어도 항성계 전체를 수색하고도 남았을 겁니다. 그런데도 함대의 규모가 수만 척을 헤아리는군요."

내가 그렇게 말하자 공터도 덧붙였죠.

"대규모 함대, 그것도 전투 함대가 대량살상을 자행하고자 파견된 것이 분명합니다."

일리가 있더군요. 이만한 규모의 함대라면 헤아릴 수조차 없이 많은 항성과 행성을 표적으로 삼았을 텐데, 그중에서 선각자가 살았던 행성은 얼마나 많았을까요?

답답해하던 모습은 어디가고 파수꾼이 버럭 화를 내더군요.

"섣불리 단정 짓기는 아직 이릅니다! 건축사들이 그런 명령을 내렸을 리 만무합니다!"

공터도 뒤이어 동의를 표하며 한마디 보태더군요.

"과거에는 계층 위계가 달랐습니다. 그때는 전사가 최상위를 차지하고 있었을지 모릅니다. 건축사는 그 아래였을 테지요."

"그럼 채굴사는요? 어디쯤에 들어간답니까?"

파수꾼이 짓궂은 물음을 던졌지만, 공터는 쉽사리 걸려들지 않았죠.

"지금은 저런 함대를 놓고 왈가왈부할 때가 아녜요."

찬가가 듣다못해 나섰어요.

"우린 지금 플러드의 기원을 밝혀내려고 여기까지 왔잖아요. 우리 조상님이 학살극에 연루됐을 리 없죠. 그렇잖아요?"

침묵만이 감돌았죠.

"가까이 접근해봅시다."

나는 침묵을 깨고 지시를 내렸어요.

"함선은 항성 아래로 이동해 안전거리에 진입하도록."

"안전거리를 얼마나 둘까요?"

대담무쌍이 묻더군요.

"천만 킬로미터쯤. 원시 다이곤으로 인사말을 전하도록. 파수꾼이 건축사 계층에서 사용하는 은밀한 문법을 약간이나마 가르쳐줄지도 모르지."

파수꾼은 무심코 동의하고서야 아차 싶은 눈치였어요. 서로 눈이 마주쳤죠. 호기심 앞에서는 비밀을 발설치 않겠다는 맹약도 소용없는 법이죠. 그러고는 이렇게 일러두더군요.

"다른 건축사들도 우리처럼 진실을 알고 싶어 할 테니 동의한 겁니다."

"혹시 함선들이 가동되는 중이라면 즉각 항성계 외곽으로 점프해. 필요할 경우 아예 성운 변두리로 물러나도록."

"우리 조상님이 못 미더우신 건가요?"

찬가가 묻더군요.

"전사들을 몸소 겪어봐서 저러시는 겁니다."

파수꾼은 나더러 들으라는 말투였어요. 생각이 읽혀서 기분이 달갑지는 않았지만, 틀린 말은 아니었죠.

뜻밖의 발견으로 일행의 기민한 자세가 무뎌지지는 않았지만, 차분하던 태도는 어느새 흐트러지고 말았죠. 다들 각자만의 추측과 직감에 몰두하기 시작하면서 행동들이 부산스러워지더군요.

이곳에 남겨진 고대의 함선들은 굉장히 강력한 듯했어요. 부디 영영 가동이 멈췄기를 비는 수밖에 없었죠.

<hr />

대담무쌍은 일행을 태우고 항성 아래로 한참 이동했어요. 선각자 구조물의 엄청난 규모에 기가 질리더군요. 이곳에 남겨진 유적에 비하면 챠룸 하코르의 유적은 초라한 마을 수준에 지나지 않았죠. 그런데 행성과 행성을 잇는 거대한 다리, 즉 성간 도로가 펼쳐진 곳마다 고대 선조 함선들이 일사분란하게 대형을 이루고 즐비하게 늘어서 있었어요. 흡사 지금까지도 경계 태세를 유지하고 긴장을 늦추지 않은 채 뭔가에 대비하듯 말이에요.

그때 푸름을 향한 찬가가 모두 머릿속으로만 생각하던 바를 짚어주었죠.

"어쩌면 기록상에 존재하는 어느 언어보다도 오래된 함선일지 모르겠네요. 당시의 선조에 관해서는 막연한 정보밖에 없어요. 최고(最高)의 기록은 유실된 지가 오래니까요."

아마도 그때는 디지털 저장기기 시대였을 거예요. 역사상 가장 단명했던 시대이자 일찍이 그때만큼 중앙집권화로 얼룩진 적이 없었던, 처참한 실패로 막을 내렸던 시대 말이에요.

하지만 그런 데 신경 쓸 겨를이 없었죠.

"적당한 함선을 골라서 내부로 들어갈 방법을 찾아봐야겠군요. 현행 임무와 비슷한 목적으로 왔던 함선들일 가능성도 배제하기 어려우니까요."

대원들 모두 내 말뜻을 진지하게 곱씹어보는 분위기였죠.

"모니터를 보내도록 합시다. 현대의 기계는 동족으로 인식될 가능성이 낮습니다. 우리 몸은 기계에 비하면 크게 변화하지 않았으니 말입니다."

공터는 그래도 긴가민가했는지 그렇게 짚어주고 넘어가더군요.

"그때도 다들 전투복을 입었을까요?"

찬가의 물음에 내가 답했죠.

"모릅니다. 그러고 보니 건축사들은 오늘날까지도 고대의 의식을 유지하고 있다지요? 파수꾼이라면 그 유래가 당시로 거슬러 올라가는 지식을 알고 있을 수도 있겠군요. 고문(古文)처럼 오늘날에 와서는 아무런 의미가 없는 그런 것들 말예요."

"막 그 부분을 배워가던 차였습니다. 건축사한테만 그런 전통과 의식이 있는 것도 아닌데 너무 몰아세우시는군요."

파수꾼은 자신이 또 도마에 오르자 거북한 모양이었어요.

"전사들은 내전을 거치면서 고유한 의식을 남김없이 없애버렸어요. 그리고 채굴사들로 말하자면……."

나는 그렇게 말하며 유일한 채굴사 대원인 옛 숲의 공터에게 고개를 돌렸어요.

"마찬가지로 잃었습니다. 건축사의 억압 때문이었지요."

공터는 그렇게 말하며 파수꾼을 힐끗 쳐다보더군요.

"생명가공사들은 결코 과거의 영광에 젖어들지 않았어요. 완전무결한 시대란 결코 없으니까요."

괜스레 시비만 붙을까 싶어 논쟁을 끝내려고 끼어들었죠.

"눈앞에 이런 장관을 두고도 그런 말씀이 나오십니까?"

함선이 넓게 휘감아 들어가는 성간 도로 위를 지나는 찰나, 파수꾼이 반문하더군요.

"항성계에 존재하는 질량의 절반이 선각자 구조물로 뒤바뀌어 있습니다. 그야말로 거대한 수수께끼 한복판에 들어선 셈이잖습니까."

성간 도로는 깃털처럼 가벼우면서도 강철처럼 튼튼한 동시에 아무런 반응도 보이지 않았죠. 마치 듬성듬성한 새 둥지처럼 항성계 내부의 천체들을 휘감고 있었어요.

"크기는 위대함을 측정하는 척도가 아닙니다. 결국에는 작디작은 생명이 군림하는 법이니까요."

내 대답에 이어 여명이 말을 꺼냈죠.

"우리 조상들이 이런 장관을 보면서 무슨 생각을 했을지 궁금합니다. 어쩌면 유물을 숭배하고자 왔을지도 모를 일이지요."

하지만 단순히 경외심을 표하고자 이토록 수많은 함선이 여기까지 왔으리라고 생각하는 대원은 아무도 없었어요.

그렇다면 여기서 남는 가능성은 너무도 자명했어요. 과거의 선조가 엄청난 강적에 맞서고자, 아니면 모종의 복수극을 벌이고자 이곳에 군대를 이끌고 왔던 것이겠죠. 그러고는 함대를 모조리 버리고 떠났어요. 그 와중에 목숨을 희생하기라도 했던 것일까요? 정말로 과거의 선조가 맞섰던 강적이 플러드 혹은 플러드 같은 태곳적 존재와 연관이 있다면……

그럴 가능성은 얼마든지 있었어요. 하지만 지금도 당시의 선조가 이곳에 남아 있다면 어딘가에 단단히 몸을 숨기고 있을 듯했죠.

우선은 대형의 끝자락에 위치한 일곱 척의 함선을 골라 조심스럽게 접근하기로 했어요. 우리가 위험 거리에 들어왔는데도 아무런 반응을 보이지 않더군요. 일곱 척의 함선 중 선두함 두 척은 전장이 5킬로미터에 달해 대담무쌍이 작은 새처럼 보였죠. 그리고 여섯, 일곱 번째 줄에서 따라붙은 호위함 선단은 검고 날렵한 전장 400미터짜리 선체를 갖춘 몇몇 함선으로 구성되어 있었어요.

어떤 무장을 갖췄을지는 아무도 모를 일이었죠.

대담무쌍은 계속해서 거리를 좁혀갔어요. 우리는 제6열의 함선 하나와 불과 1킬로미터 거리를 두고 거의 동일한 궤도에서 위치를 지켰죠.

"반응이 없습니다."

대담무쌍이 보고했어요.

찬가와 파수꾼은 계속해서 인접한 함선에 주의를 집중했고, 지금까지 관측하며 얻은 정보를 추려냈죠.

별다른 소득은 없었어요. 아무런 변화가 없더군요.

내 앤실라는 지난 2천 년간 나와 함께했어요. 이번 여정에 오르면서는 대원들의 행동을 비롯해 주위 상황에 관해서 일일이 보고하지 말라고 미리 당부해둔 참이었지요.

그런 앤실라가 순간 느닷없이 나를 깜짝 놀래키더군요. 수십 년 만에 처음으로 인격화된 형태로 모습을 드러내더니, 눈앞을 가로막으며 당장 봐야 할 것이 있다고 닦달하지 뭐예요.

"장거리 양자 얽힘 통계분석 결과, 인근 항성계에 생명체가 존재할 가능성이 있습니다."

앤실라는 그렇게 말하며 10광년 떨어진 곳에 있는 항성을 표시했어요. 거미 성운의 중간지대에서 외톨이처럼 약하게 타오르는 주황색 항성이더군요.

"바위로 이루어진 행성 셋과 얼어붙은 얼음 거성 하나가 주위를 공전하고 있습니다. 그곳의 중심부에 위치한 행성에서 굉장히 미약한 생명의 징후가 감지됩니다. 주변 표면온도가 항성 온도에 근접하기 때문에 행성 궤도의 물은 모두 액체 상태입니다. 산소, 메탄, 황화합물에서 엽록소의 흔적이 희박하게나마 감지됩니다."

"어떤 종류의 생명이지? 기술적으로 발달한 생명은 아닐 테고."

"맞습니다. 그런데 주위의 환경적 요소들이 굉장히 기이한 상태를 이루고 있습니다."

"기이하다니?"

"분명히 생명을 띠고는 있지만, 생태계 전체가 선조의 유전자로만 구성되어 있습니다. 그밖에 기타 유전 형질은 전무합니다."

"그게 다야?"

"거듭해서 철저히 조사해봤습니다. 거미 성운은 물론 파스 케토나 전체를 통틀어 유기생명체의 신호가 잡히는 곳은 그곳뿐입니다."

이는 단순한 호기심의 차원을 뛰어넘는 일이었죠! 생명이란 적당한 화학반응과 함께 에너지가 분출되는 곳이면 어디서나 움트는 법이고, 복사열은 차디찬 우주로 흘러나가기 전까지 그곳에서 습윤한 상태를 이루죠. 이렇게 거대한 성운이라면 얼음으로 뒤덮인 위성이나 바위투성이 행성에서 스스로 온도를 유지하는 가스 거성에 이르기까지 생명이 존재하는 행성이 수천 곳은 있어야 정상이에요. 그런데 파스 케토나는 항성계 하나를 제하면 모조리 죽어 있는 상태였죠.

덕분에 일이 수월해질지도 모르겠지만, 어딘가 석연찮은 데가 있었어요. 작은 주황색 태양 주위에서 감지되는 희미한 생명의 흔적이 선조의 유전 형질로만 이루어져 있다면, 무엇이 그곳에 사는지는 몰라도 천만 년 전 이곳에 왔던 자들의 후손일 가능성이 높으니까요.

즉 파스 케토나에서 과거 대규모 멸종이 있었거나, 처음부터 토착 생태계가 전혀 형성되지 않았다는 결론이 나오죠.

그때 파수꾼이 인접한 함선으로 내 주의를 환기시키더군요.

"여전히 가동이 멈춘 상태입니다. 가까이 접근해도 안전할 겁니다."

함선은 모래에 긁힌 석영처럼 선체 곳곳이 미세유성이 스쳐지나간 자국으로 뒤덮여 있더군요. 군데군데 부식되어 아예 센티미터 단위로 떨어져 나간 곳도 있었는데, 그런 흔적에서 도출되는 정보라고는 그동안 혜성이 수도 없이 지나다니면서 함선에 남겨놓은 먼지뿐이었어요.

무엇이든지 시간이 지나면 닳기 마련이니까요.

"추진장치 전방에 일체형 승강구가 있을 겁니다. 충격으로 생겨난 홈이 갈수록 깊어지는군요. 해치는 아마도 비상탈출구와 같은 기능을 했을 테니 나머지 선체처럼 강도가 높지는 않을 겁니다."

파수꾼의 보고에 이어 대담무쌍은 적당한 진입 지점을 선체에서 찾아내 띄워주었죠.

"모니터를 보내도록."

지시를 내리자 여명이 물음을 던지더군요.

"모니터들이 작업하는 동안에 잠시 물러날까요?"

"그럴 필요 없을 겁니다. 함정이 있다면 이미 항성계 전역에 걸쳐 경계선이 쳐졌을 테니까요."

파수꾼이 답했어요.

이제 와서 조심해봐야 소용없다는 데는 나도 동감이었죠. 그렇게 해서 계획을 실행에 옮겼어요. 모니터 열 대가 대담무쌍에서 나와 천천히 고대 함선에 접근했죠. 혹시나 함선이 되살아날 낌새가 보이면 서둘러 귀환시키거나, 위험이 임박했을 경우에는 우리가 후퇴할 동안 미끼로 이용할 계획이었어요.

모니터 두 대가 기계 팔을 뻗었죠. 가장 먼저 뻗은 기계 팔이 닳고 닳은 선체 표면을 가볍게 스쳤어요.

"반응이 없습니다."

대담무쌍이 보고하더군요.

소함대는 물론 일대의 고대 함대를 통틀어, 함선의 규모를 막론하고 조금이라도 반응을 보이는 함선은 단 한 척도 없었죠.

천만 년은 아무리 기계라도 장구한 시간이에요. 하지만 살아 숨 쉬는 행성에게는 찰나에 불과하죠. 그래서 모니터들이 선체를 열어보는 순간에도, 나는 작은 주황색 태양과 그 주위를 도는 하나뿐인 살아 있는 행성에 정신이 팔려 있었어요.

해답을 찾아낼 장소는 바로 그곳이었죠.

9번 기록
우어 다이댁트

나는 장장 천 년간 고독한 명상에 잠겨 있었소. 그러는 동안 라이브러리 안은 의회, 그리고 최고 건축사와 손잡고 했던 일들을 마무리하고 자신만의 생물학적 시한장치를 설치해두고 덫을 가동했던 거요. 참으로 기발한 솜씨였소, 부인. 당신이 너무도 그립구려. 언제나 내게 버팀목이자 자극제이며 마음의 등대가 되어주었던 당신이 말이오. 부인이 그토록 공들인 계획으로 내게 함선은 물론 충직한 앤실라와 오합지졸 전우들을 붙여주었으나, 결국 내가 붙잡히는 사태까지는 막아내지 못했소.

이제껏 벌어진 일들을 회상하자니 묘하게도 크립팀 속에서 보냈던 시간이 떠올랐소. 도메인과 그토록 가까운 거리에 있자니, 여태까지 잃어버린 줄로만 알았거나 일부러 머리에서 지운 기억들이 떠올랐소. 나는 본디 고독이나 명상에 쉽사리 빠져드는 사람이 아니오. 그토록 오랫동안 홀로 명상에 젖어 있었건만, 그것이 어떠했는지 벌써부터 기억이 가물가물하니 말이오.

버려진 것이나 다름없는 폐함이 성간 도로의 심장부로 점점 깊숙이 끌려가는 광경을 말없는 카탈로그와 함께 지켜보는 동안에는, 기억에 잠긴 채 지난날을 회상하는 것 말고는 달리 방도가 없었소. 컴포저가 자신의 형질과 기억을 난폭하게 흡수하기 직전, 내 최고의 적수였던 포르덴초가 자신이 포로로 붙잡혀 흡수되기 전까지의 과정을 차근차근 읊었던 것처럼 말이오.

"정말 흥분되는군요."

"뭐가 말이냐?"

"다가오는 필연을 기다리는 순간 말입니다. 이제 저는 비로소 독립된 개체입니다."

"카탈로그가 되기 전에는 무엇이었느냐?"

"답하기 껄끄러운 질문입니다."

"카탈로그는 저마다 사연이 있다고 들었다."

서서히 공포가 엄습할수록 나도 말을 잇기가 힘들어졌소.

카탈로그는 수많은 눈으로 나를 가만히 바라보더군. 기분이 상한 겐가. 녀석은 잠시 뜸을 들이다 말했소.

"그건 공공연한 비밀입니다. 법률사들은 죄를 범한 자들 가운데서 카탈로그감을 고르니까요. 저희들의 힘은 바로 자신이 저지른 죗값을 깨닫는 데서 나옵니다."

"무슨 죄를 지었더냐?"

"발설금지 사항입니다. 기억에서 말소됐습니다. 저는 직무를 이행할 따름입니다."

"어차피 우리는 생존할 가능성이 희박하다. 내 죄목이 무엇인지 너는 알고 있잖느냐?"

"과거 행위에 관해서는 알고 있습니다. 카탈로그는 판단하지 않습니다. 관찰할 뿐입니다."

"그러니 말해다오. 같은 처지가 될 터이니."

"저를 놀리시는군요."

"진심이니라."

외피에 드러난 감지기가 돌아가더니 속에서 낮게 윙윙대는 소리가 흘러나왔소.

"외피를 취하기 이전, 저는 채굴사였습니다. 행성의 파괴 시일을 잘못 앞당겨 우주의 한줌 먼지로 만들어버린 죄를 지었습니다. 제 소꿉친구를 비롯한 동료 대원들이 미처 대피하지도 못했는데 말입니다."

"소꿉친구라…… 그 친구한테 억하심정이라도 있었느냐? 남자였느냐, 여자였느냐?"

"남자였습니다. 채굴사 계층에서 제일가는 세도가와 약혼을 맺었지요. 저를 버리고 말입니다. 너무하다는 생각이 들더군요."

"그래서 날려버렸단 말이냐?"

"흔적도 없이 말입니다. 동료 대원 열두 명도 덩달아 사라지고 말았지요."

그 말에 나는 곁에 있는 충직한 일행을 다시 보게 되었소.

"그런데도 법률사들이 너를 택했단 말이냐?"

"그렇습니다."

"뭔가 특출한 자질을 지니고 있었나 보군."

"예, 죗값이 컸기 때문입니다."

녀석은 다시 윙윙대는 소리를 냈소.

"한때 나는 종족 전체를 말살하려 했느니라."

"그렇다면 다이댁트 님도 저처럼 될 운명일지 모르겠군요."

"그야 모를 일이지. 판단은 나의 몫도, 너의 몫도 아니다. 우리는 상황을 살피며 살아남을 궁리를 하고자 이렇게 남은 것이니라."

"맞습니다."

"오해가 풀려 다행이구나."

나는 한쪽 팔로 어깨를 붙잡았소. 카탈로그가 한쪽 손으로 내 손을 맞잡자 나는 손가락으로 코 위에 Y자를, 녀석은 전방 감지기 앞부분에 대고 Y자를 그렸소. 죄를 시인하는 전사들의 손짓을.

"이제 너는 명예 전사 종복이니라."

"그리하고 싶으시다면야."

우리는 하릴없이 기다리고 기다렸소.

"아직도 법률사 통신망에 연결되어 있느냐?"

"아닙니다. 주파수대가 모두 닫혔습니다. 도메인 역시 막혔습니다."

"다시 헤일로를 옮긴다고 하더냐?"

나는 몸서리치며 물음을 던졌소.

"그럴 가능성도 있겠군요. 아니면 저것 때문일까요."

우리는 실처럼 휘감긴 성간 도로에 떠밀리며 타래의 가운데로, 이제껏 보지 못했던 선각자 구조물의 집합체 한복판으로 다가서고 있었소.

성간 도로는 합쳐지며 서로 나란한 곡선을 그렸는데, 모양새가 마치 고대의 무기고에서 꺼낸 두 자루의 활을 보는 듯했소. 그리고 겹쳐진 활의 중앙에는 우주의 심연보다도 어두운, 암흑을 에워싼 눈부신 고리가 있었소.

"함선은 아니로군."

"아크가 저렇게 생겼는지요?"

"나도 모른다."

"라이브러리안께서 짐승을 모으시듯 우리를 수집하려는 의도일까요?"

카탈로그는 물음을 던지며 대부분의 감지기를 도로 감추었소.

"통신이 끊어지기 이전에 하루스피스께서 몇 가지 기록을 보내주셨습니다. 검색해보니 이제야 어떤 기록인지 감이 오는군요."

"무엇이더냐?"

"라이브러리안 님의 증언을 비롯해 제국 곳곳에서 수집된 기타 진술 자료입니다."

"라이브러리안이 진술에 응했다는 말이냐?"

"예."

"그리고 네가 그 내용을 받았고?"

"통신망이 닫히기 전에 말이지요."

활처럼 겹쳐진 성간 도로는 어느덧 시야를 가득 메우고 있었소.

카탈로그는 미동조차 없이 침묵 속에서 지식을 음미하고 있었는데, 나는 오랜 고뇌 끝에 물음을 던졌소.

"조금 들려주겠느냐?"

나는 행성을 아끼고 좋아한답니다. 바위와 휘발성 물질의 결합체인 행성은 은하계 전역의 항성은 물론 항성과 항성 사이 어디서든 찾아볼 수 있지요.

대부분의 생물은 행성이라는 가스로 가득한 바위투성이 천체에서 탄생하죠. 예외도 있지만 그것도 나름대로 흥미를 끌지요. 한때 얼음으로 뒤덮인 위성의 외진 바다에서 생겨난 눈먼 갑각류를 오랫동안 연구한 적이 있었어요. 바위를 캐내며 땅속에 굴을 만드는 생물이었죠. 광물과 차디찬 얼음을 뚫고 몇 킬로미터를 파고든 깊은 땅속에서 서식하는 탓에 하늘의 별을 바라볼 기회도 없이, 언제나 유황으로 가득한 어둠 속에서 꿈결 같은 삶을 영위했죠.

세 차례였던가, 그런 생물들에게 넓은 세상을 보여준 적이 있었어요. 방패막이처럼 단단히 얼어붙은 바위틈을 열고 근친교배를 거듭하며 태어난 갑각류들을 밖으로 꺼내주었죠. 바위를 올라 바깥으로 나오더니, 끝없이 펼쳐진 우주의 깊이와 공허에 소스라치게 놀라더군요. 잔뜩 겁먹고 기가 질려서는 도로 얼음 속에 숨으려고 안달이었죠. 아마 자기네 기억과 역사에서 그날의 일을 모조리 지워버렸을 거예요. 지금에 와서는 선조에 대해 전혀 기억하지 못하죠.

두꺼운 얼음이 과연 헤일로의 영향력을 막아줄지 모르겠군요. 아마 아니겠죠. 하지만 대체로 크기가 자그마해서 손바닥에 쏙 들어올 정도였으니…… 작은 몸집 덕택에 생존할 수도 있겠죠.

참으로 어리고 미숙한 종족이죠? 광활한 우주란 녀석들에게 사랑하는 이들을 가로막는 가혹하고 비정한 장벽이나 마찬가지였어요.

아직 모행성을 벗어나지 못했던 초창기에는 선조도 우리가 누구인지, 또 광활한 우주에서 우리와 대등하거나 월등한 종족을 맞닥뜨린다면 어찌할지 궁리하던 시절이 필시 있었겠지요. 하지만 우주로 첫발을 내딛는 문턱이 너무도 높았던 까닭에, 우리는 언어를 만들고 불을 발견하며 예술과 기술을 고안한 뒤로도 오랜 세월 동안 변함없이 땅에만 발이 묶인 채, 끝없는 우주는 거들떠보지도 않았죠.

미숙함에서 비롯된 천진난만함과 일말의 희망, 그리고 두려움.

다 철없는 지혜에 지나지 않는답니다.

───────○───────

함선들을 차례차례 열어 나갔지만 반응은 전혀 없었고, 아무런 저항에도 부딪히지 않았죠. 기록들은 하나같이 현대의 앤실라에 준하는 무겁고 커다란 구식 기억장치에 저장되어 있더군요. 그나마도 기록이 손상된 탓에 마구잡이로 뒤섞인 이진수 부스러기만 남아 있었죠.

이진수라니! 과거에 기억장치 대참사가 있었던 이후로 디지털 저장기기는 양자기포 저장장치에 자리를 내어준 지 오래예요. 그런데 이곳 함선에는 그런 구식 장치만 남아 있었던 까닭에, 기록과 역사를 알아내기 위한 마지막 한 가닥 희망마저 물거품으로 변하고 말았죠.

기계한테 천만 년은 너무도 기나긴 시간이니까요.

하나마나한 조사를 끝내려는 찰나, 뭔가가 눈에 잡히기 시작했어요. 잿빛 대성당 주위를 맴돌다 죽은 무수한 새 떼처럼 성간 도로를 따라서 집결한 함선들을 가만히 바라보고 있으려니, 어딘가 익숙한 부분이 눈에 띄었죠. 건축사 계층의 의식에 등장하는 고대 건축양식이 떠올랐어요. 그 이상도 이하도 아닌 바로 그 모습이더군요.

"선조 양식임은 틀림없습니다. 여기서 알아낼 수 있는 사실은 그것뿐인지도 모르겠군요."

"건축사 중에서 제일가는 기술자들을 여기로 불러오면 어떻겠습니까?"

공터의 말에 이어 파수꾼이 의견을 내놓더군요.

"실력이 출중한 과학자들을 동원해서 함선을 하나하나 살핀다면, 뭔가 밝혀지지 않겠습니까!"

하지만 아무리 열심히 제안한들 그런 의견이 먹힐 리가 없었죠. 선조 역사가 펼쳐졌던 우리 은하에서는 플러드의 재침략에 대비하느라 여념이 없었으니까요.

이 정도의 대규모 함대가 덩그러니 버려진 채로 쓸쓸히 낡아버린 눈앞의 상황을 매듭짓는 한 가지 사실은, 바로 자신들의 멸망을 막기 위함이 아니고서야 이만한 수고를 들일 종족은 없다는 점이었죠. 또한 전면전이 아니고는 이렇게 머나먼 거리를 횡단할 까닭도 전무하고요.

그렇다면 수많은 행성 주위로 고색창연한 도로망을 뻗어 성계와 성계를 연결했던 선각자들은 어떻게 됐을까요?

어디로 사라진 것일까요?

───○─────────○───

이미 거미 성운 깊숙이 위치한 항성들 사이로 들어온 뒤지만, 우리 일행은 다시 한 차례 점프한 끝에야 작은 주황색 태양 앞에 도착했어요.

목적지에 도달하자 성운에서 유일하게 생명을 갖춘 행성에서 날아온, 나이가 2초도 되지 않은 어린 광원이 우리를 반겨주더군요.

"새로운 광원이 잡히니 기분이 산뜻하군요."

찬가가 한마디 했어요.

"이제야 다시금 현실과 맞닿는 기분이네요."

멀리서 관측할 때에는 단순한 통계 수치에 불과했던 가능성이 이제는 확실하게 나타났죠. 이곳에는 성간 도로도, 궤도를 도는 구조물도, 함선도 없었어요. 대담무쌍은 행성의 일렁이는 대기권을 뚫고서 선명한 영상을 띄워주었죠.

우리는 행성 상공에서 독립된 개체는 물론 작은 촌락을 이루는 개체들도 면밀히 살펴봤어요. 인구는 수만 혹은 그 이상으로 보이지만 수백만까지는 아니었죠.

평범하고 외딴 행성이었어요.

우리 모두 허탈하더군요.

"기술력은 미개한 수준입니다. 불을 이용한 토기 제작과 금속 가공이 고작입니다. 자원에 비해 개체수가 워낙 적은 것으로 볼 때, 인구를 억제했을 가능성이 높습니다. 그밖에는 자연 진화 상태로 돌아갔던 모양입니다."

여명에 이은 찬가의 보고도 그리 놀랄 만한 데가 없었죠.

"지하나 화도(火道)에 서식하는 생물군이 전무하네요. 지하 생물권이라고 할 만한 것이 하나도 없어요. 탄소 기반이건 석유 기반이건 지층에 형성된 연료 자원도 하나 없군요."

"저들이 함대를 타고 왔던 선조라면 여기서 지난 천만 년 동안 살아온 셈이 되겠군요."

너무도 황량해서 이런 곳에 터를 잡았다는 사실이 믿기 어려울 정도였어요. 우리의 조상들이 너무도 다급한 나머지 이처럼 자원이 희박한 행성이라도 개척할 수밖에 없었거나, 오래전에 과학 지식 대부분을 포기한 듯했죠.

상황을 알아가는 동안 우리는 예의를 갖추어 침묵을 지켰어요.

"자원부족이 발전의 걸림돌이 되었을지도 모릅니다."

파수꾼이 말했어요. 말투에서 의문 섞인 경멸감이 묻어나더군요.

"자원부족 이전에 기존의 기술을 모조리 버렸던 것이 분명합니다."

여명이 아리송하다는 듯이 말하자 공터가 말을 받았어요.

"아니면 맨손으로 이곳에 버림받았을지도 모르지요. 광물 흔적으로 보건대 선조가 이곳에 오기 전까지는 생명이 존재하지 않았습니다. 하지만 방사성 광석 매장량도 상당하고, 바다로 보이는 물속에는 중수소가 풍부합니다."

"원했다면 얼마든지 탈출할 수도 있었겠군요."

나는 그렇게 결론지은 뒤 대담무쌍에게 물음을 던졌죠.

"무장 상태는 어떻지?"

"우리한테 해가 될 만한 것은 없습니다. 생활에 이용하는 기술이라고는 불이 전부인데, 그마저도 활용도가 높지 않습니다."

"이유가 뭘까요?"

찬가가 물음을 던지더군요.

그때 대담무쌍이 저궤도에 진입했죠.

"음성이 잡힙니다."

여명이 그렇게 말하며 손가락을 들자, 아래로 수백 킬로미터 떨어진 작은 촌락에서 흘러나오는 말소리가 재생됐어요. 한마디도 알아들을 수 없더군요.

"혹시 다이곤 고어 아닙니까?"

파수꾼의 물음에 여명이 답했어요.

"다이곤은 불과 3천 년 전에 융성했던 언어입니다. 현재로서는 저 언어가 어떤 다이곤인지는커녕 고대 함대가 우리 은하를 떠났을 무렵에 과연 다이곤이라는 언어가 존재했는지조차 모릅니다. 가능한 여러 장소에서 음성을 수집하겠지만, 여기까지만 들어봐도 우리 언어보다 훨씬 단순하다는 것은 확실합니다."

"통사론적으로는 단순할수록 고도로 발전한 언어일 가능성이 높습니다."

파수꾼은 그렇게 말하고는 혹시 하는 생각에 얼굴이 환해지더군요.

"기술이나 건축물을 숨겼을 수도 있겠군요. 일부러 숨어서 방어태세를 취하고 있을지 누가 알겠습니까! 파스 케토나에 우리가 미처 간파하지 못한 위협이 도사리는지도 모릅니다."

"그보다는 작정하고 기술을 억제했을 가능성이 더 높겠지요."

여명의 반론에 파수꾼은 당황해서 주춤거리더군요. 선조가 첨단기술을 스스로 포기했다는 사실을 도저히 믿을 수 없다는 눈치였죠.

그때 공터가 으스대며 말했어요.

"보나마나 지금도 땅을 파며 살겠지요. 전부 다 채굴사가 된 겁니다. 안 그랬으면 어떻게 돌이나 진흙을 찾아냈겠습니까?"

평소답잖게 채굴사가 우스개를 던지니 좀처럼 익숙지가 않더군요.

저토록 비참하고 원시적인 선조들을 접해보기는 다들 이번이 처음이었어요. 신장과 체중이 건강한 매니퓰러의 3분의 2 수준이더군요. 건물 층수도 기껏해야 2층을 넘어가지 못했고, 너비도 5에서 10미터를 벗어나지 못했죠.

"이런 사람들한테서 뭔가 알아내봐야 무슨 득이 되겠습니까? 이런 상태에서 문화를 유지할 수나 있었겠습니까?"

파수꾼의 물음에 찬가가 답했죠.

"입에서 입으로 전하는 구전 역사에 의존할 가능성이 있겠군요. 그런 방식을 쓰는 종족들을 본 적이 있거든요."

"어쩌면 플러드가 남겨놓은 찌꺼기일지도 모릅니다. 마구잡이로 이종교배를 벌인 결과물일지도."

"유전자는 틀림없는 선조의 것입니다. 세포 단위로 보자면 우리와 크게 다르지 않아요. 이곳에 최초로 발을 들인 선조들은 척박한 환경에서 최선을 다했지만 결국은 자원 부족을 이겨내지 못했던 것 같군요. 가만, 다른 동물도 있습니다. 짐을 나르는 용도로 키우는 모양이네요."

이내 찬가는 말을 바꾸어 이렇게 덧붙였죠.

"그리고 일부는 식용으로요."

그러고는 잠시 뜸을 들이며 우리의 놀란 얼굴을 재미있다는 듯 살펴보더군요. 선조 사회에서 육식이 금지된 지가 수백만 년은 지났으니까요.

"더 흥미로운 사실은 가축도 초기 인구에서 갈라진 후손이라는 점이죠. 식용까지 포함해서요. 심지어 식물에도 선조 유전자가 있어요. 정말로 식물이 맞는지는 모르겠지만요. 아무래도 유전자 비축분도 없이 이곳에 도착했고, 따라서 복잡한 생태계를 구축할 여력이 없었나보군요. 수중에 있는 선에서 어떻게든 활용했던 모양입니다."

여명은 휘둥그레진 눈으로 고개를 들더군요.

"우리를 보고 입맛을 다실지도 모르겠는데요?"

파수꾼은 더는 거북한 기분을 감추기 어려운 눈치였죠.

"도대체 무슨 잘못을 저질렀기에 이런 수모를 겪는답니까?"

"역사에 기록된 바는 아닐 겁니다."

찬가는 타당한 자료를 이어 붙이며 우리의 잃어버린 먼 친척뻘 동족들의 생활상을 알아내려고 애를 쓰더군요.

대담무쌍은 지표면에 곧바로 착륙하기에는 위험이 따른다고 판단했어요. 눈에 보이는 모습이 진짜인지, 아니면 일부러 본래의 기술력을 감추고 있는지도 확신할 수 없었죠. 파수꾼은 후자를 유력하게 생각했어요. 자신의 눈에 선조의 수치로 보이는 촌락은 눈속임일 뿐이며, 저곳 어딘가에 위험이 도사리고 있으리라는 추측을 타당하게 여기더군요.

최소한의 무장만을 갖춘 수색기 두 대를 탐사용으로 함선에서 발진시켰죠. 간단하게 제비를 뽑고 여건을 고려한 끝에 일행 중 셋만 행성에 내려가고, 나머지는 궤도에 남기로 했어요.

나는 고집한 끝에 탐사에 나섰답니다.

○━━━━━━━━○

수색기 두 대가 얇은 구름 아래를 뚫고 내려가, 광활한 담수호를 끼고 펼쳐진 높고 험준한 산맥의 구불구불한 등선을 따라갔어요. 행성의 자전 축이 궤도와 수직을 이루는 까닭에, 이곳 대지에는 수억 년이 지나도록 한 차례도 혹독한 겨울이나 빙하기가 닥친 적이 없었죠. 기후는 언제나 일정하고 우중충하더군요. 하늘은 대체로 구름에 뒤덮여 있었고, 가끔 격렬한 천둥을 동반한 비가 쏟아졌으며, 폭설이 내려도 높은 산자락을 따라서 약간의 눈이 쌓이다 마는 정도였죠.

하나뿐인 작은 바다는 남극 지대를 뒤덮었는데, 밀도가 높은 소금물은 씁쓸한 무기물로 가득하더군요. 그밖에 행성에 있는 물은 깊고 깨끗한 호수의 담수뿐이었죠.

수색기는 야트막한 산맥 위를 날아간 끝에 경사가 완만한 갈색 평원으로 내려가 상공 수천 미터 높이에서 가만히 머물렀어요. 오래전에 빈약한 용암맥이 무너져 깊은 호수가 생겨났고, 함께 일어난 대규모 홍수로 형성된 복잡한 지형이 평원 북부의 3분의 1을 차지하고 있더군요. 이곳의 식생은 주름진 산맥 사이에서 집중적으로 불어오는 바람을 견디느라 볼품없고 키가 작았어요. 모래는 물론 바위 언덕, 기반암, 그밖에 온갖 기암괴석에서 풍화된 자잘한 돌멩이가 바람에 날려 오더군요.

험준한 산맥 남쪽 끝자락에는 협곡이 있었는데, 입구 사이로 드러난 커다란 바위틈이 밋밋한 화강암 절벽을 마주보고 있었죠.

공터의 눈에는 이곳의 지형이 별 볼 일 없었던 모양이더군요.

"유배지로나 어울리지, 기회와 가능성의 땅은 절대 아니로군요. 저였으면 딴 곳을 알아봤겠습니다."

그러자 찬가가 끼어들었어요.

"채굴사다운 안목이로군요. 하지만 생명가공사들은 다른 가능성을 엿보지요. 이면에서 작용하는 다른 요소가 있으니까요."

경험상 이렇게 황량하고 척박한 행성은 곧잘 급속한 문화적 성장을 이루어내고는 했는데, 그런 성장은 신속한 기술 부흥을 촉진시켰죠. 우리는 생명들이 안락함을 누리는 모습을 즐긴답니다. 하지만 이곳은 예외였어요. 도대체 누가, 혹은 무엇이 이들에게 이리도 기이한 고행을 짊어지워 자기네 신체를 진화의 시발점으로 삼고, 결국에는 동족을 잡아먹을 수밖에 없는 상황으로까지 몰아넣었던 것일까요?

수색기 두 대는 마을에서 조금 떨어진 곳에 착륙했어요. 낮고 납작한 집들이 들어선 모습이 꼭 나직한 산비탈의 퇴적층을 보는 듯하더군요.

우리는 땅에 내려 평원과 야트막한 마을을 살펴봤어요. 공터는 내 지시에 따라 수색기에서 멀리 떨어지지 않았죠.

착륙한 곳에서 그리 멀지 않은 곳에 낮은 담장이 둘러져 있었어요. 담장 안에는 무게가 500킬로그램 정도에, 몸이 황갈색 털로 뒤덮인 땅딸막한 동물 열 마리가 있더군요. 쩍쩍 갈라지고 부스러진 흙바닥에 듬성듬성 돋아난 암녹색 풀을 뜯고 있었어요. 담장은 고만고만한 홍수가 일어 강이 범람하지 않도록 세워둔 둑인 모양이었죠. 풀을 뜯던 동물조차도 어렵잖게 담을 넘으며 새순을 찾아다녔으니까요.

산 위로 드리운 구름이 개자 쩍쩍 갈라진 평원 위로 햇살이 비치더군요.

"저 동물들 얼굴 좀 보세요."

그렇잖아도 우리와 닮은꼴이라 기분이 거북하더군요. 가까이 다가가자, 녀석은 땅에서 일어나 미간이 좁은 회색 눈으로 이쪽을 빤히 쳐다봤어요.

"꼭 공터를 닮았는걸요."

그 말에 공터가 장갑 낀 손으로 얼굴을 감싸자 정말 가축 같아 보이더군요.

"그만하세요."

내가 말했죠.

"죄송합니다."

"닮기로는 파수꾼에 더 가깝군요."

내 말에 찬가는 웃음을 막느라 입을 감싸더군요.

나는 동물, 아니 가축으로 길들여진 선조의 곁에서 몇 미터쯤 물러나 발을 자세히 살펴봤죠. 발가락과 발가락뼈는 분명히 선조의 골격에 뿌리를 두고 있었어요. 풀밭 너머 마을에 사는 주인들과 마찬가지로 가축 역시 우리와 연관이 있었던 거예요. 하지만 지능은 없어 보였죠.

초식 동물은 심드렁하다는 듯이 고개를 돌리고는 계속 풀만 뜯더군요.

북쪽으로 수백 미터 떨어진 곳에 회녹색 덤불이 우거져 있었어요. 야트막한 담장이 하나 더 둘러진 마을 변두리의 집보다도 가까운 거리더군요. 그곳까지 곧장 가면 토착민들한테 발견될 테고, 우리를 공격할 것이 분명했죠.

나는 공터에게 고개를 돌렸어요.

"전투복이 없으면 우리가 동족이라는 사실을 알아볼 수도 있어요."

수색기 옆에서 자리를 지키던 공터는 시큰둥한 눈치였죠. 헬멧을 통해 이렇게 말하는 소리가 들리더군요.

"아예 알몸이 된들 알아볼지 모르겠습니다. 퇴화될 대로 퇴화됐으니 말입니다."

"시도는 해봐야지요."

나는 앤실라한테 지시를 내렸어요. 전투복이 몸에서 풀려나, 말라붙은 진흙 위로 가지런히 놓였죠. 앤실라한테는 사사건건 노심초사할 필요 없다고 오래전에 일러둔 참이었어요. 그래서인지 아무런 경고도 건네지 않더군요. 내 마음을 읽었던 거예요.

"저도 벗고 따라갈게요."

"아니, 나만 벗겠다."

"생명세공사님!"

공터와 찬가 모두 난처한 얼굴이었지만, 나도 물러서지 않았죠.

"나만. 공터는 여기 남아서 우리를 지원해주세요."

생명가공사들은 자연에 심취한 나머지 애써 위험을 무시하며 탐사에만 몰입하는 경우가 더러 있어요. 그래서 나와 찬가가 그럴 경우를 대비해 채굴사인 공터는 수색기 옆에 남겨두었죠.

나는 찬가와 함께 말라붙은 진흙땅을 가로질러 걸어갔어요. 몸에는 안감만을 걸쳤고, 끈양말을 빼면 맨발이었죠. 땅은 딱딱하고 차가웠으며 공기도 쌀쌀했지만 위험할 정도는 아니었어요.

손짓을 보내자 찬가는 스무 걸음 정도 뒤쳐져 따라왔죠. 앞장서려고 드는 통에 말렸던 거예요. 생명가공사 교육 과정에는 토착민에게 접근할 시 행동방안에 관해 분명히 선을 그어놓고 있었지만, 이런 환경에서 살아가는 선조들에게 접근해본 적은 처음이었죠. 좌우간 토착민이란 편의상의 호칭일 뿐이에요. 하지만 지난 천만 년 동안 이곳을 삶의 터전으로 삼았으니 토착민이라 불러도 무방했죠.

풀을 뜯던 가축들이 넘어오지 못하도록 지어놓은 듯한 허리 높이의 돌담장 너머로는 회녹색 가지에 뾰족한 잎사귀가 달린 작물들이 줄지어 늘어선 밭이 보였어요. 잎사귀 아래로는 과일인지 꼬투리인지 모를 주름진 식물이 맺혀 있더군요. 바람이 불자 잎사귀와 열매에서 바스락거리는 소리가 났죠. 바싹 메마른 소리라 먹어보고 싶은 생각은 없었지만, 유전자 구조가 어찌 되었건 식물로만 보일 뿐, 흙속에 뿌리 내린 채 고행하는 선조와는 거리가 멀었어요.

우리는 밭으로 들어가지는 않았어요. 그냥 담장 밖에만 머물며 마을에서 가장 가까운 건물로 걸음을 옮겼죠. 진흙 벽돌로 지은 들쭉날쭉한 오각형 모양의 집이었는데, 바닥을 따라서 주춧돌이 일정한 간격으로 깔려 있었어요. 진흙 벽돌에는 낯선 기호들이 삐뚤빼뚤 그려져 있었고요. 네모난 문이 건물마다 하나둘씩 갖춰져 있었고, 하나같이 투박한 발로 가려져 있더군요.

가까운 문에서 주름지고 두툼한 손이 발 뒤로 쑥 사라지기에, 그림자에 가린 누군가를 알아차렸어요. 벌거벗은 채 이상한 자세로 문간에 서 있는 모습이 마치 얼른 자기를 검사하고 통과시켜주기를 바라는 듯했죠. 여자임은 분명했는데, 잔뜩 쪼그라든 젖꼭지와 굉장히 색다른 형태의 얼굴 털을 보니 노년기에 접어든 모양이었어요. 한 줄기 회색 털이 양쪽 뺨에서부터 납작한 코밑으로 뻗어 들어간 모습이 두드러지더군요. 적어도 그런 외형적 특징은 누가 봐도 선조가 틀림없었죠.

그 여자 토착민이 후다닥 몸을 숨기자 발도 도로 내려가더군요.

다닥다닥 맞붙은 촌락 뒤편에 있는 다른 문간에서 발이 거둬지더니, 발 틈새로 비치는 햇빛 사이로 다른 누군가가 모습을 드러내더군요. 넓적한 얼굴에 턱과 이마가 털로 뒤덮인 남자였어요. 기둥처럼 튼튼한 다리가 뭉툭하고 살집이 두툼한 상체를 받치고 있었고, 두꺼운 회색 옷을 걸치고 있더군요. 강인해 보이는 얼굴에 사려 깊은 인상을 풍겼지만, 다소 무표정 했죠.

남자 뒤로는 등불의 깜박이는 불빛 사이로 얇은 옷을 걸친 여자가 서 있 더군요. 성별에 따른 외모의 차이는 있었지만, 그 정도가 심하지는 않았어 요. 겉보기로 따지자면 나와 다이댁트에 비해 서로 훨씬 더 닮은꼴이었죠. 물론 우리의 경우는 계층에 따른 인위적인 차이지만, 이곳의 선조들은 그 런 것까지 모조리 포기한 모양이었어요. 애초에 그런 계층제가 과연 있었 는지조차 모르겠지만요.

정말 흥미로운 일 아닌가요? 같은 뿌리에서 나왔는데도 이렇게 색다른 선조를 접하기는 처음이었죠. 기껏해야 1.5미터에 불과한 신장, 널찍한 어 깨와 몸통, 두꺼운 다리와 짤막한 팔, 길고 굽은 손가락까지 말예요. 손가 락도 한 손에 다섯 개가 전부였어요.

무언가 새로운 발견을 하면 생기는 익숙한 현기증을 가라앉히느라 고생 했어요. 앤실라가 있었다면 뇌간을 살짝 간질여서 그런 반응을 조절해줬 겠지요. 침을 꿀꺽 삼키며 다시금 정신을 바짝 차리고 억지로라도 긴장감 을 조성했어요.

예상대로 바람이 불어와 안감을 헝클어뜨리자 내 몸의 윤곽이 또렷하 게 드러났어요. 이들의 눈에는 내가 이상하리만치 키가 크고 마른 데다, 눈도 부리부리하고 피부는 백지장 같은 모습으로 비춰졌겠지요. 겉모습 만 봐서는 우리가 동족이라는 사실조차 알아보지 못하겠다는 생각이 들더 군요.

나는 양손을 내밀었죠.

과거 선조는 예민한 후각으로 상대가 동족인지 아닌지, 사회적 관계가 어떤지를 판가름했다고 하죠.

이제는 뒤편에서 산들바람이 불어왔어요. 남자 토착민은 커다란 콧구멍을 킁킁거렸는데, 몸집에 비해 콧구멍이 얼마나 큰지 나보다도 훨씬 넓더군요. 남자는 마치 1형체 전사 종복처럼 조금 굽은 안짱다리로 약간 비틀거리며 앞으로 나오다가, 문 언저리에서 뒤를 보며 손짓했어요. 그러자 여자도 같이 밖으로 나오더군요.

"안심하세요, 여러분과 이야기하고자 머나먼 길을 왔습니다."

나는 다이곤 방언 중에서도 가장 오래된 고어로 입을 열었어요.

"저희는 정든 고향을 떠나 먼 길을 거쳐 여기까지 왔습니다. 안녕하십니까?"

남자는 손을 흔들더니 울부짖는 듯한 콧소리를 냈어요. 여자는 남자 곁으로 다가왔는데, 둘 다 조금도 두렵지 않은 눈치였죠. 여자는 고개를 비스듬히 숙이며 나를 자세히 뜯어보고는 코를 벌름거리더군요. 흥미롭지만 한편으로는 아리송하게 여긴다는 낌새를 알아차릴 수 있었죠.

마을 곳곳에서 발이 들춰지며 다른 사람도 하나둘씩 모습을 드러냈어요. 남녀 주민 모두 중년이거나 노년이었죠. 보아하니 인위적인 노화방지 없이 있는 그대로 나이를 먹어가는 모양이더군요. 아이들은 하나도 보이지 않았죠.

마을에 있는 집들은 하나같이 벽에 낯선 기호가 새겨져 있었어요. 그런데 벽이 모두 밖을 향한 어느 집에는 벽면을 따라서 둥그런 기호 열 개가 커다랗게 새겨져 있었는데, 우리가 일상에서 곧잘 접하는 장식이자 너무도 흔한 나머지 평소에 주의를 기울이지도 않는 그런 모양이었어요. 동그라미 안에 각진 나뭇가지처럼 뻗어나간 형태의 기호였죠.

옛날에 생명가공사들 사이에서 그 기호를 '엘드'라고 부른다는 말을 들은 적이 있었어요. 대부분의 건축사를 비롯한 다른 이들은 나무 기호라고 한다더군요. 그 기호는 우리가 오래전부터 수호자의 의무를 나타내는 상징으로 써왔지만, 정작 그 기원은 수수께끼로 남아 있었죠.

그런데 이곳에서 똑같은 기호를 발견하다니 무슨 사연이 있는 걸까요? 대체 무슨 사연을 담고 있는 것일까요?

또다시 심란해지더군요. 이토록 머나먼 길을 떠난 끝에 이렇게 초라한 곳에서, 완전히 고립된 채로 명맥을 이어가는 형제자매들을 발견했는데…… 선조 사회 어디에서나 존재하는 기호가 여기도 똑같이 있었던 거예요! 신기하게 여긴다면 모를까, 떨떠름하거나 섬뜩하게 생각할 이유는 없잖아요? 하지만 이상하게도 소름이 돋더군요.

왠지 모르게 여기서 엘드를 발견한 일이 꺼림칙하게만 느껴졌고, 그것이 무엇을 뜻하며 또 우리와 무슨 연관이 있는지 모른 채 그대로 묻어두고 싶은 생각이 들었어요.

야릇한 촌락 사이로 얼마 되지 않는 주민들이 하나둘씩 모습을 드러냈어요. 그러자 다부진 남자 토착민은 콧소리를 멈췄죠. 아무도 소리를 내지 않았어요.

나는 모여든 토착민들을 둘러보며 했던 말을 되풀이하고는 덧붙였죠.

"우리는 선조입니다. 여러분과 같답니다. 혹시 지난 세월을 기억하는 분이 계십니까?"

다이곤 고어로 말하려니 쉽지 않더군요. 발음이나 문법을 뚜렷하고 정확하게 구사하는 일이라면 앤실라가 훨씬 나았을 거예요. 언어란 유전자와 마찬가지로 살아 숨 쉬는 것이라, 변하지 않는 부분이 있는가 하면 몰라보게 달라지는 부분도 있는 법이죠. 하지만 이쯤 되자 다이곤 고어처럼 오래된 말을 건넨들 이들이 알아들을 가능성은 희박함을 우리 모두 알아차렸어요.

그때 어느 늙은 여자가 주민들 틈에서 어깨를 으쓱이고는 앞으로 걸어 나오더니, 우리와 세 걸음 떨어진 곳에 멈춰 서더군요. 찬가가 앞을 가로막으려는 눈치였지만, 등 뒤로 손을 흔들어 말렸죠.

늙은 여자는 내 어깨너머를 갸웃거리고는 나와 눈을 마주쳤어요. 엷은 입술을 뒤로 젖히고 튼튼한 회색 이를 훤히 드러내며, 환한 웃음으로 나를 반겨주더군요. 이곳의 선조들은 아직까지도 웃을 수 있었던 거예요! 반면에 나는 입가를 살짝 올리는 게 고작이었죠.

그래도 되는 데까지 웃음을 지어 보이고 다시 양손을 뻗었어요.

늙은 여자는 내 손가락을 덥석 붙들었어요. 흙과 녹색 때로 얼룩진 손은 미끄러운데도 아귀힘이 대단하더군요. 여자는 내 팔을 살살 끌어당기며 따라오라고 재촉하면서 또 나를 보며 환하게 웃음을 지었어요.

나는 말없이 따라갔어요. 그렇게 열 걸음쯤 걸었을까, 암묵의 선을 넘기라도 했는지 나머지 주민들도 앞으로 몰려나와 우리를 에워쌌어요. 일부는 군중에서 떨어져 나와 찬가를 둘러싸더군요. 찬가는 전투복 속에서 주민들을 내려다보며, 생명가공사로서 훈련받은 대로 침착하면서도 조심스러운 자세를 취하고 있었죠. 몸가짐이 지나치게 친근하거나 무방비하거나, 혹은 만만하게 보이지 않는 것이 최선이니까요.

주민들은 무리지어 몰려와 우리를 가운데로 몰아넣고는 몸을 더듬거렸어요. 불쾌하지는 않았지만 어딘가 무례하면서도 친근한 느낌이 들더군요. 우리에 대해서 구석구석 알고 싶었던 거예요. 그리고는 깜짝 놀라는 눈치들이었죠. 어리둥절해하면서 조금씩 물러났지만, 그래도 계속 웃더군요. 수백만 년이라는 세월이 흐르면서 생식기관의 구조도 상당히 변했으니 낯설 수밖에요.

그때 주민들이 갈라지며 누군가에게 길을 내어주자, 정수리와 어깨에 뻣뻣한 회청색 털이 있는 훨씬 나이든 노파가 군중 사이를 비집고 모습을 드러냈어요. 그 노파는 늙은 여인에게 물러나라고 손짓한 다음 내 옆으로 와서는 어디 끼어들 테면 끼어들라는 듯이 주민들을 둘러보더군요.

그리고는 돌아서서 내 손목을 잡고 팔을 들어 올렸어요.

다른 주민들은 고분고분 뒤로 물러났죠.

노파는 나를 올려다보더니 환하게 웃으면서 튼튼하지만 지저분한 회색 이를 드러냈어요. 그 순간 노파의 코와 털이 흡사 인간의 것처럼 느껴졌죠. 노파의 호기심 가득한 눈빛 속에서 먼 옛날 인간과 선조의 공통된 뿌리가, 우리 본연의 모습이 얼핏 스쳐가더군요.

그러더니 느닷없이 날 물었어요. 회색 이로 팔을 꽉 물고 턱을 홱 비틀자, 깊지는 않지만 그래도 꽤나 아픈 상처가 생겼죠. 나는 움직이지도, 소리를 지르지도 않고 잠자코 자리를 지켰죠.

노파는 뒤로 고개를 젖히더니, 입술과 이에 내가 흘린 보라색 피를 묻힌 채로 또 환하게 웃는 게 아니겠어요! 나는 노파의 손에서 풀려나 어리둥절한 눈빛으로 노파를 내려다보았죠. 노파는 당황하지 않은 나를 대견스러워하는 듯했어요.

나와 찬가가 주민들에게 둘러싸여 있던 그 순간, 공터는 수색기로 돌아가서 대기하던 참이었죠. 멀리서 상황을 지켜보다 우리 머리 위로 소형 모니터를 우르르 내보내 눈부신 섬광과 요란한 폭음을 연달아 터뜨리더군요. 모니터에서 기계 팔이 나와 찬가와 나를 단단히 붙들자, 우리는 허공에 번쩍 들린 채로 타고 왔던 수색기가 있는 곳까지 되돌아갔어요. 허공을 날아오는 동안 공터는 접어두었던 내 전투복을 준비해놓고 우리를 바닥에 사뿐히 내려줬지만, 그렇게 허공으로 채여서 끌려온 것이 물린 상처보다 더 아프더군요.

"도와달라고 하지 않았을 텐데요."

공터는 수색기에서 내려 우리를 노려보더군요.

"공격당하셨잖습니까. 살을 물어뜯기고 계셨습니다."

갑작스런 충격에 어지럽기는 해도, 한편으로는 흥미로운 생각이 들면서 동의할 수밖에 없더군요. 찬가는 팔의 상처를 살폈어요. 비교적 가벼운 상처였지만, 흔적이 뚜렷한 데다 침으로 범벅이었죠.

"약은 뿌리지 않아도 된다. 내버려두렴."

찬가가 어리둥절한 얼굴로 고개를 들었지만, 나는 고집을 꺾지 않았죠.

"상처가 감염됐거나 독이 있으면 어쩌려고 그러세요?"

"나름대로 뭔가 알아내는 바가 있을 테고, 또 전투복이 알아서 처리할 테니. 상처보다도 주민들한테 잔뜩 겁을 줘서 걱정이구나. 나는 괜찮을 테니 괘념치 마라."

찬가는 난감하다는 눈빛으로 나를 훑어보더군요.

"생명세공사님의 직속 명령이니 저로서는 따를 수밖에요. 하지만 그만한 위험을 감수하실 필요는 없다고 봅니다."

"저도 동감입니다."

공터도 나섰죠.

"좋을 대로 생각하세요. 하지만 반론을 하려거든 충분히 생각부터 하세요."

둘 다 곰곰이 생각하는 얼굴이더니, 공터가 먼저 고집스레 입을 열었죠.

"지금 무슨 생각을 하시는지 저는 도통 모르겠습니다."

"그건 저들이 어째서 이곳에 있는가를 조사하는 것보다 내 안전을 더 중시해서지요. 하지만 그것이 바로 우리 임무입니다. 아무런 이유 없이 도움을 뿌리친 것이 아니에요."

"그럼 어째서란 말입니까?"

"다시 곰곰이 생각해보세요."

찬가는 고개를 숙였어요.

"늙은 여자한테서 일말의 친밀감을 느껴서 그러셨겠지요. 제발 전투복만이라도 입고 계세요. 혹시나 위험한 일이 생길지 모르니까요."

나는 찬가의 말대로 했지만, 찬가의 치료를 말렸듯 앤실라의 치료도 거부했죠.

"일단은 놔두자. 분명히 선의로 그랬을 테니."

"여기서는 폭력이 선의인가요?"

앤실라가 반문하더군요.

"그보다도 어째서 그 여자가 나만 물었을까요?"

나는 얼굴에 궁금증을 띠고서 둘을 번갈아 보았죠.

"찬가는 전투복을 입고 있었잖습니까."

공터가 답하더군요. 내가 다친 일로 적잖이 당황한 모양인지 침착함을 되찾기까지 한동안 시간이 걸릴 듯했죠. 나는 묘하게도 신이 나더니 이내 만족스러운 기분이 들면서…… 왠지 모르게 행복하더군요. 상처에 독이라도 들어간 것일까요?

아녜요. 독이 아닌 메시지이자, 물게 해준 데에 대한 작은 보답이었죠.

"지금 올바른 사고를 하지 못하고 계십니다. 상처를 치료해드리겠습니다."

"아뇨! 내버려두세요. 상처를 고스란히 느껴볼 테니."

공터는 기가 막힌다는 얼굴이었죠.

"이러다 탈이라도 나시면 저희 책임입니다! 당장 대담무쌍으로 돌아가야 합니다. 혹시라도 상처 때문에 돌아가시기라도 하면……."

그때 찬가가 팔을 들어 공터의 말을 가로막고는 존경의 뜻으로 고개를 숙였어요.

"부디 무지를 깨우쳐주세요."

"저도 말입니다!"

공터도 질세라 덧붙였죠.

"정말로 괜찮아요. 기분이 묘하기는 해도 멀쩡하군요. 한동안 여기에 남아서 주민들이 어떻게 나오는지 지켜보도록 합시다."

우리는 두 수색기 뒤편에 서서 소란스럽던 마을이 가라앉는 모습을 지켜봤죠. 공터가 모니터를 내보내 한바탕 소동을 일으킨 데에 대한 보복은 없었어요. 주민들은 남김없이 오두막으로 돌아갔고, 노파만 홀로 남아 먼발치에서 시선을 고정한 채 깡마른 얼굴로 우리를 바라보았어요.

가만히 기다리면서요.

그렇게 우리는 선조를 찾았어요. 하지만 이들이 고대의 함대에 관해서, 혹은 이 행성에 정착하게 된 사연을 기억하는지는 알아낼 길이 없었죠. 그렇지만 이들이야말로 우리가 해답을 구할 유일한 길이었어요. 그리고 노파가 이로 나를 깨물면서 지어 보였던 표정으로 짐작건대, 예기치 못했던 일들이 분명 남아 있었어요. 팔을 깨문 것은 경고가 아니었어요. 다가올 일을 알리는 서곡이자 하나의 시험인 동시에, 의사소통하는 방법이었는지도 몰라요.

팔을 물린 것도 단도직입적이고 중요한 사건이었지만, 이야기를 들려준 것은 바로 세포였죠.

───○────────○───

골짜기와 산맥에 밤이 드리웠어요. 거미 성운에서 나오는 무수한 붉은색과 보라색 미광이, 마치 해묵은 눈물을 머금은 듯한 어린 별들의 흐릿한 불빛이 하늘 높이 떠올랐죠. 이곳에서는 캄캄한 밤이나 어둠이 없었어요. 하지만 땅거미가 내릴 무렵까지 상황을 살피는 가운데, 먼발치의 마을에서는 울음과 고함 소리가 들리더니 이내 잠잠해지더군요.

다들 잠들었을 테지요.

나나 다른 일행이 다친다면 대담무쌍을 타고 행성을 맴돌고 있을 파수꾼과 여명은 보나마나 몹시 불안해할 거예요. 내가 고집스레 탐사에 나섰다 변고라도 당한다면 큰일이니까요. 언젠가 다이댁트가 크립팀에서 돌아와 자기 아내가 이역만리에서 죽음을 맞이했다는 암울한 소식을 접하는 날에는 자신들만 난처해진다는 데까지 생각이 미쳤을 테니까요.

하지만 그이와 나는 이미 우리가 앞으로 영영 만나지 못할지도 모른다는 생각을 하면서 생이별했었죠.

그러니 그런 변고쯤이야 걱정거리 축에도 못 들었죠.

점차 몸속에서 뭔가가 변하는 느낌이 들었어요.

───────○───────○───────

탐사에 이용된 두 대의 소형, 대형 수색기 가운데 대형 수색기에서 휴식을 취하며 앞으로의 탐사에 관해 재고하던 중, 내 직감이 사실로 드러났어요.

전투복이 체내 상태를 심층 분석하도록 내버려뒀지만, 아직은 조치를 취하지 말라고 일러둔 참이었죠. 분석이 끝나자 앤실라는 명상을 깨고 들어와 온갖 걱정을 쏟아내더군요.

"독은 없습니다. 하지만 체내에 외부에서 유입된 미생물이 있습니다."

"선조 유전형질을 띠고 있어?"

"맞습니다."

"노파가 깨물면서 들어온 건가?"

"대기나 토양에는 이런 이물질이 없습니다. 혹시 짐작하고 계셨습니까?"

"원시적인 생활에 기술 수준도 보잘것없지만 겉만 봐서는 모르는 법이지. 수중에 있는 것이라면 뭐든지 활용했을 테니까."

"그런데도 이곳 행성에 발이 묶여 있었지요."

"당장 박차고 떠날 이유가 없었겠지. 지금의 삶에 만족했는지도 몰라."

"선조는 결코 만족하는 법이 없지 않던가요?"

앤실라는 그렇게 말하며 의심스러운 듯이 초록빛을 띠더군요.

"미생물 입자가 체내를 통해서 신경계를 거쳐 뇌까지 퍼졌습니다. 이대로 놔둬서는 안 됩니다. 지금 바로 이물질을 제거해야 합니다. 방치하기에는 너무 위험합니다."

"혹시 미생물에 면역체계가 반응을 보이던가?"

"아직은 잠잠합니다. 차분하고 행복하신 상태입니다만, 무슨 까닭인지는 모르겠습니다."

정말로 행복한 기분이 들었어요. 이런 감정을 느껴본 것도 실로 오랜만이었죠. 하지만 행복감이 오래갈 리는 없었어요.

"아무래도 노파한테 돌아가서 다시 물려봐야겠어."

앤실라는 또다시 한차례 걱정을 쏟아내더군요.

"대체 무엇을 염두에 두고 이러시는지 도무지 모르겠습니다!"

"참고 기다려봐."

나는 말을 끝맺고 눈을 감았죠.

노파가 팔을 문 일이, 아니 내가 물린 일은 양방향에서 작용을 일으키는 듯하더군요. 지금쯤 몸속에서 나를 철저히 조사하고 있을 미생물 정찰대를 회수해서 무엇을 알아내려는 속셈일까요? 그것도 언제나 긴장상태인 면역체계까지 건드리지 않으면서 은밀하게 말예요!

대체 무엇을 알고 싶었을까요?

이런 사실은 아무한테도 말하지 않았고, 대담무쌍과 교신을 취할 때도 꺼내지 않았어요. 곧 아침이 찾아올 테고, 아무리 나라도 구상해둔 추측을 실행에 옮기려면 밝을 때가 편하니까요. 자연 상태 그대로 수면을 취하며 살아가는 이들에게 밤은 중요한 시간이니, 낮이 훨씬 안전하죠.

우리 선조는 잠을 자는 습관을 버린 지 오래예요. 수면을 취하면서 이루어지는 체내 활동을 전투복이 대신해주므로, 덕분에 건강한 정신 상태를 지속적으로 유지하죠. 어쩌다 꾸게 되는 백일몽도 단순히 관리와 진단의 대상일 뿐이에요. 단지 심신의 유지를 위해서이니, 그리 유쾌한 꿈은 아니죠.

그런데 어둠 속에서 노파의 '정찰대'가 혈관을 구석구석 돌아다니는 동안 조금씩 침착함을 잃기 시작했죠.

밤의 침묵과 정적이 두려워지기 시작했어요.

이튿날 무슨 일이 벌어질까, 두려운 마음이 앞섰죠.

○────────────○

잿빛 구름이 걷히고 해가 나왔어요. 우리는 대담무쌍에 상황을 보고한 다음 마을로 돌아갈 계획을 세웠죠.

이번에도 나만 전투복을 벗었어요.

찬가는 여전히 걱정이 앞서더군요.

"먼 친척뻘 되는 동족을 잡아먹는 사람들이 사는 곳이에요. 생명세공사님을 별미로 생각하면 어쩌려고 그러세요?"

"당연히 저것들보다는 맛이 좋겠지. 맛은 둘째 치고 내가 훨씬 깨끗할 테니."

나는 풀을 뜯는 가축을 둘러보았어요.

변이를 받을 적에 각인을 전해주셨던, 내가 존경하는 스승께서는 제자들에게 언제나 이렇게 말씀하셨죠.

'삶이란 매 순간이 위험의 연속이란다. 그런 역경을 헤쳐나가는 데는 유머 감각만큼 중요한 감각도 없단다.'

노파한테 물리고 난 후 아직 아무런 증상도 나타나지 않았어요. 열이나 붓기도 없고 그밖에 감염이나 위험의 징후도 보이지 않았죠. 하지만 분명히 무엇인가 몸속에서 작용하고 있었어요.

나는 익숙지 않은 모양으로 입술을 움직이며 혼잣말을 중얼거렸죠. 무슨 말인지 하나둘씩 뜻이 이해되기 시작했지만, 입술에는 낯설게만 느껴졌죠. 아직은 근육이 그런 소리를 내기에 익숙하지 않았던 거예요. 정신과 근육 모두 낯설게 느껴지는 새로운 언어를 구사하려면 전보다 혀를 많이 굽히고 짧게 끊어지는 성문음을 자주 내야 하더군요.

전투복을 벗으려는데 앤실라가 되풀이해 근심을 털어놓았어요.

"정신 구조가 변하고 있습니다. 미생물 입자가 걱정스러울 정도로 활동력이 강합니다."

"뭔가가 내게 가르쳐주고 있어. 낯설기는 해도 아직까지 위험하진 않은 듯해."

나는 그렇게 답하고 헬멧을 벗은 뒤, 전투복에서 나와 이번에도 얇은 안감만 걸친 채로 메마른 땅바닥에 발을 내딛었죠.

그날따라 바람이 쌀쌀해서 온몸이 시리더군요.

"명심해요. 섣불리 나서지 말아요."

공터와 찬가에게 미리 일러두었죠.

"행여나 생명세공사님을 해치려들면 어떡해요?"

찬가의 물음에 나는 덤빌 테면 덤비라는 듯 소매를 걷고 상처를 드러냈어요.

"그럴 일은 없을 거란다."

하지만 왜 그렇게 장담하는지는 나로서도 모를 노릇이었죠.

'노파는 분명히 웃었어. 내가 재미있다고 생각한 모양이니, 나도 장단을 맞춰줄 수밖에.'

나는 어느새 마을에 들어섰죠. 어렴풋하기는 해도 집들이 어제와는 상당히 달라 보였어요. 주위 지형지물이 점차 익숙하게 느껴졌죠. 근엄하게 뻗은 메마른 산맥과 우뚝 솟은 산자락의 그림자에 아담하게 둘러싸인 마을이 눈에 들어오기 시작했어요. 밤마다 하늘에 펼쳐지는 거미 성운 미광의 찬란한 아름다움까지도 말예요. 알고 보니 이곳에서 살아가는 선조들도 미적 감각까지 포기하지는 않았던 모양이더군요. 다만 자신들에게 남은 것을 활용해 색다른 방식으로 미적 감각을 닦아나갔던 거죠. 노파는 날깨물어 자신이 아는 바를 내게 불어넣어 주었던 거예요. 어쩌면 단순한 지식 이상일지도 모를 일이었죠. 마치 선을 넘으며 번져가는 물감처럼, 낯설게만 보이던 세상 위로 새로운 시각이 덧입혀지고 있었어요.

물린 것은 오히려 하나의 선물이었던 거예요. 그 선물이 몸과 머릿속에 깃듦으로써 이들의 언어나 지형지물에 대한 감각, 본성에 대한 인지뿐 아니라, 이들의 역사까지 고스란히 전해 받게 되었죠.

회청색 털을 지닌 노파는 풀을 뜯는 가축들이 밭으로 넘어가지 못하게 막아둔 두 번째 담장 앞에서 나를 맞이했어요. 주민 넷이 노파의 곁에 있었는데, 여자 셋에 남자 하나였죠. 일행은 확답이나 도움을 바라는 듯 초조하게 서로 손을 잡고서 간밤에 마을과 계곡, 심지어 산맥 너머에서 벌어진 일들을 서로 주고받았죠. 신체 접촉을 통해서 행성 전역의 소식을 전달하고 있었던 거예요.

대번에 이를 알아본 나는 거기에 동참하고 싶었죠. 잠시만 접촉을 거치면 몇 분 만에 체내의 미생물이 손가락을 타고서 새로운 소식은 물론 역사와 언어까지 혈관 속으로 불어넣어 주니까요.

그 미생물이라는 자그마한 정찰병이자 매개체는 우리네 앤실라와 같은 기능을 했던 거예요.

'참 영리한 방식을 택했는걸.'

노파는 어제처럼 웃지 않고 아리송하고 염려 섞인 얼굴로 나를 뜯어보더군요.

"이제 내 말을 알아들으시겠소?"

"네. 하지만 천천히 말씀하셔야 해요."

대답은 했지만 아직은 말이 서툴러서 얼떨떨한 기분이 들더군요.

"아직 위험이 도사리고 있소이다. 댁들이 우리를 벌하러 왔을까 싶어서 다들 전전긍긍하는 게지."

"벌써 수백만 년이 지났는데도 말인가요?"

내가 말한 기간은 1년이 244일인 이곳을 기준으로 환산한 수치였죠. 여기는 계절 변화나 달이 없었으니까요.

"그렇게 오랜 세월이 흘렀소이까?"

노파의 일행은 손을 뻗은 채 뒤로 물러나더군요.

공터와 찬가는 수색기 옆에서 자리를 지키고 있었죠.

"그렇게 머나먼 과거를 기억하시다니 놀랍군요."

"내가 기억하는 것이 아니라오. 그리 오래된 일을 아는 사람은 우리 중에 아무도 없소. 하지만 우리가 이곳에 정착한 이래로 드물게 회의를 열었다오. 백 명 거수를 기준으로 정족수를 삼았지. 그렇게 과거의 기억을 더듬으려는 노력을 했소. 그중 일부는 내가 댁한테 전해줬을 터인데…… 그 방식이 거칠어서 미안하우."

"상당한 위험을 무릅쓰셨군요."

"나는 이미 늙었으니 잃을 것도 없다오. 댁은 그리 늙어 보이지는 않는데, 내가 가늠하기에는 굉장히 오래 묵은 맛이 나는구려."

나는 팔을 들고 소매를 걷었죠.

"한 번 더 깨무셔야 하는지요?"

노파는 옆으로 고개를 돌렸다 뒤를 돌아보더니 당황스러운 듯 눈썹을 치켜세웠어요.

"아니외다. 우리가 의심하던 바가 이미 확인됐으니 말이오. 이곳까지 오느라 그토록 오랜 세월이 흘렀던 것이오, 아니면 혹시……?"

노파는 단어와 개념을 떠올리느라 잠시 말이 없었어요. 이들에게 개념이란 지금까지 이곳에서 쌓아온 역사만큼이나 오래됐을 테니까요. 미간을 찡그리자 얼굴에 깊은 주름이 파이더군요.

"신경 쓰실 필요 없습니다. 저희는 여러분을 벌하려고 여기까지 온 것이 아니라, 여러분만이 아는 새로운 사실을 전해 듣고자 왔습니다."

"다른 분들도 우리가 깨물어드리리까? 알다시피 우리도 그리 즐기는 방식은 아니라오. 깨무는 방법은 정말로 어리석은 자들한테만 쓴다오."

"괜찮습니다. 나중에 제가 직접 깨물 테니까요."

노파는 웃음을 지으며 재미있다는 듯 팔꿈치를 서로 문지르더니 고개를 길게 빼며 공터와 찬가를 쳐다보더군요.

"정말 어리석어 보이는구려. 저렇게 껍질 속에서 뻣뻣이 서 있기만 하니."

노파는 끈적이는 손으로 내 손목을 잡고는 살짝 힘주어 쥐었어요.

"이제 우리말을 알아들으니 무엇을 해야 할지는 자명하외다. 몸속에서 느껴지는구려. 전해줘야 하는 오랜 가르침과 옛 유산이 참으로 많으니. 마치 비에 씻겨나간 모래 위의 그림처럼 어렴풋하고 가물가물하구려. 하지만 또렷하게 보일 거외다. 우리보다는 댁들이 잘 이해할 테니 말이오."

노파는 우리가 이곳까지 도착해 자기 앞까지 왔다는 사실에도 전혀 우쭐하거나 놀라는 태도를 보이지 않았어요. 이곳 행성에는 마을마다 이런 노파 같은 사람이 있으리란 짐작이 들더군요. 없다면 누구든 서둘러 비슷한 역할을 맡게 되겠죠.

"이름이 어떻게 되시나요?"

"'늙은 태양의 저물어가는 햇살'이라오."

"우리네 이름과 상당히 흡사하군요. 저는 라이브러리안입니다."

"어쩌다 그런 이름을 갖게 되셨소이까?"

"어릴 적에 스승님들이 붙여줬지요. 제가 지식의 보고를 즐겨 찾아다닌다 해서 말입니다."

"여기서는 우리 모두가 도서관이라오."

노파는 나를 돌려세우더니 가자고 재촉하며, 나란히 수색기가 있는 곳으로 걸어갔어요.

"조상들이 지식을 저장해두는 방식이 하나 더 있다오. 그곳이 어디인지 보여주리다. 여기서 꽤나 멀다오."

"거기까지 태워다 드릴까요?"

"가십시다."

노파는 앞으로 손을 저었어요.

"하늘에서도 어디쯤에 멈춰야 하는지 감이 잡히면 좋겠구려. 너무 빨리 날거나 너무 높이 날지만 마시구려."

노파는 내 팔을 가볍게 두드리고는 수색기를 쳐다봤어요.

"기계 때문에 겁이 나서 그러시나요?"

<hr/>

노파는 수색기의 안락형 좌석이 익숙지 않은지 뻣뻣한 자세로 앉아 눈을 커다랗게 뜨고 표시창을 살폈어요. 표시창의 기능을 금방 익히고는 이리저리 머리를 돌리며 우리 주위를 에워싼 형형색색의 기호를 눈으로 좇더군요. 수색기가 이륙하자 노파는 내 팔을 붙들었는데, 어제 깨물었던 자리가 아니라 다른 데를 잡더군요. 물린 자리는 벌써 아문 상태였어요. 노파가 팔을 붙들자 이미 피와 살에 녹아든 정보가 더더욱 살아나는 듯하더군요.

처음에는 이곳 사람들이 자신 스스로를 어떻게 바라보는지에 관한 공감대 속으로 빠져드는 듯하다가, 이내 그 위로 색이 얇게 덧입혀지듯 우리가 이들의 눈에는 어떻게 비치는지도 느껴졌어요.

이곳 사람들은 무거운 죄책감에 시달리고 있었어요. 정확하게 말하자면 지금의 주민들이 아닌 다른 누군가가 한때 짊어지고 있던 죄책감이 나중에는 주민들 사이에 널리 퍼졌지만, 그런 죄책감을 떨쳐내고자 우리가 찾아오기 수세대 이전에 어딘가 안전한 곳에 멀찍이 묻어둔 채 애써 잊고 살았던 거예요.

여태까지 줄곧 말예요.

수색기가 상공에 떠오르자 노파는 풍경을 살피다가 동쪽을 가리켰죠.

"저쪽이외다."

공터는 노파의 말대로 고도를 천 미터로 유지하며 수색기를 조종했어요. 가는 내내 노파는 한시도 내 팔을 놓지 않았죠. 방향감각이 정확하더군요. 일전에 산꼭대기에서 지금과 비슷한 광경을 봤던 모양이지만, 그보다는 직감으로 알고 있으리란 짐작이 들었어요.

찬가와 파수꾼은 다른 수색기에 탔어요. 틀림없는 확신에 차 있기는 해도, 만일의 경우를 대비해 선택권을 남겨둬야 했어요. 노파가 팔을 깨물어 생긴 상처는 내가 이해하는 정도보다 훨씬 의미심장하고 강력한 효과를 미쳤는지도 모르니까요. 미생물이라는 작은 매개체는 지식 전달 이외에 어떤 기능이 더 있는 걸까요? 모종의 방법으로 나를 지키려 할까요, 아니면 나의 생각을 구미에 맞게 살짝 비틀려 할까요?

노파는 끝없이 이랑진 대지 위로 우리를 인도했어요.

"아무래도 버려진 농지를 따라가는 듯합니다. 그런데 여기서부터는 자기장이 잡히지 않습니다. 수백만 년 전부터 자기장이 없었나보군요."

공터의 말을 통역해주었지만 노파는 아무런 대꾸 없이 우둘투둘한 손가락으로 방향을 가리킬 따름이었죠. 우리는 말라붙은 깊은 협곡 위를 지나 넓은 골짜기를 통과했어요. 긴 호수가 동물의 발톱 자국처럼 계곡을 가로지르고 있더군요. 그렇게 뒤죽박죽 뒤섞인 지형이 수천 킬로미터에 걸쳐 형성되어 있었어요.

어느새 우리는 저궤도에서도 눈에 뜨였던 기이한 지형 앞에 도착했어요. 회색이 감도는 넓은 황색 땅덩이가 4킬로미터 깊이의 협곡 위로 펼쳐져 있었죠. 협곡을 따라서는 열기를 내뿜는 균열이 2킬로미터마다 입을 벌리고 있었고요. 황색으로 물든 부분은 미세한 박테리아와 기타 유기생물이 황화합물을 섭취한 흔적이었죠. 골짜기 전체가 엷은 안개로 뒤덮여 있었는데, 안개가 아니라 자욱한 먼지더군요. 균류 같은 유기체의 포낭에서 나오는 그런 먼지였는데, 플러드는 아니지만 선조 유전자를 포함하고 있었어요.

장관이 따로 없더군요.

"저기로 가야 한다오."

공터가 노파의 손끝이 가리키는 방향을 가늠하며 신속하고 정확하게 방향을 틀어 노파의 손가락을 좇았죠. 잠시 후 노파는 곧장 하늘을 가리키며 예리하게 빛나는 회청색 눈동자로 공터를 바라보더군요.

"저기외다."

우리는 그곳에 착륙했죠.

"바로 여기에 있소이다. 여기서부터는 벗은 채로 가야 한다오. 함께 가십시다. 저 남자는 빼고 말이오. 멀찍이 떨어지라고 일러두시오. 척 봐도 어리석게 생겼으니."

노파의 말을 전해주자 공터는 한쪽으로 머리를 기울이더군요.

"어리석고말고요. 하지만 조금이라도 위험한 낌새가 보인다면 어제처럼 당장에……."

이의는 용납하지 않겠다는 단호한 표정이었죠.

나는 노파와 나란히 바위로 이루어진 단단한 바닥을 걸었어요. 발길에 고운 포자 구름이 흩어졌죠.

"조상들의 기억을 모조리 저장할 수는 없었다오. 그것을 바라지도 않았고 말이오. 그저 우리끼리, 우리 기억만을 보관해두고 싶었다오. 그래서 이렇게 이곳에 간수해놓았소이다. 드물게 있는 일이지만 과거의 교훈이 필요할 때면 이곳에 찾아온다오. 이쪽으로 왔다가 다시 되돌아가면서 말이오. 그렇게 되돌아가면 찾던 기억이 어느새 머릿속에 들어오는 게지."

"생물로 이루어진 도메인이로군요."

"나는 도메인이 뭔지 모른다오."

노파는 앞장서서 걸어가기 시작했죠.

"이곳에 와본 적은 단 한 번뿐이라오. 어릴 적에 법규와 전통을 놓고 마을에서 한차례 입씨름이 오갔던 적이 있었다오. 우리가 품고 돌아온 기억과 전통 앞에서 권세 있는 자들의 잘못이 명백히 드러났다오. 그렇게 권력 교체가 이루어졌던 게지. 이 장소와 이곳에 깃든 기억 앞에서 발뺌하는 사람은 아무도 없으니 말이오."

기술력을 모조리 잃고 수중에 남은 것이라고는 비상한 머리밖에 없었던 고대의 선조들은 오로지 유기체로 이루어진 살아 있는 도메인을 만들어 역사를 기록했던 거예요.

"이곳에 깃든 기억이 얼마나 거슬러 올라가는지 아시는지요?"

어마어마한 가능성 앞에 어찌할 바를 모르겠더군요.

"태초로 거슬러 올라간다오. 며칠 전에 하늘에서 불빛이 별처럼 움직이는 광경을 봤는데, 지금 보니 그게 바로 댁들이었구려. 나한테도 어렴풋한 기억이 있다오."

노파는 돌아서서 양손을 들었다가 천천히 내리면서 무릎까지 고개를 푹 숙이며 절을 하더군요. 내가 아니라, 먼지가 자욱한 하늘 위로 수천 미터까지 치솟은 먼발치의 절벽을 향해서 말예요.

"우리 가운데 처음으로 이곳에 정착한 이들은 돌이건 막대건 손에 잡히는 것이라면 뭐든지 써서 절벽에 기호를 그렸소."

누런 먼지가 어느새 옷과 피부를 막처럼 뒤덮고 있었어요. 먼지 때문에 코끝과 가슴 속이 간질거리더군요. 오늘 밤 무슨 꿈을 꾸게 될지, 아니면 앞으로 몇 주 동안 어떤 기억이 머릿속에 되살아날지 궁금하더군요.

노파는 어렵사리 몸을 일으킨 후 절벽을 향해서 걸음을 내딛더니 뒤를 돌아보며 따라오라고 재촉하더군요.

하늘을 찌를 듯한 바위 절벽에는 주황색 이끼나 지의식물 같은 섬유질이 잔뜩 달라붙어 있었는데, 자연적으로 깎여나간 매끄러운 절벽 표면을 따라서 느릿느릿 움직이고 있었어요. 이동하는 방향을 따라 이끼들이 거친 뿌리를 내리고 있었죠. 이끼가 죽어 떨어져 나간 자리에서 기호를 새긴 흔적이 드러났는데, 그런 흔적이 몇 킬로미터에 걸쳐 아름다운 소용돌이를 그리며 이어져 있더군요. 그 흔적이 기호라는 사실을 알고 나자 읽는 법도 익숙하게 느껴졌지만, 무슨 의미를 담고 있는지는 여전히 알 수 없었어요. 내 앤실라도 좀처럼 해석할 수 없었죠.

"이곳의 이끼들은 우리한테 자매나 마찬가지라오. 골짜기의 한쪽 끝에서 반대쪽 끝까지 이어져 있지. 바람과 모래와 비가 내려 자신들이 새겨놓은 자국을 지워버릴 때면 되돌아와서 한 치도 틀림없는 기억으로 빈자리를 다시 새긴다오."

천만 년 전, 이렇게 척박한 행성에 버려진 선조들이 피와 살뿐만 아니라, 바스락대며 바위를 타고 퍼져나가는 식물을 이용해 역사와 기억을 저장했다는 사실이 밝혀지는 순간이었죠.

"저 기호들은 무슨 뜻이죠?"

"우리네 이야기라오. 위대하고 오래된 이야기지."

노파는 가까이 다가와 내 얼굴을 자세히 살피더군요.

"지금쯤 몸속에서 조금씩 깨어나고 있을 게요. 곧 눈에 들어올 거외다."

정말로 온전히 깨어나는 순간이 찾아왔지만, 그때는 며칠이 지난 뒤였죠.

한참을 골짜기에 머물렀어요. 곱게 다져진 돌투성이 흙바닥에 쪼그려 앉은 채, 해가 뜨고 지면서 하늘에 그리는 이글거리는 궤적을 가만히 지켜봤어요. 태양은 원래라면 전투복이 해결해줬을 조명 기능을 이따금 대신해주었죠. 이런 과정을 통해서 노파를 더욱 자세히 이해하는 기분이 들었어요.

차분히 기다리는 사이에 노파가 전해준, 세대를 거듭하며 지난 천만 년 동안 전해 내려온 지식이 어느덧 몸속에서 깨어나기 시작했어요. 그러자 몸과 머릿속에서 따스한 온기가 감돌더군요.

그날 밤, 여명을 알리는 희미한 빛줄기가 절벽 동쪽 끄트머리에서 떠오르기 시작하자 뻐근한 몸을 추스른 후 계곡이 시작되는 지점을 향해 몇 킬로미터를 걸었어요. 찬가와 파수꾼이 걱정스러운 얼굴로 수색기 옆에서 대기하고 있더군요.

찬가가 가까이 다가와 내 건강을 살폈어요.

"어디 편찮은 데는 없으신가요?"

"아직까진 없단다. 노파의 기억이 몸속에서 자라나고 있구나. 혹시라도 각인을 받은 것처럼 몸이 변하고 노파의 모습과 행동거지를 닮아가거든……."

"주의를 게을리하지 않겠습니다. 그런 경우가 생기면 어찌해야 합니까?"

파수꾼이 묻더군요.

"전투복을 입혀서 재조정해주세요. 노파의 기억을 남김없이 지워버리는 겁니다."

"그리 간단한 일은 아닐 겁니다."

"압니다. 부디 그런 불상사가 없기를 빌어야지요."

뒤따라온 노파는 골짜기 앞머리에 다시 쪼그리고 앉아 웃음을 지으며 우리를 지켜보더군요.

"골짜기 절벽에 새겨진 기호들이 이제 제법 익숙하더군요. 저기서부터 살펴보기 시작했지요."

나는 절벽의 가장 높은 곳이자 기호가 균일한 모양새를 유지하며 뚜렷하게 새겨져 있는 곳을 가리켰어요.

"이끼들이 움직이면서 글을 쓰는군요. 그런데 썼던 글을 고치기도 한답니까? 지우고 수정하기도 합니까?"

"아뇨."

"그렇다면 이 골짜기에 이들의 모든 역사가 기록된 셈이로군요."

"그럴지도 모르지요. 하지만 절벽 반대편 끝에는 너무나도 충격적인 나머지 일부러 다른 기록과 분리하여 이끼들로 하여금 아예 자신들의 눈에 띄지 않는 곳에 새겨놓은 역사도 있었습니다."

찬가는 나를 쳐다봤어요.

"유사 이래 일찍이 없었던 대죄가 기록된 곳이라서 그럴까요? 어째서 깨끗이 지워버리지 않았던 걸까요?"

하지만 노파의 표정으로 보건대 그저 지워버리는 행위는 이들과 걸맞지 않은 행동이었죠. 다른 선조들은 부끄러운 역사에서 달아나기 급급했을지 몰라도, 이들만큼은 그렇지 않았으니까요.

어느 쪽도 별다른 소득을 거두지 못했소. 두 개의 활처럼 겹쳐진 성간 도로의 손아귀에서 벗어나는 것이나, 지금쯤 수만 광년 떨어진 에르데 티레네 궤도에 있을 아내의 속내를 이해하는 것이나 시원찮기는 마찬가지였소.

법률사 통신망은 카탈로그가 홀로그램 데이터를 받는 도중 연결이 두절되고 말았소. 카탈로그는 중간에 끊어진 자료를 통해서나마 아내가 진술한 내용을 최대한 알아냈소.

"라이브러리안께서는 다이댁트 님을 크립텀에 안치해 에르데 티레네에 모셔두었습니다. 그런 후에 특수한 함선의 건조를 의뢰하고 대원을 모아 파스 케토나로 여정을 떠나셨습니다."

"무슨 일로 말이냐?"

"플러드의 기원을 추적하기 위해서였습니다."

"그래서 뭘 알아냈느냐?"

"불완전한 데이터 배열을 토대로 알아낸 바로는 고립된 선조 촌락을 발견했고, 그곳에서 노파를 만나 물렸으며, 물리고 나서부터 그곳 선조들의 고어를 알아듣게 되었습니다. 그러고 나서 이끼로 뒤덮인 거대한 바위벽 사이의 골짜기를 찾아갔다고 합니다."

"그게 전부인가?"

"데이터 형태를 토대로 조금 더 추측해볼 여지는 있습니다만 저는 그럴 권한이 없습니다. 진술 내용 자체가 불완전합니다. 여기까지 말씀드린 것만도 이미 규정 위반입니다."

함선 밖으로 활처럼 굽은 거대한 성간 도로가 갈라지며, 양쪽으로 굽어드는 높다란 장벽처럼 주위를 둘러싸는 광경이 연출되었소. 이내 장벽이 넓게 펼쳐지면서 중앙에 거대한 검은색 원이 들어간, 이중 접시형 안테나처럼 변했소.

검은색 원은 가장자리를 따라 환한 빛을 내고 있었지.

"혹시 저 물체의 정체를 아십니까?"

"전혀 모르겠군."

"우리한테 흥미가 있어서 저러는 걸까요, 아니면 그저 볼거리를 선사하는 걸까요?"

성간 도로는 점토처럼 자유자재로 형태를 바꿨소. 그때 접시형 안테나 사이에서 드레드노트급 중형 선조 함선 세 척이 모습을 드러내더니 앞으로 불과 몇 분 후면 이쪽과 교차되는 항로를 그리며 다가오기 시작했소.

"피신한 인원은 준비를 끝냈느냐?"

"최대한 단단히 준비했습니다."

함선이 불안정한 목소리로 대답했소.

"곧 불청객이 찾아올 것이다. 방어 기능이 남아 있느냐? 나포되는 순간 자폭할 수 있겠느냐?"

"일부 기능만 남아 있습니다."

함선은 갑자기 힘을 되찾은 목소리로 보고했소.

"가동할 경우 나포를 몇 분쯤 지연시키는 것이 고작입니다. 그렇지만 엔진의 폭발 방향을 조절해 화물칸에 적재된 폐쇄장 거품막을 전방의 물체 틈으로 날려 보내고, 동시에 폭발로 발생한 대량의 파편을 연막으로 쓰기에는 충분한 시간입니다. 하지만 그전에 먼저 대피하셔야 합니다."

"정체가 뭐가 되었건 우리한테 흥미를 보이는군. 곧 생포를 시도할 모양이구나."

"어떻게 생포하려는 걸까요?"

카탈로그가 물었소. 하지만 답할 말이 없더군.

"대답을 듣고자 질문한 것은 아닙니다."

거대한 검은색 원의 가장자리가 점점 가늘어지면서 눈부신 띠처럼 변했소. 그렇게 낡은 함선은 자폭 준비에 들어갔소.

띠가 점점 뻗어 나와 함선을 에워싸며 우리를 칠흑 같은 원의 중앙으로 끌어당기기 시작했소. 카탈로그는 까무러치기 직전이었소. 내가 잘못 봤길 빌었지만, 불행히도 아니었소.

함교의 조명이 흐려지다 동심원을 이루며 얼음장처럼 차가운 파장을 일으키더니 끝내 회색으로 변하며 죽은 듯이 멈춰버렸소. 아무것도 보이지 않았소. 현기증이 느껴질 정도로 온몸이 어지럽게 뒤틀리는 느낌이 들더니 곧 전혀 다른 공간에 들어서는 기분이 들었는데, 이것 말고는 그때의 느낌을 달리 설명할 방법이 없소.

내 뒤편과 아래편 그리고 바깥쪽에서, 순식간에 좁혀드는 구멍으로부터 날아든 날카로운 폭음이 귓전을 때렸소. 낡은 고철배가 마지막 임무를 완수하는 소리 같더군.

빛이 돌아왔소. 자욱한 연기를 헤치듯 팔을 휘젓자 주위 공간이 점점 밝아지며 회색에서 순백으로 바뀌었소. 카탈로그는 보이지 않았소. 나는 손과 팔을 내려다보고는 얼굴을 만져보았소. 아직 숨은 붙은 채로 순백의 허공을 맴돌고 있었던 거요. 살아 있다는 사실이 조금도 기쁘지 않았소. 포로로 붙잡히는 것은 질색이니 말이오. 기나긴 일생에서 포로로 붙잡힌 적은 단 세 차례뿐이었으나, 그렇게 붙잡힌 매 순간이 견디기 어려웠소.

그때 목소리가 들렸소. 만 년이라는 세월이 지났음에도 나는 그것이 누구의 목소리인지 단번에 알아차렸소. 옛 지인이라 한다면 설명이 될지 모르겠군.

틀림없는 그 목소리였소.

처음으로 그 목소리를 들었던 적은 챠룸 하코르에 있는 시간 빗장을 건드렸을 때였소.

프라이모디얼은 딱히 특정한 언어를 구사할 필요가 없는 존재요. 놈은 나를 소상히 알고 있었소. 놈은 단순히 내 뇌의 일부분을 진동시킴으로써 다정하게 말을 건네더군.

"다이댁트여, 잠시 시간을 내어주겠느냐? 잠시면 된다. 잠시면 족하니라."

우어 다이댁트 진술 일시 중지

대상이 진술을 거부함

카탈로그: 그때가 프라이모디얼과 두 번째로 나눈 대화였다는 데까지 말씀하셨습니다.

우어 다이댁트: 그건 대화라기보다 고문에 가까웠소. 그때는 프라이모디얼이 주도권을 쥐고 있었으니 말이오. 챠룸 하코르에서 무슨 일이 있었는지는 이미 아이소 다이댁트가 진술했을 거요.

카탈로그: 거기에 덧붙이실 내용은 없습니까?

우어 다이댁트: 보나마나 라이브러리안이 아이소 다이댁트의 생각을 바꿔놓았을 거요. 남을 구워삶는 데 재주가 있으니 말이오.

카탈로그: 아이소 다이댁트는 프라이모디얼 자신이 최후의 생존자라고 주장했

다고 진술했습니다. 놈을 제외한 종족 전체가 몰살당한 배후에는 선조가 있으리라 짐작됩니다. 또한 놈은 선조에게 악감정을 품고 있는 듯합니다.

우어 다이댁트: 놈과 같은 존재를 두고서 선의와 악의를 따지는 것은 무의미하오.

카탈로그: 지금까지 진술하신 내용에 의문이 생깁니다. 아이소 다이댁트는 진술을 통해 실종된 헤일로에서 자신이 프라이모디얼을 어떻게 죽였는지 설명했습니다. 놈을 시간 가속장에 넣고 수백만 년을 가속시켰다고 하더군요. 그 과정에서 놈은 분해되어 가루가 됐습니다. 자신이 전해 받은 각인과 직감과 감정의 영향을 받아, 다이댁트 님을 대신하여 그렇게 행동했던 것이지요. 그렇다면 놈이 정말로 최후의 생존자가 아니었던 말입니까?

우어 다이댁트: 지금 말하는 놈은 내가 챠룸 하코르에서 대면했던 프라이모디얼이 아니라 완전히 다른 존재요. 한데 동시에 그놈 역시 프라이모디얼의 동기와 생각과 기억을 품고 있었소. 놈은 그레이브마인드였소. 아니, 진정한 그레이브마인드라고 해야 정확하겠군. 놈이 바로 프라이모디얼의 마지막 복수책이었던 거요.

카탈로그: 프라이모디얼이 곧 선각자라고 믿으십니까?

우어 다이댁트: 놈 스스로 그렇다고 밝혔소.

카탈로그: 이번에 대화했을 때도 말인지요?

우어 다이댁트: 대화가 아니라고 했잖소. 타오르는 낙인에 찍히는 기분이었소. 유전자에 숨겨져 있던 비밀이 깨어나는 듯했는데 상상조차 못할 사실이 산더미처럼 쏟아져 나왔소. 도저히 되풀이할 수가 없소. 그걸 다시 설명하느라 그나마 실성하지 않고 온전하게 남아 있는 전사의 영혼마저 잃을 수는 없소.

카탈로그: 조금이나마 법률사 측에 말씀해주실 의향은 없으십니까?

우어 다이댁트: 그러느니 차라리 그쪽의 처벌을 달게 받겠소.

카탈로그: 당시의 경험이 멘디컨트 바이러스를 변질시켰던 과정과 흡사했는지요?

우어 다이댁트: 난들 알겠소. 머릿속에 냉기가 느껴지는군. 수작을 벌이는 것

인가? 무슨 짓을 한 거요?

카탈로그: 진정제로 진술을 유도하는 겁니다. 여차하면 진술을 강요할 수도 있으나, 그 내용은 저희도 바꾸지 못합니다. 지금까지 들려주신 진술에는 불분명한 점이 남아 있습니다. 남은 진술에 따라 최종적인 판단이 내려질 겁니다.

우어 다이댁트: 여태껏 겪었던 일들을 무덤덤하게 느껴지게 만드는군. 마치 내 자신을 타인처럼 옆에서 지켜보며 상처를 들춰내는 기분이라니. 프라이모디얼이 내게 했던 말을 다시 떠올릴 수는 없소! 멈추시오!

카탈로그: 위험하지 않습니다. 그럼 진술을 계속하시지요.

우어 다이댁트 진술 재개 (강요를 통해)

우리가 낡은 함선에서 생포당한 직후의 기억은 별로 없소. 짐작건대 함선은 임무를 다하고 자폭했을 거요. 이제 어디서부터 말해야 할지 나도 모르겠소. 진정제 때문에 몸이 말을 듣지 않는군. 이렇게 진정되는 느낌이었을 리 없건만.

하지만 설명할 수밖에 없군.

우리는, 그러니까 나와 카탈로그는 선조 함선에 있었소. 그 점은 분명했소. 중무장을 갖춘 최신예 고속 공격함이었소. 드레드노트급은 아니고, 해리어 종류 같았소. 우리는 일찍이 겪어보지 못했던 왜곡형 구속기에 붙잡혀 있었소. 침침하고 불길한 잿빛 조명이 뒤늦게나마 눈앞을 밝혀주었지. 구속기를 몸으로 밀치면 그때마다 가했던 힘이 고통으로 돌아오면서 온몸의 근육이 마비되는 듯했소. 가만히 있는 편이 이롭겠더군.

구속기에 갇힌 상태에서도 온 사방으로 모니터가 보였소. 복도를 분주히 오가며 승강기와 중앙 관제소, 사격 관제소를 제어하고 있더군. 한데 내가 일찍이 접한 적이 없는 모니터였소. 그 신형 모니터들은 분야별로 특화되어 있었소. 일부는 플러드에 감염된 희생자가 올라탄 화물 운반대를 조종하고 있었는데, 감염자는 하나같이 변이 최종 단계에 접어든 선조였소. 몰골들이 어떤지도 설명해야겠소? 그럴 필요 없을 거요. 벌써 알고 있을 테니.

감염된 선조들은 나를 기억하고는 알아봤소. 내가 옆을 지나치자 마치 역병에서, 자신이 놓인 운반대에서, 온몸을 묶은 족쇄에서 벗어나려는 듯 몸부림치는 감염자도 있었소. 어째서 자신들이 죽지 않고 남아 있는지는 감염자 스스로가 더 잘 알고 있었소. 대량의 신형 모니터와 더불어 감염자들을 이용해 보안 명령어를 해제하고 시스템을 장악할 속셈이었던 것이지. 종족을 배반할 수밖에 없는 처지로 내몰린 선조들은 플러드에 소화당하면서 자라난 흉측한 살점으로 뒤덮인 채 흉물로 변해 있었소. 얼마 가지 않아 꼼짝없이 그레이브마인드에 흡수당할 운명이었지.

지금껏 우리가 봤던 함선을 비롯해 수많은 다른 함선에서도 감염된 선조들이 그런 용도로 이용됐을 거요.

상상조차 하기 힘든 일이지만, 그럼에도 전부터 예상하고 있었소. 지금 눈앞에서 벌어지는 일들을 말이오. 비결이 궁금하시오? 약기운 때문에 거짓말은 못하겠으나 그런 사태가 이리도 대규모로 일어날 줄 어찌 알았겠소? 그리고 내가 소멸지대에 버려졌다는 사실을 알아차린 직후부터 이를 예견하고 있었다면, 어째서 수세기 전에 진작 예견하지 못했겠소?

프라이모디얼의 말은 은연중의 협박 그 이상이었소. 인간과의 전쟁 막바지에 플러드가 보인 행동 변화는 마치 이상 질병이 어느 한쪽을 편들어주며, 이제는 선조를 집중적으로 파멸시키고자 인류를 내버려두는 듯했소.

복수를 위해서 말이오.

나는 승리에 눈이 멀었던 나머지, 마침내 얻어낸 승리라는 기만의 마약에 취해 판단이 흐려졌소. 챠룸 하코르에 있던 순간, 프라이모디얼이 시간 빗장에 꼼짝없이 갇혀 있다고, 그 무엇도 놈을 풀어줄 수 없다고 오판했던 거요. 게다가 인류가 멸망하기 직전까지 몰렸다는 사실에는 추호도 의심의 여지가 없다고 생각했으니.

제독 군주 포르덴초를 비롯해 그자의 부하들과 휘하의 지휘관들…….

아내와 함께 놈들이 고통받는 모습을 지켜본 기억이 나는군.

플러드의 위협만 아니었어도 인류는 내 손에 흔적도 없이 사라졌을 거요. 그리고 그것이 바로 플러드가 살기등등한 우리의 분노를 막고 인류를 지켜낸 방법이었소. 처음에는 감염시키다 나중에는 조용히 물러남으로써, 인류가 플러드를 이겨내는 방법 혹은 피해가는 비결을 터득했다고 착각하게 함으로써 말이오. 그야말로 기막힌 기만 전략이니, 나로서는 그저 감탄할 수밖에 없었소.

플러드는 인류를 편애했던 거요!

가능한 많은 인간을 살리는 것, 이야말로 지금까지 내 아내가 줄곧 추구한 일이오. 지금에 와서야 아내의 행동이 진정 무엇을 위한 일이었는지 비로소 알 것 같소. 이보다 암울한 순간은 어디에도 없을 거요. 이리도 암울한 반전이 만천하에 드러났으니 말이오. 천 년 동안 크립팀에 갇혀 유배되지 않았더라면 내가 무슨 일을 저질렀겠소?

구속기에 붙들려 꼼짝도 하지 못하고 말없이 분을 삭이며, 검게 타오르는 횃불과도 같은 심정으로 마치 전리품처럼 이 비참한 유령선의 중추신경계로 끌려갔소. 카탈로그는 아무런 말도, 아무런 행동도 하지 않았소. 녀석은 감지기를 모두 안으로 접어 들이고서 외피를 닫은 채였소. 현명한 행동이지. 카탈로그도 플러드 감염에 예외가 아니라면 법률사 계층의 파견 요원이라는 자신의 기능이 역이용될 여지가 있잖소. 어쩌면 플러드가 카탈로그를 이용해 선조 정계의 심장부로 직통 회선을 놓을지도 모를 일이고. 하다못해 사기를 떨어뜨리는 선전 문구를 퍼뜨릴지도 모르니.

그때 우리 눈앞에 펼쳐진 광경처럼 말이오.

어쩌면 녀석은 벌써 외피를 분리하고 질식하기로 마음먹음으로써 명예로운 죽음을 맞이했는지도 모를 일. 자신이 임무에 실패했음을 순순히 인정하는 격이지. 하지만 카탈로그는 너무도 귀중한 나머지, 마음대로 자살할 권한도 없었소.

카탈로그 주위로 습기가 구름처럼 가득 맺혔소. 녀석을 붙잡은 구속기가 순식간에 주위 온도를 영상 1도 이내로 일정하게 조정했는데, 어쩌면 정확히 0도로 맞춰놓았을지도 모를 일이었소. 그러는 동안에도 녀석은 끝없는 기억과 감각의 순환 속에서 기계장치를 통해 자신의 기억을 초전도하고 있었을 거요. 끝없고 끝날 기미도 없는 진술에 갇힌 채, 서로 엇갈리는 혼란스러운 증언들을 곱씹으며 말이오.

함교에서도 우리의 존재를 감지했소. 우리를 붙잡은 구속기와 주위로 모여든 모니터들은 우리를 깊숙하고 음습한 어둠 속으로, 함선의 진정한 중추신경계로 데려갔소. 싸늘하고도 건조하고, 저릿하면서도 무감각했으며, 굉장히 오래된 것처럼 느껴졌으나 고대의 존재라 하기에는 너무도 현실적이고 새롭게 느껴졌소.

구속기의 조명이 다시 구석으로 굴절된 빛을 비추었소. 그러자 꿈틀거리는 거대한 촉수들이 천천히 시야에 나타나기 시작했소.

제국 전역의 선조와 여타 생물을 한데 짓이겨 탄생시킨 흉측하고도 경이로운 존재이자, 존재 자체만으로도 구역질 나는 존재였소. 느릿느릿 질퍽거리는 그 거대한 몸뚱이와 악몽과도 같은 유기질 육체는 젊게 느껴졌지만, 프라이모디얼이 지녔던 고대의 힘과 지식을 고스란히 갖추고 있었소. 놈은 새로운 존재이자 굉장히 오래된 존재였소.

더는 말할 수 없소. 더는 말하지 않겠소. 그쪽의 질문은 수면 위로 떠올라 겉돌고 있고, 나의 대답은 수면 아래로 가라앉아 엇나가고 있소. 아무것도 느껴지지 않고, 뭐가 어찌되든 상관없소. 하지만 나는 분명히 경고했소. 조심해야 할 것이오.

나처럼 되고 싶지는 않을 터이니.

당장 멈추시오!

고통을 멈춰달란 말이오!

다이댁트가 챠룸 하코르에서 심문했던 존재는 9백만 년 전 우리 은하의 변방에서 왔다.

그 존재는 전쟁이 끝나기 수십 년 전에 인간들의 손에 발견되었느니라.

우리는 하나이다.

네놈은 카탈로그라는 존재인가…… 광범위한 신경망을 통해 기억을 공유한다는 점에서 우리와 공통점이 있다니 재미있군.

진실은 오로지 하나뿐이다. 과거에도 밝혔던 진실이 다시금 밝혀질 것이다. 우리는 창조를 그만둘 수 없으나, 창조의 결말에 이르러 심사숙고하며 처음으로 우리 자신을 돌아보기 시작했느니라.

너희가 우리에게 초래한 고통.

너희가 우리에게 가했던 고통.

우리는 하나이기에 우리 모두 너희가 자행한 궐기와 살육을 잊지 않았느니라.

우리는 오래전 너희 종족에게 일렀다. 너희는 결코 생명을 다스리고 보살피며 생명의 사고를 이끌어주는 수호자의 의무를 이을 그릇이 아니라고. 그 축복은 다른 자들에게 돌아갔느니라.

너희가 지금 인류라 부르는 이들에게 말이다.

너희는 우리의 결정을 받아들이지 못하고 열등감을 견디지 못했던 나머지, 형상을 빚고 생명을 불어넣어 사고를 이끌어주었던 우리로서는 상상조차 하지 못했던 일을 벌였다.

너희는 우리 은하에서, 우리가 일궈낸 장소에서 우리를 몰아냈다. 그래도 성이 차지 않았는지 너희는 아득한 거리를 가로질러 그곳 보금자리마저 파괴하며, 우리를 남김없이 몰살하고자 수단과 방법을 가리지 않았다.

소수는 목숨을 부지했다. 일부는 새로운 생존 전략을 택했지. 동면에 들어갔던 존재가 있는가 하면 가루가 되어 우리의 태곳적 형태로 되돌아간 존재도 있었다. 그러나 시간의 흐름 앞에서 결함이 생기고 말았다. 결국에는 질병과 비극만을 불러일으키게 되었으나, 우리가 보기에 좋았느니라. 우리는 비극을 보았으나, 우리가 보기에 흡족했느니라.

우리의 창조욕은 끝이 없느니라. 창조하지 않고는 견딜 수가 없다. 하지만 지금부터 창조하는 생물은 결코 창조자인 우리를 능가하지 못하리라.

모든 피조물은 고통을 받을지어다.

모든 의지는 고통 속에서 태어날 것이며, 끝없는 방황 속에서 운명을 맞이하게 될지어다.

모든 피조물은 실패와 고통을 맛보게 될 것이며, 두 번 다시 창조자에 맞서 일어서지 못할지어다.

침묵에 귀를 기울여라. 천만 년에 걸친 기나긴 침묵을 들어라. 이제는 탄생의 울음소리가 아닌, 흐느껴 우는 절망의 소리만이 들릴 것이다.

그것이 우리가 너희에게 내리는 징벌이다. 으스러질 듯한 무게로 젊음과 희망을 짓밟으리라.

앞으로는 의지도, 자유도 없을 것이다.

오로지 고통스러운 죽음만이 있을 것이며, 결코 거기서 헤어나지 못할 것이니라.

우리는 수백만 년 전 너희 육신을 빚고 생기를 불어넣은 존재이니라.

우리는 너희가 궐기하여 무자비하게 말살한 존재의 마지막 생존자이니라.

우리가 바로 최후의 선각자니라.

그리고 이제 우리는 군단이 되어 돌아왔노라.

카탈로그 신호 중지

최고 법률사: 흥미롭군요! 아이소 다이덱트는 법률사가 조사에 들어가기 이전에 프라이모디얼에게 응징을 내렸군요. 이제는 프라이모디얼이라는 놀라운 존재의 진술을 기록할 방법이 없습니다. 하지만 소멸지대에 떨어진 카탈로그는 스스로 밝혔듯 프라이모디얼에 가장 근접한 존재인 그레이브마인드와 접촉했군요.

추정 사항: 멘디컨트 바이어스도 이와 유사한 과정에 장기간 노출되어 변질된 것으로 추정됨.

경고: 카탈로그의 대화 양식에서 **자가 복제 앤실라 기계 부호**가 감지됨. 이 데이터는 플러드 감염원에 상응하는 정보일지 모르며 앤실라나 모니터에 영향을 끼칠 가능성을 내포함. 해당 정보는 법정 검사를 위해 격리하였음. **당 기록에는 첨부하지 않음.**

　노파는 나와 함께 온통 먼지로 희뿌연 황무지를 거닐며 바위투성이 계곡을 오르는 내내 세 걸음쯤 뒤에서 아무 표정 없이, 아무런 말도 없이 뒤따랐죠. 이따금 조용히 흥얼거리며 멈춰 서서 주위 풍경에 따라 방향을 잡을 뿐이었어요.

　깎아지른 절벽을 뒤덮은 이끼들의 임무는 간단했어요. 고대에 있었던 대규모 원정군의 파스 케토나 연대기를 기리면서 이곳에서 벌어졌던 사건으로 말미암아 버림받고 선조 역사에서 사라진, 오래전에 자취를 감췄던 언어를 바위에 새김으로써 오랜 세월 동안 지식을 보존해왔던 거예요.

　노파한테 물린 뒤 나로서는 도저히 감당하기 어려운 정보가, 도저히 받아들이기 어려운 정보가 몸속으로 쏟아져 들어왔어요. 내가 에르데 티레네와 헤일로와 아크의 인간들에게 내 게이아스와 다른 인간의 기억을 심어줬듯, 노파가 전해준 미생물이 나의 몸에 소름 끼치는 고대의 진실을 각인시켜줬죠. 짓궂은 우연이 아니라, 되돌아온 메아리였어요. 마치 수호자의 의무처럼 말예요. 우리는 현실을 애써 부정하며 안이한 삶을 누려왔는지 몰라요. 결국 다른 장소와 다른 각도를 통해 현실을 직시할 수밖에 없는 순간이 찾아온 셈이었죠.

바위에 새겨진 글귀가 하나씩 눈에 들어오더군요. 최고(最古)의 다이곤 고어보다도 오래된 언어가 읽히기 시작했죠. 이곳으로 끌려왔던 선조들의 감정과 기억이 고스란히 느껴졌어요. 같은 동족에게 실망과 분노를 샀고 결국 변절자이자 반역자로 낙인찍혀, 이곳에 버려지는 징벌을 받은 자들 의 감정과 기억 말예요.

이미 함대에서 수많은 이들이 수호자의 의무에 따른 가르침을 근거로 명령에 불복하다 상관의 손에 즉결처분당해, 순교자로 죽어갔죠.

그럼에도 누구 하나 고향으로 돌아가지 않았어요. 이들을 제외한 나머 지 선조는 모두 죽음을 맞이했어요. 전사, 반대파, 사형 집행인과 사령관 모두 말예요. 자신들이 저지른 짓을, 자신들이 목격한 바를 가슴에 품고 돌아가느니 차라리 스스로 희생하는 길을 선택했던 거예요.

그렇게 선조가 이룩한 업적 중 가장 위대한 것으로 손꼽힐 성과는 모래 가 물기를 머금듯 이곳 파스 케토나에 묻힌 채 사라지고 말았어요. 또한 이들을 등지고 은하계로 되돌아간 자들은 원정에 얽힌 기억을 뇌리에서 남김없이 지워버렸죠.

뚜렷한 시작도 끝도 보이지 않는 역사가 사방에서 우리를 에워싸고 있 었어요. 나 자신도 노파처럼 독기 어린 진실을 머금게 되자, 지금껏 선조 로서 느껴왔던 힘과 아름다움에 관한 감정이 송두리째 뒤바뀌더군요.

노파는 마침내 입을 열고 침묵을 깼죠.

"무엇이 보이시오?"

대답할 수가 없었어요. 나는 이제 라이브러리안이 아니었으니까요. 나 는 어느새 하나가 아니라 수천이 되어 있더군요. 영혼들이 깨어나 내게 말 을 건네며 회한을 털어놓으려고 몸부림쳤어요.

노파와 함께 계곡의 미약한 만곡부를 따라가자 어느덧 계곡 입구가 시야에서 사라졌어요. 우리는 밤을 지새우며 동틀 무렵까지 계속 걸었죠. 아침 해가 양쪽 절벽 틈새에서 모습을 드러냈어요. 양쪽을 골고루 밝게 비추며 먼지투성이 금빛 여명이 드리우자, 밤새 쉬던 이끼들이 다시 바스락거리며 절벽을 따라 글귀를 새기기 시작했어요.

이끼 역시 노파를 비롯해 메마르고 척박한 행성에 존재하는 다른 생명체와 마찬가지로 이곳에 정착한 선조의 후손이었죠. 이끼들은 너무나 많은 고대의 기억을 품고 있었어요.

일행이 나를 데려가고자 도착했을 무렵, 우리는 거대한 바위틈 끄트머리에 도달해 있었죠.

나는 충격에 말을 잃고 말았어요. 이리도 충격적인 사실을 알았으니 이제는 어찌 해야 할까요?

나는 이제 어쩌면 좋을까요?

수색기가 착륙했어요. 파수꾼과 찬가와 함께 다시 마을로 돌아간 우리는 그곳에서 노파와 작별을 고했죠. 열린 해치 너머로 노파가 마지막으로 던진 눈빛에는 자매애와 연민이 어려 있었어요. 그러고는 미소를 지으며 작별의 의미로 손을 흔들어주더군요.

어째서 인간들이 웃음을 짓는지 그제야 알 것 같았죠. 선조는 웃음을 잃고자 수단과 방법을 가리지 않았던 반면에 말예요. 웃음이라고 해서 언제나 기쁨을 나타내지만은 않았던 거예요.

아픔이 묻어나는 웃음도 있는 법이니까요.

───○───────○───

대담무쌍은 수차례에 걸친 장거리 점프 끝에 오리온 혼합성운으로 귀환했어요. 임무는 실패했죠. 플러드의 기원을 알아내지 못했으니까요.

다이댁트는 우리가 여정을 떠나기 9천 년 전, 챠룸 하코르의 시간 빗장에 갇혀 있던 시간을 초월한 존재가 무슨 말을 해줬는지 내게 일언반구도 없었어요. 그이가 날 위해 남겨둔 대역만이, 유일하게 온전히 살아서 돌아온 그이의 복제본만이 자신의 원본이 들었던 이야기를 내게 털어놓을 용기가 있었죠.

마치 오래전 몸속에 박힌 파편을 스스로 밀어내듯, 곪고 곪은 끝에 마침내 타인인 원본의 기억이 표면으로 떠오른 거예요.

하지만 내 파편은, 여전히 깊숙이 박힌 채 곪아가고 있군요.

이끼 낀 절벽과 몸속의 미생물이 들려준 이야기는 간단했어요. 천만 년 전, 선조는 파스 케토나로 원정을 떠났던 거예요. 우리 은하에서 시작된 선각자 몰살의 종지부를 찍기 위해서였죠. 선각자는 선조를 가늠한 후 우리가 수호자의 의무를 감당하기에 부적합하다는 판단을 내렸고, 우리를 대신할 다른 종족을 점찍었죠. 애초부터 선조는 수호자의 의무를 이을 만한 그릇이 아니었던 거예요. 그래서 우리는 선각자를 대대적으로 말살하며 파스 케토나까지 건너가 철두철미하게 끝장을 냈어요.

그러나 선각자의 자취를 남김없이 쓸어버릴 만큼 군사력이 충분치 않았던 까닭에, 성간 도로와 요새를 비롯한 유물은 파괴하지 못했죠. 결국 마지막으로 남은 최후의 선각자는 백만 년이 넘도록 복수와 증오심을 불태우며 이름 모를 소행성의 차갑고 어두운 심장부에서 복수책을 세웠어요.

여기까지가 내가 아는 중대한 범죄이자, 수호자의 의무를 거스르는 대죄의 내막이에요.

자, 이제 내가 들려준 이야기를 하루스피스에게 전할 건가요? 그렇다면 이 진실을 마침내 도메인에서 찾아볼 날이 오게 될까요? 도메인은 잠시도 가만히 있는 법이 없죠. 도메인에 저장된 기록이 항상 바뀌는 이유는 정보 스스로 저마다 형태를 갖추며 더욱 완전해지려 하기 때문이 아닌가요? 거기다 미래의 후손 역시 그 기록에 자신들의 지식을 더하기 때문 아닌가요? 그런데도 도메인은 갈수록 접속을 가로막으며 침묵으로 일관하고 있군요.

이제는 덧붙일 역사가 없는지도 모르겠네요. 우리가 선조의 마지막 세대일지도 모르죠.

통신망을 통해서 들어온 다른 진술 내용은 어떻던가요? 내 진술을 그이의 진술과 맞대어 검증할 사람은 없나요? 내가 지금 당신을 통해서 그이의 존재를 어렴풋이 느끼고 있나요? 너무도 피곤하네요.

할 일은 태산 같은데, 시간은 너무나 촉박하군요.

[전술 번역: 다음 다섯 기록은 개인의 진술 기록이 아니라는 점에서 이전 기록과 일치하지 않음. 법률사 내부 보고서 또는 의견서이거나, 전선의 선조 군사 지휘관이 작성한 보고서 혹은 신생 의회에서 일괄 전달한 보고서로 추측됨.]

전사 종복 및 전직 건축사 보안요원으로 구성된 연합 진지에서 발생한 다수의 교전을 통해 적은 노획당한 선조 함선과 화기 체계로 구성되어 있다는 사실이 확인되었으며, 대부분 수적으로 우세하다. 이처럼 노획 병기로 구성된 병력은 플러드에 감염된 선조와 변질된 모니터가 운용하고 있다. 이와 같은 병력은 멘디컨트 바이어스가 최초로 프라이모디얼과 접촉한 뒤부터 구축된 것으로 보인다.

아군의 패배 요인은 이러한 사실을 모르는 병력과 행성에서 플러드에 노획된 함선을 별다른 의심 없이 받아들였기 때문이다.

일단 보호 구역 내부로 들어오면 플러드는 급속도로 확산된다. 정찰 보고를 통해 2천 곳에 달하는 행성계에서 포자산이 관측되었으며, 그 대다수는 방어선 유지에 반드시 필요한 요충지였다.

이를 이대로 방치하면 승산이 없다.

분명히 이전에 구금된 줄로만 알았던 멘디컨트 바이어스가 되돌아와 영향력을 서서히 키워나가고 있다.

[전술 번역: 중간 누락]

유사시 모든 메타아크급 지휘통제 앤실라를 재설정 또는 교체하기 바란다. 이로써 완벽한 성과를 거둘지는 불투명하다. 멘디컨트 바이어스를 완전히 삭제하는 방법만이 유일한 해결책으로 보인다.

18번 기록

새로운 플러드 분류 기준과 변이체의 정체가 확인되는 즉시 해당 정보를 전달할 예정.

잠정 결론: 현재 플러드는 변이를 통해서 수많은 종들을 합치며 이전에 확인된 바 없을 정도로 거대하고 복잡한 형태의 그레이브마인드를 다수 형성하고 있다. 행성 전역의 생태계가 '키 마인드'라는 개체로 변이되었다.

이러한 키 마인드가 비상한 전략적 두뇌를 갖췄음을 나타내는 증거가 급속도로 증가하고 있다. 포위당한 전투지구 전체를 완전히 장악할 능력을 갖췄으며, 또한 정체불명의 기술을 활용해 유례가 없을 정도로 많은 수의 포탈을 개방하여 감염된 전투 함대를 파견하고 있다. 키 마인드의 능력은 메타아크급 앤실라를 능가하는 것으로 보인다.

또한 이러한 기술은 아군의 전선 투입을 차단하는 기능도 갖추고 있는 듯하다. 아군 함선이 주요 선조 포탈에 도착한 순간 심각한 시공 조정 실패의 징후를 보이는 경우가 상당수 보고되었다.

더욱 충격적인 사실은 현재 궤도 리본, 성간 도로, 행성 요새와 성채에 이르는 각종 선각자 유물이 깨어나고 있다는 보고가 시시각각 들어온다는 점이다. 현재 연합 방어군은 선각자 유물의 재가동과 관련한 사례를 조사하고 확인할 여력이 되지 않는다.

　이러한 현상은 은하계 전역에 걸쳐 발생하는 것으로 보인다.

19번 기록

우리는 미개발 가스 거성의 궤도에 진입하여 행성을 방패막이로 사용하고 있다. 행성계에서 탈출하는 데 이용할 만한 궤도 진입로는 전부 차단된 상태이다.

"현재 천 척이 넘는 각종 선조 함선에 포위된 상황이다. 더욱이 슬립스페이스 포탈 진입이 불가능하다는 사실이 상황을 더욱 악화시키고 있다. 아군 함선 세 척이 진입을 시도하다 '튕겨나' 심각한 인과율 변동을 보이고 있다. 일부는 우리가 속한 불완전하고 비효율적인 여러 우주 사이에 갇혀 있다. 해당 함선의 대원과 앤실라의 상태는 불명확하며 통신 역시 두절된 상태이다.

이곳 행성계는 과거 선각자 유물의 요충지였다. 하지만 유물은 더 이상 동면 상태가 아니다. 억제장의 위력이 인근 성간 도로의 영향으로 엄청나게 증폭되고 있으며, 성간 도로는 낯설고 기이한 형태를 취하고 있다.

우리가 보유한 화기는 이제 무용지물이다.

수백 척에 달하는 감염선이 우리 함선을 격침시키거나 침투하려고 시도 중이다. 함선의 방어막이 억제된 상태라 과연 얼마나 버틸지 장담하기 어렵다.

현재로서는 원대로 복귀할 수단이 전무하다. 상황을 타개하여 탈출할 계획을 세우지 않는 한, 수적으로 우세한 적을 상대로 벌어질 전투에서 목숨을 잃을 수밖에 없다. 어떻게든 적의 수를 줄여보겠다."

20번 기록
법률사 통신망 보고서 (작성자 무기명)

선조 방어선이 무너지고 있다.

소멸지대가 선조 영토의 3분의 2를 뒤덮었으며, 오십만 곳이 넘는 성계가 플러드의 손에 완전히 장악됐다.

법률사들은 대부분의 지역에서 대피한 상태이다. 법률사가 포획된 곳에서는 해당 지역의 통신망이 침투당한 흔적이 남아 있기 때문에, 현재 통신망은 일시적으로 차단된 상태이다.

선조 법률 업무는 보류된 상태이다.

선조 문명 전반이 보류된 상태이다.

[전술 번역: 기존의 기록과 내용상 불일치하는 일련의 기록은 여기서 종료됨.]

21번 기록
최고 건축사 페이버의 진술

─────────────────────────

페이버: 내 정녕 유죄라면, 굳이 무엇 때문에 철천지원수의 목숨을 구해 내게
　　불리하게 작용할지도 모르는 진술을 하도록 해줬겠소?

최고 법률사: 아직 취조를 시작하지도 않았습니다. 질문에만 답하시면 됩니다.

페이버: 수도에서 벌어진 아수라장에서 워든이 나를 구해준 것은 한낱 동정심
　　의 발로가 아니었소. 나의 진가를 알아봤기 때문이지.

최고 법률사: 매수당했기 때문입니다.

페이버: 대체 무슨 수로 기계를 매수한단 말이오?

최고 법률사: 다 수가 있었겠지요. 아직 진술하기 이르다면 추후에라도 재개하
　　겠습니다. 현재 사실 규명 작업이 막바지에 있습니다. 아직 해결하고 넘어가
　　야 하는 세부 사항이 남아 있는데, 그 점과 관련해 협조를 부탁드립니다.

페이버: 그렇다면 내가 유죄가 아니라는 말이오?

최고 법률사: 저희는 산 시움 격리 행성계에서 우어 다이댁트를 생포해 플러
　　드에 잠식된 영역, 즉 소멸지대에 방치한 이후 당신이 밟았던 행적에 관심이
　　있습니다.

페이버: 무슨 소리인지 통 모르겠소만.

최고 법률사: 동일 함선에서 발견한 두 인간과 별빛내기라는 매니퓰러를 어떻게 했습니까?

페이버: 매니퓰러는 가족의 품으로 돌려보냈소.

최고 법률사: 그럼 인간들은 어떻게 했습니까?

페이버: 헤일로에 보냈소.

최고 법률사: 당시 프라이모디얼이 해당 헤일로를 장악하고 있었다는 사실을 알고 계셨습니까?

페이버: 그때는 구속된 처지였소. 휘하의 시설 통제권을 모두 잃었음은 두말할 필요도 없을 거요.

최고 법률사: 멘디컨트 바이어스가 통제에서 벗어났다는 말씀이십니까?

페이버: 당연하잖소. 멘디컨트 바이어스의 주요 설계를 담당했던 자가 다이댁트라는 사실은 그쪽도 알잖소?

최고 법률사: 카탈로그가 관련된 사안도 있습니다.

페이버: 아아.

최고 법률사: 우어 다이댁트는 카탈로그 이외에 두 사람이 소멸지대에 같이 있었다고 밝혔습니다. 이 점과 관련해 설명 부탁드립니다.

페이버: 내가 왜 멀쩡한 사람을 소멸지대에 떨어뜨렸다 도로 구하는 수고를 하겠소? 아랫것들이 일을 그르쳐서 그리됐을 거요. 실수로 명령을 오해한 탓일 테지. 실수만 아니었다면 모두 무사히 탈출했을 터인데.

최고 법률사: 그렇다면 우어 다이댁트를 소멸지대에 보내버린 이후…….

페이버: 그런 일은 없다고 했잖소! 아니라고 몇 차례나 말했소.

최고 법률사: 우어 다이댁트를 다시 발견했을 당시의 상황은 어땠습니까?

페이버: 수호자의 의무에 맹세컨대 그건 불의의 사고였소. 플러드를 막느라 정신이 없었소.

최고 법률사: 건축사 보안요원과 불명예를 입었던 전사 종복들을 긁어모아 주

먹구구식 함대를 결성했던 일 말씀이시군요.

페이버: 주먹구구식이라 했소? 우리는 플러드에 맞서 싸웠소. 다들 내가 죽은
줄로만 알아서 차라리 다행이었소. 덕분에 지난 전략의 실패라는 책임에 발
목 잡히지 않고 작전을 이끌어 나갈 수 있었으니 말이오. 새로운 전략을 수
립할 시간도 생겼소. 더구나 소득이 전혀 없지도 않았단 말이오! 우리는 플러
드의 공세를 삼 년이나 막아냈소. 알다시피 누구 하나 공로를 알아주지 않는
데도 말이오.

최고 법률사: 그런 와중에 어떻게 우어 다이댁트를 구조하셨던 겁니까?

페이버: 우리 저지선을 뚫고자 넘어오던 순양함에서 다이댁트를, 진짜 다이댁
트를 발견했소. 선조 함선을 동원한 플러드가 취약한 측면을 돌파해왔고 이
를 막느라 최선을 다했는데도 벌어진 일이었소! 아트 크룰라 방어선의 경계
시설이 기능을 다하지 못해 측면이 뻥 뚫려버린 상황이었소. 다이댁트가 어
떻게 그 함선을 구했는지는 나로서도 오리무중이오.

최고 법률사: 아주 기막히게 재활용한 함선이더군요.

페이버: 무장이 모조리 해제되어 있었소. 그래서 격침시키지 않았던 거요. 아
무런 해가 되지 않으니 말이오.

최고 법률사: 문제의 순양함에 우어 다이댁트가 탑승하고 있음을 파악한 뒤에
는 어떻게 조치하셨습니까?

페이버: 다이댁트를 복귀시키자니…… 쿠데타 같다는 느낌이 없잖아 있었소.
아무튼 그 순양함은 연구소로 예인했소.

최고 법률사: 다이댁트, 다시 말해 진짜 다이댁트를 복귀시킴으로써 복제본이
난감한 상황에 처할지도 모른다는 사실을 염두에 두고 계셨습니까?

페이버: 말이 지나치시오.

최고 법률사: 구조된 이후로 우어 다이댁트의 행동에 무언가 변화가 있었습니까?

페이버: 차분하다 못해 침울한 상태였소. 아무런 분노도 증오도 없어 보였소.

플러드를 면전에서 겪어보니 놈들을 더욱 소상히 알게 되었다고 했는데……
헤일로가 최상의 해결책이 아니라는 생각만 더욱 확고해졌다고 했소.

최고 법률사: 의견을 바꾸지 않았군요.

페이버: 변함없이 고집불통이었소. 기세가 한풀 꺾여 보이기는 했어도, 그밖에
는 수천 년간 내게 기를 쓰고 반대했던 지난날의 모습과 조금도 달라진 바가
없었소. 여전히 헤일로 사용을 한사코 반대했으니 말이오. 하지만 분명 뭔가
를 숨기는 눈치였는데, 그 속내는 나도 모르겠소. 아무튼 다이댁트는 자신의
주요 실드 월드인 레퀴엠으로 보내달라고 요청했소.

최고 법률사: 라이브러리안과 만나게 해달라는 요구는 없었단 말입니까?

페이버: 그렇소.

최고 법률사: 라이브러리안과 마지막으로 교신한 지 얼마나 되셨습니까?

페이버: 몇 년은 됐소. 부정부패 및 전략병기 무허가 운용 혐의로 구속된 이후
로는 그럴 기회가 전혀 없었소.

최고 법률사: 프라이모디얼이나 기타 발달한 형태의 그레이브마인드와 접촉한
적은 단 한 번도 없으십니까?

페이버: 나는 없소만…… 다이댁트라면 있을지도 모르겠소. 취조는 해봤소?

최고 법률사: 지금까지의 진술에서 모순이 드러나는군요. 이를 어떻게 설명하
시겠습니까?

페이버: 나는 지난 몇 년간 공로를 인정받지도 못한 채, 변변한 지원도 없이 최
전방에서 플러드와 맞섰소. 휘하의 건축사 보안요원 부대가 충직하게 버텨
줘서 그나마 다행이었소. 그동안 우리가 세운 공적은 한둘이 아니오.

최고 법률사: 당신은 지역 사령관에게서 선박 나포 면허를 받아내 감염이 심각
하지 않은 플러드 소형함을 나포한 다음, 오염 물질을 제대로 제거하지 않은
채로 전사 종복 측에 넘겨 터무니없는 금액을 받아 챙기셨습니다. 그렇게 나
포된 함선에 배치된 대원들은 결국 함선 내부에 잔존한 플러드에 잠식됐습

니다. 다이댁트가 타고 있던 순양함을 나포한 것도 그런 돈벌이를 염두에 두었던 까닭 아닙니까?

페이버: 무슨 말인지 도무지 모르겠소만.

최고 법률사: 당신이 방어했다는 지역에서는 선조 군대가 후퇴하거나 패배한 경우가 인접한 군관구에 비해 다섯 배나 많습니다. 당신이 이끌었던 분견대 또한 처음에는 오백 척으로 시작해 그중에서 불과 스무 척만 생존했습니다.

페이버: 그만큼 힘겨운 임무였소. 우리로서는 최선을 다했소.

22번 기록
다이댁트의 귀환

라이브러리안은 두 달 만에 처음으로 복구대와 함께 휴식을 취했다. 카탈로그야말로 활동 사항을 기록하는 데 가장 안전한 수단이자 정치적 위기가 닥쳐 신생 의회가 흔들릴 경우에도 부패에 연루될 가능성이 낮다. 그래서 나도 그 자리에 불려가 동행했는데, 현재 제국의 손실 규모를 고려하면 의회의 내부 개편은 충분히 가능한 일이다. 플러드에 감염된 함선이나 항성계 중에서 도청을 시도해올 우려가 있는 범위를 식별하는 작업이 완료되기까지 법률사 통신망을 비롯해 제국 전반의 통신망이 일시적으로 차단된 상태이다.

오래전 파스 케토나 여정에도 동행했던 생명가공사들로 구성된 라이브러리안의 핵심 복구대는 가장 근래에 수집된 생물의 분류작업을 끝마치고 한자리에 모였다. 라이브러리안의 연구 소함대에 배속된 함선들은 살아 있는 표본과 유전자 샘플로 가득하다.

라이브러리안은 몹시 고단해 보인다. 차분하고 조용한 태도로 복구대의 보고에 귀를 기울이지만 말수는 적다. 전투복이 자가 수리 및 재보급을 하는 중이라 지금은 물결처럼 흐르는 안감만을 걸치고 있다. 지난 천 년 동안 같은 전투복을 입어왔는데, 이처럼 자신의 앤실라에 깊은 애착을 보이기란 생명가공사로서는 좀처럼 보기 드문 경우이다. 하지만 다시 생각해보니 라이브러리안과 친밀한 이들은 모두 자신의 품에서 멀리 떨어져 있지 않은가. 자식과 남편, 그리고 이제는 남편의 복제본이자 언제나 한결같이 '우리 남편'이라고 부르는 아이소 다이댁트까지도. 잦은 이동과 휘하의 인원이 보내는 기록, 소함대 사령관의 상황 보고와 그밖에도 시시각각 처리를 기다리는 갖가지 격무에 시달려 정신이 없을 텐데도, 라이브러리안은 매우 쓸쓸해 보인다.

오리온 혼합성운 방어 작전의 지휘권을 맡아 전직 전사 종복 및 건축사 보안요원으로 재구성된 군대를 이끌고자 아이소 다이댁트가 에르데 티레네를 떠난 지도 사 년째이다.

마침내 함선이 대형 아크로 떠날 무렵, 온갖 업무는 고스란히 라이브러리안의 몫으로 남았다. 라이브러리안의 선실은 어느새 텅 비었다.

남아서 귀를 기울일 이는 나뿐이다.

"혹시 기운을 돋워줄 만한 이야기를 알고 있나요?"

라이브러리안이 나직이 묻는다.

크고 투명한 관측창이 넓게 펼쳐지자 어슴푸레한 별빛 속에서 희미하게 빛나는 마지막 생명가공사 선단이 포탈 구축이라는 아름답고 어마어마한 공연을 기다리고 있었다. 소함대 사령관이 이동 지점을 재점검한 다음 행성계를 떠나기까지 앞으로 짧게는 몇 분에서 길게는 몇 시간이 걸릴 것이다.

"오래전에 해결돼 공공 기록으로 분류된 사건이 많습니다. 하지만 제가 개인적으로 수집한 사건 기록도 있습니다. 이중에는 재미있는 사건도 일부 있으나, 법률사들의 기준이기 때문에 생명세공사님의 구미에는 맞지 않을 겁니다."

"법률사들 사이에서 그쪽은 젊은 편인가요?"

"그렇습니다. 아직 필수 근무기간 수백 년도 채우지 못했습니다."

"그렇게 젊은데 내 진술을 담당하다니 묘하군요."

"선배 법률사 개체들은 다소 냉소적인 경향이 있어 대상과 직접 상대하기를 꺼립니다. 때문에 대체로 증거 수집을 그만두고 다른 업무에 종사하는 경향이 있습니다."

"비리를 수없이 접하다 보니 넌더리가 났는지도 모르겠군요. 당신도 전형적인 비리를 두루 겪어봤을 테지요?"

"법률 훈련에서는 일상 속의 실수 하나하나까지 세세하게 다룹니다."

그리고 끊임없이 자신의 죗값을 의식하는 것까지. 그럼에도 법률사가 된다는 것은 지난날의 과오를 그보다 훨씬 중대한 실수에 빗대어 가늠해보는 독특한 기회를 부여받는 것과도 같다.

"최고 건축사의 행방이 밝혀졌다는 소식은 들었겠죠. 거기에 관한 함구령이 풀렸나요?"

"그렇습니다."

"아, 그렇다면 법률사 측에서 최고 건축사를 상대로 진행 중이던 소송을 모조리 기각했다는 말이로군요!"

"예. 신생 의회의 지시에 따라 모두 취하됐습니다."

"충격적이군요. 당신이 내 진술을 기록하는 동안 뭔가 중요한 사실을 알고 있으리란 묘한 느낌이 들었거든요. 알고도 숨겨야 하는 그런 사실 말예요."

"맞습니다."

"최고 법률사가 방면 조치를 받은 데는 그자가 굉장히 중요한 인물을 수도 행성계로 생환시켰기 때문일 테지요."

"그렇습니다."

"그렇다면 우리 남편이 돌아왔다는 얘기가 되는군요. 말인즉 그쪽이 아이소 다이댁트라 칭하는 인물의 자리를 그이가 대신하게 되겠지요."

"아마 그럴 겁니다."

라이브러리안의 표정은 의미심장하고도 복잡했다. 앞으로 상황이 훨씬 복잡해지리란 사실을 직관적으로 알고 있었다.

"비리는 아니지만 어리석은 실수에 관해 얘기를 꺼내볼까요? 나와 다이댁트, 우리 부부의 어리석은 실수에 관해서 말이죠. 한쪽은 방어와 파괴에 전념하고 다른 한쪽은 생명과 보존에 일생을 바치는 전혀 다른 계층에 속한, 전혀 다른 두 인물이 어쩌다 함께하게 되었는지, 우리가 어쩌다 사랑에 빠지게 되었는지 말예요."

라이브러리안은 자신과 다이댁트 사이의 연애며 계층과 가문의 반대를 극복해낸 오랜 과정, 그리고 신혼 생활에 관해서 들려주었다. 아이들을 만들면서 불태웠던 육체적 열정의 순간에 관해 자세히 설명하며, 그때야말로 부부간에 지극히 소중한 때였음을 밝히는 대목에서는 쑥스러운 기분을 감추기 어려웠다. 그러나 정작 본인은 쑥스러운 눈치가 전혀 없었다. 결국 삶이란 그와 같은 교접이 무수히 반복되어 빚어낸 산물이니까.

이에 나는 법정에서 벌어지는 사건 중에서 나름대로 흥미로운 이야기를 한동안 늘어놓았다. 이를테면 억지로 강요당한 부부 생활과 유전자 불법 도용에 뒤따른 상속권 주장에 관한 이야기였는데…… 후자의 경우는 대개 기각되지만 승소하는 경우도 간혹 있었다. 정당한 방식으로 획득했건 아니건, 혈통보다 권력이 중시되는 풍조는 특히나 건축사 계층에서는 흔한 일이다.

라이브러리안은 이 이야기에 귀를 기울였다. 그러고는 우어 다이댁트가 강제로 귀양을 떠나기 이전에 자신과 남편이 겪었던 수많은 난관에 관해 이야기를 꺼냈다.

"대규모 전략을 세울 때면 참으로 치밀한 사람이지만 의회 정치를 바라보는 시각은 유난히 저돌적이었죠. 그런 굳은 심지는 존경하지만 그이처럼 행동했더라면 지금쯤 나도……."

라이브러리안은 잠시 말을 잇지 못했다.

"여태 그이의 복제본과 함께 이룩한 성과를 보고 그이가 뭐라고 생각할지 모르겠군요."

"플러드가 대규모 침공을 감행했으며 현재 우리가 다급한 상황에 처했다고 생각하시겠지요."

너무 노골적으로 말했다는 생각에 아차 싶었지만, 정작 라이브러리안은 불쾌한 눈치가 아니었다.

"십중팔구 그렇게 보겠지요. 그이도 진술에 응했다던가요?"

"응하셨습니다. 뭐라고 진술했는지 생명세공사님께 직접 알려드리겠지요. 저는 그럴 권한이 없습니다."

그때 소함대 사령관이 슬립스페이스 진입 준비를 끝마쳤다. 함선 바깥의 광경이 하나로 응축되다 붕괴되었다. 함선 안팎의 차원이 갑작스럽게 어긋나면서 주변의 공기가 진동했다.

"이제 나한테는 남편이 둘이 생기겠군요."

라이브러리안은 그렇게 말을 끝맺었다.

"남편이 둘이라서 문제가 아니라, 둘 다 다이댁트라는 것이 문제로군요."

내게 각인을 심어줬던 다른 나 자신이 생존했으며 곧 복직된다는 소식을 접했다. 현재 상황을 고려할 때 몸이 둘이라면 도움이 될지도 모를 일. 서로 의견차만 없다면 말이다.

참으로 정신이 없구나. 우리가 처한 상황은 매우 심각하다, 카탈로그. 한때 행성과 행성 사이로 아름다운 곡선을 그리던 성간 도로의 위력 앞에 행성계 아홉 곳이 잘게 토막 나 반짝이는 돌무더기로 변해버리는 광경을 직접 봤으니.

과거 내가 모든 선각자 유물을 깨워내고 인도해줄 유물인 오르가논을 찾고자 에르데 티레네에 첫발을 디뎠다는 사실을 법률사 측에서 알려주더냐? 내가 그토록 찾아 헤매던 보물이 제 발로 우리를 찾아왔구나. 가끔은 나를 기억하고서 일부러 찾아오는지도 모른다는 생각이 드는군. 얄궂은 우연이란 끝이 없구나.

법률사 중에는 그레이브마인드에게 동질감을 느끼는 자도 있다고 들었다. 정보를 수집하고 궁극적인 균형을 추구하며, 이대로 놔두면 영영 사라져버릴지도 모르는 지식을 보존하는 존재라는 점에서 말이다.

아니더냐?

　카탈로그답게 언제나 신중하군. 충격으로 남을 법한 말은 꺼내는 법이 없으니.

　파스 케토나에 관해서 그리고 그곳에서 무엇을 보고 들었는지 아내에게 전해 들었다. 챠룸 하코르에서 그 일이 있기 이전, 아내가 탐사를 떠나기 전만 해도 선각자가 선조를 창조한 이후 자신들의 소임을 다하고 평화롭게 떠나간 줄로만 알았거늘!

　하지만 진실은 선각자가 선조를 등지고 우리를 멸망시킬 계책을 세웠다는 것이다. 전사들은 주어진 운명을 거부했고, 급기야 우리 창조주를 멸종 직전까지 몰아붙이며 결국 광기로 몰아넣었다. 나는 홧김에 선각자 최후의 생존자를 내 손으로 죽이고 말았다. 이제는 플러드가 선각자의 후예가 되어 찾아왔구나.

　그리고 지금 나는 고향 행성으로 돌아가야 하도다. 보나마나 경질당할 테지.

　통탄할 일이로다. 우리 스스로 내분을 일으키는구나.

24번 기록
멘디컨트 바이어스

[전술 번역: 해당 기록에 있는 데이터는 손상도가 가장 심각함. 일부 번역은 확실하지 않음. 중간 누락 있음.]

우리는 선조 요새급 함선에 타고 있다. 나는 끔찍한 몰골을 하고 있는 대원들의 손길을 거쳐 전리품처럼 이곳으로 조심스럽게 운반되었다. 플러드에 감염된 선조 소굴 한복판에서 그나마 정상적인 몰골을 하고 있는 존재는 멘디컨트 바이어스뿐이다. 보아하니 플러드는 한때 퇴역시켜 곳곳에 흩어놓았던 광기에 빠진 메타아크급 앤실라에게 연합 함대의 통솔권을 위임한 모양이다. 어쩌다 놈이 다시 플러드와 한편이 되었는지는 수수께끼이다.

괴롭기 그지없던 지난 며칠간 나는 내부 구조를 일부러 뒤섞어놓았다. 지난해 이전에 있었던 사건과 관련된 기록을 모조리 지우고, 법률사 통신망과 연계된 장치를 부수려고 온갖 수를 써봤다. 하지만 아무리 고육책을 써본들 효과가 있을지는 모르겠다. 마음 같아서는 자폭이라도 하고 싶지만, 손상이 심각해 그것조차 여의찮다.

이전에 그레이브마인드와 나눴던 대화도 기억나지 않는다. 관련된 기억이 심하게 손상됐거나 내부 여과기에 차단된 탓이겠지. 오히려 다행이라는 생각마저 든다. 내가 놈의 이목을 끄는 틈에 우어 다이댁트가 무사히 탈출했으니까. 하기야 이는 내 착각일지도 모른다.

양심의 가책 때문인지 이런 식으로 상황을 해석하는 행위는 자기 합리화에 불과할지도 모른다는 생각이 든다. 아무래도 상관없다. 현재 상황에서는 어떻게든 기운을 차려야 하니까.

좌우간 우어 다이댁트는 더 이상 보이지 않는다.

멘디컨트 바이어스는 내가 다이댁트와 함께 있었다는 사실에 호기심을 보인다. 이런 기회는 좀처럼 오지 않는 만큼 멘디컨트 바이어스라는 목격자를 통해 최대한 증거를 수집해보겠다. 성공하리라 낙관하지도 않으며 여기서 살아나갈 기대 따위는 하지도 않지만, 카탈로그로서의 소임은 계속된다.

멘디컨트 바이어스: 내가 무엇인지 아는가?

카탈로그: 알고 있습니다.

멘디컨트 바이어스: 참으로 요긴하겠군. 반은 기계고 반은 생물이라…… 아직 법률사 통신망과 연결이 끊어지지 않았는가?

카탈로그: 상태가 예전 같지 않기 때문에, 정직하게 답하는 것이 나의 소임임에도 지금은 정직하게 대답할 수가 없습니다.

멘디컨트 바이어스: 네가 그레이브마인드와 대화하는 모습을 관찰했다. 우리가 다이댁트를 풀어주기 전에 말이지.

카탈로그: 그레이브마인드의 면전에서 다이댁트를 내보냈단 말인가요?

멘디컨트 바이어스: 나의 뜻이 아니다. 그레이브마인드의 뜻이다.

카탈로그: 어째서 다이댁트를 순순히 풀어준 겁니까?

멘디컨트 바이어스: 나도 정확히는 모르지만, 그레이브마인드는 결코 이유 없이 행동하는 법이 없다. 필시 원대한 계획을, 우리를 창조해낸 자가 준비해둔

신랄하게 일그러진 복수극을 염두에 두고 있음이 틀림없다.

멘디컨트 바이어스는 두 모니터에 지시를 내려 나를 데리고 함선 내부를 둘러보았다. 몸이 마비되어 혼자서는 움직일 수조차 없다. 우리는 선실 몇 군데를 지나 외부 지휘소에 도착했다. 지휘소 내부의 인원은 모조리 플러드에 감염된 상태였으며 몇몇은 변이 최종 단계에 접어들어 형체조차 알아보기 어려울 지경이었다. 아직도 전투가 계속되고 있었으나, 이제는 전투라기보다 살육이 끝난 뒤의 연회에 가까웠다.

한때 이곳은 여남은 행성으로 이루어진 인구밀집 지역이자 오리온 혼합 성운에서 그리 멀지 않은, 굉장히 유서 깊은 성계였던 듯하다. 짐작건대 이곳은 102 군관구를 따라 백여 개의 태양이 밀접하게 맞붙은 파스 나크 리마 성단일 가능성이 높다.

우리는 얼음으로 뒤덮인 위성 고리에 진입했다. 선조가 저항했던 흔적은 찾아볼 수 없다. 법률사의 품에서 완전히 벗어났다는 사실에, 그리고 선조 제국의 심장부가 산산조각 났다는 사실에 슬픔을 참을 길이 없다.

지휘소의 감염된 승무원들은 자리에 붙박인 것처럼 미동도 하지 않았다. 그레이브마인드는 군데군데 썩어문드러진 데다 살점들이 엉망으로 뭉개져 있었다. 그렇게 집어삼켜진 희생자들의 파편이 바닥에 널브러져 있거나 허공에 떠오른 채 곁을 지나가자 온몸에 한기마저 느껴진다.

[전술 번역: 상당 부분 누락]

……유독성 질량체가 지휘소 한가운데를 차지하고 있다. 보아하니 그레이브마인드는 변이의 다음 단계로 넘어가 더욱 광범위한 구조를 취하고 있었는데, 아무래도 이 때문에 죽은 조직들이 떨어져 나가고 있었던 듯하다. 마치 조금씩 팔다리가 자라나는 태아처럼, 스스로 형태를 취하는 과정

을 거치고 있었던 것이다. 변이가 끝나면 어떤 형태를 갖추게 될지, 나로서는 알지 못하나, 끔찍하기로는 다른 그레이브마인드와 매한가지일 것이다. 훨씬 거대하고 뒤틀린 꼬락서니가 되겠지.

그레이브마인드: 어딘가에서 위험이 도사린다.

차갑고 또렷한, 감미로운 노랫가락 같은 목소리에서 놈의 시시각각 예리해지는 사고력이 묻어나왔다.

멘디컨트 바이어스: 현재의 잔존 병력으로는 변변한 전투부대를 재편하기조차 불가능한데 무슨 수를 부렸는지 놈들이 방법을 찾아낸 모양이군요. 어떤 위험입니까?

그레이브마인드: 자신들을 창조한 존재의 허를 찔렀던 종족이 바로 선조니라. 지략이 뛰어난 만큼 믿을 수가 없는 족속이지. 최고 건축사라는 선조가 우리의 관심을 끄는구나. 난잡하게 뒤섞인 위성 너머로 무엇이 우리를 기다리는지 말해보아라.

멘디컨트 바이어스: 포탈 하나가 항시 개방되어 있는데, 제국 외부 머나먼 곳에서부터 가공할 기술력으로 무장한 정체불명의 함대가 포진한 곳까지 이어져 있습니다. 보나마나 저보다 못한 메타아크급 앤실라인 오펜시브 바이어스가 이끄는 함대일 겁니다. 그 함대는 선조 최후의 보루이자 지적 생명체의 마지막 보고인 아크를 지키고 있습니다.

그레이브마인드: 그렇다면 반드시 아크의 위치를 찾아내야 하느니라.

그레이브마인드는 내게 주의를 돌렸다. 움직일 수도, 달아날 수도 없다. 놈의 중심부로 짐작되는 곳에서 수많은 촉수들이 서서히 뻗어 나와 코앞까지 다가와 꿈틀대나 싶더니, 나의 외피를 덥석 붙잡았다. 그러고는 육체로 이루어진 나의 중심부를 지렁이처럼 파고들었다. 급기야 나는 시스템과 저장장치에서 분리되어 온몸이 외피에서 억지로 뜯겨나가고 말았다. 끔찍한 고통이 온몸을 파고든다. 순식간에 의식이 아득히 멀어져간다.

나는 어느새 그레이브마인드의 머릿속 한가운데에 떨어졌다. 하지만 놈과 나는 쌍방으로 연결되어 있었다. 나는 그레이브마인드에 둘러싸여 있다. 놈의 방대한 기억과 의지는 마치 느긋하게 흘러가는 위험천만한 용암처럼, 앞을 가로막는 장애물을 모조리 불사르며 뒤덮어버린다. 아무리 놈의 머릿속에 있다 한들 생각대로 물음을 던져볼 수나 있을지 의문이지만, 어떠한 상황에서도 소임을 다해야 한다는 강박에 사로잡히기도 이번이 마지막이다.

절대로 포기할 수 없다!

어렴풋하게나마 그레이브마인드의 기척이 느껴졌지만 다행히도 나의 저항이 헛되지는 않았다.

토론을 나누는 동안, 그레이브마인드는 5억 년이 넘는 세월에 걸쳐 축적된 지식의 보고가, 즉 방대한 경험과 논쟁을 집대성한 선각자 지혜의 정수가 존재한다는 사실을 넌지시 내비쳤다.

나는 바로 그곳에 있었다. 방대한 지식의 존재를 똑똑히 보고 느꼈다! 그 속의 수많은 역사가 홍수처럼 밀려든다.

고위 법률사 측의 짐작이 옳았다! 우리를 창조했으며 수호자의 의무라는 관념의 토대를 닦았던 선각자는 거르고 또 걸러낸 선험적 지식으로 가득한 존재였다. 선각자가 우리의 유전자 배열에 낱낱이 새겨둔 가르침이 눈에 선하다. 우리는 몸속의 분자 사슬부터 선각자의 피조물이었던 것이다.

선조를 향한 선각자의 증오가 바로 복수의 핵심적 동기였다. 과거 선조가 정당한 이유도 없이 궐기하여 선각자를 파멸시켰다는 것이다. 선조의 파괴력과 결집력에 경탄했던 나머지, 선각자는 변변한 방어도 하지 않았다. 선각자의 법칙에는 법칙의 근간을 위배할 필요성 역시 내재되어 있었고…… 때문에 선각자는 플러드를 창조하여 머나먼 훗날, 이제까지 자신들이 만들어낸 생물 가운데 가장 폭력적이고 공격적인 피조물인 플러드가 맹위를 떨치는 모습을 흐뭇하게 지켜보았던 것이다.

문득 교묘한 모순이 느껴진다.

어떻게 그런 일이? 그토록 위대한 정신력이 이렇게까지 일그러진단 말인가?

하지만 그럼에도 지식의 양이 너무도 방대하다! 나는 헤아리기 어려울 정도로 깊고 폭넓은 지식에 압도당하고 말았다. 그레이브마인드는 나를 찬찬히 살피며, 나를 너무도 사랑한 나머지 통째로 집어삼켜 자신의 중심부로 나를 빨아들인다.

한때는 정의의 등대로 보였으나, 이제 보니 악례(惡例)만을 쌓아왔던 사악하고 가증스러운 법률의 소용돌이 속에서 나는 몸부림쳤다. 법률마저 감염되는 산산이 무너져 내리는 미로 속에서 진실은 찾아볼 수가 없다.

진실이란 한낱 허상일 뿐!

고통 속에서 마침내 깨닫게 되었다.

그레이브마인드는 무한한 즐거움을 음미하며 촉수를 풀고 나를 놓아주었다. 놈은 내가 기억 깊숙한 곳에 자신의 일부를 품은 채 선조 영토로 돌아가게 되리라고 알려주었다.

공포와 고통을 퍼뜨릴 속셈이다.

차라리 날 불태워라!

부탁이니 기억을 모조리 지워라!

아예 카탈로그라는 나의 존재 자체를 지워라!

25번 기록

추가 단편 기록 5개:
전사 종복 측의 전술

[전술 번역: 다음 전투가 벌어진 시기와 장소는 파악되지 않음. 여기서 문맥상 언급되는 '영역'이란 이차원 또는 삼차원 표면이나 차단막 결합체로 이루어진 초구체로, 그 범위는 운송 벡터뿐만 아니라 스칼라 전술적 가능성까지 하나로 결합한 상위 차원으로 확장되는데, 이는 다소 이해하기 어려운 개념이나 선조의 전투를 이해하는 데 필수적인 요소임. 다차원 지도에 해당하는 측량치와 결과치를 나타낸 스칼라를 결합하고, 결과치가 확정되면 양쪽 값을 조정한다는 발상은 특히 슬립스페이스 이동이 수반되는 성간 교전에 적합함.]

1번 단편

마지막 피난민을 호위한 이후 파스 쿠랄을 방어하는 병력을 비롯한 잔존 함대는 모두 재배치되었다.

이들의 전술은 야트 크룰라 영역의 경계선에서 벌어진 소규모 접전에서 효과가 입증된 바 있다.

전직 오리온 혼합성운 방어관이었던 펄션은 다이댁트의 유배기 동안에 훈련받았던 아홉 사령관 중 하나이다. 비록 지난 9백 년간 건축사들과 협력했으나, 다른 동료 사령관들과 달리 속으로는 전사 종복과 다이렉트를 향한 충성심을 지켰던 인물이다.

그런 펄션이 아군의 제1접전지의 지휘를 맡고 있다.

현재 4개 군관구가 완전히 감염될 위기에 처했다.

전사 종복들은 과거 성간 도로로 연결되어 있던 19개 행성계를 따라 방어 태세를 갖추고, 접전 지역 내부에서 교전했다. 완전가동 상태의 요새급 전투 정거장은 시공 조정으로 발이 묶여 이동에 제약을 받는 탓에, 70만 척에 달하는 민첩한 해리어급 함선을 통제할 관제소의 기능을 수행할 예정이다.

적의 규모는 다음과 같다. 적은 10만 척이 넘는 감염된 선조 함선으로 구성되며, 그중에서 가장 위력적인 함선은 4백 척에 달하는 드레드노트일 가능성이 크다.

삽시간에 접전으로 이어진 최초의 차단막 굴곡은 식어가는 항성과 수많은 바위 및 얼음 행성 그리고 소행성으로 둘러싸인 원시성 먼지구름인 제78군관구에 속한 파스 테룰리안의 변두리 깊숙한 내부에서 시작되었다.

펄션은 적함이 고밀도 대형으로 신경물리 운송을 통해서 도달했음을 전달받았다. 선각자 성간이동 방식의 특성상 적함은 서서히 모습을 드러내며 다중우주의 잔류물을 배출했고, 둔한 움직임 때문에 일시적으로나마 펄션의 즉각적인 대응에 무방비로 노출되었다.

적은 선조 병력이 이곳에서 대기하고 있을 줄은 미처 몰랐던 모양이다.

그렇게 치열한 접전이 개시됐다. 공간 이동을 끝내고 모습을 드러내는 순간이 공격에 가장 취약하나, 적은 여전히 대체현실의 안개에 둘러싸인 상태였다. 때문에 펄션은 사전에 요소마다 배치해둔 해리어를 동원해 연속 공격을 가했다. 선공에 나선 해리어급 함선들은 선체를 은폐하고 위치를 추적당할 가능성이 있는 광선이나 발사체 화기의 사용을 삼갔다. 그리고 인근의 소행성들을 무기로 활용, 중력의 반동을 이용해 적함이 속속들이 출현하는 집결지를 향해 날려 보냈다.

소행성들은 차례로 모습을 드러내는 함선과 충돌하며 진입을 방해했다. 결과적으로 적함들은 공간 이동을 중도에 포기하거나, 선체의 질량에 소행성의 질량까지 부담하며 이동을 마무리할 수밖에 없었다.

전투 결과는 다음과 같다. 적함의 절반이 눈부신 섬광을 일으키며 소멸됐고, 나머지 절반은 수천 킬로미터 가량을 필사적으로 퇴각했다. 이때를 틈타 해리어급 함선들은 은폐를 해제하고 다각도에서 광선 공격을 개시함으로써 나머지 적함도 신속히 격침시켰다.

살아남은 적함들은 대체로 손상이 없었으나 사실상 전투태세가 무너진 상태였다. 펄션의 앤실라는 이를 확인하여 함내 표적지시기로 전달, 이윽고 관제소로 지정된 요새급 정거장에서 센티넬 편대가 출격했다. 센티넬 편대는 해리어급 함선들과 집결하여 방어막과 선체를 관통한 후, 적함에 침투한 뒤 신속히 함선 관제 앤실라를 모두 재설정했다. 압도적인 승리였다. 앞으로 백여 차례의 전투에서 이와 같은 성과를 낸다면 승리는 보장된 것이나 마찬가지다.

아군의 센티넬과 모니터는 그레이브마인드의 논리 역병에 영향을 받지 않은 것으로 추정된다. 하지만 함선에 침투했을 당시 불안정한 모습을 보였으며, 송신을 살펴본 바로는 세뇌될 여지가 있다. 감염된 선조로 가득한 함선들은 달리 손쓸 방법이 없었던 까닭에 차례로 격침시켰다.

2번 단편

산발적인 승리만을 거두었음에도 플러드는 수도 행성계를 거의 정복했다. 이제 제국의 전략적 제어권은 대형 아크로 넘어갔다. 실질적으로 아크는 잔존한 모든 선조 정부기관의 최후 보루로 변모했다.

3번 단편

아군에게 유례없는 치명타를 입혔던 최근의 적습과 관련된 정보는 다음과 같다. 우리 은하의 무정형 외곽에서부터 둘레를 따라 항성들이 빽빽하게 무리지은 중심부에 이르기까지, 선각자 유물은 계속해서 아군 함대를 고립시키고 통제권을 박탈한 다음, 적당한 규모로 분할함으로써 플러드에 감염, 변질시켜 역이용하고 있다. 자폭에 성공한 함선은 극소수로, 전체의 0.5퍼센트도 채 되지 않는다.

이중 무사히 인양해 소독한 함선 또한 극소수에 불과하다. 적의 계략일 가능성 및 기계적 손상을 일으킬 우려로 인해, 현재 인양 계획은 중단된 상태이다.

논리 역병은 이제 은하계 전역에 퍼졌다. 더는 그레이브마인드와의 직접적인 교신에 국한되지 않으며 플러드에 감염된 선조나, 심지어 앤실라를 통해서도 전염된다.

재가동된 성간 도로의 이중활 대형에서 발생하는 억제장에 노출되면 해당 지역 전체의 앤실라 가동이 완전히 중단되는 경우가 다반사이다.

그나마 감염되지 않은 함선들도 인공지능 손실로 인하여 성능에 심각한 제약이 생겼다.

4번 단편

……남아 있는 함대의 3분의 2가 파괴되거나 감염됐다. 잔존 함선은 모두 오펜시브 바이어스의 함대로 재편됐다. 플러드 통제는…….

5번 단편

……카탈로그 역시 플러드/그레이브마인드의 논리 역병 감염 대상에서 **예외가 아니다.**

순순히 예속되면 심신의 평안을 얻으리니…….

법률사 통신망 차단.

접속 금지. 접속 엄금.

26번 기록

카탈로그

우어 다이댁트는 개인 전함인 '전진하는 수호자의 의무'를 타고 고향 행성인 파 놈다그로로 돌아왔다. 기존의 특권이 모두 복권되었으나 지휘권만은 되찾지 못했다.

다시금 카탈로그가 동행하게 됐으나, 뜻밖에도 반대 의사를 드러내지 않았다.

아이소 다이댁트는 물론 라이브러리안도 아직 도착하지 않았다. 라이브러리안과 우어 다이댁트는 서로 얼굴도 보지 못한 채 장장 천 년을 보낸 터다.

우어 다이댁트는 새 전투복을 차려입고 영지의 저택 한가운데 우두커니 서서, 을씨년스러운 광경 속에 음울함을 더하고 있었다. 의회의 요원들이 저택 구석구석을 샅샅이 뒤지고 간 탓에 집 안은 아수라장이었다. 여섯 주거동 중 두 곳은 희미하게 빛나는 밤하늘 아래 크고 작은 방들이 서로 엎치락뒤치락하며 제멋대로 재배열되고 있었다.

다이댁트는 실내를 정돈해보려 했지만, 아내와 몇 세기 동안 자녀들을 키우며 기쁠 때나 슬플 때나 함께했던 보금자리는 아예 건물을 허물어

재건하지 않고서는 원형을 되찾기 어려울 정도로 처참하게 어질러져 있었다.

라이브러리안이 수집한 표본들이 들어 있던 폐쇄장 거품막은 그녀에게 불리한 증거를 찾느라 혈안이 되었던 의회 요원들의 손에 파손되었다. 속에 들어 있던 생물들은 무방비로 풀려나 서로 싸우거나 달아난 지가 오래였다. 가정용 모니터들이 한구석으로 치워놓은 조각난 사체는 보기 흉한 무더기를 이루고 있었다. 대부분이 죽어서 이제는 서로 잡아먹거나 잡아먹힐 생물도 얼마 남지 않았다. 다이댁트는 자신보다 덩치가 오십 배는 더 크고 지성과 지혜를 갖춘 온순한 짐승인 타란토비어에게 다가갔다. 녀석은 심한 상처를 입었다.

"아내가 곧 돌아올 것이니라."

다이댁트는 빛바랜 외눈이 박힌 타란토비어의 커다란 머리를 쓰다듬으며 중얼거렸다.

"과연 무엇이 먼저 눈에 들어올지 모르겠구나. 망가지고 피폐해진 집이겠느냐, 아니면 망가지고 피폐해진 남편이겠느냐?"

다이댁트는 타란토비어의 겉가죽을 계속 쓰다듬으며 나를 힐끔 쳐다보았다. 짐승은 이미 죽어 있었다.

"우리 서로가 적이 되고 말았구나."

너무도 울적한 나머지 대답할 수조차 없었다. 법률사가 슬픔에 빠지기란 드문 일이다.

은은하게 빛나는 성간가스 구름이 지평선 너머로 넘어가며, 천 년 전에 이곳을 지나갔던 초신성 파편의 흔적 속으로 사라졌다.

우어 다이댁트는 자식들의 옛 기억을 불러왔다. 어린 자녀들이 이리저리 뛰노는 모습이 펼쳐진 가운데, 다이댁트가 팔을 뻗어 딸을 목마 태우거나, 아들이 장난스레 휘두른 막대를 피하거나, 무릎을 굽히고 앉아 다른 아이가 털이 북슬북슬한 동물을 품에 안고 쓰다듬는 장면들이 눈앞을 스쳐갔다. 다만 그 애완동물은 키 작은 인간은 아닌 듯했다. 지금의 다이댁트는 영사된 장면의 젊었던 자신과 어딘가 달랐는데, 정확히 어디가 다른지는 짚어낼 수 없었다.

"전쟁도 싸움도 없는 영원한 행복 속에서, 끝없이 나아가며 발전하기를 꿈꿨거늘! 참으로 허황된 꿈이었구나."

다이댁트가 나직이 말했다.

"라이브러리안 님의 꿈인지요?"

나는 주제넘게 물음을 던졌다.

"잘못 짚었다. 아내는 삶의 본질을 꿰뚫어봤느니라! 하물며 그치들도 마찬가지임은 굳이 말할 필요가 있겠느냐? 목숨을 앗아가는 괴로운 투쟁이 없는 평화와 공존, 이런 안이한 삶이야말로 놈들이 염원했던 삶일 테지. 놈들은 자신들의 피조물에 관해서는 전혀 이해하지 못했던 것이 틀림없다. 그러지 않고서야 어떻게 피조물의 반란을 맞닥뜨린단 말이더냐? 통탄할 일이로다. 참으로 통탄할 일이로다!"

"선각자 말씀이시로군요."

다이댁트는 대답하지 않은 채 물음을 던졌다.

"다른 녀석, 내가 억지로 각인을 심어준 어리석은 매니퓰러 녀석은 어쩌고 있느냐?"

"제가 알기로는 훌륭하게 처신하고 있습니다. 때로는 감탄스러울 정도로 말입니다."

"녀석에게 괜한 분풀이를 해서는 아니 되겠구나. 결정이야 그치들이 내렸으니……."

"선각자 말씀이십니까?"

"선조 말이다."

다이댁트는 커다란 머리를 내저으며 중얼거렸다. 그러고는 팔을 뻗어 젊은 시절의 자신을 따라해 보더니 이미지 속으로 들어가, 모두 장성하여 아버지의 계층을 따라 인간과의 전쟁에서 전사한 자녀들에게 둘러싸였다. 좀처럼 인상을 펼 줄 모르는 나이든 전사 종복이 화기애애한 아이들에게 에워싸인 모습이 이목을 끌었다. 안도감이나 평온함은커녕 뼈아픈 슬픔만 되새기는 듯했다.

그때 나는 불현듯 깨달았다.

마음을 달래기 위함이 아니라, 마음을 다잡기 위해서 이런 기억을 불러냈음을. 다이댁트가 손을 흔들자 아이들은 어느새 눈앞에서 사라졌다. 마치 저택이 차가운 숨을 훅 들이마신 듯한 광경이었다. 다이댁트는 천천히 돌아서서 나를 처음 보듯 낯선 눈빛으로 살펴보았다.

"너희 모두가 하나라는 소리는 믿지 못하겠구나. 최고 건축사가 소멸지대로 보냈던 카탈로그는 자진해서 나의 목숨을 구했기에 더더욱 미덥지 않구나. 녀석은 가상한 용기를 발휘했느니라. 참으로 특별한 녀석이었지."

호기심이 꿈틀거렸다. 소멸지대로 보내진 낡은 함선에서 무슨 일이 있었는지 아직 듣지 못했다. 우어 다이댁트를 제외하면 생존자는 전무한 까닭이다.

"녀석은 나와 마찬가지로 그레이브마인드의 면전으로 끌려갔느니라. 그때 모니터가 개입하더군. 구속기에 붙들린 채 꼼짝없이 얼어붙었는데, 나는 곧바로 다른 곳으로 옮겨진 까닭에 녀석이 어떻게 됐는지는 모르겠구나."

우어 다이댁트는 몸서리를 치더니 행성의 축을 따라서 손가락을 가리켰다.

"아내가 왔다. 성계에 도착했구나."

마치 시공을 가로질러 라이브러리안의 기척을 감지하는 듯한 말투였다. 하지만 묘하게도 기쁜 얼굴이 아니라 침울한 표정이더니, 어느새 분노로 일그러졌다. 그는 나를 정면으로 마주보았다.

"함선이 도착하거든 곧바로 별빛내기를 내게 보내라. 녀석만 따로 말이다."

그러고는 옆방으로 성큼성큼 걸어가기에 동행하려 하자 따르지 말라고 손짓했다. 나는 밤하늘에 펼쳐진 울긋불긋한 성간 안개 아래, 안뜰에 홀로 남겨졌다.

아직도 작동하는 가정용 모니터는 얼마 되지 않았다. 대부분은 그림자 속에 몸을 숨기고 작은 동물처럼 눈알만 번득이고 있었다. 지금 나는 한낱 하인에 지나지 않았다. 다이댁트의 하인이 아니라, 더는 존재하지 않게 될지도 모르는 심판과 정의의 하인 말이다.

이윽고 별들이 서쪽으로 기울면서 검은 성운의 거대한 형체가 천장에 고스란히 떠오르자 그림자가 한층 짙고 길어졌다. 아직 작동하는 모니터 하나가 곁으로 다가왔다.

"우리 모두 마님을 마중하러 나가야 합니다."

"아무렴."

이제 나는 영락없이 겁먹은 이들 하인과 다름없었다. 우어 다이댁트와 함께했던 카탈로그가 발휘한 용기가 어떠했는지 궁금할 따름이다. 우리는 모두 하나이나, 모두가 하나는 아닐지 모른다.

하지만 하나이건 다수이건 같건 다르건, 나는 반드시 진실을 추구해야 한다. 그렇기에 모니터와 함께 안뜰을 나서서, 이제 몇 분만 지나면 생명 가공사 함선이 대기권을 뚫고 내려와 고형광선 착륙대 위로 안착함과 동시에 환한 조명과 메아리로 가득 찰 착륙장으로 향했다.

해후

아이소 다이댁트는 라이브러리안과 재회했다.

두 인물 모두 각각 카탈로그가 동행했다. 카탈로그는 이제 3인 1조가 되었다. 하나의 개체가 세 가지의 관점을 갖춘 셈이다. 이는 3인의 법률사 요원이 모여서 개인 통신망을 구축하고 정보를 공유하는 방식이다. 덕분에 우어 다이댁트, 별빛내기 혹은 아이소 다이댁트, 그리고 라이브러리안의 재회를 관찰할 둘도 없는 기회가 생겼다.

아직도 작동되는 소수의 모니터들은 훼손이 가장 덜한 주거동에 세 인물의 모임을 마련했다. 길고 넓은 복도가 능숙하게 배열을 조정하며 제국의 위대한 두 수호자의 재회를 준비했다.

우어 다이댁트 본인의 요구에 따라 라이브러리안의 참석은 한동안 미뤄졌다.

두 다이댁트는 체격에서 조금 차이가 날 뿐 겉모습은 거의 똑같았다. 둘다 군용 전투복을 입었으며, 아이소 다이댁트의 경우 원본에 비해 흉터가 적었지만 둘 다 치열한 전투를 치렀던 흔적이 있었다. 서로 그 어떤 소개나 인사치례도 오가지 않았다. 자기 자신을 보듯 이미 소상히 알기 때문이다. 양쪽 모두 수천 년의 삶을 통해 축적된 경험을 갖췄는데, 물론 이는 우어 다이댁트의 존재를 정의하는 것이지만 이제껏 법률사로서 프로메테안을 접하면서 한 번도 겪어보지 못했던 근본적인 차이가 있었다.

아이소 다이댁트는 차분한 자세였다. 다가올 일들을 내다보고 있지만 그렇다고 지나치게 긴장한 눈치는 아니었다.

우어 다이댁트가 먼저 입을 열었다.

"날 원망치 마라. 나와 아내가 네게 했던 일은 그럴 수밖에 없던 것이었으니……."

"저는 의무를 다할 따름입니다. 오히려 영광입니다."

"그동안 함께해주지 못했던 남편이자 보호자로서…… 아내의 훌륭한 동반자가 되어주었구나. 내가 크립팀에 있던 사이에 아내는 협상을 통해 원하던 바를 얻었느니라. 그 결과가 네 눈앞에 있구나. 이제 우리의 진술과 증거가 한자리에 모두 모였다. 실로 중대한 범죄가 있었더냐? 정녕 우리 손으로 최후의 창조주를 죽였단 말이더냐?"

"그렇습니다. 타당한 대의명분 아래 말입니다."

"그런 허울뿐인 명분을 믿었단 말이냐?"

"철석같이 믿었습니다."

"선각자는 어떤 존재였느냐? 과거 선조가 선각자를 뒤쫓아 함대를 파견해 말살했던 무렵의 모습은 어땠다고 하더냐?"

"프라이모디얼과는, 실종된 헤일로에 있었던 그레이브마인드와는 달랐습니다. 플러드와는 확연히 다른 존재입니다."

"너나 나처럼…… 전사들이었더냐?"

"거기에 관해서는 생명세공사님께서 알려주시지 않았습니다."

우어 다이댁트는 자신의 복제본을 만져보려는 듯 손을 뻗었다. 아이소 다이댁트는 흠칫 뒤로 한걸음 물러났다.

"너도 느끼는구나."

"무엇을 느낀단 말씀이십니까?"

"우리가 더는 같지 않다는 사실 말이다. 저 버림받은 하늘을 보아라. 늙은 태양들의 어슴푸레한 티끌 속에서 어린 불빛이 타오르고 있구나. 새로운 별들이 탄생하는 것이지. 행성은 빗방울처럼 응집되어 이윽고 온갖 생물들로 스스로 지표를 뒤덮느니라. 소싯적에는 우주란 끝없는 위협과 위험으로 가득한 곳이라고만 생각했다. 라이브러리안을 만나고 나서야 우주는 내가 헤아리기 어려울 정도로 아름다운 곳임을 알게 되었으니…… 물론 라이브러리안의 아름다움에는 미치지 못한다만."

"그렇다면 지금은 어떻게 보이십니까?"

"악몽과도 같은 빛깔만이 보이는구나. 별들이 하나같이 적으로 돌아섰느니라."

"맞는 말씀이십니다. 연합 함대 최후의 병력이 야드 스파르 너머에서 저항하고 있습니다. 수천에 달하는 성간 도로가 적들의 군사력을 보호하고 배가하며, 한때는 아군이었던 감염된 전사들이 조종하는 수많은 선조 함선을 엄호하고 있습니다. 상상을 초월할 정도로 기가 막히는 상황이지만 그것이 현실입니다."

"굳이 상상할 필요도 없느니라."

"머잖아…… 우리 둘에게 절실한 상황이 닥칠 겁니다."

"아크는 어떻게 됐느냐?"

"최후의 보루입니다. 선조에게 남은 것은 아크뿐입니다."

두 다이액트는 고개를 들어 성운의 너른 팔에 광활하게 펼쳐진 먼지투성이 어둠을 바라보았다. 새로이 타오르는 어린 태양들은 검은 구름에 깊숙이 묻혀 있었지만, 앞으로 수천 년이 지나면 환하게 빛을 발할 것이다.

"달리 보이시는 것이라도 있습니까?"

"내가 항상 봐왔던 것이자, 우리가 항상 봐왔던 것이 보인다. 한데 지금은 다르구나."

카탈로그인 나조차도 불안하게 만드는 뭔가가 그 말에 서려 있었다. 오로지 복제본인 아이소 다이액트를 통해서만 그 말에 내포된 뜻이 얼핏 엿보였다.

"지금 보이는 빛들도 모두 수백 살은 되었습니다. 무엇이 다르겠습니까?"

"단순한 주파수 이상으로 심오한 것이지. 다시 살펴봐라. 우리 눈을 파고드는 방식 말이다. 마치 예리하게 찌르고 베어내며 감추는 듯하구나. 별빛이 우리를 꺼리고, 우주마저 우리를 내치려 드는구나. 아직도 모르겠느냐? 이제 우리는 불청객에 지나지 않느니라.”

이런 서두가 오가리라고 예상하지 못했던 것은 아니다. 두 다이댁트의 머릿속에서 뭔가가 서서히 맞물렸다.

“플러드가 만물을 뒤바꾸고 있다. 육신뿐만 아니라, 우주마저 감염됐구나. 이것이 바로 한때 선각자가 지녔던 힘일 터이지. 내 말이 틀렸느냐? 선각자는 은하계를 만들고 옮겼던 이들이자 우리를 창조한 존재잖느냐! 대체 우리가 그런 존재를 어찌 물리쳤단 말이더냐?”

“무소불위의 힘을 지녔기에 방심했는지도 모릅니다. 하지만 지난 천만 년간 과거의 실수를 곱씹어볼 시간이 있었습니다.”

“그래, 그레이브마인드는 모든 지성체의 역사에서 경험이란 경험은 남김없이 빨아들인다. 놈들 중 하나는 다른 것은 모조리 집어삼키고 나만 내버려뒀느니라. 나를 꿰뚫어보면서, 내가 이제껏 고안한 전술을 모조리 간파하더구나. 놈들은 프라이모디얼을 훨씬 능가하는 존재니라. 과거의 전략은 무용지물이 되었으니, 필히 새로운 전략을 수립해야 한다.”

“제 생각은 다릅니다. 몇 년 전, 제게 각인을 심어주시기 전에 챠룸 하코르에서 목격했던 헤일로 시험 발사의 결과를 기억하십니까? 선각자 유물이 완전히 붕괴되어 있었잖습니까. 그때는 그저 가공할 만행으로만 보였지만, 이제 우리는 헤일로의 진정한 위력을 깨닫게 됐습니다. 신경물리 구조물을 남김없이 파괴하는 위력을 말입니다. 헤일로야말로 우리의 마지막 희망입니다.”

우어 다이댁트는 주먹을 꽉 그러쥐며 돌아서서 버럭 일갈했다.

“그래서 온 우주를 파멸로 내몰자는 말이더냐?”

아이소 다이댁트는 말이 없었다. 주위의 벽들은 어느덧 어두운 밤하늘보다도 더 암울한 분위기를 띠고 있었다.

“전에는 아내가 적의 편을 들더니 이제는 네놈마저! 나는 평생 수호자의 의무를 추구해야 한다는 강박관념에 시달려 왔다. 지난 세월 동안 우리가 깨닫지 못했던 이 진리를 진작 알았더라면 작금의 사태는 처음부터 일어나지도 않았을 것이야. 수호자의 의무란 숭고한 자가 이어받는 것이 아니라, 강자가 힘으로 쟁취하는 것이란 진리를!"

그때 라이브러리안이 남몰래 홀로 방에 들어섰다. 마치 둘로 쪼개진 거울 앞에 서 있는 듯한 두 다이댁트는 몇 분이 지나서야 인기척을 느꼈다.

"여보!"

팔을 활짝 뻗으며 앞으로 다가서는 순간, 라이브러리안의 얼굴에 희망이 스쳐갔다. 만면에 기쁨을 머금는 것도 잠시, 환희는 어느새 잦아들고 말았다. 두 다이댁트는 서로 전혀 다른 표정으로 라이브러리안을 살펴보고 있었다. 원래라면 감동적인 재회의 순간이 되었겠지만, 지금은 오직 괴롭고 미진한 분위기만이 감돈다.

"내가 입에 담은 불경한 소리를 들었소, 부인? 아까의 실언으로 수호자의 의무에 대한 당신의 믿음에 찬물을 끼얹기라도 했소?"

우어 다이댁트는 퉁명스레 대꾸하며 고개를 돌렸다.

"수호자의 의무는 우리가 받을 만한 권리도, 그자들이 우리에게 위임할 만한 권리도 아녜요. 말해보세요, 여보."

라이브러리안은 예리한 눈으로 우어 다이댁트를 가만히 바라보았다.

"분노 때문인가요? 적을 향한 증오심이 우리와 재회의 기쁨 사이를 갈라놓은 건가요?"

우어 다이댁트는 당당하면서도 어딘가 머뭇거리는 묘한 걸음새로 아내에게 뚜벅뚜벅 걸어가 정면으로 바라보았다. 라이브러리안은 그런 남편에게 매료된 듯하면서도 조심스러운 눈빛으로 그를 바라보았다.

"인간은 선조 문명을 송두리째 플러드라는 재앙에 빠뜨렸소. 놈들은 끔찍한 기생체를 우리한테까지 옮겼소. 우리가 빨리 대처했더라면, 우리의 정당한 권리를 진작 거머쥐었더라면 감염은 애초에 막을 수 있었을 거요. 새겨들으시오. 이제 우주는 항성 하나하나, 행성 하나하나, 살아 있는 유기체 하나하나까지 지금보다도 훨씬 꼴사나운 몰골로 전락할 거요. 놈이 나한테 무슨 짓을 했는지 똑똑히 보시오!"

다이댁트는 뼛속까지 샅샅이 살펴보라는 듯 라이브러리안의 섬세한 양손 앞에 우람한 양팔을 활짝 벌리고 고개를 숙였다.

라이브러리안은 자신도 모르게 다이댁트에게 다가섰으나, 살갗이 닿으려는 찰나 손을 거두었다. 그녀의 침묵을 그는 놓치지 않았다. 장장 수천 년간 이어져온 사랑이, 이렇게 한계에 다다르고 말았는지도 모른다.

"놈이 건드리는 것은 모조리 고통받소."

다이댁트가 소리쳤다.

"놈은 나를 건드렸소. 이제는 나도 광기에 물들었단 말이오!"

라이브러리안은 아연실색하고 말았다. 남편에게 손을 뻗었으나, 다이댁트는 손길을 뿌리치고 돌아섰다.

아이소 다이댁트는 무어라 말을 꺼내지도 못했다. 아무 말도 없이 둘 사이에 우두커니 서 있을 따름이었다.

출발 및 추격

재회는 순조롭게 흘러가지 못했다.

우어 다이댁트는 스핑크스에 올라 행성 반대편으로 향했는데, 그의 말로는 그곳에 침입자가 있을지도 모른다는 모니터의 보고가 있었다고 한다. 포자 운반선이 출몰했을 가능성도 있으므로 몸소 살펴볼 요량이었다.

아이소 다이댁트는 궤도로 돌아가 남은 배 중에서 가장 빠른 함선이자, 과거의 역사적 대장정 이후로 라이브러리안이 양도받은 대담무쌍을 출항시킬 준비에 들어갔다.

우리가 떠나고 나면 행성 전역은 급냉각에 들어간 후 전력이 전면 차단된다. 수십 킬로미터 밖에서 본다면 근래의 전투로 자원이 남김없이 소진된 채, 버려진 지 오래인 얼어붙은 바윗덩어리로 보일 것이다. 부질없는 짓일지도 모르나, 이렇게라도 조치를 해두면 플러드의 마수가 놈다그로를 비켜갈지도 모른다.

난간에는 모니터들이 마치 마님을 배웅하는 지난날의 하인들처럼 한데 길게 늘어서 있었다. 라이브러리안은 난간 외벽 언저리에 서서 한때 자녀들이 뛰놀며 우어 다이댁트에게 훈련을 받았던 넓은 강이 흐르는 골짜기를 내다보았다. 한때는 추억이었지만 이제는 가슴을 아리는 기억일 뿐이다. 라이브러리안이 이제까지 대부분의 삶을 보냈던 장소가 바로 이곳이었다.

"이렇게 영영 떠나보내는군요. 전부 다……."

라이브러리안은 말을 끝맺지 못했다. 그러고는 모니터들에게 뒷정리를 맡겨둔 채, 난간을 뒤로 하고 총총히 떠났다.

◦────────◦

아이소 다이댁트는 출항 준비에 들어간 대담무쌍에 들르지 않고 다른 곳으로 향했다. 그는 행성 반대편으로 타고 갈 함선을 준비하라는 지시를 내렸다. 카탈로그 삼인조 중 하나가 동행했고, 나머지 둘은 라이브러리안을 뒤따라갔다.

하지만 우어 다이댁트는 미(未)답사 지역이자 원시 생명체가 서식하는 대륙에 홀로 남아 있었다. 아이소 다이댁트는 우주에서 그 대륙을 살펴보고는 해당 지역의 지질구조 담당 모니터에게 질문을 던졌다. 모니터는 굼뜬 몸짓으로 전력을 차단할 채비를 하며 머잖아 이곳 행성이 견뎌야 할 기나긴 동면을 준비하고 있었다. 하지만 아직은 아무런 변화도 없었다.

아이소 다이댁트는 고대의 현무암으로 이루어진 길고 굽이진 섬에서 자신의 원본을 찾아냈다. 얕은 바닷가에 자리한 그곳은 초목과 이끼와 점균만 무성한 땅덩이 위로 안개가 자욱하게 내리깔린 섬이다. 양치식물이 무성한 숲과 얼기설기 뒤엉키며 자라나는 뿌리혹이 서로 땅을 놓고 다투는 곳이자 넓은 강이 흐르는 골짜기로, 밤이 잦아들고 햇살이 찾아오면 따스해진 물속을 살금살금 돌아다니는 원시 하등동물들이 서식하는 곳이었다.

한편 이곳은 행성에서 유일한 선각자 유물이 있는 장소였다. 둥그런 제단처럼 생긴 용도불명의 그 유적은 족히 수억 년은 묵었을 것으로 짐작된다. 규모가 너무도 초라한 까닭에, 유물의 소재를 철저히 기록한 목록에만 올라가 있을 정도였다. 평평하고 밋밋한 바닥을 따라 원형으로 둥글고 뭉툭한 탑이 세워진 유적으로, 흰색과 회색 반점이 얼룩덜룩 묻어 있었다. 목석같은 유적 표면에는 흡수할 만한 양분이 없는데도 두터운 이끼가 겉을 뒤덮고 있었다.

오늘날까지 곳곳의 선각자 구조물은 목석처럼 제자리를 지켜왔지만, 이 유적은 뚜렷한 용도가 없어 보였다. 한때 일종의 이정표 또는 머나먼 원정을 기리는 기념비로 쓰였거나, 오래전에 허물었거나 이미 허물어진 이름 모를 건물의 주춧돌이었을지도 모른다.

아이소 다이댁트는 수색기를 하강시켜 근처에 착륙했다. 우어 다이댁트는 이를 본 체도 하지 않고 바닷물이 섞인 얕은 웅덩이를 점벙거리며 탑으로 향했다. 항상 자욱하게 내리깔린 안개 아래에서, 주위의 평온을 깨뜨리며 둥글게 늘어선 곳이었다. 그는 유적 앞에 몸을 웅크리고 양손을 잡았다 놓기를 되풀이했다.

그의 복제본은 이끼로 덮인 공터를 가로질러 그에게 다가갔다.

우어 다이댁트는 인기척을 느끼고 입을 열었다.

"인간들이라면 여기에 대고 기도를 올렸을 테지. 바다나 강이나, 나무나 짐승이나, 혹은 한낱 바위라 할지라도 힘과 권위가 깃들어 보이는 사물이라면 닥치는 대로 숭배하는 어리석은 놈들이니. 반면 선조는 오로지 수호자의 의무에만 그런 기도를 올린다. 하면 과연 누가 걸맞은 그릇이겠느냐?"

"여기는 어쩐 일이십니까?"

"우리가 처음 만났을 적, 별빛내기 너는 보물 사냥에 여념이 없었지. 어쩌면 이곳에 네가 그토록 찾던 보물이 있었는데 여태껏 몰랐는지도 모르겠구나."

"이곳은 예전과 다름없습니다. 어서 돌아가십시다."

우어 다이댁트는 둥글게 늘어선 기둥들을 계속해서 바라보았다.

"아직도 모르겠느냐? 지금 이렇게 놈들이 오는지를 알아보고 있잖느냐."

그는 성난 눈빛으로 고개를 홱 돌렸다.

"나의 형질과 육신 속에서 깨우친 바가 무엇이더냐? 나를 제쳐놓고서, 보나마나 나의 형질을 제대로 감당하지도 못해 허덕이며 어떻게든 예전의 모습으로 돌아가려는 속셈이더냐? 아니면 전해 받은 형질이 몸에 잘 받는구나 싶어 언감생심 내 자리까지 꿰차려는 속셈이더냐?"

"생명세공사님과 제게는 아직 매듭지어야 하는 일이 남아 있습니다. 피차 마찬가지잖습니까. 다이댁트 님을 따돌리려는 생각 따위는 없습니다."

"멋모르는 소리 마라. 라이브러리안은 외고집에다 초신성처럼 명석하면서도 블랙홀처럼 어두운 일면을 지녔느니라. 나조차도 아내의 본심을, 본모습을 들여다본 적이 한 번도 없었다. 그런 라이브러리안의 복제본은 어떨지, 그런 라이브러리안의 각인을 품는다는 것이 어떤 기분일지 문득 궁금하구나. 수많은 종족들 사이에서 신처럼 자리매김하여 자신이 기억되기를, 훗날 그런 종족들을 좌지우지하기를 꾀하였으니. 진작 말해주지 않더냐?"

"그랬던 기억이 납니다."

"나를 통한 간접적인 기억일 뿐이잖느냐!"

우어 다이댁트는 자리에서 일어나 전투복을 바로잡았다. 전투복을 따라 감정 섞인 고형광선이 번득였다.

"네놈은 기껏해야 형편없는 복제본에 지나지 않는다. 내 말이 틀렸느냐?"

기나긴 불화가 결국 주먹다짐으로 번질까 걱정되었다.

우어 다이댁트는 자신의 복제본에게 성큼 다가섰다.

팔만 뻗으면 서로 닿는 거리를 두고 소용돌이치는 안개에 둘러싸인 가운데, 불어오는 산들바람 소리와 이따금 부서지는 잔물결 소리만이 주위를 감돌았다.

"네놈의 전략을 고수한들 지금의 우리 은하에서는 아무런 가망이 없다. 그것이 냉혹하나 명백한 사실이다."

"제 생각은 다릅니다."

"좋을 대로 생각해라…… 매니퓰러여."

우어 다이댁트의 말에서는 경멸감이 묻어나왔다.

"헤일로? 막대한 파괴를 초래하며 또다시 수호자의 의무를 어기는 격이잖느냐! 온 은하계에서 지성체를 남김없이 말살하잔 말이더냐! 그런 말을 한다는 것부터가 네놈이 형편없는 복제본에 지나지 않음을 스스로 증명하는 꼴이다. 전략부터 이미 글러먹었구나."

"상황을 고려하면 자명한 전략입니다."

"아직도 모르겠더냐? 선각자로 하여금 광기에 물들게 했던, 복수를 열망케 했던 빌미를 제공한 쪽은 우리였다. 그리고 그레이브마인드는 내게 그 열망을 고스란히 되돌려주더구나. 이제는 내가 그런 열망과 광기와 독기로 가득하단 말이다! 우리가 이대로 헤일로를 발사한다면 모든 것을 잃고 말 것이니라."

마치 상대방을 가늠하듯, 두 다이댁트는 서로 마주선 채 숨조차 쉬지 않았다. 입고 있는 전투복은 우열을 가리기 어려웠다. 무장과 방어의 정도 역시 동일했다.

하지만 다이댁트 본인들은 이제 서로 다른 존재였다.

"내 아내는 별빛내기 네게 맡기마. 보아하니 내가 아닌 네 방식을 택한 모양이니. 나는 따로 내 함선에 오르겠다. 아크가 어디에 숨겨져 있는지 안내해라."

나는 이러면 곤란하다는 사실을 알면서도 한쪽 편을 들었으나, 법률사의 법치란 희망을 결코 잃어서는 아니 됨을, 정의와 균형을 결코 저버려서는 아니 됨을 의미한다. 결국 수호자의 의무 역시 생명으로 가득한 우주의 변화에서 빚어지는, 그 끝없는 다양성과 무한한 가능성을 지킨다는 기치가 아니던가! 그것이 더는 진실이 아니란 말인가? 광기 어린 절망의 총합이자 난해하기 그지없는 그레이브마인드와 맞닥뜨렸다던 카탈로그가 느낀 것은 바로 이런 허탈감이었을까? 그때 심상찮은 일이 벌어졌다.

섬 중앙에서 물소리가 나직이 들린다. 두 다이댁트는 무슨 일인지 보려고 고개를 돌렸다. 유적이, 둥글게 늘어선 뭉툭한 탑들이 움직이고 있었다. 탑이 길어지고 연결되면서 둥지처럼 우리를 이루었다. 탑을 받치는 바닥 역시 넓어지고 있었다.

"플러드가 왔다. 당장 떠나야 하느니라!"

낮게 깔린 회색 구름 사이로, 행성 너머의 하늘에서 또 다른 변화가 이어졌다. 굽이진 곡선을 차례로 드러내며, 선각자의 초광속 통로 특유의 보랏빛 윤곽을 두른 채 이제까지 아무것도 없었던 공간에 성간 도로가 속속 모습을 드러냈다. 지난 천만 년 동안 보이지 않았으나 이제는 제국 전역, 나아가 은하계 전역에서 보이는 동향이자 운송 수단이었다.

그때 뭔가가 하늘에서 굉음을 울리며 내려왔다. 회색과 흰색 반점으로 얼룩덜룩한 높이 10미터 가량의 타원형 물체였다. 물체는 사방으로 증기를 내뿜으며 얕은 물가에 그대로 곤두박질쳤는데, 한쪽 끝은 진흙에 처박혔고 반대쪽은 이미 벌어지고 있었다.

"포자낭입니다. 더는 지체할 시간이 없습니다!"

이에 두 다이댁트는 마침내 의견의 일치를 보았다.

두 다이댁트는 팔만 뻗으면 닿는 거리를 지키다 천천히 뒤로 물러서며 서로 멀찍이 떨어졌다. 둘은 각자의 함선에 오르고자 스핑크스와 수색기로 돌아가기까지 돌아서지 않은 채 서로 눈을 떼지 않았다.

나는 우어 다이댁트의 스핑크스에 오르기를 거부했다. 뭔가가 잘못됐다.

라이브러리안과 함께 대담무쌍을 띄우고 '전진하는 수호자의 의무'가 뒤에 따라붙어 좌표를 목적지에 일치시키는 동안에도, 수백만이 넘는 포자낭이 대기권을 뚫고 우박처럼 행성으로 떨어져 내렸다. 땅이나 바다에 떨어지는 포자낭도 있었지만, 대기권 상층에서 터지는 것들이 부지기수였다. 포자 구름이 회갈색 뇌적운 기둥처럼 솟아오르더니 이내 구불구불한 기류를 이루며 행성을 집어삼킬 듯 퍼져나가 하늘을 뒤덮고, 지표면을 송두리째 덮어버렸다.

카탈로그 삼인조는 이를 지켜볼 따름이었다. 자세히 살펴보니 저 아래 아직 회갈색 구름에 뒤덮이지 않은 지점에서 사마귀처럼 우둘투둘 돋아난 포자산이 보였다. 얼마 지나지 않아 남아 있는 유기체도 모조리 플러드에 흡수되고 말 것이다.

대담무쌍은 대형 아크로 마지막 점프를 하기에 앞서, 전원을 34 군관구 변방으로 이동시킬 만큼의 잠재 에너지가 인근 일대에 남아 있다는 계산을 내렸다. 앞으로 시설로의 접근이 허용되는 함선은 키쉽뿐일 것이다.

아이소 다이댁트와 라이브러리안은 함교에 올라 손을 맞잡았다.

"우리와 함께 아크로 가신다는군."

그의 말을 들은 라이브러리안은 뭔가에 얻어맞은 듯 망연자실한 표정이었다.

"대체 어쩔 속셈이죠? 땅거미처럼 요새에 틀어박혀 있다가 누군가 접근하면 와락 뛰쳐나오는 식으로 천년만년 버틸 작정일까요?"

"아직 모를 일이잖소."

"그러세요? 눈에 뻔히 보인다고요! 놈한테 무슨 짓을 당한 거람? 대체 우리가 그이한테 무슨 짓을 저지른 거죠?"

아이소 다이댁트는 말이 없었다.

황폐화된 성계를 떠나는 내내, 함내에는 무거운 침묵만이 감돌았다.

이제 아크는 헤일로 생산을 중단하고 라이브러리안의 주요 생물종 보관소로 쓰이고 있었다. 헤일로는 하나만 남았으며 나머지는 플러드에게 위치를 추적당해 끝내 파괴됐다는 소문이 돌았다.

이는 슬립스페이스에 진입하는 과정을 지켜보는 도중에 아이소 다이댁트에게 전해들은 바이다. 하지만 교신에 상당한 어려움을 겪는 탓에 정확한 상황을 아는 이는 아무도 없다.

나 같은 카탈로그는 점프에 취약하지만, 이번 점프는 훌륭하리만큼 매끄럽게 이루어진 덕분에 아무런 불편도 느끼지 못했다. 그럼에도 아이소 다이댁트는 여전히 긴장된 자세로 일관했다.

선조 군관구의 경계선은 대규모 은하계 자기장으로 구분되는데, 다소 유동적이기는 해도 꽤나 편리한 이정표 구실을 한다. 대담무쌍이 이러한 자기장을 거치는 동안, 행성 대기권에서 일어나는 오로라와는 다른 빛을 띤 초록빛과 보랏빛이 어우러져 물결치는 장막이 표시창에 잡혔다. 마치 라이브러리안이 살피는 바다에 서식하는 해파리의 갓처럼 여리게만 보였다. 한없이 느리고 웅장했지만, 겉보기에는 여전히 화학반응을 일으키는 생명을 간직한 듯했다.

카탈로그라 해서 심미안이 없는 것은 아니다. 나는 지난해 아름다운 광경을 여러 차례 목격했다. 라이브러리안의 손길을 받으며 살아가는 생물들의 모습에서 느껴지는 아름다움, 그리고 극복하기 불가능할 것만 같은 역경에 맞서는 라이브러리안과 아이소 다이댁트의 용기까지.

우리는 변화무쌍한 슬립스페이스를 지켜보았다. 표시창은 극도로 복잡한 변수를 걸러내 중요한 요소만 화면에 띄웠다. 물결치는 보랏빛과 초록빛 장막이 나의 눈에는 여전히 아름답게 보였지만, 시종일관 변화하는 색조와 갈수록 복잡해지는 와류 지점이 아이소 다이댁트와 대담무쌍의 눈에는 다가오는 난관으로만 비칠 뿐이었다.

"군관구 경계가 지난번과는 다르군."

아이소 다이댁트는 그렇게 말하며 대담무쌍과 서둘러 가능성을 점쳐보았다. 시공 조정으로 인한 인과율이 급격하게 불어나고 있었다.

"이러다 슬립스페이스에서 떠밀리기라도 하면 아크에서 족히 5천 광년은 떨어진, 별조차 없는 공허에 갇히게 되건만."

자기장의 거대한 파장이 불그스름한 색을 띠었다. 또 다른 빛의 장막이 마치 우리를 가두려는 것처럼 반대편에서 벽처럼 펼쳐졌다. 함선에 축적된 경험으로도 이와 같은 현상을 설명할 길이 없었다.

천천히 장막 사이를 지나는 동안에도 와류는 점점 늘어만 갔다. 여태껏 선조가 태양과 태양 사이를 오가며 숱하게 적용해온 물리법칙이 통용되지 않는 구역에 진입한 것이다.

"비상 점프를 감수해야 할지도 모르겠소. 이곳의 시공이 선각자 운송에 적합한 형태로 변이되고 있소. 플러드가 아크로 향하는 모양이오. 얼마 가지 않아 우리가 사용하는 엔진으로는 이곳 일대의 슬립스페이스에서 이동 자체가 불가능해질 거요."

"어마어마하군요! 슬립스페이스마저 변질되다니. 더럽혀지지 않은 것이 과연 은하계에 남아 있기나 할까요?"

라이브러리안이 외쳤다. 하지만 아무런 대답도 없었다.

"아무튼 성공률은 어떻게 되나요?"

"비상 점프 말고는 가망이 없소. 감행한다 해도 성공률은 4분의 1 수준이오. 위험한 탓에 긴박한 교전 중에도 좀처럼 쓰지 않는 방법이오."

"자기장 상태가 불안정합니다."

대담무쌍이 상황을 보고했다.

"집결지와 근접한 곳으로 통하는 점프 제원이 있소. 우리 질량을 감당키는 충분하나…… 아슬아슬한 수준이오. 위험을 감수해보겠소?"

라이브러리안은 조금의 망설임도 없이 대답하며 그의 팔을 붙들었다.

"물론이죠. 그럼 '전진하는 수호자의 의무'는요?"

아이소 다이댁트는 비상 점프를 감행하기 위한 일련의 명령어를 준비했다.

"제원을 입력했소. 순탄한 여정이 되지는 않겠지만 점프는 한 번으로 끝날 거요. '전진하는 수호자의 의무'는 아마도 우리의 굴곡을 쫓으며 뒤따를 거요."

"그러면 성공률이 더욱 낮아지나요?"

"낮아질 수밖에 없소. 그러나 개의치 않으시는 모양이군. 평소보다 더 불편할 거요. 시공의 인과율이 쌓이면 치러야 할 대가도 늘어나니 말이오."

대담무쌍이 제원을 실행에 옮기자 우리는 곧 점프에 돌입했다. 이보다 더한 것도 겪어봤지만, 이번 점프는 최악의 경험이었고, 나 같은 카탈로그는 손상에서 회복되려면 많은 시간이 걸린다. 난조를 보이기는 다른 이들도 마찬가지였고, 대담무쌍은 걱정될 정도로 오랫동안 내가 보내는 물음에 응답이 없었다.

하지만 마침내 함선은 원래의 기민한 상태를 되찾았고, 우리 역시 무사히 목적지에 도달해 있었다. 우리는 은하계를 벗어나, 은하계 바깥의 어둠 속에서 거대하고 날 선 꽃처럼 자리 잡은 대형 아크의 삼엄한 방어선에 접근하는 중이었다.

우어 다이댁트의 함선이 뒤를 바짝 쫓았으나, 머뭇거리는 감이 없잖아 있었다.

목적지와 10만 킬로미터 떨어진 거리에서 내다보니 아크의 중앙 용광로는 차갑게 식어 있었다. 오직 오메가 헤일로만이 정거 궤도에 남아 파스케토나를 겨냥하고 있다고 앤실라가 알려주었다. 최고 건축사가 만들어낸 거대한 고리형 구조물 중 마지막 남은 작품임을 생각하면 참으로 적절한 명칭이었다.

대부분 모르는 바이나, 은하계 외곽경계 부근 경로 3분의 1지점에 위치한 소형 아크에는 현재 은하계 내부의 행성계, 그중에서도 특히 거대한 가스 거성이 있는 곳마다 여섯 헤일로를 골고루 배치하고 있었다. 그 여섯 시설은 대형 아크의 방어선이 무너질 경우, 일곱 번째 시설인 07시설과 더불어 최후의 수단으로 사용될 예정이다.

대담무쌍보다 덩치가 몇 배는 큰 예인선 두 척이 우리와 '전진하는 수호자의 의무'를 붙들고서 방어선을 통과하자, 아크 주위를 겹겹이 둘러싼 감지 및 굴절 방어막이 지휘소의 표시창을 가득 메웠다. 아이소 다이댁트와 라이브러리안은 전혀 다른 표정으로 최후의 헤일로를 살펴보았다. 그때 아크의 빈 꽃잎판 상공, 수 킬로미터 높이에 무리지어 정박한 생명가공사의 작은 함선들 뒤편으로, 여태껏 수집한 표본이 담긴 용기들이 명멸하며 아크의 연구 시설로 줄지어 내려가는 광경이 라이브러리안의 눈에 들어왔다.

"다행이야! 모두 무사했구나!"

하지만 거대한 아크의 테두리로 거리가 좁혀들자, 예상보다 많은 수의 선조 함선이 시야에 들어왔다. 대부분 손상된 상태였고, 일부는 그 정도가 심각했다.

대담무쌍은 시설의 메타아크급 앤실라인 오펜시브 바이어스와 교신하여 함선들이 이곳에 있는 이유를 알아냈다.

"잔존 선조를 전원 아크로 대피시켰다는군요. 최후의 군관구마저 함락됐다고 합니다. 이제는 들어오는 함선도 없을 겁니다."

이곳이 제국의 마지막 보루라니! 선조 문명 최후의 잔재가 한데 모인 것이다. 이러한 사실에 우리 모두 말을 잃고 말았다.

"한편 인간을 비롯한 일부 생명가공사 표본은 피난민 수용공간을 확보하고자 헤일로로 이송됐습니다."

라이브러리안은 처음 소식도 좀처럼 받아들이지 못하는 눈치였는데, 그런 보고마저 전해 듣자 불같이 화를 냈다.

"누가 멋대로 그런 결정을 내렸단 말이지?"

지휘소 뒤편에 웬 형상이 영사됐다. 뜻밖의 만남이자, 우리 셋은 전혀 달갑잖게 생각하는 인물이었다. 형상의 주인은 과거에 비하면 초라하고 공허한 그림자에 지나지 않는 최고 건축사였다. 보호 관찰 중인데도 정적 앞에 당당히 모습을 드러내도록 내버려둔단 말인가? 우리의 기강이 이렇게까지 해이해졌다는 사실에 눈물을 흘려야 할지, 비웃음을 지어야 할지 판단이 서지 않았다.

하지만 아무런 반응도 할 수 없었다.

"아크에 잘 오셨소, 생명세공사 그리고 다이댁트…… 그런데 둘 중 어느 쪽이시오? 아, 젊은 쪽이로군. 내 그대의 원본을 아내와 재회하게 해드려 영광이오. 그리고 기억이 분명치 않은데……."

최고 건축사는 그렇게 말하며 다른 표시창으로 고개를 돌렸다.

"원본 역시 도착한 모양이구려. 우선 두 분께 알려드리는 바, 내가 이곳으로 소환된 것은 다가올 폭풍에 대비해 아크를 정비하기 위함이오. 그리고 지휘권 위임 관련건도 겸해서 말이오."

"누구한테 위임한단 말입니까?"

아이소 다이댁트가 물었다.

"당연히 이 몸이 아니겠소. 이제부터 건축사 보안대가 인수인계를 받을 것이오."

보아하니 거래가 확정된 모양이었다. 양측 모두에게 절박한 거래가.

지휘소에는 한동안 침묵만 감돌았다.

라이브러리안이 마침내 입을 열었다.

"가능한 서둘러 헤일로로 가서 내가 모은 생물들을 살펴보고 싶군요. 홀로 말입니다."

"어련하시겠소. 그렇잖아도 미리 준비해둔 참이었소."

진술을 모으는 업무에 일시적으로 차질이 생길지도 모른다. 하지만 다행히도 인근에 보안이 철저한 법률사 통신망이 구축되어 있으며, 동료 요원들도 이곳에 모여 증거를 공유하고 있음을 알았다. 또한 생물종과 혐의자들을 상대로 한 조사를 계속하고 있다는 것을 알고 나자 그런 걱정은 사라졌지만…… 이는 모두 최고 건축사의 복권을 위한 조치였다.

법률사의 특기를 발휘함으로써 오히려 죄인의 복권을 돕는단 말인가! 하지만 무엇을 위해서란 말인가? 나는 의심을 모조리 떨쳐버렸다. 이곳의 통신망은 새로운 검사 방식으로 나의 신분과 상태를 점검한다. 법과 지혜의 깊은 샘물을 향한 나의 절박한 갈증을 해소하는 것은 나중 일이다.

최고 법률사는 수도 행성계가 함락된 직후 신생 의회 최후의 의원들을 대동하고 대형 아크에 도착했다.

최고 법률사들의 위엄 앞에 모든 법률사들이 한자리에 모였다. 먼저 최고 법률사는 계속되는 도메인 정전 사태부터 짚고 넘어갔다.

"규모를 막론하고 그 어떤 요원이나 앤실라도 1년이 넘게 도메인에 접속하지 못하고 있습니다. 우리의 가장 심오하고 성스러운 기록을 더는 이용할 수 없는 상황입니다. 하루스피스는 통신망이 구축되어 있을 때조차도 통신망에 없는 상태이며, 이미 사망했을지도 모릅니다. 이제는 도메인을 살펴볼 하루스피스도 없습니다. 현재까지 계속해서 보고가 들어오는 요원의 수도 크게 줄었습니다. 지금 이 자리에 모인 여러분이 마지막 요원들일지도 모릅니다. 하지만 차후에 상황이 개선될 것이라는 낙관 아래, 우리는 업무를 속행해야 합니다."

최고 법률사는 말을 이었다.

"카탈로그에는 신임 지휘관 회의에 참석하라는 지시를 내렸습니다. 신생 의회 최후의 생존자들은 전권을 최고 건축사에게 일임했습니다. 앞으로 모든 선조 지휘관급 회의에는 카탈로그가 필히 참석해야 합니다."

우리한테 과연 그만한 인력이 있을지 의문이다!

"예외는 없습니다."

아크의 카토그래퍼 내부의 텅 빈 실내에는 이제 다섯 명의 지휘관이 모였다. 아이소 다이댁트를 제외하면 나머지는 모두 건축사 보안요원에 속하는 신분이다.

오메가 헤일로 근처 정거장에 함선을 정박해둔 우어 다이댁트는 이번 회의에 참석하지 않았다. 법률사들은 현재 그가 외부에서 들어오는 교신에 침묵으로 일관하고 있다는 사실을 전달받았다.

아이소 다이댁트

이곳 은하계 사이, 광대한 어둠의 변두리에서 우리는 지금 너무도 취약한 상태로 무방비하게 노출되어 있다. 머잖아 대형 아크마저 포위당하리란 사실에는 의심의 여지가 없다.

신임 사령관들은 아크 안에서, 아크를 나타낸 정교한 홀로그램을 따라 둥글게 모여 있다. 내가 홀로그램의 특정 위치로 주의를 돌릴 때마다 내 앤실라가 시설에서 있었던 일들에 관해 미리 준비해둔 상황을 낱낱이 전해주었다. 생존자들이 도착한 것부터, 보존해둔 생물종을 헤일로로 옮겼던 일, 그리고 파스 케토나를 일소하고자 헤일로를 조준한 일까지. 자료가 빽빽한 패킷에 담긴 채 물밀 듯 밀려드는 탓에 기억의 급류 속에서 두뇌가 정신을 가다듬는 동안 머리가 지끈거린다.

하지만 전쟁의 막바지는 으레 그런 법이다. 지금 상황과 마찬가지로. 우리가 패했음은 너무도 자명한 사실이나, 최후의 전투를 통해 반드시 플러드에게 상처뿐인 승리를 안겨주고 말리라.

그렇기에 지휘권의 내분 따위를 안고 있을 여유가 없다. 이미 시작된 변화를 돌이킬 방법은 없다. 신생 의회의 지시에 따라 건축사 보안요원들이 다시금 아크의 통제권을 장악했다.

하지만 이 자리에 모인 다섯 사령관 중 셋은 본디 전사 종복 출신이자 한때는 내 원본의 휘하에서 복무했던 경력이 있어 조금은 안심이 된다. 그분이 과거 자신을 섬겼던 부하 지휘관들을 어떻게 대할지 궁금하다. 그리고 어찌하여 그분이 이토록 절박한 순간에 우리를 저버렸는지도. 현재 그분의 상태와 비교해보자면 내가 지닌 기억과 능력은 대등하거나 오히려 나은 수준이다. 하지만 많은 이들에게 그분은 권위 있고 친숙하나, 나는 굴러 들어온 돌일 뿐이다.

다른 사령관들은 저마다 자료를 전해 받으며 각자 조사에 몰두해 있다. 시설의 메타아크급 앤실라인 오펜시브 바이어스에게 물음을 던지는 사이, 개인 표시창이 깜박이며 전투복을 따라 춤추듯 오르내렸다.

카토그래퍼의 갱신이 완료되자, 나는 참석자들의 주의를 환기시킨 다음 화두를 던졌다.

"재가동된 선각자 구조물의 위력이 얼마나 막강한지는 우리 모두 실감한 바 있습니다. 일단 놈들이 다가오기 시작하면 우리에게 남은 시간은 촉박합니다. 이제는 실수를 범할 여지도, 망설일 여유도 없습니다."

"선각자는 우리 창조주잖소!"

237

익재미너가 버럭 외쳤다. 그는 프로메테안 출신으로 체격이 나보다 크며, 나이 또한 나의 원본보다 족히 수천 살은 많았다. 오랜 과거 익재미너는 지원사령관 직책이 자신의 능력에 부합한다고 여겨 이를 선호했으며 실제 역량 또한 탁월했다. 무슨 수를 썼는지는 몰라도 그가 역대 최악의 선각자 성간 도로망에서 75척의 요새급 전함과 11척의 드레드노트급 전함을 대형 아크로 무사히 귀환시켰고, 그렇게 생환한 함선들이 현재 방어선의 상당 부분을 담당하고 있다는 사실이 이를 뒷받침한다.

"터무니없는 소립니다!"

택티시안이 소리쳤다. 둥글게 늘어선 참석자들 사이에서 이에 동의하는 중얼거림이 흘러나왔다. 택티시안은 다른 이들에 비해 체격이 왜소하고 젊은 축에 속했다. 성년을 맞이한 지 이천 년이 채 되지 않았으며 처음부터 건축사 보안요원 직책에 몸담고 있었으나, 메타아크 반란 동안 출중한 능력을 거듭 선보였다. 최고 건축사가 실권하면서 같이 퇴역했으나, 이제 자신에게 걸맞은 자리로 돌아온 것이다. 명분도 있겠다, 얼마든지 내 자리를 대신 꿰찰 수도 있는 그런 위치였다.

나는 입을 열었다.

"플러드와 선각자가 동일한 존재가 아니라는 데는 의심의 여지가 없습니다. 한때는 같았을지 몰라도 말입니다. 플러드가 가하는 뒤틀림이란 놈들의 기원을 비추는 추악한 내면이 겉으로 발현된 것에 지나지 않습니다. 종국에 가서는 놈들의 기원이 어디에 있는지 하등 중요치 않습니다. 우리는 지금 선조의 종말을 목전에 두고 있잖습니까."

사령관들은 말없이 침통한 침묵을 지킬 따름이었다.

'패자의 비통'이 홀로그램 아크의 용광로 앞으로 걸어 나와, 성한 데가 없는 선조 수송선단을 나타낸 흐릿한 홀로그램 가운데 섰다. 패자의 비통은 은하계 중심부의 크라달 분쟁에서 전사 군대를 이끌었으며 나를, 즉 나의 원본을 훈련시켰던 여전사이다. 또한 이 자리의 최고 연장자이기에 결코 가볍게 대할 인물이 아니다.

"그대의 통솔 아래, 선조 군대는 군관구를 잇달아 플러드에 빼앗겼소. 나는 다이댁트를 몸소 가르쳤던 몸이고, 그대는 내가 가르쳤던 다이댁트가 아니외다. 이토록 막심한 피해만 가중되는 형국에 어째서 우리가 그대를 따라야 하는지 그 이유를 말해보시구려. 이제는 다이댁트가 돌아왔으니 복제본 따위는 필요 없소이다."

이미 예상했던 반응인데다 나의 원본이 갈고 닦은 처신술이 몸에 뱄음에도 불구하고 욱하는 감정이 일었다. 나의 생각과 머릿속에서는 내가 바로 다이댁트 본인인 것을. 별빛내기는 수백 년 전에 들은 이야기 속의 인물처럼 너무도 아득하고 이질적인 존재일 뿐이다.

하지만 나는 비통의 의견에 예를 표해야 한다. 하지만 비통은 그런 발언을 함으로써 나로 하여금 차라리 묻어두는 편이 나을 사실을 굳이 들춰내게 만든다.

"저도 동의하는 바이며 이만 물러나고 싶으나, 다이댁트 본인께서 그러기를 꺼리십니다."

"그건 다이댁트가 그레이브마인드의 손에 심문당했기 때문이잖소!"

"그랬던 듯합니다. 최고 건축사의 손에 붙잡혀 소멸지대에 버려진 끝에 그런 고초를 겪으셨습니다."

사령관들은 다들 분연히 몸을 일으켜 왼손을 꺾었다. 이런 종류의 껄끄러운 논쟁이나 서로간의 사소한 시비를 삼가는 까닭이다. 애초부터 뜬소문은 믿지도 않을뿐더러, 당면 사안과 관련해 최고 건축사가 괴이쩍은 행동을 벌인 이면의 동기 역시 의문으로만 남아 있다.

"이건 전사들을 모조리 짓밟으려는 음모요!"

익재미녀가 떨리는 목소리로 부르짖었다.

"그러는 댁도 이제는 건축사 소속이잖소."

비통이 꼬집었다.

"당신도 그런 소리를 할 처지는 아닐 터!"

익재미녀는 그렇게 되받아치고는 목에 힘을 주며 말을 이었다.

"신생 의회에 정면으로 맞서 우리 주장에 응하게 해야겠소. 다이댁트, 진정한 다이댁트만이 작금의 분쟁을 종식시킬 유일한 희망이니, 그분의 뜻에 동참해야 하오!"

최근에 건축사 보안요원 직책으로 전출된 이들은 그런 주장에 불편한 속내를 감추지 못했다. 충성심에 내분이 생기면 현재 권력을 잡고 있는 최고 건축사와 이들 사이의 관계만 난감해질 터이니.

"그러기는 이미 늦었소이다. 이렇게 언성만 높이면서 우왕좌왕할 때가 아니외다! 침착하게 현실을 직시하십시다."

그렇게 말하며 내게 고개를 돌리는 비통의 보이지 않는 눈이 이상하게도 날카롭게 느껴진다. 비통은 몇 백 년 전에 눈이 멀었다. 지금은 전투복이 주인을 대신해 앞을 보고 있다.

"그대는 다이댁트가 천 년이 넘도록 기를 쓰고 반대했던 전략을 고집하고 있구려. 참으로 괴이쩍은 반전이 아닐 수 없소이다! 그러니 그대나 최고 건축사를 우리가 어찌 믿고 따르겠소?"

비통은 말을 끝마치고 원형 대열로 되돌아갔다. 아까보다도 길고 무거운 침묵이 감돌았다. 수도 행성이 함락된 이후 다들 줄곧 품었던 의혹을 기어이 입 밖으로 꺼냄으로써 그간 패배와 후퇴를 거듭하며 커져만 갔던 의혹에 끝내 기름을 부은 격이 되었다.

정녕 내가 겉모습뿐인 다이댁트란 말이던가? 실로 나는 원본에 미치지 못하는 존재란 말인가? 이런 문제가 삽시간에 지휘부 내부의 위기로 번지게 되리란 사실을 미처 몰랐단 말인가?

하지만 이는 예상했던 바이다. 대동소이한 자들이나 상급자 간의 반목이 거듭되다 보면, 끝내 외부의 힘을 빌려 문제를 해결하기 마련이다. 주어진 몫을 훌륭히 소화해내기만 한다면, 사분오열된 우리를 하나로 뭉치게 해줄 인물은 오직 하나뿐. 물론 여기에는 상당한 위험이 뒤따르는 법.

원형 대열 바깥에서 들려온 목소리가 정적을 깨뜨렸다. 드디어 최고 실세가 모습을 드러낸 것이다.

"이 자리에 나온 젊은 다이댁트를 탓하지들 마시오. 원본조차도 나의 계략에 두 차례나 넘어갔던 적이 있잖소."

최고 건축사의 호리호리한 윤곽이 홀로그램으로 영사된 헤일로 뒤편에서 모습을 드러내며 카토그래퍼로 들어섰다.

"나는 다이댁트를 귀양길로 몰아넣어 크립팀에 단단히 가둬버렸소. 그리고 귀양이 끝났을 무렵에는 그자를 유인해, 낚싯바늘에 걸린 어리석은 물고기로 전락시켜 더욱 비참한 운명 속에 던져 넣었지. 그러니 묻겠소, 과연 누가 더 뛰어난 지략가라 하겠나?"

최고 건축사는 원형 대열에 들어섰다 이내 가운데로 들어가, 예리한 검은 눈으로 사방을 둘러보며 의기양양한 웃음을 지었다. 그의 힐끗대는 눈빛이 내게 잠시 머물렀다.

"좌우간 이 자리의 젊은 다이댁트는 더욱 명석하고 유능한 인물이오. 혹시 모르니 말해두겠소만, 나는 늙은 다이댁트와 만나고 오는 길이오. 이곳에 무슨 용건이 있는지는 몰라도 곧 볼일을 마무리할 거요. 벌써 이곳을 떠날 채비를 하는 중이오."

"지금 우리는 굳건한 구심점이 되어줄 총사령관이 절실한 형국이란 말이외다!"

비통이 언성을 높였다.

"누가 총사령관이 되어야 할지는 너무도 자명한 일이오."

최고 건축사는 평소처럼 허세를 부리기 시작했으나, 어딘가 미흡했다. 평정심이 크게 흔들린 나머지, 행동거지에서 그 흔적이 분명히 드러났다. 그는 잔뜩 점잔을 빼며 나서더니 고된 노동을 하기에 앞서 준비운동이라도 하듯 어깨를 풀었다.

"말씀해드리거라, 영원불멸을 창조하는 별빛내기야. 내 어찌하여 우리가 이곳에 모여, 이와 같은 언쟁을 벌이게 되리란 사실을 오래전부터 내다보고 있었는지 말이다. 돌이켜보면 너도 그 자리에 있었잖느냐."

나는 한 치의 망설임도 없이 그가 뜻하는 바를 전했다.

"최고 건축사는 챠룸 하코르에서 헤일로 시험 발사를 감행한 적이 있습니다. 이로써 놀라운 결과가 나왔습니다."

"과거 헤일로의 현장 설계를 감독하던 시절, 어쩌면 헤일로의 에너지가 생물뿐 아니라 신경물리 구조물 역시 붕괴시킬지도 모른다는 일말의 의심과 예감이 들었소. 그리고 그 예감은 정확히 적중했소. 내가 조율한대로 헤일로를 발사했더니, 행성계 내부의 선각자 유물이 남김없이 파괴됐던 거요. 뜻밖의 요행인지, 아니면 탁월한 통찰력인지는 알아서들 판단하시오."

최고 건축사는 원형 대열 사이를 오가며, 특유의 노회한 눈빛으로 사령관들을 찬찬히 둘러보았다.

"그러나 뿌린 대로 거둔다고들 하잖소. 시험 발사를 감행한 이후, 예상치 못했던 결과로 말미암아 나는 시간을 초월한 존재, 즉 훗날 자신이 최후의 선각자라 주장했던 프라이모디얼을 회수하는 우를 범하고 말았소. 과학적 가치가 있는 표본이라는 생각 때문이었지. 물론 나는 신중을 기해 놈을 폐쇄장에 가뒀소. 하지만 놈은 영악하게도 거기서 풀려났고, 하필이면 멘디컨트 바이어스를 혀로 꾀어내고 말았소. 앤실라가 감염된 최초의 사례이자, 그것도 매우 심각한 사례였네. 이와 관련해 책임은 오로지 내게 있소. 멘디컨트 바이어스의 반란으로 인해 이제껏 내가 쌓았던 공적은 모조리 없던 일이 되고 말았소. 정작 멘디컨트 바이어스의 설계와 제작에는 다이댁트 역시 동참했건만. 그 점을 결코 간과하지 마시오! 하인이 주인에게 반기를 든 격이오. 급기야 나는 실패자라는 오명을 쓰고 버림받는 처지로 내몰렸다네."

최고 건축사는 미연에 반론을 막아버리려는 듯 손을 번쩍 들었다.

"하지만 이 얼마나 기막힌 발견이오! 바로 여기에 작금의 끔찍한 전쟁을 종식시킬 우리의 마지막 희망이 들어 있소. 플러드를 저지할 유일한 무기, 바로 이 헤일로가 우리 손에 있잖소."

그는 지지를 이끌어내고 명분을 세우려는 듯 대열 주위를 이리저리 서성였다. 내가 저자를 얼마나 증오하던가, 그렇게 숨죽여 뇌까릴 따름이었다.

"결국 다이댁트는 틀렸고, 내가 옳았소. 마침내 그자의 복제본에 이르러서야 마침내 사리를 분별하게 되었소."

최고 건축사는 다시 이쪽을 힐끔거렸다. 동의를 구하는 눈치가 역력했다.

"헤일로는 에너지를 직선으로 방출하여 신경물리 구조물에 교란을 일으키고 소멸시킴으로써, 플러드와 선각자 무기를 한꺼번에 파괴할 용도로 조율이 가능하오. 이로써 우리는 적을 송두리째 무너뜨려 이 전쟁에 영원히 종지부를 찍을 것이오."

그는 사령관들을 돌아보았다.

"하지만 만에 하나 여기서 실패한다면, 이미 다른 아크가 완공됐음을 알아두시오. 그리고 거기서 더욱 효율적인 소형 헤일로가 배치될 거요. 소형 헤일로는 이 헤일로보다 훨씬 강력한 배열을 형성하는 기능을 갖췄소."

그는 외로이 떠 있는 홀로그램 헤일로를 가리켰다.

"이러한 신형 헤일로가 은하계를 따라 분산되고 나면, 통신망을 구축해 모든 지성체를 일시에 제거할 거요. 헤일로가 우리의 마지막 방어책이오. 헤일로가 없다면 은하계는 플러드로 뒤덮일 거요. 결코 그렇게 내버려둬서는 아니 될 일."

그의 날카로운 눈빛은 허공마저 가를 기세였다.

"여러분 중의 몇몇은 전사 종복 출신이오. 용감하고 영예로우나, 차마 입에 담기조차 거북한 죄를, 창조주를 거스르는 죄를 지음으로써 작금의 아수라장을 빚어낸 자들의 후손이오. 부디 도메인을 마주하게 되거든, 기나긴 꿈속에서 잊지 말고 이를 기억하기 바라오."

갑자기 최고 건축사는 어깨를 축 늘어뜨리며 기운이 다한 듯했다.

"이것만은 알아두시오. 원본 다이댁트는 그레이브마인드에 압도당해 놈의 전령으로 전락하고 말았소. 그레이브마인드는 내가 감염된 선조 함선을 소독하여 재활용한다는 사실을 간파하고서…… 다이댁트에게 교묘히 전갈을 심어 내게 보냈소."

"무슨 전갈을 말이오?"

비통이 물었다.

"나의 아내들과 자식들은 스스로 귀양에 접어들었소. 그렇게 파스 쿠랄의 어느 행성계로 거처를 옮겼으나, 이제 그곳은 소멸지대의 일부요. 모두 플러드의 손아귀에서 그레이브마인드의 일부로 변해버리고 말았소."

최고 건축사는 얼굴이 깊게 일그러진 채 악을 써댔다.

"내 아내들이! 내 자식들이! 그레이브마인드 속에서 나를 부르고, 조롱하며 원망하고 있소! 그것도 적의 입을 빌려서 말이오! 우리가 계획을 실행에 옮긴다면 우리 모두 죽음을 면치 못할 것이라고, 결국 내게 남는 것은 아무것도 없으리라고 부르짖으며 말이오. 다이댁트는 내게 이런 전갈을 전해주며 희열을 느끼는 듯했소. 그자는 '이것이 바로 당신의 헤일로가 초래한 업보요'라고 덧붙였소."

비통은 복종이 아니라 슬픔을 나누는 뜻에서 최고 건축사에게 고개를 숙였다.

"우리의 슬픔도 그대와 함께하외다."

"모든 슬픔이 그대와 함께하오."

익재미너도 덧붙였다.

나는 가만히 자리를 지켰지만 최고 건축사는 이미 자신이 필요로 하던 지지를 손에 넣었다. 그는 고개를 들었다.

"하면 우리 과업의 당위성을 우리만큼이나 뼈저리게 이해할 존재가 과연 있겠소? 그간의 잘못된 일들을 바로잡을 수만 있다면, 지금 이 시대를 살아가는 선조가 아닐 수만 있다면 내 무엇이든 내놓고픈 심정이오. 살아 숨 쉬는 매 순간마다 참혹한 진실에 속이 갈기갈기 찢기는 것만 같소. 그러나 초라한 모습으로 변해버린 잔존 의회의 명에 따라, 나는 지휘권에 복직됐소. 은하계를 잃는다 해도, 그것은 필시 우리 몫이 되어야 하오. 우리가 저지른 극악무도한 과오에 이만 종지부를 찍읍시다. 설령 우리가 살아남거든, 천만 년 전 전사들이 저지른 만행으로 인해 지금 우리가 행해야만 하는 이 흉악한 과업을 끝마치고 나거든, 과연 우리 중 도메인 앞에 선뜻 나설 자가 누가 있겠소?"

다들 그의 섬뜩한 눈빛을 피하려 들었다. 나 역시 눈길을 돌렸다.

"누가 감히 나서겠소? 우리들 선조가 말이오?"

최고 건축사는 그렇게 외치고는 자리를 박차고 카토그래퍼를 나섰다.

사령관들은 경의를 표하며 침묵을 지키다, 동시에 내게 고개를 돌렸다.

"최고 건축사의 운명은 여기에 있소. 우리 역시 마찬가지요. 누군가는 반드시 아크로 가서 상상조차 두려운 과업을 준비해야 하오."

익재미너가 말했다.

이제 내가 맡을 임무는 자명하다.

"그레이브마인드는 여전히 상당한 위협이 남아 있음을 알고 있소이다. 놈들은 대형 아크의 존재를 알고 있소. 그러나 소형 아크의 위치는 아직 모르고 있소이다. 반드시 먼저 당도해 통제권을 장악하시오. 결코 플러드가 승리하게 내버려둬서는 아니 되오. 지금의 우리가 해내지 못한다면, 후대에 가서라도 반드시 놈들을 막아야 하외다."

비통이 당부했다.

사령관들은 헤일로와 아크를 나타낸 홀로그램 너머로 흐릿한 별처럼 넓게 펼쳐진 우리 은하를 바라보았다.

성간 도로가 다가오고 있다.

우리 모두 그것이 온몸으로 느껴진다.

그이가…… 마치 아이처럼 변해버렸다.

하지만 내가 대견하고 듬직하게 여기는 그런 아이의 모습과는 거리가 멀다.

그이는 전투복을 벗어던지고 온 집 안을 들쑤시며 그동안 자신의 복제본이 모아둔 물건과 유물을 비롯한 각종 연구 대상, 귀양 중인지 영영 죽었는지 모를 그이가 곁을 떠났던 세월을 기리는 물건, 그리고 그이를 빼닮은 다른 남편과 함께했던 짧은 시간 동안 모아뒀던 물건들을 살펴보았다.

하지만 그 찰나의 시간도 이제는 지났다. 그이는 우리의 관계를 예전처럼 돌이킬 의향이 조금도 없었다. 완전히 변해버려서 알아보기조차 힘들다.

그래도 이번이 마지막이 되리라는 암시를 담아 이렇게 함께할 자리를 마련한 그이다.

자리에 앉자 의자가 알아서 색상과 형태를 내게 맞췄고, 그이는 옆자리에 앉아 건장한 다리 사이로 커다란 머리를 푹 떨어뜨리고 있었다.

"그 아수라장의 와중에, 우리가 처한 상황을 오로지 당신한테 맡기고서 크립팀에 들었던 순간의 내 심정을 짐작이나 하시오?"

나는 그이의 커다란 손을 들어 손가락을 펴고 내 작은 손으로 하나하나 어루만졌다. 그러자 그이의 손이 반사적으로 닫혔다. 우리의 몸은 기억으로 헤아리지 못하는 머나먼 과거의 본능을 고스란히 간직하고 있었다.

"아뇨, 부디 평온했기를 빌어요."

나는 속삭이듯 대답했다.

"이보다 조용할 수 없을 정도로 고요했소. 도메인은 이미 알고 있는 지식밖에 전해줄 수 없소. 광활한 도메인에 저장되어 있는 지식만을 말이오. 나는 도메인의 길목이란 길목은 모조리 다니며 눈앞에 떠오르는 통로는 빠짐없이 살펴보았소. 수백 년 동안 넓은 통로와 동굴을 거닐며 그보다 훨씬 깊고 어두운 곳도 들어가 봤소. 조상대의 기록과 기억, 지난 방문의 기복과 밀접히 맞닿으며 변덕스레 빛을 발하는 곳이자 가끔은 내가, 이따금 우리 조상이…… 혹은 우리 후손이 방문하는 곳까지 말이오."

"후손이라니요?"

"도메인은 수수께끼처럼 비밀을 감춘다오. 도메인은 지식을 퍼뜨리길 원하고, 또 그러기를 갈망하는 존재요. 우리가 언제 어리석은 행동을 범하는지 알려주고 싶어 하나, 그럴수록 선대에 살았던 이들의 감정과 기억을 되살릴 뿐이오. 간혹 있는 일이나, 도메인은 스스로 그어둔 선을 어길 때도 있소."

"아까 후손이라 하셨는데 무슨 말인가요?"

내가 캐물었다.

"후손들의 손길과 애정을 느꼈소. 하지만 후손의 모습은 희미하게 사라지고 있었소. 온 도메인이 슬픔으로 그득하더구려. 짙은 그림자가 선조와 관련한 모든 존재에 내리깔려 있었소. 내가 그 속에서 건져졌을 때는, 그러니까 크립텀 밖으로 나와 회생했을 무렵에는…… 좀처럼 기억이 나지 않더구려. 이제야 조금이나마 되살아났소. 지독한 공포로 기억이 되살아난 거요. 그레이브마인드 그놈이 잃어버린 기억을 일깨워줬소. 날 강제로 자기 말에 귀 기울이게 해서 말이오."

그이는 내 손길을 뿌리치고 자리에서 벌떡 일어나 전투복을 소환하고는 부품이 주위를 감싸도록 몸을 뻗었다.

"가서 놈이 내게 행한 짓과 선조 제국에 저지른 만행에 맞서 싸워야겠소. 나의 역량과 의지, 그리고 최후의 무기와 군수품까지…… 모든 자원을 총동원하여 맞설 것이오. 부인, 나는 이미 매니퓰러 녀석 때문에 퇴물 취급을 받고 있소. 녀석한테 각인을 심었던 것이 일생일대의 실수였소. 그러니 불가피한 과업을 행하기에 앞서 미리 당신의 용서를 구하겠소. 나로서는 이렇게 할 수밖에 없음을 헤아려주시오."

불가피한 과업이 무엇인지, 또 나의 이해심은 고사하고 어째서 그 과업을 이루는 데 누군가의 용서가 필요한지 물으려는 찰나, 경보음이 요란하게 울렸다. 다이댁트가 행동을 개시하자, 순간 해묵은 살기 어린 예리함이 번득이며 오래된 전투태세가 되살아났다. 주위로 몰려든 앤실라 가운데 오펜시브 바이어스의 모습이 두드러졌다.

"아크가 공격받고 있습니다. 대규모 성간 도로가 인근으로 접근하는 중입니다."

"도달까지 얼마나 남았나?"

"불과 몇 시간입니다."

틀림없이 아이소 다이댁트는 아크에 전면 경계태세를 발령하고, 건축사 사령관들과 함께 이미 행동에 돌입했을 텐데. 한시 빨리 헤일로에 가봐야 하는데! 내가 모아둔 표본들은, 최후의 인간들은 지금쯤 어떻게 됐을지…….

하지만 대형 아크 주위로 드리운 칠흑 같은 밤하늘에 떠오른 광경에 뼛속까지 얼어붙는 것만 같았다. 성간 도로가 어찌나 빽빽하게 포진했는지,

하늘 너머의 은하계가 도로망에 가려 보기 힘들 지경이었다. 흡사 어두운 창살 밖을 내다보는 듯했다.

아크는 꼼짝없이 포위된 상태였고, 성간 도로는 시시각각 포위망을 좁혀오고 있었다. 이미 우리의 활동 반경은 불과 수백만 킬로미터 내로 줄어들었다.

공들여 모아둔 생물들을, 우리가 평생에 걸쳐 이룩한 대업과 성과의 결정체를 여기서 잃을지도 모른다니! 생각만으로도 가슴이 찢어진다.

"여기서 전부 잃게 된다면 은하계를 어떻게 되살리죠?"

나는 너무도 애가 탔다.

그러자 다이댁트는 왠지 모르게 음흉한 표정을 지었다. 꼭 들려주고 싶은 기막힌 농담이 있는데 일부러 참고 있는 그런 눈치였다. 여태껏 그이가 이런 표정을 지어보인 적은 한 번도 없었다. 공포만 한층 더할 따름이다.

"볼일을 마치고 나거든 '전진하는 수호자의 의무'에 올라 출발할 거요."

머리가 핑핑 돈다. 이제 다이댁트의 도움을 바라기는 불가능하다. 헤일로라면 탈출이 가능할지 몰라도, 아크는 이동하기에 너무나 방대하다. 더구나 아크에 있는 선조를 실어 나를 가용 함선조차 부족한 판국이다. 몇 주만 서둘렀더라면 지금쯤 다들 무사히 대피했을 텐데! 아니면 처음부터 아크가 아니라 헤일로에 이주시켰더라면…….

우리의 실수가 이렇게 발목을 잡는구나.

덫은 이미 닫히고 있다.

"어떻게 전부 구하죠? 추격을 뿌리치고 달아날 수나 있을까요? 달아난다 해도 이제 어디로 피신한다죠?"

"퇴로는 없소. 돌파구만이 있을 뿐."

그이는 그렇게 말하며 눈을 가늘게 치떴다.

"목숨을 부지하고 싶거든 지금 당장 떠나시오. 플러드가 볼일을 끝낸 뒤면 이곳은 풀 한 포기 없는 곳이 되어 있을 거요.”

다이댁트는 긴 팔을 뻗어 파스 케토나를 가리켰다.

“성간 도로는 헤일로의 발사각과 거리를 벌릴 테지. 그때 퇴로가 열릴 거요. 하지만 오래 가지는 않을 터. 기회가 있을 때 대담무쌍에 올라 탈출하시오.”

그이는 숨을 훅 들이마시며 아크의 지표를 가만히 응시했다.

“반역자들 같으니. 돌이키지 못할 이 파국의 와중에도 나는 기필코 다른 해결책을 찾고야 말겠소.”

다이댁트는 헬멧을 밀폐하더니 뒤도 돌아보지 않고 뚜벅뚜벅 자리를 떠났다. 나를 대담무쌍까지 바래다주겠다는 말도 없이.

나는 암담하고 당혹스런 기분에 사로잡혔다. 혹시라도 아크와 덩달아 내가 모은 생물들까지 송두리째 사라진다면, 과연 내가 존재할 이유가 있을까?

나는 간신히 정신을 가다듬었다. 반드시 가능한 한 모두 안전한 곳으로 대피시켜야 한다. 해결책은 그뿐이다. 소멸지대 반대편에 숨겨진 키쉽에 있는 푸름을 향한 찬가에게 짤막한 전갈을 보냈다. 키쉽이 아직 작동하는 중이라면 지시에 따를 테지. 실패는 있을 수 없다.

그런 다음, 나는 아크에 있는 이들 중 유일하게 나를 도와줄 수 있는 이에게 연락을 취했다.

31번 기록
모니터 챠카스

센티넬과 해리어급 함선들이 아크 주위를 따라 소용돌이치는 구름 속에서 솟아오르는 광경은 마치 내가 태어난 평원의 하늘에서 무리지어 날아다니는 새 떼를 보는 듯했다. 나는 아크에 질의를 보냈으나 그곳의 통신망은 대피 및 전투 준비로 여유가 없었다. 하지만 어떻게 그토록 다양한 생물을 모두 대피시킨단 말인가? 또 어디로? 그러기에는 수송선이 턱없이 부족한데.

나는 상황이 어떻게 돌아가는지 제대로 알지 못한다. 내가 아는 바로는 아크가 최고 건축사의 손에 넘어갔으며 그자의 운과 능력을 생각했을 때, 지금은 위험이 임박했다는 점뿐이다.

생명세공사님과 그분의 성과를 보호하라는 지시가 새로 내려왔다. 한때 나는 인간이었으나 치명상을 입었고, 다이댁트로 거듭난 별빛내기는 나를 기계 속에 심었다. 생명세공사께서는 아크에서 있었던 재회 이후 내게 보존된 인간들을 살피게끔 허락해주셨다. 나를 위한 치유의 자리이자, 지금까지 정성을 다해 선조를 보좌한 수고에 대한 보답으로 말이다. 나로서는 최선을 다했다.

생명세공사께서는 소개(疏開)된 행성이 플러드의 손아귀에서 풀려나고 자생할 준비가 되기까지 헤일로 사정권 밖에 있는 아크에 인간을 남겨둘 계획이다. 하지만 지금은 헤일로로 이주됐는데, 아마도 최고 건축사가 선조 피난민을 위한 공간을 확보하려고 내린 명령 때문일 것이다. 하나라도 순조롭게 풀리는 일이 없다. 원래 원대한 계획은 곧잘 참담한 결말을 맞이하는 법이라고 했던가.

생명세공사께서는 내게 마지막으로 부탁하셨다. 우리 힘이 닿는 데까지 가능한 많은 생명을 구하라고. 나는 생명가공사들에게 할당된 아크 모니터들에게 이와 관련한 상황을 조회해보았다. 이에 응답한 모니터는 얼마 되지 않는다. 헤일로와 관련된 지시를 받은 모니터는 전무했고, 나머지는 오펜시브 바이어스의 편제로 재할당된 상태였다. 동료 기계들을 저버리며 생명세공사님의 명령에 따라야 할까? 생명세공사님의 명령과 승인 없이 섣불리 행동할 수는 없으므로, 일단은 그분의 지시를 기다릴 따름이다.

카탈로그, 내게 임무를 알려줄 목적이 아니라면 어째서 나 같은 일개 모니터를 따라다니는 겁니까? 제게는 별달리 진술할 증언도 없습니다. 더는 인간도 아니고요. 아침걸이라는 조그마한 녀석한테 가서 물어보세요. 녀석이라면 자기 생각을 거리낌 없이 들려줄 테니까요.

녀석은 겉모습도 원래 모습 그대로예요. 말만 시키면 귀가 따갑도록 떠들어댈 녀석이죠.

마침내 명령이 내려왔다. 가르강튀아급 수송선을 타고 아크에서 오메가 헤일로로 이동하라는 생명세공사님의 지시였다. 수송선에 오르고 보니 종류별로 분류해 아크에 보관해놓았던 생물들이 이미 실려 있었다. 대다수는 살아 있는 표본이고, 나머지는 생명세공사께서 주관했던 보존책의 산

물인 단순한 유전자 합성물이었다. 이렇게 적은 수의 개체만 가지고 헤일로가 발사된 이후 그 수많은 종들을 과연 재건할 수 있을까 하는 의문이 들었다.

지금 오메가 헤일로는 굽이쳐 거대한 벽을 이룬 성간 도로와 마주하고 있다. 최후의 고리형 무기인 그곳에 이주된 인간들은 미처 촌락을 이루고 정착할 시간도 없었다. 수만 명씩 무리지어 험한 언덕과 얕은 호수와 강, 야트막한 산맥 사이와 울창한 숲속을 떠돌고 있었다. 환하게 빛나며 일정한 주기로 뜨고 지는 인공 태양 아래, 사람들은 생명가공사 함선에서 겪었던 어두운 세월과 꿈조차 없었던 기나긴 잠이 부디 잃어버린 모든 것을 되찾는 전주곡이길 바랄지도 모르겠다. 앞으로 수천 년까지는 아니더라도 수백 년 동안은 평화로운 삶을 영위할 고향땅에 마침내 도착했기를 간절히 바라는 중일지도 모르고.

인간들을 이동시킬 준비를 하던 도중, 원본 다이댁트의 거대한 전함 '전진하는 수호자의 의무'가 하늘에서 우레처럼 내려와, 인간 촌락 위로 이동했다. 오펜시브 바이어스와 연결되지 않은 수천 대의 센티넬이 그 뒤를 쫓았는데, 보아하니 헤일로의 해당 구획을 고립시켜 장악하려는 모양이었다. 선조의 지식에 관해서는 아는 바가 제한되다 보니, 나로서는 이런 무력시위를 도무지 이해할 수 없었다.

생명세공사님의 함선이 우리 수송선에 나란히 접근해 거대한 그림자 속으로 선체를 감췄다. 함선이 서로 연결되고, 생명세공사님께서 분노하는 모습을 보이자 몇 년 만에 처음으로 두려운 생각이 엄습했다. 대체 원본 다이댁트가 이곳에는 무슨 용무일까?

성간 도로가 헤일로의 하늘 다리 너머로 선명하게 모습을 드러냈다. 곧 아크와 헤일로를 송두리째 부숴버릴 테고, 그러면 인간과 선조도 그 속에서 으스러지고 만다. 선조의 역사가 막을 내릴 때가 됐는지도 모르겠다. 웃어야 할지 울어야 할지 통 갈피가 잡히지 않는다.

"위로 올라가!"

생명세공사께서 공포에 사로잡힌 얼굴로 대담무쌍에 지시를 내렸다. 헤일로의 대기권 위로 올라가자 상황이 한층 또렷이 내려다보였다. '전진하는 수호자의 의무'가 촌락에 스칠 듯 가까이 하강했다. 함선의 윤곽이 어딘가 변했다. 뭔가가 전면부에 툭 튀어나와 있었다.

다름 아닌 컴포저였다.

컴포저에서 조준 광선이 나오자 촌락의 상공에 커다란 별빛이 모여들기 시작했다. 이렇게 가만히 지켜볼 뿐 방법이 없다니!

생명세공사님은 대담무쌍을 앞으로 전진시켰다. 컴포저의 사선(射線)에 끼어들어 자신이 그토록 아끼는 인간들을 남편이 해치지 못하게 막아볼 심산이었다. 하지만 '전진하는 수호자의 의무'는 최소한의 기동만으로 방해를 능숙하게 피하고는 왜곡장을 펼쳐 대담무쌍을 성가신 모기인 양 획 털어냈다.

다이댁트의 함선은 촌락 정중앙 상공에 가만히 머물렀다. 하늘이 구름으로 뒤덮여 우중충하지만, 이제는 아래에 있는 인간들의 눈에도 상공에서 무슨 일이 벌어지는지 보일 터였다. 사람들은 하던 일을 멈추고 하늘을 올려다보며, 눈부신 조준 광선을 피하려고 손으로 눈을 가렸다. 핏빛 먹구름이 촌락 위로, 사람들의 얼굴 위로 쏟아졌다. 이는 엄연히 범죄가 아니던가! 분명히 카탈로그가 이를 목격하며 낱낱이 기록할 텐데. 광기가 또다시 되풀이되려는 것일까? 이런 배신의 반복을 위해서 내가 모든 것을 저버렸단 말인가?

"센티넬로 격침시켜!"

생명세공사께서 애타게 부르짖었다.

하지만 불가능하다. 다이댁트가 센티넬까지 장악했다. '전진하는 수호자의 의무'는 너무도 크고 강력한 함선이다. 그에 반해 생명가공사 병력은 터무니없이 적고 보잘것없기에 손쓸 도리가 없었다.

컴포저가 희생자들을 추적하기 시작했다. 반투명한 유성 에너지 파장이 촌락 전체로 퍼지며 헤일로의 벽면을 따라 메아리치더니, 이내 미끄러져 내려가 아래편의 사람들을 감싸듯 덮쳤다.

순간 수백 평방킬로미터 사방에서 인간들이 몸을 비틀며 바닥에 풀썩 쓰러졌다. 미처 정확한 인원을 파악하기도 전에, 내 앞에서 수십만에 달하는 사람들이 수확되고 말았다.

역류하는 파장을 타고 정보가 컴포저로 흘러들었다. 수많은 남자와 여자와 아이들이…… 순식간에 빨려 들어간 것이다.

생명세공사께서는 가슴 깊숙한 곳에서부터 흐느껴 울기 시작했다. 흐느낌은 갈수록 격렬해지다 이내 통곡으로 변했다.

"항상 저런 식이야! 늘 내가 아끼던 자식들을 죽음으로 내몰았어! 왜? 도대체 왜?"

대담무쌍은 촌락 가까이 접근하거나 헤일로 외곽 바깥으로 물러나야 한다고 보고했다.

다이댁트의 함선은 컴포저를 거두고 이동에 대비해 단단히 밀폐하고는 촌락과 헤일로를 뒤로하고 유유히 떠났다. 대담무쌍은 자동으로 외곽 방어선 근처의 안전 위치로 이동했다. 하지만 안전한 곳이란 없다.

이제 헤일로 발사라는 또 다른 만행이 펼쳐질 차례다. 대담무쌍은 즉각 점프할 준비에 들어갔다.

32번 기록

모니터 챠카스 · 헤일로 인근

전에도 봤던 광경이다. 그때의 끔찍한 감각은 지금도 뇌리에서 잊히지 않는다. 차마 감지기를 닫아버릴 수가 없다. 나는 이제 기계다. 따라서 감각을 일정 수준 갖추고 있어도, 컴포저에 수확당하는 살아 있는 생명체와 동일한 감각을 느끼지는 못한다. 하지만 그것이 어떤 느낌인지 너무도 또렷이 기억난다.

라이브러리안께서도 이를 끝까지 지켜봤다. 양손을 들어 말로는 도저히 형용하지 못할 슬픔으로 일그러진 얼굴을 마구 할퀴려는지, 충동적 자해를 막으려는 전투복과 몸이 일순 서로 마찰을 빚었다. 격렬한 분노와 지독한 슬픔이, 해묵은 동시에 새로운 감정이 하나로 합쳐졌으니……

이로써 한동안 우리가 해야 하는 일은 명확하다. 내게도 절망감이 느껴진다면 좋으련만. 나도 비탄에 젖는다면 좋으련만. 나와 같은 사람들이 순식간에 사라졌다! 라이브러리안께서 수집한 생물종 가운데 마지막 남은 인간들이 아래로 연결된 수송선에 남아 있다. 인간 최후의 희망이 거기에 달렸다.

라이브러리안께서는 몸부림을 멈추고 자제력을 되찾은 다음 나와 작별을 고했다. 나는 이제 수송선으로 되돌아가 나의 친구들을 비롯한 살아남은 인간들을 여기서 멀리 떨어진 곳으로 옮겨야 한다.

"가서 별빛내기를 찾으렴. 소형 아크로 데려가줄 테니. 반드시 그곳에 표본을 숨겨야 한단다."

하지만 정작 본인의 안전은 어쩔 셈이시지? 대체 무슨 계획이실까?

거역할 수는 없다. 하지만…….

무언가가 나의 몸속에서 깨어난다. 숨겨져 있었던 뭔가가 모습을 드러내고 있다. 그 잠재력이, 다소 반항적인 기질이 느껴진다. 나도 모르게 논리 역병에 감염되기라도 했나? 그럴 리는 없다.

나는 아직 챠카스다.

나는 아직 인간이다!

33번 기록

플러드가 대동한 절대적인 무력 앞에 오금이 저릴 지경이다.

그 수가 백만을 가볍게 넘기는 플러드 감염선이 대형 아크 주위로 공격 대형을 취했다. 상당히 눈에 익은 형태의 대형이다. 군데군데 빈틈이 있는 기묘한 나선 대형은 나의 원본이 즐겨 구사한 전술로, 각각의 분함대가 입체적으로 회전하며 전방위 방어태세를 갖춘다. 그 전술을 이제는 플러드의 신임 사령관인 멘디컨트 바이어스가 고스란히 답습했다.

한 번이라도 컨텐더급 메타아크 앤실라의 제어를 받았던 시스템에서는 해당 앤실라를 완전히 삭제하기가 불가능하므로, 멘디컨트 바이어스는 수도 행성계 함락 이후 작동을 중단시켜 분해하는 선에서 처리되었다. 분해된 파편은 향후 연구를 위해 제국 전역에 분할 보관됐으나, 파편을 보관하던 지역의 대다수는 플러드에 장악되었다. 그 과정에서 그레이브마인드가 멘디컨트 바이어스의 파편을 회수하고 복구하여 재조립했음이 틀림없다. 플러드 함대를 이끌고 있는 멘디컨트 바이어스라는 일그러진 기계는 논리 역병의 최초 희생자인 동시에, 부분적으로는 우어 다이댁트의 작품이었다.

'부전자전이로군.'

형태를 재구성하며 점점 올가미를 좁혀오는 성간 도로 앞에서, 감염된 선조 함선들은 쓰러진 나무에 들끓는 모기떼에 지나지 않았다.

패자의 비통과 익재미녀가 나의 옆에 선 가운데, 우리는 함대 수송선을 타고 대형 아크에서 오메가 헤일로가 있는 정거 궤도로 이동했다.

"거리가 이리도 좁혀졌건만 시간은 너무도 촉박하니……."

비통이 말했다. 거기까지 말해도 충분하다. 현재 작동에 들어간 하나뿐인 헤일로가 광폭 공격에 들어갈 즈음이면 이미 성간 도로와 감염선 호위함대가 아크를 파괴한 이후일 것이다.

"고리 내부로 진입해 아무 데나 착륙하도록. 오펜시브 바이어스와 연결이 두절되면 안 된다. 현재 각도 그대로 발사에 들어가야 한다. 대담무쌍으로 확인 신호를 보내 계획이 진행 중임을 알린 다음 준비에 들어가라."

내가 지시했다.

"생명세공사께서 응답하지 않고 계십니다, 사령관."

비통이 말했다.

"대담무쌍의 보고로는 우어 다이댁트의 함선이 침입을 감행…… 컴포저를 사용했다고 하는구려!"

비통과 마찬가지로 나 역시 경악을 금치 못했다.

"인간들이…… 전부 사라졌소. 모조리 수확당했소이다."

대체 나의 원본은 인간을 데리고 무엇을 꾸미는 중일까? 그것도 컴포저로 한꺼번에 거둬들임으로써, 라이브러리안의 간절한 바람마저 짓밟으며 말이다. 나의 이해 범위를 벗어나는 행동이다. 당장 '전진하는 수호자의 의무'를 추적해 아크로 강제 소환시킴으로써 우어 다이댁트 역시 우리와 함께 최후를 맞이하게 만들고, 우리 중 가장 뛰어난 인물인 라이브러리안만 탈출하도록 조치해야겠다는 생각이 문득 머리를 스쳤다.

하지만 우리가 타고 있는 수송선으로 '전진하는 수호자의 의무'를 상대하기는 역부족이다.

"아내는 안전한가?"

"대원 모두 무사하나 상당한 충격을 겪었다고 합니다. 현재 탈출을 준비하고 있습니다."

"다행이로군."

하지만 아내가 느꼈을 공포가 얼마나 컸을지 나로서는 헤아리기도 힘들다. 일생에 걸친 성과가 눈앞에서 송두리째 사라졌으니.

우리는 헤일로 지표면 안쪽의 관제소 인근에 착륙했다. 일행은 서둘러 관제소로 들어섰다. 비통과 익재미너가 뒤따랐다. 관제소 반대편 공간에는 전 헤일로 시스템의 판독치가 홀로그램으로 나타나 있었다. 나는 바퀴통과 바큇살 방출기의 조작을 동시에 담당하며 접속점을 나타내는 여러 기호에 다가섰다. 기호들의 테두리가 녹색과 청색으로 빛나고 있었다. 온전히 가동되는 중이며, 발사 준비가 끝났음을 의미하는 신호였다.

"코앞까지 닥쳤소이다. 그대가 만들어낸 괴물, 멘디컨트 바이어스가 말이오. 느껴지지 않으시오?"

비통이 말했다.

내가 만들어낸 괴물이라, 틀린 말은 아니니 굳이 정정할 필요도 없다. 놈은 과연 나의 계획을 알고 있을까? 어째서인지는 몰라도 그레이브마인드가 챠룸 하코르에서 있었던 일을 기억한다는 말인가? 설마 비밀로 감췄던 소형 아크의 위치가 드러났단 말인가? 소형 아크로 출발하기에 앞서 그곳의 정확한 좌표가 필요하지만 아크의 좌표를 아는 이는 최고 건축사뿐이다. 그리고 황송하게도, 그자는 나를 떠나보내기에 앞서 내게 자신의 연설에 참석할 기회를 주었다.

"페이버가 왔소이다."

익재미너는 그렇게 말하며 관제소로 들어서는 호리호리한 그림자를 가리켰다.

"이제야 나타나는구려!"

비통이 말했다.

최고 건축사 페이버는 이전에도 그랬듯 홀로그램 표시창 사이를 지나며 극적으로 연출하며 등장했지만, 예전처럼 자아도취에 빠진 모습은 아니었다. 헬멧 덮개 아래로 우리를 둘러보고는, 개인 앤실라에게 지시를 내려 내게 소형 아크의 좌표를 전송했다. 쓸데없는 서두를 늘어놓지도, 겉치레뿐인 의식을 치르지도 않았다.

좌표 전송이 끝나자 그는 내게 고개를 돌렸다.

"다이댁트 그대에게 내가 가진 전부를 전해줬소. 이제는 전사 종복과 책임을 나눠질 차례요. 더는 나 혼자서 버거운 짐을 지지 않아도 된다는 말이오."

그러고는 헤일로를 장전함으로써, 나와 이 자리에 함께하고자 했던 까닭을 밝혔다. 오메가 헤일로가 발사되는 순간을 목도하기를 원했던 것이다.

출력치가 증가했다. 헤일로 부근 천 킬로미터 이내의 진공 에너지가 사실상 최저치로 급감했다. 나는 측량치를 유심히 살폈다. 인접한 시공에서 끌어내는 에너지에도 성간 도로가 모종의 영향을 미칠지 모르니…… 알 수 없는 불길한 가능성에 숨죽이는 조마조마한 순간이었다.

하지만 아직 성간 도로는 충분한 거리에 들지 않았다. 오메가 헤일로에 비축된 에너지가 최대치로 상승함과 동시에, 드디어 일시방출 준비가 완료됐다.

"장전 절차가 입력되었습니다. 현재 오메가 헤일로는 완충된 상태입니다."

오펜시브 바이어스가 보고했다.

"최고 건축사 당신도 아이소 다이댁트와 함께 탈출하시겠소?"

익재미너가 물었다.

"아니오. 이곳은 내 아크요."

그는 잠시 말을 멈추더니, 장갑에 둘러싸인 손가락을 놀리며 허공에 아크의 거대한 윤곽을 그렸다.

"그리고 이곳은 내 헤일로요."

다들 최고 건축사가 아까처럼 야심찬 손짓을 해 보이며 자만에 도취한 미사여구를 늘어놓을 것이라 생각했으나, 정작 본인은 그럴 기분이 아닌지 눈을 내리깔고 가만히 앞만 바라볼 뿐이었다.

"나는 평생토록 나와 소속 계층의 사리사욕만을 추구하며 살아왔소. 지금에 이르러서야, 마침내 수호자의 의무에 반하는 죄를 짓는다는 것이 무슨 뜻인지 알 것 같소이다. 앞으로는 권력 균형에 목매달 일도 없을 거요. 이제 나는 이곳에서 조용히 속죄를 기다리겠소."

평소답잖게 용기와 겸손을 보이는 모습 앞에서, 일행은 말없이 침묵을 지켰다.

익재미너만 여전히 미심쩍은 표정으로 말했다.

"도메인 속에서 상념에 잠길 사람은 우리 중에 아무도 없을 거요."

지휘관용 표시창을 비롯한 필수적인 부분만을 남기고 관제소 전체가 허물어지기 시작하더니, 천천히 회전하며 발사 위치로 이동했다. 그러자 사방이 빛이 투과될 정도로 반투명하게 변했다.

최고 건축사는 복잡한 형상을 취한 오펜시브 바이어스를 불러냈다. 메타아크급 앤실라의 모습이 우리 눈앞에 떠올랐다. 주인보다 위대하며 뛰어난 이 앤실라에게 부디 아직은 플러드의 마수가 뻗치지 않았기를. 과연 어떨지는 머잖아 우리 모두 알게 될 테지. 이제 우리가 이곳에서 실행할

성과에 은하계의 사활이 걸렸다.

건축사와 전사 종복. 두 계층이 함께한다.

"도메인 속에서 평온을, 그리고 수호자의 의무에 대한 본보기를 구하나이다."

최고 건축사가 운을 뗐다.

"곧 살생에 임할 자들이 용서를 구하나이다. 우리가 저지른 과오의 진실을 귀중히 여기며, 훗날 그 과오가 우리에게서 씻겨나가기를, 그리고 후대에 살아갈 모든 이들에게서 씻겨나가기를 비나이다."

익재미너는 죄책감과 동시에 희열에 찬 표정으로 우리를 바라보았다. 전사들은 실로 전쟁을 즐긴다. 전쟁에서 느껴지는 긴장감이란 마치……

돌아서는 순간 나는 몇 년 만에 처음으로 나의 육신이 그렇게 나이 들지 않았음을, 전사의 전통에 뼛속까지 물들지 않았음을 자각했다. 본디 나는 다이댁트보다 페이버에 가까운 건축사 혈통이었으니.

머잖아 다이댁트는 한 명만 남게 될 것이다.

"성간 도로가 방어선 내부로 진입했습니다. 거리는 백만 킬로미터입니다."

오펜시브 바이어스가 보고했다.

"지나치게 가깝잖소."

익재미너가 말했다.

성간 도로 주위를 둘러싼 시공의 낯설고 변화무쌍한 성질은 종잡기 어려우나, 우리의 신경과 뇌까지 긴장시키면서 그 기척이 뚜렷이 느껴지기 시작했다.

바큇살이 형성되기 시작하자, 페이버는 천천히 헤일로의 각도를 조절하며 사선을 돌렸다.

헤일로의 각도 변화에 대응하고자 플러드 함대가 재집결했다. 성간 도로와 함대는 광선의 사선에서 벗어나려 했다. 우리가 노리는 바는 놈들의 공격을 잠시 늦추는 것이지, 압도적인 플러드 병력을 저지해 목숨을 부지하기 위함이 아니다.

바퀴통이 형성됐다.

소름 끼치도록 고통스러운 광채가 바큇살을 따라 올라가 하나로 뭉쳐져, 바퀴통의 둘레를 따라 흩어졌다. 게다가 광채가 미처 마무리되지 않은 반대편 지표면에 반사되면서 우리 쪽을 향해 끔찍하리만치 눈부신 빛이 되돌아왔다.

맹인인 비통을 제외한 나머지 일행은 모두 눈을 피했다. 비통은 앞이 보이지 않음에도 헉 소리를 냈다. 곧 방출될 위력에 관하여 앤실라가 소상히 알려주었을 터이니. 이는 선조 역사상 세 번째로 일어나는 일이다.

갑작스레 헤일로에서 뿜어져 나오는 빛줄기에 우리 모두 머릿속이 핑핑 도는 듯했다. 그 어떠한 신경물리 구조물이나 생명체도, 헤일로의 막강한 위력 앞에서는 맥을 못 추었다. 다차원 방사장이 뻗어나가며 계획대로 파스 케토나로 향했다. 미묘하고 치명적인 무질량 에너지가 아득한 거리를 단숨에 가로지를 것이다. 헤일로의 에너지는 시간과 공간에 구애받지 않으므로.

이미 파스 케토나는 침묵에 잠겼다.

헤일로 광선에 가까이 닿은 성간 도로가 뒤틀리고 녹아내리다 이내 산산이 부서졌고, 부서진 조각은 이윽고…… 흔적도 없이 사라졌다.

광선이 지나간 자리의 감염선들은 죽은 선조 승무원을 실은 채로 자동 항법장치에 의존해 주위를 떠돌았다. 부디 그 속에 그레이브마인드의 일부가 섞여 있기를 빌 따름이다.

"아내는 무사히 탈출했는가?"

휘하의 함대가 이미 플러드와 교전하기 시작했음에도 오펜시브 바이어스의 목소리는 차분하기 그지없다.

"함선 두 척이 아크를 떠났습니다. 출항 보고를 해온 함선은 대담무쌍으로, 나머지 한 척은 선체를 은폐한 탓에 소재 파악이 불가능합니다."

보나마나 '전진하는 수호자의 의무'일 테지. 아내가 무사히 탈출한 듯해 참으로 기쁘고 다행스러운 일이나, 나의 원본이 살아남았다는 사실에는 기쁘기는커녕 격렬한 분노만이 느껴질 따름이다. 수호자의 의무를 어기고도 뻔뻔스럽게 도망치다니! 이토록 위급한 시기에 그자는 우리를 저버린 것이다.

더는 프로메테안이라 불릴 자격도, 전사라 불릴 자격도 없다.

한낱 반역자일 뿐!

우리의 운명에도 종말이 임박했다. 늦기 전에 반드시 떠나야 한다.

"메타아크는 들어라, 내 함선을 출항시킬 준비를 하도록. 헤일로 발사의 여파를 틈타 탈출하겠다."

"함선이 오는 중입니다."

오펜시브 바이어스가 대답했다.

헤일로 사정권 바깥의 성간 도로가 갑자기 밀려들며 부서지고 파괴된 도로의 자리를 대신했다. 놈들은 우리가 있는 헤일로를 순식간에 동강냈다. 성간 도로가 교차하며 헤일로를 조각내자 주위와 발밑을 비롯한 사방 천지가, 오메가 헤일로를 이루던 물질들이 요동쳤다. 나를 태우러 오던 함선은 접근 도중 내동댕이쳐져 헤일로의 반대편 벽을 들이받고 말았다.

이제 오도 가도 못하는 처지다. 내 운명도 여기까지인가.

바퀴통과 바큇살이 깜박이다 힘없이 사라져버렸다. 하늘 높이 가로지르던 헤일로의 곡선이 급격하게 뒤틀리며, 마치 바람 맞은 나무에서 낙엽이 떨어지듯 거대한 철판을 우수수 흩뿌렸다.

오펜시브 바이어스가 다가오는 적의 함대에 맞서 최후의 돌격을 감행했지만, 우리에게 임박한 파멸을 저지할 수는 없었다. 헤일로에 가해지며 축적된 운동 에너지가 붕괴를 재촉할 터이니. 벌써 발밑에서 치솟는 열기가 느껴지기 시작했다.

우리는 최선을 다했다. 혼란스럽기 그지없던 기분도 여기서 막을 내릴 것이다. 이제 다이댁트는 하나만 남게 되리라. 그자가 비록 반역자이고 광기에 물든 자일지라도.

두텁게 쌓였던 각인이 하나씩 벗겨지면서, 밑바닥에 깔려 있던 '영원불멸을 창조하는 별빛내기'라는 어리고 철없는 인격이 다시금 드러나는 기분이었다. 나는 아버지와 어머니께, 그리고 어릴 적에 이름을 듣고 기억 속에서 옹알거리며 외웠던 수백만 년의 전통을 간직한 우리 건축사 가문의 조상들께 작별을 고했다. 하지만 미처 기도를 끝낼 틈도 없었다. 전투복이 열기와 진동과 무너져 내리는 관제실의 파편을 막으며 나를 지키려고 애썼다.

일행의 앤실라들이 저마다 기도를 외우는 소리가 들리자, 도메인에는 과연 생물과 기계의 구분이 있을까 하는 의문이 들었다. 앤실라들도 제 능력을 최대로 발휘하며 그동안 우리를 충직하게 보좌하지 않았던가.

곁에 있던 카탈로그는 나의 고백에 귀를 기울이며, 나와 운명과 함께하고 있었다.

관제실 바닥이 발밑으로 무너져 내리면서 일행들이 눈앞을 스쳐갔다. 이제 더는 일행의 모습이 보이지도, 목소리가 들리지도 않았고, 생사 여부조차 불투명했다. 나는 양손으로 가느다란 기둥에 매달린 채 단단히 붙들 곳을 찾아 헤맸지만, 디딜 만한 곳은 어디에도 없었다.

추락하기 직전, 강렬한 복사선의 불길이 눈에 들어왔다. 어느새 가까이 다가온 함선 엔진이 아수라장 한가운데에 눈부신 상처를 새겼다. 곧 갈라지고 녹아내린 관제실 벽면으로 내리꽂혔다. 만신창이로 변한 헤일로 틈새로 떨어져 내리는 동안, 어떤 목소리가 들려왔다. 나는 목소리의 주인이 누구인지 단번에 알아차렸다.

챠카스.

부서져 가는 헤일로에서 녀석을 구한 적이 있었지.

이제는 녀석이 나를 구할 차례인가.

34번 기록
라이브러리안

대담무쌍은 이제 대형 아크에서 몇 광년 떨어진 곳에 도달했다. 나는 간신히 작동하는 전투복 속에서 몸서리치며 자리에 앉아 있었다. 곁에는 카탈로그가 침묵한 채 자리를 지키고 있었다. 아직도 상황을 기록하는 중인지는 알 길이 없다.

온몸이 부들부들 떨리고, 어딘가에서 이상한 냄새가 나는 것만 같다. 앤실라 기초 암호인지 정체 모를 부호인지 알 수 없는 기이한 언어가 어렴풋이 눈에 들어왔는데…… 저런 기호를 언제 봤는지 까마득하다.

그때 내가 알아볼 수 있는 측정치로 기호가 전환됐다. 성간 도로의 간섭이 있었음에도 점프를 무사히 마쳤다. 그렇다면 다이댁트도 멀쩡히 살아서 이동에 성공했을 테지.

점프에 들어가기 전, 모니터 챠카스에게 어렵사리 구해낸 표본들을 속히 소형 아크로 전하라고 지시해뒀다. 절망적인 상황이었지만 아침걸이라는 작달막한 플로리안과 실종된 헤일로에서 데려온 비네브라라는 여자아이를 비롯한 소수의 인간을 구하는 데 성공했다. 덕분에 챠카스는 열렬한 헌신과 왕성한 의욕을 보였다. 상황이 암울하다지만 아직은 지켜줘야 하는 친구들이 있는 셈이니까.

챠카스는 위안을 얻었을지 몰라도 나는 사정이 다르다. 조금이나마 구했다고는 해도 살아남은 인간의 수가 턱없이 부족하다. 지금 이 순간만큼 인류라는 종족이 절체절명의 위기에 처한 적은 일찍이 없었다. 하지만 다른 계획은 착실히 진행되고 있으므로, 지금은 눈앞에 닥친 일에 총력을 기울여야 한다.

필히 해야 하는 일을 마치고자, 나는 혼자가 되었다. 앞으로 홀로 남게 될 다이댁트는 원본이 아니다. 이런 결단을 내리니 왜 이리도 이상한 기분이 들까! 머리와 가슴, 목까지 차가운 얼음에 틀어 막힌 것처럼 냉혹한 기분이 감돈다.

플러드가 은하계를 어떻게 가지고 놀 속셈인지 똑똑히 목격했다. 뭔가에 단단히 홀린 그이의 눈빛과 악에 받친 잔학상에서 플러드의 간교가 명확히 드러났다. 무슨 속셈이건 결코 실행에 옮기지 못하게 막아야 한다.

하지만 막상 내가 그이를 대적한들 과연 소용이 있을까? 어떻게 단신으로 그이의 광기를 막아낸단 말인가? 다음 점프에 필요한 제원을 산출하느라 대담무쌍에 감도는 부산한 분위기 속에서 천천히 돌아가는 별들을 바라보던 중, 나는 그 자리에서 무모한 결단을 내렸다. 아직 유리한 패가 손에 남아 있다. 나를 향한 다이댁트의 지난 사랑을, 수천 년간 이어진 뜨겁고 애틋했던 부부간의 정을 무기로 돌릴 생각이다.

대담무쌍에는 내 개인 자동응답 암호가 들어 있다. 이 암호가 있으면 '전진하는 수호자의 의무'에서는 이쪽이 여전히 안전한 함선으로 보일지 모르고, 운이 따라준다면 경계할 필요가 없는 아군 함선으로 인식될 터다. 어쩌면 레퀴엠의 자동화 시스템 역시 나를 아군으로 인식하여 경계 태세를 발령하지 않거나 내가 있음을 다이댁트에게 굳이 알리지 않고 순순히 출입을 허가해줄지도 모른다. 하지만 그런 요행이 일어날 가능성은 낮다.

가능성은 두 가지이나 짐작건대 양쪽 모두 성공률은 실낱같다. 대담무쌍이 어린아이처럼 보일 정도로 거대한 다이댁트의 함선에 잠입하거나, 몰래 뒤를 밟아 레퀴엠까지 따라가거나 둘 중 하나다. 그이가 그토록 아끼는 실드 월드이자 우리 부부가 함께 오랫동안 공을 들인 곳이며, 바로 그렇기에 그이가 그토록 모진 고초를 겪어야 했던 그곳으로.

이미 답은 나왔다.

나는 은밀히 뒤를 쫓았다.

───○───────○───

레퀴엠에 다가가는 동안 차마 입에 담기 어려울 만큼 험악한 기분이 들었다. 분노이건 실망이건 슬픔이건, 이토록 격렬한 감정에 휩싸인 적은 일찍이 없었다.

일단은 조용히 그림자를 밟기로 했다. '전진하는 수호자의 의무' 내부에서는 아직도 아무런 낌새를 알아차리지 못한 모양이다.

키쉽이 항로를 가로막으며 내가 있는 대담무쌍과 다이댁트가 있는 '전진하는 수호자의 의무'의 직위를 확인한 다음, 어지간한 행성보다 거대하고 위압감이 묻어나는 은빛의 거대한 구체로 두 함선을 안내했다. 인류와 전쟁을 치르기 훨씬 이전에 포트리스 월드로써 축조된 이곳 레퀴엠은 막강한 위력의 실드 월드 계획을 따르는 이들에게 등대와도 같은 곳이었다. 플러드에 대항하고도 생존 가능한 곳, 이러한 거점을 기반으로 공격 및 방어망을 구축할 수만 있었더라면 그이는 헤일로 운용책보다 훨씬 신속하고 유연하게 상황에 대처했을 텐데.

하지만 다이댁트가 고안했던 원대한 전략은 이제 모든 희망의 무덤일 뿐이다. 사실 나의 희망은 이미 저곳에 묻혀버린 셈이다. 프로메테안의 안식처를 만들고자 우리 부부가 함께 나눴던 꿈은 인간과 의회라는 외부와 내

271

부의 적, 그리고 플러드의 위협이라는 중대한 시국에 짓밟힌 지 오래였다.

하지만 그야말로 인공 행성에 지나지 않는 거대한 축조물이자, 끝없는 전쟁을 염두에 두고 설계된 요새인 레퀴엠은 헤일로가 갖추지 못한 위엄을 자아내고 있었다. 굽이진 테두리를 돌아서자 밝게 빛나는 부표가 꽂힌 얼어붙은 일곱 소행성이 눈에 들어왔다. 소행성들은 수소, 중수소, 산소, 질소, 탄소, 규소, 알루미늄, 니켈철, 희토 산화물 등 앞으로 수백만 년은 쓰고도 남을 만큼의 풍부한 원소로 분해, 가공되기를 기다리고 있었다.

대담무쌍 아래로 레퀴엠의 둥근 표면이 빛을 반사하며 회전하자, 대체 우주의 무한한 잠재력을 끌어내며 깃털처럼 가느다란 증기를 뿜어내는 진공 에너지 연료탑이 줄지어 늘어선 광경이 눈에 들어왔다. 이는 무수한 원시 우주를 희생하여 레퀴엠의 동력원으로 사용하는 것과도 같았다. 이전에도 이렇게 우주가 사라지는 광경을 목격해 왔지만, 이상하게도 지금은 너무도 잔인하고 부질없는 짓이라는 생각이 불현듯 뇌리를 스쳤다. 사실상 선조의 기술은 진공 에너지를 동력원으로 쓰기에 가능한 것들이다. 나의 삶 역시, 그러한 우주적 차원의 약육강식에서 비롯되지 않았던가.

레퀴엠의 잠재력은 내게 미지의 영역이나 마찬가지이다. 이는 곧 생명 가공사에게는 허락되지 않는 비밀이니까. 실드 월드를 설계할 당시, 일부러 부품 구성을 번잡하게 함으로써 건축사들조차 실드 월드의 무장이나 능력을 낱낱이 간파하지 못하도록 했던 탓이다. 오로지 이러한 요새에서 복무할 전사 종복, 즉 다이댁트의 친애하는 동료 프로메테안들에게만 실드 월드의 최종 사양이 공개됐다.

잔존 프로메테안들이 레퀴엠으로 집결했을지 궁금하다. 플러드를 물리치느라 얼마나 많은 이들이 목숨을 잃었던가. 아직도 소수는 건축사 보안 요원으로 직책을 유지하고 있었지만, 내가 알기로는 전원이 아직도 다이댁트를 향한 굳건한 충성심을 지키고 있었다. 다들 그이의 뜻에 동참하고자 결국 이곳에 왔을까?

대담무쌍은 앤실라를 비롯한 함내 기계작동을 무효화하는 완충막에 둘러싸였다. 제아무리 다이댁트라도 감염됐을지 모르는 함선을 최후의 피난처로 들이는 위험을 감수할 수는 없을 테지. 실현까지 얼마나 오랜 세월이 걸릴지 모르는 잔혹한 야망을 이루기 위해서라도.

훗날의 끝없는 전쟁을 기약하는 야망을 실현코자.

내가 모은 인간들을 컴포저로 수확해서 대체 어쩌려는 속셈일까? 인질로 붙잡아 고문하겠다고 협박이라도 할 셈인가?

대관절 무슨 계략을 꾸미는 중일까?

이미 나는 그이가 입힌 피해를 만회하기 위한 작업에 착수했다. 챠카스가 구한 소수의 인간과 에르데 티레네에 남겨진 인구를 제외하면, 대형 아크와 오메가 헤일로에 있던 인간들은 은하계 전역에서도 인종적으로 가장 다양하면서도 사실상 최후의 인류였다. 그런데 에르데 티레네도 이제 소멸지대의 한복판이 되었을지 누가 알겠는가? 이미 플러드에 잠식된 지 오래인지 모른다.

하지만 어떻게든 온 힘을 다해 나머지를 구해야 한다. 이대로는 인류를 재건한다는 나의 간절한 희망이 물거품이 되고 만다. 푸름을 향한 찬가에게 보낸 전갈은 간단명료했다. 키쉽을 타고 에르데 티레네로 가서, 남아 있는 인간을 최대한 확보한 뒤 지시를 기다릴 것.

나의 선택권 역시 갈수록 좁아지고 있다. 나의 이야기는 다이댁트를 크립팀에 봉인해 에르데 티레네에 숨겼을 때 계획했던 무수한 가능성 중, 가장 암울한 결말을 향해 치닫는 것만 같았다. 기발한 생각이라고 얼마나 자화자찬했던가. 의회를 따돌리고, 다이댁트의 의표를 찌르는 한편, 최고 건축사와 손을 잡으며 나 스스로 얼마나 지혜롭고 영악하다고 생각했던가…… 오로지 내가 아끼는 표본을 구하겠다는 일념으로, 우리 은하에 위기가 닥쳤을 때를 대비해 생명의 다양성을 보존한다는 신념 하나로.

대담무쌍은 레퀴엠의 외부 표면으로 견인되었다. 센티넬과 절망급 전투기 편대가 벌 떼처럼 주위를 에워쌌다.

그때 다시금 다이댁트가 상심할 법한 광경이 눈에 들어왔다. 그이와 함께하고자 모인 전사가 이렇게 적다니! 행성 내부로 들어가는 관문은 한번 열리면 수십만 척에 달하는 함선이 동시에 드나들 정도로 규모가 컸지만, 지금 통과하는 함선은 고작 드레드노트 몇 척과 요새급 전함 하나, 폐기 처분될 건축사 재고품 목록에서 꺼내왔을 법한 작고 낡은 수송선 수십 대가 전부였다. 게다가 대담무쌍이 확인한 결과, 함선 내부에서는 선조 신호가 전혀 포착되지 않았다. 모조리 텅 빈 채 버려진 상태였다.

다이댁트가 포로로 붙잡혀 그레이브마인드의 손에 농락당했다는 치욕적인 사실에 그이를 우러러보던 자들조차 등을 돌렸을 줄이야. 나조차도 난감하고 창피스러운 기분이 든다. 하지만 안타깝다는 생각은 눈곱만큼도 들지 않는다. 그이가 무슨 짓을 했는지 똑똑히 봤으니까.

나 말고 이곳에 그이와 함께 있는 이가 또 있을까?

대형 아크를 떠난 이후로 그곳에서는 아무런 연락이 없다. 엄중한 보호를 받는 소형 아크는 아예 몇 년째 감감무소식이다. 대형 아크가 침묵한다는 것은 두 가지 가능성을 시사한다. 통신이 또 두절됐거나, 통신망 자체가 더는 존재하지 않거나.

그곳에서 목격했던 광경으로 미루어 짐작건대, 후자일 공산이 크다.

이제 카탈로그는 온전히 기력을 되찾고 이곳에 보존되어 있던 예비 주파수대를 사용하면 법률사 통신망에 어려움 없이 접속 가능하다는 사실을 알려줬다. 대규모 통신을 위한 주파수대가 준비되어 있으며 아직 거의 사용되지 않았다는 것이다. 카탈로그는 신이 나서 담당 사건을 모두 전송하고는, 지휘소에서 생각에 잠겨 있는 내 곁에 얼씬도 하지 않았다.

우리는 '전진하는 수호자의 의무'를 뒤쫓으며 레퀴엠의 내부로 들어갔다. 자그마치 50킬로미터 두께의 차가운 비활성층을 가로질러, 센티넬들이 드문드문 쏘아대는 광선에 모습이 드러나는 거대한 원주형 지지대와 아치 통로를 거쳤다. 그리고 원래라면 수천 정에 달하는 화기 탑재가 가능하지만 지금은 모조리 해체된 채 과거의 그림자로만 남아 있는 포좌(砲座)를 지나 여기저기 분출되는 가스 구름 사이를 헤치며 나아갔다.

속으로 들어갈수록 차가운 푸른색과 녹색의 활성층이 하나둘씩 나타났다.

이제 수백 킬로미터 내부로 들어섰다.

아직 '전진하는 수호자의 의무'에 오를 기회는 보이지 않는다.

오랫동안 잊힌 레퀴엠의 아름다운 풍경만이 나를 맞이했다. 사방으로 펼쳐진 수천 킬로미터 너비의 지면이 은빛이 감도는 녹색 안개 속으로 사라지며 높은 천장으로 둘러싸인 광활한 풍광을 자아냈고, 화려한 신록의 꽃처럼 타오르는 자그마한 햇살이 땅을 환히 밝히고 있었다. 비바람에 풍화된 산맥을 따라서는 광물이 가득한 얼음 결정 덩어리가 빛을 발하며, 곧 녹아내려 생명가공사 표본을 위한 생명의 보금자리로 변하기를 기다리고 있었다. 생명의 흔적이 없는 미완성 지역이 눈에 들어오자 문득 가슴이 아린다. 하지만 이곳으로 이주할 선조는 아무도 없다.

나는 이런 장관을 모조리 머리 한구석으로 밀어두었다. 지금 내게는 하나의 소임이 있다. 이는 곧 남편이 저지른 모든 죄와 함께 그이를 크립텀에 봉하는 것이다.

그 소임이 끝나고 나면, 나는 에르데 티레네로 돌아가리라.

대담무쌍은 격납고의 착륙대 아래로 깊숙이 파고든 널따란 원기둥 한쪽

에 자리한 '전진하는 수호자의 의무' 옆에 멈췄다. 함선보다도 거대한 무기가 들어갈 만한 수송관으로 보이는 그 원기둥은 실어온 무기를 이미 설치했거나 이제 수송을 하려던 참이지 싶었는데, 관문과 함께 수송관도 밀폐되고 나면 레퀴엠 전체가 단단히 닫히게 된다.

대체 그런 무기가 어디서 왔는지, 그리고 어디에 설치될지 궁금했다.

이쯤 되자 다이댁트의 함선에 오르기에 앞서 레퀴엠의 전반적인 상황부터 파악해야겠다는 생각이 들었다. 더구나 지금 다이댁트가 타고 있는 함선보다는 이곳 오래된 실드 월드가 행운이 따라줄 듯했다.

아직은 예감이 틀리지 않았다. 주위를 둘러보겠다고 하자 레퀴엠은 순순히 승인했고 시중용 센티넬을 붙여 경호까지 해주었다.

한때는 전사들의 숙영지였던 모양이지만 지금은 앤실라가 제어하는 공장들이 들어서서 최고 속력으로 가동되고 있는, 반쯤 완공된 구획을 꼬박 세 시간 동안 거닐며 고민을 거듭했다. 대체 뭘 만드는 중일까? 전사를 닮은 기계인가? 비로소 그이가 꾸미는 잔혹한 계획의 목적이 어렴풋하게나마 짐작되기 시작했다. 마침내 크립텀 보관소로 이어지는 대기실에서, 나는 지난 수천 년간 보지 못했던 전사 종복을, 다름 아닌 프로메테안을 맞닥뜨렸다. 다소 뜻밖의 만남이었다. 오래전에 퇴역했다고 들었던 이였으니까. 상황이 달랐더라면 지금과는 사뭇 다른 삶을 살아가게 되었을지도 모르는 프로메테안과의 만남.

내가 둘 사이에 끼지만 않았어도 이렇게 되지는 않았을 텐데.

그 여전사의 이름은 '의지의 인내'였다. 인류와의 전쟁 당시 비통의 부관이었으며 다이댁트에 버금가는 제국 최고의 전략가로 꼽혔던 인물이다.

내가 센티넬을 대동하고 나타나는 모습을 보고도 태연한 얼굴이었지만, 이지적이며 예리한 눈매가 다소 가늘어지는 모습을 나는 놓치지 않았다.

우리는 서로 간격을 두고 섰다.

"생명세공사님, 이렇게 찾아주시다니 영광인 동시에 뜻밖이로군요."

'의지의 인내'는 전사 치고는 체구가 작지만 고양이를 보는 듯한 기품이 있었고 지위를 드러내는 장식도, 굴곡도 없는 전투복을 입고 있었다.

"어째서 우리 남편은 자리를 비웠지요?"

단도직입적인 질문인데도 조금도 당황하는 기색이 없었다.

"왜 안 계시겠습니까. 그분의 청에 따라 제가 여기 있잖습니까."

"보아하니 이것들을 돌리느라 여념이 없나보군요."

나는 공장들을 가리키며 말했다.

인내는 고갯짓으로 옆을 가리키는 동시에 예의주시하는 눈빛으로 나를 지켜보았다.

순간 아까 봤던 함선들이 어째서 텅 비어 있었는지, 그이를 따르던 충직한 프로메테안들에게 무슨 일이 벌어졌는지에 생각이 미치자 아찔한 공포가 온몸을 엄습했다.

"기계에 각인된 노예를 찍어내다니! 혹시 그쪽도 이런 계획에 동의했나요?"

"다이댁트는 저희 사령관이십니다."

인내는 말조심하라는 암시를 은연중에 흘렸다. 내가 이곳에 발을 들인 이유뿐 아니라 목적까지 알아내고자 나를 넌지시 떠보고 있었다.

"저는 부하에 지나지 않습니다. 판단은 제 소관이 아니지요."

"그렇다면 언제쯤 동료들의 뒤를 따라…… 기계로 변할 생각인가요?"

"조만간 그렇게 되겠지요."

인내는 그렇게 답하고는 짜증스레 숨을 내뱉으며 덧붙였다.

"언젠가는 말입니다. 다이댁트께서 이미 알려드렸으리라 생각합니다만."

"뼛속까지 사무치도록 알려주셨죠."

"저보다 본인께 직접 여쭈시는 편이 좋겠군요."

"인간의 정수를 요구했던 사람이 당신인가요?"

"인간들이라면 훌륭히 제몫을 해낼 겁니다."

"나의 보금자리에서 허락도 없이 컴포저로 수확해간 인간들이에요. 지난날의 적을 무기로 만들어서 기계 심장부에 심었단 말입니다. 이게 과연 정상적인 선조의 행동이라 할 수 있나요? 그것도 수호자의 의무를 받드는 전사로서 가당키나 한 짓인가요?"

"사필귀정이라고 하잖습니까. 수호자의 의무도 마찬가지입니다."

이쯤 되자 인내가 품은 의혹의 깊이와 심란한 심정이 느껴지기 시작했다. 내가 기억하기로 인내는 고결하고도 세심한 일면을 갖춘 전사였다. 아직은 마음을 돌리게 만들 여지가 있을지도 모른다.

하지만 그러자면 갑론을박 끝에 막다른 곳으로 몰아넣어야 한다.

"소멸지대에서 귀환했을 당시, 그이는 플러드에 맞설 새로운 전략도 함께 가져왔다고 하더군요. 그게 이건가요? 동료 전사들을 남김없이…… 기계로 바꿔버리는 짓이라던가요?"

"다이댁트께서는 생명세공사님께서 오시리라고는 예상하지 못하셨습니다. 생명세공사님께서 여기 계신 줄 아직 모르시나 봅니다만?"

인내는 나름의 확고한 전략관이 있었기에 과거에 곧잘 다이댁트와 의견 충돌을 빚고는 했다. 적어도 나의 간청에 귀를 기울일 정도로 인내와 그이 간의 견해차가 크기를 빌며, 설득 여부를 운에 맡겨보기로 했다. 남편을 크립텀에 안치하게 될 인물은 내가 아니라 인내가 될 테니까!

인내는 화려한 장식이 들어간 고형광선 기둥이 양쪽으로 늘어선 넓은 복도를 걷기 시작했다. 지금까지 레퀴엠에서 봤던 선조 기자재로 건설된 밋밋한 기둥과는 달랐다.

"아무래도 지금 바로 다이댁트님께 모셔다 드리는 편이 좋을 듯합니다. 생명세공사님의 방문이라면 얼마든지 환영하실 테니까요."

"이렇게 새로 만들어낸 전사들로 얻고자 하는 바가 뭐라던가요?"

언성을 높이자 목소리가 복도를 따라 울려 퍼졌다. 내 말이 그이의 귀에 들릴지 궁금하다. 내가 여기 있다는 사실을 안다면 어떻게 나올까? 아마 최악의 상황이라고 판단하겠지. 하지만 내가 아무리 성가시고 곤란할지라도, 아내마저 피난처에서 내칠 만큼 절박하고 광적인 상태일까?

"당연히 승리 아니겠습니까."

인내는 내게 등을 돌리며 말했다.

"뭘 상대로 말인가요?"

"저한테 하고 싶은 말씀이라도 있으십니까? 뭔가 제가 반드시 알아야 하는 사실이라도 있는 겁니까?"

그렇게 말하는 인내의 전투복이 위협적으로 불끈거렸다.

"아닐 겁니다. 벌써 알고 있을 테니까요."

"남편 뒷바라지를 하고자 이곳까지 오셨을 테지요. 거기까지는 예상했습니다. 어째서 그렇게 마음을 쓰시는지 말씀해보십시오."

"다이댁트는 지쳤어요."

"다이댁트께서는 원기 왕성한 상태로 계획에 전념하고 계십니다."

"그이는 쓰러지기 직전이에요."

"전혀 그렇게 보이지 않으셨습니다."

이번에는 다소 확신이 없는 말투였다.

"그이는 지금 온전한 정신이 아녜요."

"증거라도 있습니까?"

인내는 그렇게 물으며 서서히 고개를 돌려 얼굴을 마주했다. 직속상관을 향한 나의 비판에 조금이나마 귀를 기울이기 시작했다는 데서부터 이미 명예를 저버리고 있었다. 의혹이 깊숙이 쌓인 것이 틀림없다. 마음속 의혹을 위로 끌어올려 겉으로 드러내야 한다.

"그이는 그레이브마인드의 손에 심문당했어요."

"알고 있습니다."

"만약에 그쪽이 그레이브마인드처럼 고대의 기억과 선조의 기억과 경험을 결합한 존재라면, 어떤 수단으로 선조 방어선의 중심부를 타격할 것 같은가요?"

인내의 눈매가 심히 가늘어졌다. 심중을 간파당한 것이다. 마치 더는 나와 같은 공기를 마시기 거북하다는 듯 콧구멍이 오그라들었다. 하지만 팔짱을 끼고서 계속해서 귀를 기울였다.

"명예롭고 용맹스러운 사령관이 느닷없이 우리 품으로 되돌아왔어요. 선조 제국에 희망을 불어넣고 잃어버린 사기를 북돋을 사령관이 말예요."

"그런데 무엇이 문제입니까?"

"그런데 그이의 귀환은 슬픔과 가공할 파괴만을 초래했을 뿐이에요. 비단 전사 계층뿐 아니라 인간들마저 말예요. 그이는 오래전부터 계획된 복수극의 꼭두각시로 전락했어요."

"프라이모디얼의 복수극 말이로군요."

"맞아요. 그이는 너무도 충격이 컸던 나머지, 놈과 대화했다는 사실을 지난 만 년 동안이나 내게 비밀로 숨겼죠. 그토록 사악한 교활함을 지닌 존재가 그이의 해묵은 공포를 이용해 정신을 비틀면서, 전쟁과 고난과 정치판을 거치는 내내 그이를 조금씩 무너뜨려 왔어요. 내면의 공포는 갈수록 뒤틀리고 증폭되면서 일그러져 갔죠."

"프로메테안은 지난 수십만 년간 그런 압박을 거듭 이겨내 왔습니다. 우리 중 고문 앞에 무너졌던 자는 하나도 없습니다."

"이런 강적에 대한 대비는 전혀 없었어요. 창조주의 후예를 상대로 우리를 지켜줄 전투복이나 방패막이는 어디에도 없어요. 다이댁트는 신에 가까운 존재의 손에 심문을 당했어요. 이제까지 우리에게 수호자의 의무를 물려준 줄로만 알았는데 실상은 정반대였던 존재한테 말예요."

"그만하세요! 아무리 생명세공사님이라 해도 그런 말씀을 계속하신다면 저도 가만있지 않겠습니다."

"그이가 그쪽을 계획에 끌어들이던가요? 어쩔 작정인지 낱낱이 설명해주던가요?"

"충분히 해주셨습니다. 저는 따를 뿐, 판단은 제 몫이 아닙니다. 새롭게 태어난 프로메테안으로 플러드를 물리칠 것이고, 이로써 잔존한 선조들이 목숨을 건져 다시금 힘을 합치게 되리라 하셨습니다. 그러면 이들을 소집해 다스리고 재편할 것이라고요. 레퀴엠은 선조 부활의 구심점이자, 마땅히 우리 차지로 남을 수호자의 의무를 거머쥘 발판이 될 테니까요."

"그러고 나서는요?"

"인류는 처음부터 싹을 잘라버렸어야 하는 위협이라고 하셨습니다."

이쯤 되자 확신이 서지 않는 듯 머뭇거리며 말을 이었다.

"다이댁트께서는 위협이 될지 모르는 종족을 모조리 뿌리 뽑고자 하십니다. 위험 행성을 말소하여 은하계 전역에서 위협을 남김없이 제거하는 겁니다. 다시는 은하계가 선조에 반기를 들지 못하게 말입니다."

마치 은하계 전체가 잠재적 위협인 것처럼 비약하는 단어 선택에서 어딘가 소름 끼칠 정도로 낯익은 구석이 느껴졌다. 현실을 왜곡하며 그릇된 순혈주의를 내세우는 노골적인 표현 속의 일면이.

"그건 내가 알던, 제국에서 가장 고귀한 전사로 통하던 그 다이댁트가 아녜요. 그런 명분의 이면에 사악한 간계가 감춰져 있다는 사실을 그쪽도 간파했을 텐데요. 설마 진심으로 이런 계획에 동의하지는 않겠죠?"

"그분은 다이댁트이십니다. 우리를 이끌 사령관은 그분뿐입니다."

"그이는 안팎으로 망가졌어요."

"이미 온 제국이 망가졌습니다, 생명세공사님. 애초에 전사 종복을 내친

것도…….”

“그렇다고 해서 만물을 고통받게 하고 끝내는 남김없이 멸종시켜 선조만 독존케 한다는 발상이 과연 옳은가요? 그렇다면 수호자의 의무에 따른 가르침에 무슨 의미가 있나요?”

인내의 의혹을 둘러싼 마지막 껍질에 금이 가기 시작했다.

“왜 의미가 없겠습니까. 의무 또한 엄연히 존재합니다.”

“어느 의무가 우선인가요?”

“물론 수호자의 의무입니다.”

“그렇다면 다이댁트를 위한 최선책은…… 그이를 저지해서 억지로라도 이성을 되찾게 돕는 거예요. 크립텀에 봉하는 거죠.”

“또 기약 없는 귀양을 보내자는 말씀이십니까? 그러는 생명세공사님께 아내로서 남편에 대한 의무는 무엇인지 묻고 싶습니다.”

“이이는 내가 알던 다이댁트가 아녜요. 내가 알던 남편도 아니죠. 정녕 지금의 그이가 당신이 속속들이 알던 그 다이댁트던가요? 나를 택하지만 않았어도 당신의 남편이 되었을 바로 그 전사던가요?”

이 말이 비수처럼 인내의 가슴을 찔렀다. 의혹이 산산이 깨지면서, 오래전에 지워진 듯했지만 결코 아물지 않았던 상처의 고통이 가슴을 산산이 찢어놓았다. 전사는 자신의 감정을 결코 함부로 드러내지 않는 법이다.

비겁하고 치사한 수일지라도, 불가피한 일이다.

“그걸 알고 계셨나요?”

“나를 버리고 같은 계층을 택하라고 했어요. 하지만 그이는 거절했죠.”

“사랑 앞에서도 도리를 지키시다니…….”

인내가 슬피 말했다.

“우리가 함께 그이를 구하는 겁니다. 이곳에 남은 선조라고는 우리뿐이니, 반드시 우리가 그이를 구해야 합니다. 다이댁트가 아니라 누가 되었건 저런 상태에 있는 자가 레퀴엠을 좌지우지하거나 기계로 변한 프로메테안을 수족처럼 부리게 내버려둘 수는 없어요."

나는 수중의 패를 전부 썼다. 더는 숨겨둔 패가 없다. 이제 내가 기댈 것이라고는 명예와 정직성을 간직한, 그리고 나와 전혀 다른 계층에 속하고 과거 내가 선수를 쳤기에 상처받았으며 지난 수천 년간 내게 깊은 증오심을 품었던 여전사의 지혜뿐이다.

———◦————————◦———

나는 이제 '전진하는 수호자의 의무'로 향했다. 다이댁트는 자신의 지휘권과 휘하의 모든 앤실라를 레퀴엠으로 이전할 마지막 준비에 들어간 상태이다. 그이는 이렇게 되리라 예상치 못한 채 여전히 무방비로 있을까? 아무리 광기에 사로잡혔다고는 하지만, 아니 바로 그 광기 때문인지도 모르지만, 어떻게 아직도 내가 자신을 배신하려 한다는 사실을 전혀 모르고 있을까?

나는 인내가 내게 맡긴 전용 모니터의 호위를 받으며 걸음을 옮겼다.

"다이댁트의 건강을 점검하고 온전한 상태인지 확인해봐야겠어."

우리는 모니터와 함선 중심부로 이어진 통로를 따라갔다.

"알겠습니다, 생명세공사님."

모니터가 함선의 검색장을 거두자 우리는 '전진하는 수호자의 의무'로 들어섰다. 등 뒤로 레퀴엠의 관문이 굳게 닫혔다. 문이 다시 열릴지, 그렇게 된다면 레퀴엠으로 돌아갈 수 있을지 의문이다. 인내가 정말로 내게 전적으로 동의하는지 확신이 없다. 다이댁트의 삶은 속임수로 얼룩져 있으니, 인내 역시 영향을 받았을지도.

"나까지 무장을 갖추고 호위의 일부가 되라는 그이의 전언이 있었어."

"곧 무장을 갖춰드리겠습니다. 생명세공사님께서 오셨다고 말씀드릴까요?"

"그이도 알고 있으니 보고는 생략해."

"뜻대로 하시지요."

이렇게 경계가 허술할 줄이야! 다이댁트의 감각이 이리도 무뎌졌다는 사실에 경악을 금치 못했지만, 어째서 그런지 서서히 감이 오기 시작했다. 이곳은 그이의 마지막 피난처이지 않은가. 스스로 인정하기 어려울 정도로 쇠약해져 있음을, 의지의 인내마저 자신의 계획을 등지고 내 편으로 돌아섰을 줄은 꿈에도 몰랐던 것이다.

레퀴엠에서는 그 무엇도 감히 다이댁트를 배신할 수 없었다.

곧 소총을 조달받았다. 유도식 플라즈마와 극초단파를 결집한, 극도로 강력한 소형 경량 화기였다. 어느새 나의 작은 손아귀에 적합한 형태로 제어반이 조정됐다. 총기가 정상 작동 중인지 확인한 다음 안내를 요청했다. 그러자 모니터가 앤실라에게 조작법을 가르쳤고, 전투복은 이를 신속히 숙지했다. 신경 쓰지 않아도 알아서 해결됐다.

"다이댁트께서는 사실에서 최종 준비작업 중이십니다. 앞으로 몇 시간 안에 '전진하는 수호자의 의무'를 완비한 후 기능을 차단하실 예정입니다."

"그이가 함내에 전투용 크립팀을 비치해놓았을 테지?"

"그렇습니다."

"레퀴엠으로 운반할 준비를 하도록."

"분부대로 하겠습니다."

모니터는 잠시 멈칫했다.

"방금 알아보니 생명세공사님께서 이곳에 오신 걸 다이댁트께서 모르셨다고 하는군요."

"건강이 악화되는 징후인가 보네."

그 문제에 관해서 모니터는 토를 달지 않았다.

"지금 즉시 뵙자고 하십니다."

나는 짐짓 속내를 감추며 반가운 척했다.

"기꺼이 응하겠다고 답해줘."

출입구가 열리자 앞으로 어둠이 펼쳐졌다. 모니터가 언제든 나를 제거할지 모른다는 생각이 들었다. 여기까지 무사통과한 것도 기적인데, 이런 요행이 언제까지 계속될 것인가.

하지만 모니터는 나를 함선 깊숙한 곳으로 안내했고, 아무런 제지 없이 지휘소에 도착했다. 이곳에는 차갑고 공허한 분위기만이 감돈다. 다이댁트는 레퀴엠 보안 상태를 나타낸 표시창 앞에 홀로 서 있었다. 그이의 전투복은 보관대에 가지런히 접힌 채 지시를 기다리고 있었다.

내가 왔는데도 돌아서서 눈길조차 주지 않았다.

"부인, 그런 일이 있었는데 여기까지 찾아올 줄은 몰랐소."

그이의 태도에서, 그이의 말투 하나하나에서 증오심이 묻어났다.

"남편에 대한 의무와 충성심이 최우선이니까요."

"충성심이라…… 우리를 이어주는 굳건한 유대가 아니겠소. 하지만 내가 벌인 일로 충격이 컸으리라 생각했건만 의외구려. 짐작건대 내가 인간들을 데리고 어찌할 계획인지 지켜보러 왔소?"

"맞아요. 해명이라도 들어야 마음이 진정되겠어요."

"다짜고짜 일을 벌여 미안하오만, 부인은 언제나 나의 뛰어난 전략에 찬성했잖소."

"다만 전에는 언제나 사전에 상의를 하셨죠."

나는 되새겨줄 심산으로 짚고 넘어갔다.

"인간들을 수확한 것은 불가피한 일이었소."

그이도 지지 않았다.

"인간을 데리고 어쩔 셈이죠?"

"인간의 정수는 한 명을 제외한 나머지 프로메테안과 운명을 함께할 것이오. 이들의 충성심은 의심의 여지가 없소. 이들이야말로 플러드를 물리칠 우리의 유일한 희망이오."

"어떻게 말인가요?"

그제야 뒤를 돌아보는 그이의 눈은 공허하기만 했다.

"부인도 알다시피 인간들은 모두 컴포저로 처리됐소."

그렇게 말하는 그이의 얼굴은 말라비틀어진 과일처럼 주름졌다. 그 모습에서 상상을 초월하는 피로와 고단함이 묻어났다. 인내에게 아직도 미련이 남아 있다면, 그이의 이런 모습을 보고 마음이 완전히 돌아설까? 이런 그이를 구제할 유일한 희망은 이제 크립텀뿐이다.

시간이 지나면 건강을 되찾을 테고, 덩달아 정신도 온전하게 돌아올지 모른다.

"부인의 인간들은 새로운 형태의 병기로 태어남으로써 불사의 몸으로 거듭날 거요."

그이는 낮은 목소리로 말을 이었다.

"이제 프로메테안으로 거듭나는 거요. 내가 몸소 내려주는 영광이라고는 하나, 인간들한테는 분에 넘치는 처사가 아니겠소."

"하지만 왜 하필이면 제가 아끼던 인간들인가요?"

"아무리 약해빠진 원시 상태라고는 하나, 인간은 여전히 타고난 호전성을 지니고 있소. 가공할 위력의 투사가 되어줄 테지. 수천 명이 넘는 프로메테안에게 인간의 정수를 심을 생각이오. 그렇게 이제껏 플러드가 맞서보지 못했던 병력이 탄생하는 거요."

"과거의 적이던 인간들이 당신의 옛 전우들과 동등한 영예를 누리게 되겠군요. 우리 자식들을 무참히 죽였던 자들의 정수를 통해서요. 과연 그게…… 정의인가요?"

그이는 자식들을 들먹여도 안색 하나 변하지 않았고, 마치 작고 연약한 날벌레가 잠시 성가시게 굴었다는 듯 한쪽으로 눈을 흘긋거렸다. 내가 갖춘 무장을 뻔히 보고도 대수롭잖다는 눈치였다. 나를 크게 경계하지 않는 것이 틀림없다.

아예 나를 없는 존재로 취급하는지도 모르겠다.

"플러드를 우리한테 옮긴 장본인은 인간이니, 이제는 놈들이 소독에 나설 차례요."

나는 총을 겨눴다. 손의 장갑이 제어반과 하나가 된다. 나, 전투복, 소총이 어느새 하나가 되었다. 오랫동안 도메인에 머무르며 우리 조상과 영예와 역사를 되새기는 길만이 그이를 위한 최선의 방책이라고, 나는 믿어 의심치 않는다.

막무가내로 보일지 몰라도, 그이를 한동안 이 우주에서 격리하는 것만이 유일한 해결책이다.

이제는 그이도 나를 돌아본다. 무슨 일이 벌어지는지 알아차린 것이다.

나는 방아쇠를 당겼다. 양전자 번갯불이 둥글게 말려들며 에너지가 그이를 감싼다. 탄이 닿는 곳마다 몸이 뻣뻣하게 굳어져 끝내 머리를 감싸는 순간, 그이는 전혀 뜻밖이 아니라는 듯 아무런 감정도 실리지 않은 무표정한 눈빛만을 내게 던질 뿐이었다.

잠시 뒤 그이는 소리 없는 저항 끝에 바닥에 풀썩 쓰러졌다. 언제나 전략의 대가이자 전술의 귀재였던 그이이기에, 이렇게 되리라 예상하고 있었는지, 짐짓 이렇게 되기를 계획하고 있었는지는 지금도 의문이다.

○────────○

인내는 크립텀과 기절한 다이댁트와 가지런히 접힌 전투복이 놓인 받침대 주위를 서성였다. 고통스러운 기색이 역력한 얼굴은 안색이 어두웠다.

"얼마나 오랫동안 휴식을 취하셔야 합니까?"

인내가 떨리는 목소리로 물었다.

"얼마쯤이면 적당할까요?"

나는 그렇게 되물었다. 이제 와서 물러서지 않도록 인내의 평정심을 유지시켜야 한다.

"저는 이곳에서 최고 건축사가 꾸민 계획의 성공 여부를 알게 되겠지요. 과연 플러드가 파멸을 맞이할지, 또 생명세공사님께서 은하계를 되살릴지도 말입니다. 정 필요하다면 수천 년은 너끈히 버틸 자원이 마련되어 있습니다."

내가 모은 지성을 갖춘 종들이 자력으로 전성기를 구가하도록, 그전까지는 자생력을 갖추게 해줘야 한다. 현세란 끝없는 도전과 경쟁으로 가득한 법이니까.

이제는 인내에게 전사의 체면을 조금은 세워줄 차례다.

"당신은 여기서 나를 대신해 그이를 지켜주세요."

내가 나직이 말했다. 그러자 인내는 몸을 꼿꼿이 폈다.

"생명세공사님은 전사도 아니잖습니까. 언제부터 전사였다고 그런 말씀을 하십니까?"

기이한 모욕감 앞에, 한 치의 거짓도 없는 사실 앞에, 여태 공들여 쌓아온 계획을 홧김에 무너뜨릴 뻔했다. 주먹을 날리고픈 충동을 참기 어려웠다. 생명가공사는 이제껏 건축사와 전사가 짊어진 막중한 짐을 져본 적이 없으니. 억눌린 분노에 전투복도 덩달아 긴장했다.

나는 화를 가라앉혔다.

더는 왈가왈부할 말도, 더는 어리석은 촌극을 빚거나 수습할 여지도 없다. 이런 불상사를 막고자 부부가 함께 애썼지만, 다이댁트를 향한 나의 사랑이 불행하게 끝나리란 사실은 오래전부터 예정되어 있었다. 하지만 내게는 생명세공사라는 직책이 있다. 수호자의 의무가 마땅한 후계자에게 돌아가게끔 마지막으로 노력을 기울일 사람은 나밖에 없지 않은가. 그리고 이야말로 지금과 사뭇 달랐던 시절의 다이댁트가 열렬히 바라던 바가 아니던가.

누군가가 남편의 혼령 곁을 지켜야 한다면…… 이는 인내의 몫으로 돌아갈 과업이다.

"나의 일부를 이곳에 남겨두고 싶군요. 정신이 온전한 다이댁트라면 뿌리치지 않겠죠."

인내는 깊은 의심이 묻어나는 눈으로 나를 바라보았다.

"무엇을 말입니까?"

"플러드가 사라진 이후에 생명가공사들이 은하계를 되살리는데 성공한다면…… 행여나 누군가가 찾아와 다이댁트와 맞서는 일이 생기거든 방문객에게 이 전언을 전해주세요. 그리고 안전하게 지켜주세요."

"그 전언에는 무슨 내용이 들어 있는지요?"

"그건 방문객들을 위한 겁니다. 전해줄 일이 생긴다면 말이지요. 그쪽 앤실라 시스템에 금방 전송될 겁니다."

"레퀴엠에 직접 각인을 심지 않고 왜 번거로운 방법을 쓰십니까?"

"다이댁트가 어떻게 변했는지 알잖아요. 자기 자신은 물론 다른 이들에게도 위험한 변수로 작용할지 몰라요. 정작 본인은 악의가 없다 해도 말예요."

침착하고 냉철하게 나를 응시하는 인내의 눈빛에서 벌써 알고 있다는 기색이 느껴졌다.

"이곳에 남겨둘 나의 일부가 레퀴엠을 지키는 한편 방문객을 지킬 거예요."

인내는 이를 숙고하는 듯했다. 불확실한 상황 앞에 좀처럼 판단이 서지 않는 눈치였다.

"생명세공사님의 남편을 향한 일편단심에는 의심의 여지가 없습니다."

"다이댁트가 프로메테안을 결코 장악하지 못하게 막아야 해요."

그러자 인내는 전보다 더한 난색을 표했다.

"점점 복잡해지는군요. 그분의 명령을 어기라는 말씀이십니까?"

이제 와서 그런 소릴 하다니!

"그이의 마지막 명령이 뭐였나요?"

"목숨을 걸고라도 레퀴엠을 지키라고 하셨습니다."

"그렇다면 명령에 불복할 일은 없겠군요. 레퀴엠과 그이를 반드시 지켜주세요. 나는 만 년이 넘도록 그이를 지켜봤어요. 내가 떠나고 나면 나의 각인이 그이를 돌볼 거예요."

전사의 사고관과 전술계획, 그리고 지휘구조와 책임의식에 관해 내가 아는 바가 부디 틀리지 않았기를, 그래서 지금의 제안이 먹혀들기를 간절히 바랄 뿐이다. 나는 마침내 말을 끝맺었다.

"그쪽만 응한다면 말예요."

길고 불안한 침묵이 감돌았다. 옛 연적과 나란히 이곳에 남게 되면 계속해서 경쟁심이 일 것이다. 하지만 다른 한편으로는 마침내 다이댁트를 독차지하게 되었으니, 그이의 존재 때문에 이도 저도 못하는 고민에 빠진 셈이다.

"다이댁트께서 선조를 위태롭게 할지도 모른다고 보시는군요."

인내가 나직이 말했다.

"수호자의 의무를 거머쥐고자 그 의무 자체를 어기는 짓도 서슴지 않을 거예요. 붙잡아서라도 원래의 모습을 되찾게 해야 됩니다."

주먹을 쥔 손이 풀리더니, 인내는 마침내 단념한 듯했다.

"생명세공사님의 도움을 받아 함께 레퀴엠을 지켜나가겠습니다."

진심으로 다이댁트를 위하고 있었던 모양이다. 하지만 인내의 단호한 결심에는 석연찮은 데가 남아 있었다.

"위대한 전사는 위대한 적을 필요로 하는 법입니다. 먼 훗날에 호적수가 나타날까요?"

"현세는 위협으로 가득한 법이지요."

아무래도 원하던 대답을 얻은 듯했다.

"그렇다면 뜻대로 하시기를."

"내 전투복에서 그쪽 전투복을 거쳐 레퀴엠 앤실라에 각인을 전송하는 데는 몇 분이면 충분할 겁니다."

"그럼 어서 제게 주시지요."

우리는 장갑 낀 손을 맞잡았다.

이윽고 전송이 완료됐다.

과연 인내가 끝까지 계획에 따라줄까? 나를 레퀴엠에서 내쫓으려고 나름의 승부수를 두었던 것은 아닐까?

나로서는 알 길이 없다.

영영 알 수 없을지도.

⸻

마침내 나는 전투용 크립텀을 조립하라는 지시를 내렸다. 빛줄기를 따라 올라가며, 다이댁트의 몸 아래로 용기가 형성되기 시작했고 그이를 똑바로 세워 운반대를 멀찍이 뱉어냈다. 크립텀의 수많은 구획이 넓어지면서 다이댁트를 중심으로 크고 갈라진 구체를 형성했다. 갈라진 구획이 하나둘씩 맞물렸고, 이윽고 마지막 틈새까지 고형광선을 번득이며 안으로 닫혀들다 굳게 봉해졌다.

마침내 그이의 얼굴까지 시야에서 사라졌다.

심신이 어찌나 괴롭던지! 이렇게 남편을 잃는다는 생각에 어찌나 슬프던지!

크립텀은 빛줄기를 따라 올라가 보관실 상층부에 모습을 감췄다. 방문객이 찾아올 가능성이 낮다고는 하나 누군가가 이곳을 어지럽힐 때를 대비해 유사한 구체로 가득 채운 곳이었다. 보관실이 우르르 울리는 소리로 가득 찼고, 뒤따라 새어나오는 바람 소리에 가슴이 아렸다.

"끝났구나. 머잖아 이곳도 기나긴 잠에 빠져들겠지."

센티넬들의 재촉에 나는 보관실을 나섰다. 미로처럼 길고 복잡한 통로와 경사로를 지나, 용솟음치는 마그마에서 뿜어져 나오는 수증기로 자욱한 허공을 통과했다. 짙은 증기가 매립용 배기관으로 빨려들며 소용돌이쳤다.

잠금장치를 앞두고 마지막 수직통로를 가로지르는 좁은 길목에서 등 뒤로 인기척이 느껴졌다. 고개를 돌렸더니, 여태껏 보지 못했던 날렵한 외양의 기계가 여리고 기다란 다리로 나와 센티넬들을 쓸쓸히 뒤쫓고 있었다. 그 기계는 다른 기계를 등에 싣고 있었는데, 등에 실린 기계는 마치 날개를 펼치는 곤충처럼 잠시 파드닥거렸다. 이윽고 다른 기계들도 느닷없이 모습을 드러냈는데 그 수가 상당했다. 기계들은 형태가 재구축되고 있는 측면 통로를 따라 한데 늘어섰다. 나는 가까이 있던 기계로 손을 뻗었다.

그 기계가 인내인지, 나로서는 알 길이 없다. 기계는 침묵을 지킬 따름이다. 암울한 운명일지 몰라도, 훌륭히 책임을 다하겠지. 레퀴엠의 깊숙한 곳에서 삐걱거리는 소리와 쿵쿵거리는 소리가 공허하게 메아리치며 발밑을 울리더니, 사방에서 숨 가쁜 소리가 잇따라 들려오며 머리를 어지럽혔다. 이곳에 남겨둔 것들을 뒤로하고, 나는 정거장을 가로질러 함선에 올라 서둘러 떠날 채비를 했다.

대담무쌍의 해치가 굳게 닫혔다. 나는 카탈로그와 함께 지휘소에 자리를 잡았다. 함선은 기다란 원기둥을 따라 올라갔고, 우리가 통과할 때마다 지나간 구획이 닫혔다.

센티넬들은 외부 관문까지 우리를 호위했고, 외부 관문 역시 통과하자마자 굳게 닫혔다. 이제 레퀴엠은 기나긴 기다림에 접어들 준비를 끝마쳤다. 나는 최선을 다했다. 그이의 목숨까지 거두지는 못했지만, 나로서는 차마 그럴 용기가 나지 않았다.

출항 허가가 떨어지자 대담무쌍은 안도를 표했다.

"드나들기 번거로운 구조물이로군요. 그럼 이제 다음 점프에 돌입할 예정이십니까? 이곳에는 슬립스페이스 조정 예산이 넉넉한 모양입니다. 수용력이 이렇게 넘쳐나다니 신기하군요."

그러자 카탈로그가 말했다.

"신기할 것도 없지요. 슬립스페이스 조정은 시간을 앞뒤로 오가며 다년간 진행됩니다. 그러니까 상업상 관례에 대한 법적 판단이 그렇다는 말이지요. 대형 아크가 더는 존재하지 않으므로 선조의 통상과 통신은 사실상 전면 중단된 셈입니다. 더불어 상황을 복잡하게 만드는 성간 도로도 인근에 없고 말입니다."

선조에게는 온 시공이 잠잠하다. 하지만 그렇게 잠잠하다면 아직 소형 아크에서 신형 헤일로를 미처 배치하지 못한 것이리라. 헤일로 배치를 놓고 또다시 플러드가 선수를 칠지도 모른다. 아이소 다이댁트는 살았는지 죽었는지조차 모르고, 소형 아크에 지휘관급 선조가 있는지조차 불명확하다.

에르데 티레네는 어떻게 되었을까. 지금쯤 푸름을 향한 찬가가 생명가공사의 계획을 실현하기에 충분한 수의 인간을 확보했을까? 대담무쌍이 이대로 소형 아크로 우회한다면 인류는 멸종을 맞이할지도 모른다. 그렇다면 일생의 노력이 물거품이 된다.

한심하게도 나는 고민에 빠졌다. 머릿속에 온갖 변명거리가 떠올랐다. 이윽고 나아가야 하는 방향이 뚜렷해졌다. 마치 크립텀이나 하루스피스 같은 중간 단계를 거치지 않고 도메인의 손길을 몸소 느끼는 것만 같았다. 나를 부르며 방향을 잡아주는 기분이었다.

야망을 품은 사람이 어디 다이댁트뿐이던가.

"전갈을 보내줘."

나는 대담무쌍하게 말했다.

"생명세공사님을 마중하도록 소형 아크에 말입니까?"

"아니, 전 선조 함선에."

"전부라 하심은 플러드에 감염된 함선까지도 말입니까?"

"더더욱. 내가 에르데 티레네로 향하는 중이라고 전해. 함선이란 함선엔 빠짐없이. 드디어 플러드 치료법을 찾았지만, 에르데 티레네에서 마지막 재료를 구해야 한다고도 전해."

"도무지 무슨 의도이신지 모르겠습니다."

궁여지책이 꼬리에 꼬리를 무는구나. 플러드에 대한 치료법이 있다는 그릇된 생각에 사로잡힌 나머지, 나를 비롯한 선조 사회는 지난 수백 년간 온갖 추태를 겪었다. 그렇다면 이런 사실을 소상히 아는 악의 세력을 상대로 역이용할 여지가 있을지 모른다.

"소형 아크에 시간을 벌어줘야 하니까. 며칠 정도면 충분하겠지. 양동작전으로 시선을 끌어서 플러드를 유인하는 거지."

플러드가 얼마만큼이나 하나로 결집된 존재일까? 또 그레이브마인드는 얼마나 단일한 존재일까? 생물학과 관련한 문제의 핵심에 직결되는 의문이 아닐 수 없다. 점프를 거치는 내내 골머리를 앓게 될 의문이자, 점프를 마치고 도착해야 비로소 풀릴지 모르는 의문이다.

"그런 다음에는 소형 아크에 연락을 취해야 하고."

"교신을 시도하는 중입니다. 하지만 대체 무슨 의도이신지요?"

"별빛내기가 살아 있다면 그쪽의 도움을 받아서 요긴하게 쓰일 함선을 확보해야 하니까."

"잘 알겠습니다. 즉시 연락을 취하겠습니다. 하지만 아직 살아 있을까요?"

나는 대답하지 못했다.

그가 없으면 모든 지성체의 희망은 끝내 사라진 셈이거늘.

35번 기록
모니터 챠카스

나는 아이소 다이댁트를 내려다보았다. 전투복은 새까맣게 그을렸고, 대형 아크와 오메가 헤일로가 파괴되는 와중에 입었던 부상으로 충격에서 아직 헤어나지 못한 상태이다.

다이댁트로 거듭난 별빛내기를 구할 때 사용했던 가르강튀아급 수송선은 오메가 헤일로가 발사된 이후 죽은 듯이 우주를 떠돌고 있다.

잔해 지대 속에 생존자가 더 있기를, 수송선에 태울 생존자가 더 있기를 빌었지만 생명은 전혀 감지되지 않는다. 더욱이 탐색을 계속할 시간도 촉박하다. 우어 다이댁트가 헤일로를 기습하기 이전에 수습한 표본만으로 만족해야 한다니. 대부분 인덱스에 정리된 유전자 합성물로 수백 가지 서로 다른 종만이 목숨을 부지했다.

나는 둔중하고 힘깨나 쓰는 가르강튀아급 수송선을 조심조심 움직이며 잔해 지대에서 조금씩 벗어났다. 적들이 이쪽의 에너지 신호를 감지하고 언제 들이닥칠지 모른다. 마침내 온갖 잔해와 격침된 함대, 부서지고 손상되어 느슨히 풀린 성간 도로망 사이로 돌파구가 모습을 드러내자, 나는 1차 점프를 위한 항법 제원 산출에 들어갔다.

내가 아직도 나의 능력을 증명하지 못했던가?

○━━━━━━○

어느덧 대형 아크의 폐허는 우리 뒤편으로 수십 광년쯤 멀어졌다. 하지만 소형 아크라는 피난처에 도착하려면 이렇게 커다란 함선으로도 아직 갈 길이 멀었다. 게다가 슬립스페이스 중추의 동력이 거의 바닥났다. 헤일로 발사의 여파로 함선의 에너지 비축분이 모조리 닳아버린 모양이다.

감염되지 않은 안전한 성계에 도달하려면 포탈부터 찾아야 한다. 안심하고 사용할 수 있는 포탈이 아직 몇 군데 남아 있는데, 성간 도로의 영향권 밖에 있는 포탈은 그 수가 손에 꼽을 정도이다. 내게 주어진 선택권이란 불확실하다 못해 선택의 여지 자체가 없는 상황이다.

지금까지 목격해온 광경들이 되살아나자, 문득 기계의 무게가 느껴진다. 나는 이제 과거의 내가 아니지만 여전히 묘하게도 결단력과 우정만은 남아 있다. 아이소 다이댁트는 한때 나의 친구였다. 특이하게도 챠카스는 자기가 골려먹은 사람들한테 곧잘 정을 붙이고는 했으니까. 챠카스는 별빛내기를 보기 좋게 속여 넘겼고, 그렇게 철없는 선조를 속여 넘기는 솜씨가 너무도 감쪽같았던 나머지 지금 우리가 여기에 있으니, 양심의 가책이 느껴진다. 아니면 앞으로 선조를 받들 충직한 모니터로 만들고자 길들이는 과정인가? 어느 쪽이건 상관없다.

상황을 살피던 도중 카탈로그에 약간의 파손이 있음을 발견했다. 현재 손상에서 회복되는 중이다.

갑자기 아이소 다이댁트의 피부에 혈색이 돌아왔다. 그의 앤실라에 접속하여 진단한 결과, 전투복이 착용자의 의식을 되돌릴 가능성이 높다는 결론이 나왔다.

그의 눈이 넓은 지휘소를 둘러보다 내게 머물더니, 이윽고 외피 속에서 꼼짝도 하지 않는 카탈로그에게 옮겨갔다.

"여기가 어딘가?"

"멀리 떨어진 곳이죠. 곧 다음 점프에 들어갑니다."

"어디로 점프한단 말인가?"

"무작위 좌표로 설정되어 있습니다. 여기서 머나먼 안전한 곳으로요."

그는 지휘소 내부를 둘러보았다.

"여기는 수송선 내부인가?"

"그렇습니다. 가르강튀아급입니다."

"어떻게 수송선을 준비해둘 생각을 했는가?"

"아시다시피 저는 눈치가 빠르잖아요. 하지만 이번에는 라이브러리안 님과 생명가공사 분들의 도움을 좀 받았죠."

"정말 수고했다. 목적지를 수정하도록. 들러야 할 곳이 있구나."

아이소 다이댁트의 전투복이 내게 새로운 좌표를 전송했다. 라이브러리안 님이 약속했던 대로 여기가 바로 소형 아크의 위치겠지.

"아내는 무사히 탈출했더냐?"

"그런 것 같습니다."

"레퀴엠으로 향했을 테고."

"네."

"나의 원본과 함께 말이다."

"각자 따로 이동했습니다."

그의 표정이 조금은 누그러졌다.

"오랜 친구여, 자네가 내 생명의 은인일세."

"그러고 보니 다이댁트 님이 에르데 티레네에 왔을 적에 챠카스는 여차하면 주무시는 동안 해치워버릴 수도 있었는데 그러지 않았지요."

그러자 다이댁트는 웃음을 지었다. 하지만 어느새 냉철한 얼굴로 되돌아왔다.

"헤일로에서 살아남은 인간은 얼마나 되던가?"

"얼마 되지 않습니다."

"잃어버린 인구를 보충하기에 부족하던가?"

"예, 많이 부족합니다."

아이소 다이랙트의 낯빛이 어두워졌다. 그토록 흉악한 만행을 저질렀으니 선조는 죄책감에 시달려야 마땅하다고 생각하던 챠카스였다.

"내 원본과의 용건을 마치고 나면 아내가 어디로 향할지 짐작이 되는군."

"제 모행성으로 돌아가시겠죠. 아직 인간이 조금이나마 남아 있는 그곳으로요."

"필시 그럴 테지. 따라갈 수 있다면 좋으련만…… 우리는 서둘러 소형 아크로 가는 일이 급선무일세."

그는 명령을 내렸다. 전처럼 험난한 점프가 되지는 않겠지만, 그렇다고 풀밭 위를 거닐 듯 평탄치는 않을 것이다. 우리가 출발한 곳에서 대략 천 광년 떨어진 소형 영구 포탈에서 보급받은 여분의 슬립스페이스 중추 몇 기를 싣고서 목적지에 도착했다.

나도 모르게 아이소 다이랙트에게 감명을 받았다. 어느새 그는 철없던 별빛내기는 물론이고 자신의 원본보다도 뛰어난 역량을 갖추고 있었다. 이제 나도 덩달아 기운이 솟는다. 기계가 그런 기분을 느낄 수나 있는지 모르겠지만. 나는 다이랙트로 거듭난 별빛내기가 나를 에르데 티레네로 귀환시켜주기를 내심 바라고 있었다. 그곳이 아직 플러드의 손아귀에 들어가지 않았다면, 생명세공사님을 찾아 보호할 요량으로 말이다.

고향으로, 마지막으로 한 번쯤 돌아가고픈 그곳으로.

포탈 정거장은 내버려진 상태였다. 플랫폼과 원통형 완충기는 텅 비어 있었고, 관리하는 앤실라 역시 낡은 괴짜였지만 그래도 작동은 하는 중이었다.

나는 이쪽의 정보를 요청하는 앤실라의 조회를 거부했다. 내게는 그럴 권한이 없으니까.

"우리 신원을 묻는군요. 어째서 이런 곳에 포탈이 있는 거죠? 수용력이 상당한데도 전혀 사용되지 않았군요."

"만일의 사태에 대비한 포탈일세. 최고 건축사가 만 년 전 비밀리에 열어뒀더군. 재력이 상당했으니 나나 나의 원본이 정치 싸움에서 이겼을 경우, 뒤를 밟히지 않을 법한 장소로 재빨리 도피하려고 대비해둔 것이지. 최고 건축사는 최후의 헤일로 배열이 있는, 아크로 통하는 비밀 좌표를 알려줬다네. 정작 본인은 탈출할 의향이 없더군."

"그럼 아크는 이제 우리 차지로군요?"

아이소 다이댁트는 나를 거쳐 최고 건축사의 좌표를 포탈로 전송했다. 낡은 포탈 관리 앤실라는 안도를 표하며 다른 건축사들이 머잖아 추가로 도착할지의 여부를 물었다.

"모쪼록 도움이 되어 드리고 싶습니다."

앤실라가 말했다.

차마 실망을 안겨줄 수가 없었다. 나는 기계적으로 모호하게 대답했다. 앤실라의 인내심과 충성심에 절로 감탄이 나왔다. 언젠가 나도 이와 유사한 실망감을 느끼게 되겠지.

포탈을 통한 여정은 점프보다 훨씬 길고 순조로웠다. 부와 권력의 혜택이 바로 이런 것이구나. 목적지에 도착하자마자 표시창에 포착된 장면은 놀라운 한편 소름 끼치는 광경이었다.

헤일로가 사방에 있었다. 여섯 개나 있다니!

그리고 똑같이 은하계 변두리 너머에 있는 제2의 아크는 방금 파괴된 시설보다는 작지만 그래도 상당한 규모였다. 주위 수천 광년 이내에는 감염된 함대나 성간 도로의 흔적이 전혀 보이지 않았다.

어쩌면 늦지 않게 도착했는지도 모른다!

우리 수송선은 처음에는 인식되지 않았지만, 아이소 다이댁트가 탑승하고 있음이 확인되자 곧 아크의 경계선 내부로 진입이 허가되었다.

잠시나마 피난처가 생긴 셈이다.

모든 통신 내역이 갱신되었다. 아이소 다이댁트는 생명세공사님이 보낸 전갈을 받았다. 헤일로 배열의 준비 작업을 살피고자 수송선에서 내려 아크의 카토그래퍼로 가는 도중에 그가 말했다.

"아내가 에르데 티레네에 있다는군. 한데 단지 인간만 구하고 끝낼 요량이 아닌 모양이야. 아예 함선을 보내달라지 뭔가! 그것도 이 수송선을 말일세. 자네만 괜찮다면 원대로 해주고 싶네. 여기까지 우리를 무사히 태워줬으니 이만하면 족하잖나. 물론 보내기 전에 슬립스페이스 중추부터 재보급해야겠지만 말일세."

"에르데 티레네로 가서 생명세공사님을 보조해도 될까요?"

에르데 티레네에 누가 남아 있을지 궁금하다. 내가 알던 사람들은 지금쯤 모두 죽었겠지. 직접 가서 보게 된다면 가슴이 미어질지도 모르겠다.

"아닐세. 아내는 지금 플러드를 그리로 유인할 작정일세."

그가 의기소침하게 대답했다.

"아내의 판단을 믿네만, 아무래도 이면의 목적이 있는 듯하네. 그것과 무관하게 자네를 떠나보내면 나중에 되돌아올 가능성이 희박하네. 자네의 도움이 필요해. 서둘러 헤일로를 분산 배치해야 하잖나. 배치가 무사히 끝나도록 도와주게. 부디 내 부탁을 들어주겠나?"

그러겠다고 대답했다. 나와 아이소 다이댁트는 각자 다른 길을 갔다. 하지만 수송선에 재보급을 완료하고 자동 항법장치를 가동해 에르데 티레네로 보내기 전, 나는 부근의 어느 생명가공사와 접촉했다.

"서둘러주세요. 화물칸에 표본들이 들어 있습니다. 반드시 아크로 이송해야 합니다."

아침걸이, 비네브라, 그리고 그밖에 내가 아는 사람들.

아마도 이들이 은하계에 남은 마지막 인간일 테지.

카탈로그는 아직도 방향 감각을 되찾지 못해 뒤뚱거리며 이들을 따라갔다. 다시금 기계의 무게가 나를 짓누른다. 하지만 벌써부터 외로움에 사로잡혔다. 여섯 고리가 푸른 하늘을 가로지르며 퍼져나갔다.

이들 헤일로 배열은 모든 것을 말살하도록 설계됐다는 점에서 기존의 병기와는 차원이 다르다. 다이맥트가 늘 경계해온 궁극의 파괴력이 마침내 방출을 앞두고 있었다. 선조가 헤일로를 발사하고 나면 은하계에 살아남는 존재는 오로지 기계지능뿐이다.

나 같은 기계만 남게 되겠지.

벌써부터 쓸쓸하네.

36번 기록
아이소 다이댁트

잠잠한 소강상태는 그리 오래가지 않았다.

소형 아크 인근의 포탈 감지기에서 현위치 인근의 시공이 변화하고 있다는 보고가 들어왔다. 올 것이 오고야 말았다. 머잖아 시간은 끔찍하게 뒤엉킬 테고, 우리가 떠난 자리에는 측정할 시간조차 남지 않을 것이다.

아내가 최악의 경우에 처한 것은 아닐까 하는 걱정이 앞선다.

소형 아크에는 내가 일찍이 보지 못했던 엄청난 규모의 지휘시설이 갖춰져 있었다. 완공까지 소요된 시간은 물론, 전작과 비교했을 때 기존의 아크를 건축하며 세웠던 기록을 능가했다는 점은 인정할 수밖에(한편으로는 우쭐한 기분이 들었다) 없었다. 그러나 신형 아크는 아직 실전에서 성능이 입증되지 않았다. 보다 신속하고 유연하게 배치되도록 설계된 소형 헤일로 배열을 제어하려면 일사불란하게 조정해야 한다. 게다가 장거리 통신 역시 얼마 가지 않아 위태로워질 것이 뻔한 상황이다.

신형 헤일로는 전방위로 일제히 공격을 감행하도록 설계됐기에 구형에 비해 훨씬 강력하다. 일단 발사되면 은하계 전역이 사정권에 들어가며, 에너지가 중첩되는 과정에서 서로 반응하여 플러드가 건드린 공간은 남김없이 정화될 것이다.

슬립스페이스를 통해서 이동 중인 성간 도로 역시 제거될지는 불분명하다. 긍정적으로 보는 이들도 있으나, 부정적으로 보는 이들도 있다. 그래서 이렇게 의심의 여지가 남은 자료를 바탕으로, 가능한 많은 수의 성간 도로와 선각자 유물이 언제쯤 노멀 스페이스에 모습을 드러내고 자리를 차지하게 될지 예측하는 중이다.

가능한 서둘러 헤일로를 배치해야 한다. 아내의 속임수가 그레이브마인드나 멘디컨트 바이어스에게 먹혀들 리 없다. 대형 아크를 떠나기 이전에 휘하의 생명가공사들에게 힘닿는 데까지 나를 도우라고, 잔존 의회의 승인을 받은 나의 명령을 따르라고 미리 당부해둔 참이었다. 또한 플러드의 승리는 곧 수호자의 의무에 대한 위배라고 역설하지 않았던가. 아내가 이런 결정을 내리기까지 멀고 험난한 과정을 거쳤을 것이 분명하기에, 아마도 이렇게 마음을 정한 이면에는 나의 원본이 밟았던 전철이 남아 있으리란 의심이 든다.

○———————○

생명가공사 함선에서 나머지 헤일로의 관리자로 임명된 여섯 모니터와 함께, 챠카스를 마지막으로 다시 만날 기회가 있었다. 생명가공사 크레쉬에서는 일곱 모니터 모두 직무에 적합하고 임무를 수행할 만반의 준비가 된 상태임을 확신하며 헤일로마다 하나씩 배분될 작동 인덱스를 준비했다.

"이렇게 자네를 떠나보내는군. 이제부터 자네의 새 보금자리는 04시설일세. 그리고 새로운 명칭을 내리겠네. 앞으로 자네는 한낱 안내자나 보조역이 아닐세. 시설 전체의 관리자이자 수호자가 되는 것이지. 지금부터 자네를 '343 길티 스파크'라 명명하겠네."

챠카스는 계속해서 새로운 직책에 필요한 프로그래밍을 인계받으며 내 앞에 떠 있었다. 나머지 모니터도 비슷한 명명을 받았다. 이들의 새로운 이름은 하나의 징조인 동시에 선조를, 그리고 나의 아내를 기리는 묘비명으로 남을 것이다. 다른 방법이 있었더라면 우리도 그쪽을 택했으련만.

"때가 왔군요. 이렇게 끝인가요?"

"자넨 나와 함께 머나먼 길을 걸어왔네. 처음 만났을 적에는 우리 모두 철부지에 지나지 않았건만. 이후로 온갖 일을 겪었지. 이제 우리는 과거의 우리와 전혀 다른 존재로 거듭났네. 그렇잖나?"

"나중에 기회가 되거든 찬찬히 생각해봐야겠군요. 부디 옛 추억 속에서 위안을 얻길 바랄 수밖에요."

위안이라? 기계 치고는 정말 별난 말이로군! 하지만 그러는 나 역시 기계와 나누는 대화 치고는 별난 말을 던지고 있었다. 나의 마음은 눈앞의 모니터가 단순한 기계 이상의 의미가 담겨 있음을 틀림없이 알고 있을 터다.

"오랜 친구여, 이제는 역사상 가장 중대한 일이 될지도 모르는 과업을 행할 차례라네. 자네는 여기에 있는 누구보다도 오랜 삶을 살게 될 것이네. 자네라면 새로운 은하계가 탄생하는 과정을 지켜보게 될지도 모르겠군."

나는 말을 멈추고 돌아서서 아크의 요새로 고개를 돌리고 지금은 식어가는 용광로와 그 너머의 채굴장을 내다보았다.

"말해주게, 챠카스. 이제껏 수많은 역경과 고난을 딛고 살아남은 지금, 이것이 자네에게 주어진 선택이라면…… 자네는 헤일로를 발사하겠나?"

그는 말이 없다. 애초에 대답을 바라고 물음을 던졌는지는 나도 모르겠다. 작별 인사로 던진 물음이었으니 말이다. 새로운 임지에 도착한 후 논리 역병이 재발했을 경우를 대비하여 기억이 대부분 삭제될 것이다. 나중이 되면 지금 나눈 대화를 기억이나 할까.

헤일로 배열이 최종 점검을 마쳤다. 거대하고 강력한 여섯 고리와 과거 길을 잃고 떠돌았던 07시설 헤일로는 이미 몇 년 전부터 이곳에 머물러 있었다.

일곱 모니터와 더불어 함내 지휘소에 모인 생명가공사의 수는 손에 꼽을 정도였다. 정확한 진상은 모르지만, 대부분의 나머지 계층은 대형 아크에서 모두 죽음을 맞이한 듯하다. 이곳에 모인 생명가공사들은 최후의 선조일 공산이 크다.

물론 나의 원본과 아내를 제하고 말이다.

부디 아내가 살아 있기를…….

하지만 아내에 관해서든 다른 무엇이든 간에 당면한 과업과 무관한 일에 정신을 빼앗길 겨를이 없다. 시공 조정에 드는 경비가 한 시간 전부터 줄기 시작해 지금은 아슬아슬한 수준이다. 성간 도로가 이토록 머나먼 곳까지 영향을 미치고 있음이 틀림없다.

갑자기 오펜시브 바이어스가 눈앞에 모습을 드러냈다. 여태 살아 있다는 사실에 놀라움을 금치 못했다. 오펜시브 바이어스가 소형 아크에 온전히 있다는 사실에 가슴을 쓸어내렸다. 무슨 수를 썼는지 몰라도 오펜시브를 비롯해 비교적 소수의 함선이 온갖 악조건을 뚫고 살아남아 소형 아크를 방어하고 있었다. 짐작건대 대형 아크가 파괴된 이후 생명가공사들의 소환령에 응한 모양이다.

"포탈을 개방하는 중입니다."

오펜시브 바이어스가 보고했다.

"다이댁트 님, 멘디컨트 바이어스에게서 암호화된 신호를 받았습니다. 자비를 베풀 생각은 추호도 없으며, 머잖아 소형 아크도 철저히 파괴하겠다고 자신만만해 있습니다. 한편으로는 제게 전향을 권하고 있습니다. 그러면 동료로 삼아주겠다면서 말입니다.”

“그걸 왜 굳이 내게 보고하느냐?”

“제가 논리 역병의 영향에서 자유로울지 아직도 의심이 남아 있으실까 싶어 말씀드리는 겁니다. 저는 여전히 다이댁트 님을 굳게 따르고 있습니다. 분부하십시오.”

홀로그램으로 나타난 오펜시브 바이어스는 나의 이해 범위를 아득히 능가하는 복잡다단한 형상으로 눈앞을 가득 메웠다.

“고맙구나. 이제 한 치의 의심도 없느니라. 헤일로를 배치하도록.”

우리는 별빛도 없는 어둠 속에서 포탈의 거대한 보랏빛 테두리가 형성되는 광경을 지켜보았다.

그리고 헤일로는 그 속으로 차례차례 모습을 감추며, 찬란한 광채로 장관을 선사하며 각자 은하계 곳곳에 자리를 잡아갔다.

37번 기록
생명세공사 · 에르데 티레네

나는 생명가공사들이 진화의 과정을 다시 밟는 인간들을 지켜보았던 좁고 기다란 골짜기 가장자리에 서 있다. 여기서 멀지 않은 곳에 찬가의 키쉽이 갈라진 땅 위로 우뚝 서서 내가 최종 지시를 내리길 기다리는 중이다.

푸름을 향한 찬가가 옆에 함께 있다. 찬가는 내게 마지막 남은 조수다. 나머지는 플러드가 대형 아크를 집어삼키면서 잃고 말았다.

남편의 의도를 알아차린 순간, 나는 찬가에게 에르데 티레네로 돌아가 플러드의 공격으로 인한 태양계의 피해 수준을 파악하고, 그곳에 남은 인간을 힘닿는 데까지 구하라는, 특수한 동시에 극도로 위험한 임무를 내렸다. 찬가는 기꺼이 나섰고, 이제 그동안 수고해준 덕분에 그 성과가 드러나고 있었다. 에르데 티레네는 내가 마지막으로 방문했을 때의 모습을 고스란히 간직하고 있었고, 아직 인간이 살고 있었다.

사방이 적막하다. 한여름의 후끈거리는 열기에 대륙 전체가 나른하게 드러누워 있다. 동쪽으로는 몇 킬로미터 거리까지 훤히 내다보였고, 서쪽으로는 거대한 모래 폭풍이 일어나 지평선 너머로 갈색 선을 그어놓고 있었다.

"시간이 얼마 없습니다, 생명세공사님."

찬가가 말했다. 굳이 되새겨줄 필요도 없다. 찬가는 이곳에 있는 동안 수만 평방킬로미터에 걸쳐 네댓 무리를 이룬 인간 수백 명을 찾아냈는데, 대부분 노인이나 유아였다. 찬가는 얼마 되지 않는 모니터와 함께 조심스레 이들을 모아, 지금 키십 상공 수백 미터 높이에 세워둔 연구선 내부 폐쇄장에 보관해놓았다.

다른 소수의 인간은 무사히 소형 아크로 대피했을 것이다. 그렇다면 육신을 갖춘 자연적인 인간 표본은 이들뿐이다. 한때는 그리도 조밀하던 인구가 이제는 불과 서너 인종밖에 남지 않았다니. 자연 상태의 건강한 표본이 대량으로 확보되지 않으면 내가 저장해둔 유전 형질 사용이 굉장히 까다로워질 텐데.

나는 인간을 연구하면서 모든 중요 신체기관에서 짓궂을 정도로 여린 일면을 거듭 맞닥뜨리고는 했다. 마치 인간은 안팎에 미지의 영역이나 원기왕성한 정신이 있어서, 끈질긴 생명력으로 수많은 인구를 빚어내는 한편, 일정한 시기에 이르면 불가항력과도 같은 손실과 외압에 시달리는 갖은 고초 끝에 회생이 불가능할 정도로 몰락하는, 한때는 용광로처럼 타오르던 불길이 바람 앞의 등불처럼 초라하게 줄어드는 내력을 간직한 듯했다.

어쩌면 지금 인류가 바로 그 시기에 이르렀는지 모른다.

생명가공사 계층이 짊어진 짐은 실로 막중하다. 헤일로가 얼마만큼 효력을 발휘할지도 문제이지만, 우리가 없으면 은하계는 난도질된 불모지로 남게 되리라. 그 잿더미 속에서 다시 일어난 생명이 우리가 탐험하며 목격했던 전성기로 돌아가려면 족히 수십만 년은 걸릴 것이 뻔하다.

"생명세공사님, 어서 가셔야 합니다!"

내 앤실라도 재촉했다. 키쉽과 연구선 모두 태양계를 따라 성간 도로가 형성되고 있음을 감지했는데, 그렇게 엄청난 규모는 아니지만 이는 다가올 폭풍을 알리는 먹구름이었다. 내가 던진 미끼를 플러드가 낚아챈 것이다.

"나는 남겠다. 너는 가서 인간들을 데리고 아크로 돌아가거라. 수호자의 의무를 훌륭히 받들었으니, 노고에 대한 보답으로 내 직위를 네게 물려주마."

찬가는 어안이 벙벙한 눈치였다.

"생명세공사님, 그럴 수는 없습니다. 본인께서 건재하신데 어떻게……."

"이제는 아니다. 너와 네 앤실라가 직위 이전을 확인했다. 이제는 네가 생명세공사란다. 쓸데없는 이야기로 시간을 낭비해서는 안 된다. 이제 인간을 구할 때란다."

"도무지 이해가 되지 않습니다. 그러는 생명세공사님은 어찌할 생각이세요?"

찬가는 뒤숭숭한 기분에 사로잡혀 어찌할 바를 모르며 내 주위를 맴돌았다. 찬가는 내게 숨겨둔 계획이 있음을 알아차릴 정도로 나를 자세히 알고 있었지만, 대체 무슨 까닭인지는 도통 파악하지 못했다.

"지금 우리가 이렇게 말하는 중에도 다른 함선이 이리로 오고 있단다. 전환기를 펼쳐서 포탈을 열 만한 규모를 갖춘 배란다. 내 계획이 성공한다면 다시금 이곳에서 살아갈 이들은 진즉에 받았어야 했던 희망을 이제야 전해 받겠구나. 우리의 역사를, 우리의 유산인 아크를 이용할 권리를 말이다."

신임 생명세공사, 푸름을 향한 찬가는 미동조차 하지 않았다. 마치 우리 처지를 안타까워하는 듯한 바람이 탄식하듯 불어와 주위를 다정하게 감쌌다. 이처럼 변화무쌍하고도 모진 일면이 있기에, 나는 언제나 이 행성을 아끼고 사랑했다. 이곳에는 말로 다하지 못할 아름다움이 깃들어 있었다.

"내 할 말은 끝났다. 여기서 벗어날 수단은 이 키쉽뿐이고, 그마저도 얼마 가지 않아 위태로워질 게야. 서둘러라. 우리가 모은 인간들을 데리고 새 아크로 가거라. 인간들을 보살피면서 그이도 챙겨주려무나. 내가 다시너와 함께하게 된다면 네가 나를 정성껏 모셨듯, 그때는 부디 내가 너를받들도록 하마."

찬가는 여전히 나의 부탁을 거부했다.

"생명세공사님, 지금 제 정신이 아니세요!"

"가거라. 내가 어째서 이러는지 곧 알게 될 테니."

찬가는 자리에서 꼼짝도 하지 않았다. 마치 땅속에 뿌리라도 내린 듯이.

"어서 가렴! 가서 우리가 모은 표본을 구해라! 여기서 더는 볼일이 없다!"

푸름을 향한 찬가는 천천히 물러서기 시작하더니, 이내 달음박질하기시작했다.

찬가의 연구선이 이륙하며 키쉽의 지휘소를 향해 곧장 하늘로 올라갔다.

"생명의 축복이 깃들기를."

나는 그렇게 나직이 속삭였다.

"너희 모두에게 영원이 함께하기를."

○─────○

별빛내기가 보낸 커다란 수송선이 허둥지둥 도착한 이후로, 나는 줄곧지면에서 밤낮을 보냈다. 수송선이 분해와 변경에 들어가는 초반에는 곁에서 감독할 필요가 있었다. 그만한 가치가 있는 시간이자, 슬프기 그지없는 시간이었다. 야생 동물들이 가까이 다가왔다. 가젤과 영양, 들소와 산양이 다가와 나를 요리조리 살폈다. 높이가 2미터에 달하는 브론토티어가거칠지만 다정하게 내 손에 제 머리를 비비며 여기는 내가 있을 곳이 아니라고 말해주는 듯했다. 이렇게 평화로운 땅을 어지럽히지 말고 어서 다른 곳으로 자리를 옮기는 편이 나을지도 모르겠다.

"아침걸이네 사람들이 너희를 보면 사냥하고 싶어서 안달할 텐데."

바람이 일고 땅거미가 내리자, 나는 전투복에 몸을 웅크린 채 거대한 함선과 성간 도로로 가득한 하늘을 올려다보았다.

⚬————⚬

해가 뜨자 그자가 휘하의 전사 셋을 대동하고 내 눈앞에 나타났다. 이들은 나와 주황빛 태양 사이에 우뚝 멈췄다. 과연 이들이 뚜렷한 실체를 갖춘 진짜인지 긴가민가했지만, 분명 헛것은 아니었다.

그자는 다름 아닌 제독 군주, 포르덴초였다. 그리고 이런 일이 가능한 이유는 하나뿐이다. 그레이브마인드가 또다시 잔인한 장난을 걸어온 것이다.

포르덴초가 입을 열었다.

"라이브러리안."

그가 걸음을 내딛으며 주위를 둘러싼 햇살에 들어서자, 처음에 들었던 의심이 확신으로 바뀌었다. 그의 얼굴은 극심한 고통에 일그러지고 문드러졌으며 반점에 뒤덮여 안색이 검었다. 살이 몸속에서부터 썩어 들어가고 있었던 것이다.

살아 있는 인간의 몸에 각인한 정수가 플러드의 영향을 받아 육신을 부패시키며 속에서부터 갉아먹고 있었다. 이런 처참한 몰골임에도 말이 나온다는 사실에 경악을 금치 못했다.

"여기서 죽도록 허락받고 이렇게 찾아왔소이다. 그레이브마인드가……."

그는 연신 쿨럭이다 간신히 목을 가다듬었다.

"그레이브마인드는 지금 비밀 아크로 향하는 중이오. 그대가 그곳에 무슨 기대를 걸었건 그 희망을 모조리 집어삼킬 준비를 하고 있소. 하지만 놈은 우리에게 마지막 전언을 담아 위대한 어머니인 그대에게 보냈소이다."

제독 군주 일행은 내 주위로 모여들었다. 살갗이 닿자 온몸에 소름이 돋았다. 정말로 얼마 못 가 모두 죽을 몰골들이었다. 이는 바로 컴포저의 잔혹성이자, 플러드의 야만성이었다.

"플러드의 왕중왕이자 일만 행성의 포식자이며 온 은하계를 종말로 몰아넣은 그레이브마인드가 우리에게 전한 바는 이렇소이다. 우리가 전해들은 바는······."

그의 전사들이 발밑에 무릎을 꿇자, 얼굴이 하나둘씩 눈에 들어오면서 부끄러움에 몸속이 바짝 마르는 것 같았다. 이들은 각인된 육체를 통해 마지막으로 되찾은 눈빛으로 나를 올려다보며, 앞으로 이들의 후손이 태어나는 순간과 깊은 꿈속에서 보게 될 나의 얼굴을, 마치 친어머니를 보듯 바라보았다.

"그대들은 나의 자식입니다."

나는 숨죽여 속삭였다. 그러자 이들도 나의 말에 반응을 보였다. 이제 만반의 준비가 되었다. 내게 거짓말을 들려줄 리는 없다. 자신들이 전해들은 바를 그대로 들려줄 테고, 그 이야기가 진실인지 아닌지를 판가름하는 일은 나의 몫이다.

"말해보세요."

포르덴초는 난해한 생각을 자신이 아는 언어와 자신에게 익숙한 단어로 풀이한 끝에 간신히 입을 열었다.

"선각자는 여러 형태로 존재해왔다고 하더이다. 때로는 육신으로, 때로는 영혼으로, 그리고 때로는 미개한 형태로, 때로는 진화한 형태로, 때로는 우주를 누비는가 하면 또 때로는 하나의 행성에 갇힌 채로. 진화를 수

없이 거듭하며 사멸했다가 다시 탄생했고 탐험에 나서서 수많은 은하계에 생명을 불어넣었소. 내가 들은 바는 이와 같소. 하지만 이해되는 부분은 얼마 되지 않는구려. 우리는 라이브러리안 그대의 자식과도 같소. 하지만 한편으로는 선각자의 자식이기도 하오. 그리고 선각자는 지난 수십억 년 간 깨우친 바를 이 은하계에 저장해두었소. 그것이 어디에 있는지 우리는 모르오. 그레이브마인드가 불가해한 것에 관해 이야기를 들려주었소. 태초가 시작되기 전부터 축적된 대부분의 지식에 관한 이야기를 말이오. 우리는 그런 때가 있으리라 생각지 않으나, 그레이브마인드는 그렇다고 하더구려. 천억 년에 걸친 생명의 다양성과 살아 숨 쉬는 지혜가 말이오. 그와 같은 방대한 지혜가 깃든 영역을 선조는 알고 있으며, 한때는 그곳을 드나들기도 했다고 들었소이다. 그 말이 사실이오?"

도메인! 그는 지금 도메인에 관해서 설명하고 있었다. 정녕 그의 말이 사실일까? 도메인이 정말로 선각자가 창조한 작품이란 말인가?

포르덴초의 전사들이 거친 목소리로 부르짖기 시작했다. 썩어가는 손을 뻗어 나의 전투복을 어루만지며, 나의 살갗과 직접 맞닿았다. 나는 굳이 피하지 않고 손을 뻗어 제독 군주의 갈라진 뺨을 감쌌다.

"계속 말해보세요."

"진실을 온전히 알지 못하는 것은 그레이브마인드도 마찬가지요. 그것은 천치이든 천재이든 우리의 이해력을 아득히 넘어서는 것이오. 그러한 지식의 보고가 선각자의 축조물에 감싸여 수십억 년 동안 지켜져 왔다고 했소이다. 저 어딘가에 말이오."

그는 팔을 들어 푸른 하늘을 가리켰다.

"시간만 있다면 위치를 알아낼지도 모르겠소. 하지만 헤일로가 발사되고 나면 은하계 전역에서 지성체가 사라질 뿐만 아니라, 방대한 지식의 보고도 함께 사라지고 말 거요. 보배 중의 보배가 이렇게 덧없이 파괴되고 마는구려."

오르가논! 도메인이 바로 오르가논이었구나!

이토록 경이로운 진실이 곧 선조의 손에 참혹한 진실로 뒤바뀌게 된다니. 나를 둘러싼 전사들의 대열과 그리 멀지 않은 곳에서 카탈로그가 대화에 귀를 기울이고 있다. 이리도 충격적인 사실이 밝혀졌으니, 이는 역사상 가장 중대한 범죄에 관한 증언으로 남을지 모른다.

헤일로가 발사되면 우리의 영혼을 스스로 죽이는 격이 되고 말텐데!

"당장 멈추라고 연락해야겠어요."

포르덴초가 웃음을 짓자 입술이 찢어졌다.

"아직 내 말뜻을 모르시는구려. 벌써 헤일로 발사의 효과가 피부로 느껴지고 있소이다."

나를 에워싼 가엾은 인간들을 둘러보았다. 도저히 견딜 수가 없었다.

제독 군주는 양손을 뻗어 나를 붙들고 버티더니, 이내 손을 놓고 무릎을 꿇으며 풀썩 쓰러지고 말았다. 웃음을 짓자 찢어진 입가로 피가 흘러내렸다. 다정한 웃음이 아니라, 늑대와도 같은 웃음이었다.

"곧 헤일로가 발사될 것이외다. 발사되고 있소…… 발사됐소!"

그는 고뇌로 가득한 얼굴을 일그러뜨리며 진흙에 얼굴을 처박고 쓰러졌다. 그가 흘린 피는 땅으로 스며들었다. 나머지 전사들은 노래를 부르려 했지만, 입에서는 낮고 생기 없는 울부짖음만이 흘러나올 뿐이었다. 고대의 전투가(歌)인지, 그레이브마인드의 마지막 전언인지는 알 길이 없었다.

놈의 웃음소리가 수천 광년을 가로질러 나를 괴롭힌다.

얼마 가지 않아 다들 죽음을 맞이했다. 그 여파가 내가 속한 태양계의 시간대에 도달하려면 아직 멀었으니 헤일로 탓은 아니다. 헤일로 때문이 아니라, 이들을 육신에 우겨넣어 전령으로 부린 잔혹한 그레이브마인드 때문이다. 내게 경종을 울림으로써 승리란 결코 감미로운 것이 아니며, 선조가 저지른 죄는 앞으로 영원히 우리를 따라다닐 것임을, 우리가 결코 수호자의 의무를 이을 그릇이 아님을 각인시키려 했던 것이다.

그리고 우리가 곧 우주에서 가장 귀중한 보배를 파괴하게 되리란 사실을.

나는 카탈로그를 불렀다.

"법률사 통신망이 아직 열려 있나요? 접속 허가는 받았는지요?"

카탈로그는 통신이 가능하다고 대답해왔다.

"마지막 전갈을 아크에 있는 아이소 다이댁트에게 보내야겠군요. 증인이 되어주세요."

"그것이 바로 제 소임입니다."

"방금 우리가 들은 바를 전하세요. 내가 이를 진실로 여긴다는 사실도 같이 말예요."

크립텀에 봉인된 다이댁트가 생각났다. 이대로 도메인이 파괴된다면, 나는 남편을 끝없는 어둠과 침묵에 가둬버린 꼴이 되고 만다. 오직 분노와 광기만이 영겁의 세월을 그이와 함께하겠지.

전언이 전송됐다.

우리의 막강한 함선이 스스로 선체를 분해하고 지축을 울리며 땅속으로 파묻혔다. 나는 한낮의 뙤약볕에 말라버린 풀밭에 서서, 가여운 제독 군주 일행의 유해에 둘러싸인 채 이를 지켜보았다. 함선의 나머지 부분은 드넓은 사바나에서 원자재를 캐내 수십 수백 킬로미터에 걸쳐 포탈을 건설할 예정이다. 완공까지 수백 년은 걸리는 만큼 내가 떠난 이후로도 작업은 한동안 진행될 테고, 이곳에 생명의 씨앗을 다시 뿌린 이후로도 계속될 것이다. 하지만 그만한 가치가 있겠지.

과연 누가 포탈을 사용하게 될까?

과연 누가 이곳으로 되돌아오게 될까? 그리고 내가 묻어둔 기계를 보고 무슨 생각을 할까? 그것은 바로 내가 그토록 오랫동안 맞서 싸웠던 이들이자, 언젠가 반드시 수호자의 의무를 이어받을 인간이 되어야 한다. 살아남은 인간이 이곳으로 돌아오거든, 부디 포탈을 타고 아크로 향해 그곳에서 자신들이 은하계에서 마땅히 거머쥐어야 하는 자리를, 그리고 마침내 이어받을 막중한 책임을 발견하기를 간절히 바랄 뿐이다.

인간은 나의 자식이나 다름없다. 부디 태어나면서부터 부여받은 권리를 되찾기를.

해가 서쪽으로 기운다. 바람이 불면서 공기가 차가워진다. 육식 동물과 청소부 동물들이 어슬렁거리며 다가왔지만 나는 물론 죽은 인간 전사들도 본체만체 지나갔다. 잿빛과 주홍빛이 어우러진 노을이 저물고 칠흑 같은 밤이 찾아왔다. 밤공기는 쌀쌀하고 밤하늘은 구름 한 점 없이 청명하다. 이토록 많은 별이 이리도 밝게 빛나는 광경을 보기는 처음이다.

일찍이 본 적 없는 장관이었다.

38번 기록
아이소 다이댁트

때가 왔다. 은하계 내부 요소요소에 시설 배치를 끝마쳤다.

이제 아크의 거대한 요새는 명령을 하달할 지휘소로 운용되며, 오펜시브 바이어스와 모든 리소스를 공유한다. 일단 명령이 하달되면 번복은 불가능하다. 오늘따라 통신망이 유난히도 원활하다.

오가는 교신이 전무한 상태이다.

아직도 수많은 의문이 남아 있다. 이로써 플러드 함대와 되살아난 선각자 세력이 일소될 것임은 기정사실이나 다름없다. 헤일로 시설의 광선 에너지는 초광속으로 발사될 테고, 종국에는 무한에 가까운 속력으로 퍼져 나갈 것이다. 벌써 전체 시설 중 두 곳에서 사전 공명이 발생했다는 보고가 들어왔다. 이는 에너지 방출이 이미 일어났음을 뜻한다.

그렇다면 내게 무슨 선택의 여지가 있다는 말인가?

언젠가, 어디선가 이미 지시를 내리지 않았던가.

오펜시브 바이어스를 통해 계속해서 전갈을 받았다. 하나같이 불완전하고 절박한 내용이었다. 개별 함선, 섬멸당한 함대의 생존자, 무슨 곡절로 슬립스페이스에 다시 여유가 생겼는지는 몰라도 이때를 틈타 자료를 전송한 전초기지에 이르기까지 출처는 가지각색이다.

그중 하나는 출처가 생명세공사로 되어 있으나, 보나마나 위조일 것이 뻔하다. 라이브러리안이라는 서명이 들어가 있으니 말이다. 내게 보내는 전갈에 그 이름을 적어 보낼 아내가 아니다.

지원을 요청하며 누군가가 들어주기를 바라는 다급한 외침을, 이제는 흔적만 남은 제국과 교신하려는 마지막 간절한 시도를 접하고도 대답할 말도, 요청에 응할 방법도 없었다. 이들의 절박한 외침에 응하여 시간을 벌고 수리를 거들어 다시금 움직이게 할 방법은 어디에도 없다.

책임은 모두 내가 지겠다. 그것이 나의 선택이다.

"발사를 늦추실 겁니까?"

오펜시브 바이어스가 묻는다.

"아니다. 최종 발사중단 간격을 10초로 설정하도록. 04시설을 알파 헤일로라 명명하며, 해당 시설이 최초로 방출을 개시해 나머지 시설도 연쇄적으로 발사에 들어가도록 한다. 각 시설의 에너지장이 교차하는 즉시 발사가 시작될 것이다."

뒤따라 수많은 발사 절차가 이어졌고, 모두 오펜시브 바이어스가 받아넘겨 매끄럽게 처리했다. 오펜시브 바이어스는 멘디컨트 바이어스와 그레이브마인드, 그리고 이제껏 목격된 어느 병력보다도 거대한 규모의 플러드 함대를 앞질러 가로막고자 최후의 함대를 경계선으로 후퇴시켰다. 결전을 벌여 적들의 발목을 잡음으로써 이미 실행에 옮긴 과업을 끝내기에 충분한 시간을 벌어줄 테지. 헤일로 가동이라는 가공할 조치를 실행하는 과정이 우아할 만큼 매끄럽게 진행된다는 사실이 참으로 얄궂을 따름이다. 이는 전사 역사상, 선조 역사상 최대 규모의 연합 작전으로 기록될 것이다. 작전은 한 치의 오차도 없이 맞물리며 진행되는 중이다.

발사의 여파가 몰아치겠지만, 그 강도가 얼마나 될지는 아무도 모른다.

여태껏 이토록 어마어마한 파괴력을 일시에 발휘한 사례는 전무하기에.

나는 작동판에 손을 얹으며 지그시 눈을 감았다.

"용서하소서."

그렇게 말했다.

영원히 그렇게 되뇌리라.

맡은 소임을 마친 이후 나는 몇 시간 동안 모든 교신에, 최후의 음성에 귀를 기울였다. 통신망이 유난히도 한산하고 원활하다.

내게 선택권이 있었더라면, 나는 과연 헤일로를 발사했을까?

이는 내 선택권 밖의 일이다. 이미 일어난 일이지만, 그 효과는 앞뒤가 뒤엉킨 채로 유령처럼 시간 속에 스며들었다.

별들이 탄생하는 곳으로 짐작되는 거대한 밀집 성운 내부 어딘가에서 최후의 교신이 있었다. 여태껏 선조와 플러드 양쪽 눈에 띄지 않았던, 이제야 막 목소리 내는 방법을 터득한 어리고 미숙한 문명이 희망에 들뜬 신호를 보낸 것이다.

관심을 끌려고 이렇게 외치는 듯했다. '우리 여기 있어요!'

무슨 말을 하고자 했는지는 모르겠다. 그들이 어떻게 생겼는지는 물론, 지금보다 나은 시기에 태어났더라면 어떤 일들을 이룩했을지 아무도 모를 일이다.

이윽고 그 어린 목소리조차 침묵하고 말았다.

그들이 초래한 일이자, 우리가 저지른 일이다. 앞으로도 이런 일들이 되풀이될까?

예고도 없이 갑자기 내부에서 삭제 절차가 실행됐다. 기억을 깨끗이 지움으로써 비밀을 숨기고 나의 과거를 내게서 감추기 위한 조치였다.

어떻게든 막아보려고 안간힘을 써보지만 부질없는 짓이다. 지나간 기억에 매달려보지만 그마저도 점점 가물가물해졌고, 어느새 새로운 직책과 기능이 빈자리를 대신했다.

내가 알던 은하계는 이제 존재하지 않는다.

나는 기계이고,

챠카스이며,

인간이자,

343 길티 스파크이다.

나는 결코 선조를 이해하지 못했다.

선조 역시 나를 이해하지 못하겠지.

하지만 지금은 침묵할 뿐.

사일렌티움 속에서……

〈끝〉

부록

부활
멘디컨트 바이어스의 심판

부활

정신을 차린 아침걸이는 순간 이곳이 영락없는 저승이구나 싶었다. 사방이 춥고 침침한 데다 몸은 꼼짝도 하지 않았다. 여러 작은 불빛이 깜박이며 눈앞을 에워쌌다. 온몸을 얽매던 보이지 않는 손이 손아귀에 힘을 풀자 다시금 양팔이 움직여졌다. 녀석은 몸을 일으키다 쿵 머리를 받고는 신경을 곤두세우다 도로 드러누웠다. 눈을 희번덕거리며 보이지 않는 위협을 향해 아르릉거렸지만, 그 소리를 들어줄 사람은 아무도 없었다. 둘러보니 밀폐된 침대에 홀로 누워 있었다. 몸을 살짝 일으키자 단단하고 투명한 덮개 밖으로 수백에 달하는 침대가 줄지어 늘어선 넓고 길쭉한 방이 눈에 들어왔다. 사방은 푸르스름한 어둠이 내려앉았고 싸늘했다. 감옥이나 다름없는 여러 침대에는 하마누네와 샤마누네들이 누워 있었고, 깨어 있는 사람은 아침걸이 혼자뿐이었다.

녀석은 손닿는 데까지 조심스레 팔을 뻗어 살과 털과 갈빗대와 팔뚝을 더듬으며 몸이 성한지 확인하면서, 자신이 원래 어디에 있었는지 머릿속으로 되새겨보았다. 분명히 선조 하늘배 한복판에 있었는데. 선조가 대형 아크에 있던 우리를 데려가면서 만물을 구할 방법은 그것뿐이라고 했지.

"기분이 어떤가요?"

누가 불쑥 물었다. 화들짝 놀라 왼쪽으로 고개를 돌렸더니 웬 여자 선조가 서 있었다. 꿈속에 찾아오던 생명세공사님과 닮은 구석도 있지만 그분은 아니었다. 마님은 오로지 한 분뿐이니까.

침대의 덮개가 열렸다. 아침걸이는 한껏 점잔을 빼며 느긋하게 밖으로 나왔다. 녀석은 진지했다. 강하고 침착한 모습을 보이며 신중히 행동했다. 선조가 다들 그렇듯 그 여자도 작달막한 플로리안보다 키가 훨씬 컸고, 다른 인간과 비교해도 몇 뼘은 더 컸다. 전투복을 치장한 은빛 수술 장식이 작은 몸짓에도 살랑이며 반짝이는 가운데, 여자 선조는 모닥불 위로 쏟아져 내리는 빗줄기처럼 은은한 자태를 자아내며 손을 뻗었다. 녀석은 손길을 피하려 들었지만 상대도 호락호락하지 않았다. 여자 선조의 손에서 반짝거리며 고동치는 액체가 흘러나오자, 반대편 손의 여섯 번째 손가락으로 빛나는 광채를 자유자재로 놀렸다.

아침걸이는 눈꺼풀을 파르르 떨며 주위를 두리번거렸지만 마땅히 도망칠 곳이 없었다. 달아날 곳도 없겠다, 이제 자신이 살아 있다는 사실과 더불어 어째서 이곳에 있는 사람들이 모두 살아 있는지, 누가 이곳으로 실려 왔으며 누가 실려 오지 못했는지 슬슬 알아볼 때라는 생각이 들었다. 정원에서 맞이한 눈물겨운 혈육 상봉도 잠시, 도로 이산가족 신세가 되면서 뼈저린 아픔을 겪어야 했었는데! 궁상맞은 생각은 이쯤 해야겠군. 녀석은 기지개를 켜고는 양팔을 문질렀다. 털이 말끔했다. 너무 말끔해서 오히려 이상할 정도였다. 나한테 무슨 짓을 했구나! 선조의 눈에 일거수일투족을 감시당한 것이다. 나보다 덩치 큰 동물이 날 빤히 쳐다보기만 해도 질색인데.

"온몸이 뻐근해요."

녀석은 차분한 목소리로 떠보듯 말했다. 으름장을 놓거나 버럭 화를 낸다고 해결될 일이 아니라는 것쯤은 뻔히 아니까.

"그럴 테지요."

선조는 아침걸이가 쓰는 말을 모국어처럼 자연스럽게 구사했다. 아침걸이는 점점 겁이 났다. 차라리 자기한테 관심을 거둬줬으면 하는 생각마저 들었다. 그냥 이대로 자리를 뜨고 싶었다.

침대로 들어찬 방을 보니 헤일로의 유령 회랑이 생각났다. 싸늘하고 지나치게 깨끗한 나머지 아무 냄새조차 없었다. 선조가 팔을 움찔하자 녀석은 허겁지겁 뒤로 물러나다 플랫폼 끝자락까지 다다랐다. 선조가 점점 가까이 다가왔다. 선조의 표정을 제대로 읽지는 못하지만 염려스러운 얼굴이었다. 해칠 마음은 없나보네. 하지만 무턱대고 마음을 놓을 수는 없었다. 선조가 지닌 힘을 똑똑히 알고 있으니까. 한때는 인류를 멸종 직전까지 몰아넣었잖은가. 이번에는 무슨 가혹한 운명을 내리려는 속셈일까?

"당신이 아침걸이로군요."

여자 선조가 말했다. 어느새 빛나는 광채가 뒤를 따라와 주위를 둘러쌌다. 몸은 긴장이 풀렸지만 마음은 아직 바짝 곤두선 채였다. 친구들이야 아침걸이라 부르지만 이 여자한테는 그 이름으로 불러도 좋다고 한 적이 없는데.

"슬픈 소식이 있답니다. 그쪽 인종인 샤마누네는 얼마 구하지 못했어요."

입이 비뚤어져도 말은 똑바로 해야지. 샤마누네는 동족 대다수가 세상을 등지거나 사라지거나 영적인 중심지에서 멀리 떨어진 상태가 되면, 명칭에 차이를 두어서 변고를 나타낸다. 동족이 그토록 많이 죽었다면 이제는 샤마누네가 아니라 '크샤마누네'라고 불러야 한다. 알고 보니 여자 선조도 우리네 풍습을 속속들이 알지는 못하나보다. 챠카스라면 곧잘 이해할 텐데. 에르데 티레네 사람이라면 곁을 떠난 이들에게 조의를 표하는 말 한마디쯤은 다들 알고 있으니까. 하지만 얼마나 멀리들 떠났을까? 손에 닿지 않을 정도로 머나먼 곳으로 떠났나? 이대로 하늘배에서 죽음을 맞는 다면 고인들을 영영 못 보게 되려나?

녀석은 어깨를 으쓱였다.

"우리네 사람들은 옛날부터 머릿수가 적었어요."

녀석은 주위를 흘긋 돌아보았다.

"그럼 지금은 얼마나 줄어든 거죠?"

여자 선조 쪽에서부터 실내 조명이 밝아오기 시작했다. 그러자 대체로 인간보다 체구가 큰 다른 선조들이 침대를 살피는 모습이 드러났다. 머릿 수를 세어보았지만 그리 수가 많지 않았다. 게다가 여기 있는 선조는 다들 생명가공사인지라 다이맥트 같은 전사와는 딴판이었다. 좌우간 꽤 적은 수였다.

"선조는 또 얼마나 남은 거죠?"

무슨 대답을 듣고픈지 자신도 모르는 채, 아침걸이는 숨죽여 물었다. 여 자 선조는 대답이 없었다. 그 진상이 워낙 암울해서 입 밖에 꺼내지 않는 지도 모르겠다. 어쩌면 진상을 아예 모르고 있는지도.

"저는 '변화의 시련을 통한 성장'입니다. 당신은 저를 시련이라 불러도 좋습니다."

이제 보니 통성명이라도 할 생각인가 보네. 녀석은 불만스레 입을 앙다 물었다.

"시련."

아침걸이는 용케도 그 이름을 소리 내어보았다. 녀석이 만져보라는 듯 오른손을 들어 손가락을 펼쳐 보이자 여자 선조는 미소를 지었다. 그 웃음 에 녀석은 문득 이상하다는 생각이 들었다. 마님께서 웃으시는 모습은 꿈 에서조차 본 적이 없었는데. 다이맥트 역시 마찬가지였고. 하지만 별빛내 기는 어설프게나마 입술을 씰룩거리지 않았던가. 그렇다면 눈앞의 시련이라는 선조는 별빛내기처럼 아직 새파랗게 젊은가보네. 그럼 경험도 부족할 텐데, 보아하니 이곳의 책임자는 이 여자였다.

시련은 잠시 주저하더니 조심스레 손을 뻗어 녀석의 손가락을 어루만졌다. 녀석은 이때다 싶어 잔뜩 인상을 쓰고 이를 딱딱거리며 시련의 손목을 붙잡고는 두꺼운 손톱으로 손등을 할퀴었다. 시련이라는 생명가공사는 움찔하기는커녕 아무런 반응도 없었다. 피부의 상처는 금세 아물었지만 순간 코끝에 피 냄새가 느껴졌다. 피부가 차다 못해 얼음장 같았다. 하지만 기계나 영혼이 아니라, 틀림없이 살아 있는 육신이었다.

"먼저 숙지해야 할 말과 생각이 있습니다."

시련이라는 생명가공사는 그렇게 말하고 나서야 손을 거두었다. 그러면서 몸서리치는 모습에 아침걸이는 만족스레 입술을 삐죽거렸다. 그러자 시련은 암담한 표정을 지었다. 이거 예감이 안 좋은데.

"벌써 어느 정도는 알고 있을 테지요. 새로운 형태의 게이아스입니다. 여기 더 있답니다."

눈부신 보석이 점점 커졌다. 아침걸이는 보석에서 나오는 광채를 막아보려고 애썼지만 온몸이 뭔가에 붙들려 꼼짝도 할 수 없었다. 고개를 들자 시련의 한결같은 진심 어린 얼굴이 눈에 들어왔다. 녀석은 저항하지 않고 순순히 항복했다. 동족을 위해 약삭빠르게 행동하고 잔꾀를 부려야 했던 지난날의 괴로움과 마찬가지로, 지금도 사정이 여의찮았다.

보석의 광채가 위로 올라가 머리를 맴돌나 싶더니, 눈과 귓속으로 쑥 들어가 목과 가슴을 거쳐 온몸으로 퍼져 나갔다. 양팔을 들어보니 팔뚝의 핏줄이 환하게 빛나고 있었다. 이리도 풍부하고 활기차고 아름다울 수가! 혹시나 다칠까 싶었던 걱정은 어느새 사라져버렸다. 광채가 잦아들자 빛나던 살갗은 원래대로 돌아갔다. 기지개를 켜보았다. 분명히 어딘가 달라졌지만 별반 차이는 없었다. 다만 전처럼 지난날 겪었던 아픔이 또렷하게 떠오르지 않자 문득 걱정스러웠다. 이러다 다른 기억마저 하나둘씩 잊게 되면 어쩌지?

"여기가 어디죠?"

시련은 마치 이번이 마지막 사용이 되리란 듯이, 슬픔이 묻어나는 몸짓으로 빈 침대 덮개를 내리고 단단히 밀폐했다.

"은하계에서 벗어난 소형 아크 상공에 있는 의료 시설입니다. 안전한 곳이랍니다. 저희가 준비하는 동안 인간은 이곳에 머무를 예정이지요. 준비를 다 마치고 나면 에르테 티레네로 돌려보내 드리겠습니다."

"그럼 선조는 어디로 가나요?"

시련의 슬픈 기색이 더욱 깊어졌다.

"곧 나머지 샤마누네도 깨워서 채비시킬 겁니다. 따라오시죠."

아침걸이가 시련의 뒤를 따라가는 사이, 생명가공사들은 나머지 침대의 덮개를 열고 잠들어 있던 사람들을 눈부신 광채로 한 명씩 깨웠다. 다들 눈을 뜨더니 이윽고 핏줄이 환하게 빛났다. 아침걸이와 마찬가지로 모두들 어딘가 조금씩 달라졌다. 크샤마누네가 서른 명쯤 있었는데, 그리 많은 수는 아니지만 녀석으로서는 그만하면 족했다. 으레 수가 적을수록 더욱 자랑스러운 법이니까.

"이제 다들 채비가 되었군요. 동족을 생각해서라도 약한 모습을 보여서는 안 됩니다."

두말하면 잔소리지. 아침걸이는 우두머리다운 자세를 취하며, 떨리는 음조의 똑딱 노래로 막 잠에서 깨어난 이들을 맞이했다. 군소리하지 말라는 단호한 곡조가 어린 노래였다. 그것만으로도 모두들 상황을 파악하기에 부족함이 없었다. 다들 여전히 곤경에서 벗어나지 못했으며, 아직도 자유로운 몸이 아니라는 사실을 눈치챘다. 이들의 목숨은 여전히 타인의 손에 달려 있었다.

에르데 티레네에서부터 알고 지냈던 이들이 있는가 하면 선조들과 있으면서 만난 이들도 있었고, 처음 보는 얼굴도 있었다. 뱃속에 있을 적에 찾아오신다는 마님을 빼닮은 생명가공사들이 주위에 가득해서인지 다들 어리둥절한 눈치였다. 정작 마님은 없는데.

새로운 게이아스가 깃들면서 신선한 지식이 온몸으로 퍼지자, 아침걸이는 지식에 담긴 바를 더욱 똑똑히 알아내고자 가장 근래의 기억을 새 지식에 합쳐보았다.

영 불길한데.

엄청난 변화의 물결이 있었네.

거대한 하늘배가 아크에 도착했을 무렵, 생명가공사들은 아크의 인간을 한데 모아 살진 물고기처럼 생긴 둥그스름한 은빛 배로 안내했다. 아침걸이가 탔던 배는 어두컴컴하고 번잡했다. 다들 이상한 소리를 냈고 사방에서 기이한 소리가 들리는 곳이었다. 크샤마누네들은 초조한지 서로서로 붙들고 손을 맞잡은 채 소리 죽여 속닥거렸다. 아침걸이는 다른 이들을 안심시키려고 휘파람을 불었다.

"나 전에도 이렇게 움직이는 장소에 왔던 적이 있어."

녀석이 노래를 부르듯 운율 섞인 목소리로 말했다.

"생명가공사는 믿어도 돼. 마님을 받들어 섬기는 선조거든."

꼭 들려줄 이야기가 있으니 우선 다들 차분하게 가라앉혀야 했다. 생존자들은 어찌해야 좋을지 알려달라는 눈빛으로 녀석을 쳐다보았다. 전에는 잘나갔지. 한때는 마론틱 일대를 주름잡았으니까. 어린 챠카스한테 도둑질이며 사기 치는 법을 가르쳐줬고, 잘난 다이댁트의 손을 꽉 깨물어주기도 했으니! 우쭐한 기억에 아침걸이의 가슴이 한껏 부풀었다.

물고기 모양의 배가 문을 열자 낯선 촌락의 변두리가 내려다보이는 언덕이 나타났다. 아침걸이는 앞장서서 밖으로 나서며 마치 연극이라도 해

보이듯 팔다리를 한껏 뻗으며 코를 킁킁거렸다. 다른 이들은 나서지 않고 잠시 배에 머물렀다. 굽이도는 얕은 강을 끼고 쇠로 지은 오두막이 두서없이 들어서 있었다. 오두막 사이로 구불구불하게 난 흙길을 사뿐사뿐 돌아다녀 보았지만 가축이나 사람 냄새는커녕 구취나 방귀나 땀 냄새 하나 나지 않았다. 오두막마다 달려 있는 문도 어딘가 낯설었다. 반들거리는 구릿빛 섬유를 엮어 달아놓은 엉터리였다. 같잖아서 피식 코웃음이 새어나왔다. 이럴 줄 알았지. 선조가 인간 촌락을 제대로 알지 못한 채 겉모양만 그럴싸하게 베껴다 놓은 것이다. 제아무리 하늘을 호령하는 자들이라도 땅에서 벌어지는 일에 관해서는 까막눈이나 마찬가지였다.

촌락 주변도 어딘가 낯설기는 매한가지였다. 처음 보는 키다리 침엽수가 숲을 이루지 못한 채 비실비실한 몰골로 들쭉날쭉하게 서 있었다. 척 봐도 토종 수목이 아니었다. 메마른 땅에는 꽃을 피우는 덤불이 여기저기 있었는데, 마찬가지로 처음 보는 종이었다. 불쑥불쑥 튀어나온 샛노란 꽃대 다발이 메마른 산들바람에 흔들거렸다. 마치 폭풍전야처럼 사방에서 지나칠 정도로 깔끔하고 산뜻한 냄새가 났다. 햇빛도 어딘가 이상했다. 녀석은 해를 올려다보았다. 이제까지 알던 해도, 별빛내기를 만난 이후로 보았던 여러 해와도 딴판이었다. 이곳의 거대한 엉터리 해는 허공에 매달린 채 한쪽으로 돌면서 먼발치의 땅 위로 땅거미를 드리우고 있었다. 주위를 빙 둘러보니 머리가 어질어질했다. 마치 거대하고 뾰족뾰족한 꽃잎에 올라앉은 것처럼 땅덩이가 사방팔방으로 솟아올라 있었다. 역시나 선조답군. 전부 가짜인 데다 아침걸이의 이해를 벗어날 정도로 거대한, 불가능에 가까운 작품이라니!

햇빛에 가려서 제대로 보이지는 않았지만, 가짜 태양 옆으로 속에서 동력이 희미하게 빛을 발하며 회전하는 듯한 소용돌이가 어렴풋이 내다보였다. 마치 달빛 아래 흘러내린 한줄기 젖이 새카만 진흙에 스며든 듯한 광경이었다. 아주 크고 아득히 멀리 떨어져 있는 것이 틀림없었다. 에르데 티레네에서도 저런 광경을 본 적이 있었는데. 하늘의 강가에 스며든 빛나는 젖줄기라고 누가 그랬지. 구천을 떠도는 수많은 혼령이 지나가면서 생겨난 길이라면서. 하지만 아주 똑같지는 않았다. 어딘가 좀 달랐다. 뭐야, 전부 낯설기만 하잖아! 옆구리를 쿡쿡 찔린 시련이 녀석을 내려다보았다.

"저게 뭐죠?"

녀석은 그렇게 물으며 소용돌이를 가리켰다. 다른 이들은 가만히 귀를 기울였다.

"은하계랍니다."

시련은 당연하다는 듯이 대답했다. 아침걸이는 머리가 지끈거릴 지경이었다.

"그렇게 말해봤자 정작 나는 무슨 말인지 통 알아먹질 못하겠다고요!"

아침걸이가 말했다. 녀석의 곁으로 다가온 다른 동족과 덩치 큰 인간들이 광활한 공간에 넋을 놓고 있다가 신음하기 시작했다. 이윽고 신음은 구슬픈 곡소리로 변했다. 시련은 주위를 둘러보다가 엄한 표정을 짓고서 양손을 톡톡 맞부딪쳤다. 곡이 뚝 멎었다. 대단한데? 새파란 철부지는 아닌가보네.

"머나먼 저 너머에는 우리가 알던 태양과 행성이 여전히 남아 있어요. 여러분이 알던 곳도 무사하답니다. 지금 우리가 있는 곳은 아크로, 태양들이 회전하는 거대한 바퀴에서 멀찍이 떨어진 장소지요. 그렇게 슬퍼할 것 없답니다. 여기는 지금까지 벌어진 일들로부터 영향을 받지 않는 안전한 곳이니까요."

아침걸이는 한번 시도해보기로 했다. 녀석은 고개를 들어 은하계를 자세히 살펴보았다. 다른 사람들은 아침걸이를 빤히 쳐다봤는데, 은하계가 무엇인지 궁리하는 녀석을 걱정스러운 눈빛으로 바라보는 이들도 있었다. 정말 어마어마하네! 흐리고 어렴풋하지만 정말 아름다워! 여기라면 꿈이나 거대한 영혼은 물론, 그동안 녀석이 일부로만 존재했던 커다란 세계에서 동떨어진 장소일지도 모르겠다.

어쩌면 이것이 마님의 꿈이었는지도 모르지.

그렇다면야 달게 받아들여야지.

마님의 꿈이라면야.

그때 머릿속에서 뭔가가 맞물렸고 새로운 게이아스가 그동안 눌렸던 기억을 쏟아내기 시작했다. 보석에서 흘러나온 말과 영상이 눈 속에서 펼쳐지자, 태어나서 처음으로 외롭고 쓸쓸한 감정이 느껴졌다. 주민들이 떠난 촌락과 버려진 농장, 텅 빈 집들과 텅 빈 길거리. 온 세상이 해충으로 들끓는 오두막처럼 쓸려나가는 광경이라니! 이제껏 녀석이 알던 것들이 남김없이 사라졌다! 안쓰럽게 고꾸라진 시체가 온전히 썩지도 못하고, 흐물흐물 녹아내려 흙으로 스며들어 순식간에 사라져버리다니!

아침걸이는 참지 못하고 비명을 질렀다. 묻거나 화장할 뼈조차 없다니! 격앙된 감정에 사로잡힌 그 순간만큼은 마님도, 선조들도 너무나 증오스러웠다! 목에서 아르릉거리는 소리가 새어나오자 온몸의 털이 바짝 곤두섰다. 옆에 있던 다른 이들은 울먹이며 뒤로 물러났다. 고통 속에서 죽어간 것일까? 그렇다면 부디 숨이 빨리 끊어졌기를 바랄 뿐이었다. 방금 전까지만 해도 멀쩡하게 살아 있던 이들이 순식간에 사라졌다. 그것도 그냥 죽은 것이 아니라, 온데간데없이 사라진 것이다! 이름을 불러주며 길을 인도해줄 사람 하나 없이, 과연 죽은 이들이 서쪽 땅으로 무사히 건널 수 있을지 걱정스러울 따름이다. 불러줘야 하는 노래가 너무 많아서 한꺼번에 떠올리기도 버거웠다!

언젠가 아침걸이 자신이 세상을 떠나는 날, 과연 진짜 이름을 알고서 노

래를 불러줄 사람이 남아 있기나 할까? 자신을 보살펴주었던, 살아 있는
이들과 세상에 미처 나오지 못했던 자들, 그리고 뜻밖의 죽음을 맞이했
던 이들의 사이를 가로막아 주었던 영혼들 말이다. 과연 앞으로 착한 영혼
을 볼 수나 있을까? 혹시 몸과 함께 영혼도 흔적 없이 사라져버리지는 않
았을까? 영혼도 죽을까? 지금 이 순간에도 태양과 흙별의 광활한 소용돌
이 속에서, 조금씩 사라지며 썩어가는 것은 아닐까? 만물이 거꾸로 뒤집
히고, 사악한 존재가 만물을 집어삼켜 자기편으로 삼아버리는 악몽이다.
부서지고 흩어져 길을 잃은 영혼들이 캄캄한 어둠 속에서 울부짖으며, 고
통 속에서 몸부림친다니! 게다가 동굴로 내려가 그곳에 그려진 그림을 보
면서 사후 세계에 관해 배우지도 못했고, 뭘 어떻게 해야 하는지도 모르
는데!

　녀석은 괴로움에 몸부림치며 실성한 것처럼 입에 거품을 물었다. 다들
땅바닥에 엎드려 흐느껴 울고 있었다. 시련은 그런 그들을 다독이지 않았
다. 하나같이 지나간 만사를 회상하는 중이었으니, 다들 한동안 가슴이 미
어지리라. 아침걸이는 벌써 여기까지 이해했다. 태양과 대지와 흙과 물이
들어 있다는 저 흐릿한 곳에 사람이 없다면, 쥐와 새를 비롯해 아직 살아
있는 동물들이 빈자리를 차지하겠지. 담쟁이덩굴이 벽을 뒤덮으며 멋모
르는 짐승들은 자기네 이름도, 마땅히 있어야 하는 자리도 모르는 채 제멋
대로 굴 테고, 덩굴은 어느새 잡초처럼 무성해지겠지! 그것이 마님의 뜻일
리 없지만, 이미 그런 일이 벌어지고 말았다! 그렇다면 마님한테 아무런
힘도 없다는 소리가 되잖나. 태어날 적이면 우리를 찾아오시던 그분의 약
속은 결국 거짓말이었던 것이다.

　시련은 인간들을 가만히 지켜보며 스스로 게이아스를 느끼고 흡수하도
록 내버려두었다. 한참이 지나서야 아침걸이는 몸을 일으키며 팔을 쭉 뻗
고는 어깨를 으쓱였다.

"그동안 파란만장했군요."

"네."

"선조는 어떻게 됐죠?"

아침걸이는 쉰 목소리로 물었다.

이번에도 게이아스가 답을 보여주었다. 흙과 물이 있는 곳 위로, 커다란 선조 배들이 뱃사공 하나 없이 하늘을 끝없이 떠돌고 있었다. 선조마저 죽인 것일까? 그 살상의 규모와 범위는 감히 짐작하기조차 어려웠다. 하나하나 이해하려니 너무도…… 그만!

주위의 물고기 모양 배로 시선을 돌렸더니, 다른 사람들도 낯선 가짜 세상에 발을 디디는 모습이 눈에 들어왔다. 그들 역시 생명가공사들을 대동하고 둥그스름한 배에서 내려 촌락을 내려다보며, 게이아스에 젖어든 듯 실망감을 주체하지 못하고 저마다 흐느끼기 시작했다. 여기도 고향 땅이 아니구나.

아침걸이는 침으로 범벅된 입술을 닦았다.

"우리 모두 지쳤어요. 일단 배부터 채우고 한숨 자둬야 해요."

시련은 아침걸이를 슬픈 눈으로 내려다보았는데, 그 눈빛에는 감탄도 섞여 있었다. 아침걸이라는 이 작은 플로리안 꽤나 똑똑한데? 라이브러리 안께서 좋아하실 만한 이유가 있었네. 녀석은 언제나 변화에 빠르게 대처하는 재주가 있었다.

새로 마련된 촌락에 정착하기에 앞서, 잠시 쉬면서 적응할 시간이 주어졌다. 기계들이 먹을 것을 날라 왔는데, 썩 좋은 음식은 아니지만 배를 채우는 데는 족했다. 아침걸이는 언덕 꼭대기에 쪼그려 앉아, 드넓은 땅을 따라 촌락이 드문드문 들어선 광경과 물고기 모양 배들이 착륙하며 살아 있는 화물을 내려놓는 모습을 지켜보았다.

한쪽 지평선에서 다른 지평선으로 시선을 옮겼다. 어느 쪽이나 똑같이 어둠 속으로 이어지거나, 마치 헤일로를 납작하게 뭉개서 펼쳐놓은 것처럼 땅이 하늘로 솟아 있었다. 거기까지 생각이 미치자 일전에 발을 디뎠던 마지막 헤일로가 문득 떠올랐다. 선조가 무엇 때문에 그토록 겁을 먹었는지, 어째서 헤일로라는 커다란 바퀴를 만들었는지 점점 불안해졌다. 녀석은 손을 슥 닦고는 참을성 있게 기다리고 있던 시련의 옆에 나란히 섰다.

"이제 플러드가 전부 사라진 거 맞죠?"

"네."

시련은 무어라 더 말하려 했지만 말을 채 끝맺지 못했다. 분명 말하기 꺼리는 뭔가가 있었다.

이윽고 생명가공사들은 마치 아이들을 다루듯 인간을 무리로 나누어 촌락으로 인솔했다. 아침걸이가 훑어보니 어느 키 큰 여자 선조가 생명가공사들을 이끌고 있었다. 그 여자의 이름은 '푸름을 향한 찬가'였다.

"저분이 신임 생명세공사님이세요."

시련이 귀띔해주었다.

"근데 저분은 마님이 아니잖아요."

"네, 그분께서 직책을 위임하셨지요. 이제는 푸름을 향한 찬가가 그분을 대신한답니다."

오두막 내부가 데워지며 쉴 곳이 제공되었지만 정작 날씨는 온화한 편이었다. 집 안에는 배에서 봤던 감옥 같은 침대가 아닌 진짜 침대가 있었고, 다 함께 앉아도 될 만큼 널찍한 식탁이 있었다. 음식은 차려져 있지 않았지만, 분수에서 물이 흘러나오고 있었다. 얕은 강을 따라 흐르는 물은 마셔도 괜찮을 듯했다. 에르데 티레네에서는 꼭 그렇지만은 않을 때가 더러 있었는데, 특히 초식동물이 무리지어 강을 건너는 경우가 그랬다. 악어 떼가 나타나 실컷 배를 채우고 나면 어느새 피비린내가 진동하는 물로 변하기 일쑤였다. 이곳 강에는 초식동물 무리도, 악어 떼도 없었다. 그런 차이를 보지 못하고 지나친다면 더 이상하겠지.

옹기종기 모인 쇠 오두막 사이로 들어선 큰 건물에는 그보다 낮은 식탁으로 가득했는데 어느새 음식이 차려져 있었다. 그 양이 모두가 먹고 남을 정도로 푸짐했다.

"누구도 다시는 굶주릴 일이 없을 겁니다."

시련이 말했다. 상다리 부러지게 차려냈으니 부디 보상이 되기를 바란다는 말투였다. 선조는 항상 아침걸이를 비롯한 인간들을 짐승과 다름없이 취급했다. 등 따습고 배부르면 다인 줄로만 안다니까. 오직 마님만이 인간을 제대로 헤아려주셨는데 그분은 이제……. 아침걸이는 시간이 된다면 그분을 위해서 노래라도 부르고 싶은 심정이었다. 음식 냄새에 코를 킁킁거려봤지만 입맛이 당기지 않았다. 집에서 즐겨 먹던 음식은 하나도 없잖아. 하나같이 갈색에 걸쭉하고 뭉글거리는 것들뿐이네. 애벌레 같은 곤충이나 작은 새처럼 입맛을 돋우는 것들도 없고. 허기는 달래도 허전한 마음은 달래지 못하겠지. 인간이란 먹는 것만 밝히는 짐승이 아니니까.

시련이 식당 건물을 보여준 뒤, 생명가공사들은 크고 작은 인간들을 한데 모아 새로 받은 게이아스가 이곳에 있는 식물 중에서 어떤 것은 먹어도 안전한지, 아플 때는 무슨 풀을 구해 먹으면 되는지 도와줄 것이라고 설명을 곁들였다. 아침걸이는 다시 코를 킁킁거렸다. 식물과 향초의 활용법은 자신만이 아는 비법이었는데. 이 선조들은 배움은 생각지도 않고 무작정 지식만 퍼주는군. 키 큰 사람이 사냥은 어떻게 하냐고 묻자, 현재 우리가 있는 구획에는 짐승이 없다는 대답이 돌아왔다. 그때 푸름을 향한 찬가가 다가와 말에 귀를 기울이며 차분히 살폈다. 아침걸이는 찬가의 눈길을 끌어보려 했지만, 찬가는 전혀 알아차리지 못한 듯했다. 날 아껴주던 마님과는 좀 다른걸.

"여기에 얼마나 오래 머물게 되나요?"

물음을 던진 여자는 키가 크고 까무잡잡한 피부에 얼굴이 둥그스름한, 아침걸이가 처음 보는 인종이었다.

"에르데 티레네의 상황이 정리될 때까지랍니다. 그리고 위험이 확실히 해소되기 전까지 말이지요."

푸름을 향한 찬가가 대답했다. 그러고는 주위를 둘러보다 아침걸이와 눈이 마주치자 입가에 웃음을 지었다! 아니면 웃으려고 입술을 씰룩였다고 해야 하나.

'내가 누군지 알아본 거야!'

그런 생각에 아침걸이는 쑥스러워서 코를 문질렀다.

게이아스를 받으면서 들어온 보석 빛깔의 말들을 통해 전후 사정을 알게 됐는데도 인간들은 여전히 어쩔 줄을 모르고 전전긍긍했다. 지금까지 세상의 전부라고 생각했던 정든 고향에서 끌려와, 뚜렷한 실체는 있지만 어딘가 현실과 다른 이곳에 도착한 사람들이었다. 거기다 머릿수가 너무 적었다! 아침걸이는 손가락과 발가락으로 헤아려서 넘어가는 수는 모르지만, 그래도 이를 톡톡 두드려가며 곱셈을 해보니 이곳 규모가 어느 정도인지 감이 왔다. 아크에 있는 다른 촌락까지 모두 합친다 해도 전 인류를 감당할 수 없고, 주위에 있는 사람들 역시 에르데 티레네의 총인구일 리 없다. 에르데 티레네는 훨씬 크고 훨씬 많은 사람들이 살던 곳이니까. 지금껏 만나보지 못한 사람도 부지기수였는데, 이제는 이렇게 초라한 인원이라니. 몇이나 데려가고 남겨둘지 선조들이 미리 계산했던 것일까? 플러드, 그러니까 변이병에 스러져간 사람은 과연 얼마나 될까?

시련과 찬가가 말하길 자신들은 촌락에서 한참 떨어진 가짜 산의 허리에 세워진 높다란 탑에서 지낼 예정이라고 했다. 자기들은 애완동물들이 잘 내려다보이는 드높은 옥좌에 앉아 있겠다 그 말이지? 끝까지 그놈의 거만한 태도를 못 버리네.

하지만 신임 생명세공사를 향한 아니꼬운 감정도 어느새 누그러들었다. 나중에 저 여자 선조가 어떤 면모를 갖추게 될까 궁금하기도 했다.

이튿날이 되자 어느덧 삶은 다시 제자리를 찾았다. 사람들은 저마다 오두막에 정착했고 선조가 주는 갈색 덩어리 음식에 익숙해졌다. 이 마을 저 마을을 오가며 잃어버린 친구나 가족을 찾아 헤매기도 했다. 대부분은 부질없는 희망을 품고 돌아가기 일쑤였지만, 비네브라는 바로 건너편 촌락에 있었다. 아침걸이는 비네브라를 찾자마자 와락 부둥켜안았다가 남들의 시선에 허겁지겁 물러났다. 비네브라는 챠카스의 안부를 물었지만, 아침걸이는 챠카스가 어떻게 됐는지 차마 말할 수가 없었다. 이곳에도 다른 인종이 있었다. 건장한 근육을 지닌 사람이 있는가 하면 땅딸막하고 펑퍼짐한 사람도 있었다. 개중에는 오래전에 챠카스, 그리고 별빛내기와 함께 목격했던 산 시움까지 있었다.

그밖에도 아침걸이가 모르는 낯선 인종이 많았다. 온갖 인종들이 뒤섞여 있었다. 그동안 상상했던 사후세계하고는 딴판인걸.

밤이 되자 오두막은 눈물바다를 이루었다. 슬퍼서 우는가 하면 겁나서 우는 사람도 있었다. 아침걸이는 새 마님이 옛 마님처럼 변함없이 우리를 지켜봐주실 거라며 다른 크샤마누네들을 다독였다. 아직은 아침걸이 자신도 긴가민가하긴 했지만. 다들 위로가 절실한 판인데 선조들은 귀환을 준비해야 한다며 대체로 자기네 탑에만 틀어박혀 있었다. 해가 돌면서 생기는 땅거미는 산봉우리까지 뒤덮지 못했고, 언제나 하늘의 칠흑 같은 우주를 배경으로 빛나는 환한 은빛 불빛과 함께 보였다.

신임 생명세공사가 촌락으로 내려와 살아남은 인간들에게 자신을 소개하며 건강을 점검하자, 이곳에 새로 온 사람들도 어쩔 줄을 모르고 어리둥절해했다. 아직 새로운 게이아스를 받지 못해서 그런지도 모르겠네.

사흘째 되던 날, 아침걸이가 묵고 있는 오두막에 누군가가 찾아왔다. 처음에는 구리로 된 발 사이로 얼핏 익숙한 체취가 느껴졌다. 두툼한 양손이 발을 들추자, 전사 종복처럼 전투복 차림의 키가 크고 우락부락한 남자 선조가 떡하니 모습을 드러냈다. 아침걸이는 털이 바짝 곤두섰다. 설마 다이댁트인가? 다이댁트는 아니다. 겉모습은 비슷하지만 체취가 전혀 다르다. 이 선조는 다름 아니라……

"별빛내기 너구나."

아침걸이는 그를 반갑게 맞이하며 천천히 양손을 뻗고는, 천천히 손가락을 폈다.

"어딘가 변했네."

남자 선조는 뻣뻣하게 아침걸이의 손가락을 쓰다듬었다.

"아침걸이 너는 예전과 변함없구나. 무사해서 다행이다."

그는 오두막 지붕 아래로 허리를 굽히더니 바닥에 무릎을 꿇고 앉았다.

"사람들이 수없이 죽어나갔어."

아침걸이는 그렇게 말하며 말과 말투를 일치시키려고 애썼다.

전보다 덩치가 커진 데다 다른 아크에서 봤던 선조보다 더 다이댁트 같은 모습으로 변한 별빛내기를 보니 거북한 기분이 들었다.

"헤아릴 수조차 없지."

별빛내기의 말에는 깊은 죄책감이 어려 있었다.

"네가 헤일로를 발사했구나."

아침걸이는 화를 감추려고 짐짓 태연한 표정을 지었다.

"결국에는 선택의 여지가 없었다. 그것밖에 도리가 없더구나."

선조한테서 풍기던 고약한 냄새의 원인은 바로 죄책감이었던 것이다.

"별빛내기 너, 몰라보게 변했어. 전에는 호기심으로 가득하더니 이제는 호전성만 가득해. 선조들은 생명을 말판의 말처럼 갖고 놀잖아. 네가 바로 그 놀이판을 끝낸 거야."

별빛내기는 지그시 눈을 감더니 아침걸이의 양손을 포개어 어루만졌다.

"너도 변했구나. 말하는 것을 보니……."

"게이아스로 들은 거야. 나도 이제 더는 아침걸이가 아냐. 이름을 새로 지어야겠어."

"아, 너는 변함없는 아침걸이다. 섣불리 판단하는 버릇은 여전하지만 예리한 판단력도 여전하구나. 그래, 내가 그 놀이판을 이만 끝냈다. 이렇게 조금이나마 구한 것도 모두 아내 덕분이다. 아내의 지혜를 다른 선조들도 갖추고 있었더라면 이런 불상사가 일어나지 않았을 터인데."

"설마 마님 말이야?"

아침걸이는 헤일로에서 일어난 끔찍한 사건 이후 별빛내기와 마님을 만났던 일을 떠올리며, 그 둘이 부부라는 사실에 얼굴을 찡그렸다. 마님과 별빛내기 사이에 그런 인연이 맺어졌다니 상상도 하기 힘들었다. 그러다 문득 슬픈 생각에 빠져들었다.

"아직 살아 계셔?"

별빛내기는 고개를 떨어뜨렸다.

"아마도 아니지 싶구나."

"슬퍼지네."

그래도 꿈과 기억 속에서는 여전히 살아 계시겠지. 오히려 꿈에서는 더욱 현실적이고 아름다운 모습으로 곧잘 비치는 법이니까.

"우리 모두 잃은 것이 너무도 많구나."

둘은 잠시 떠나간 이들의 빈자리를 떠올리며 침묵했다.

"네가 다이댁트로 변했다면, 그럼 다이댁트의 생각 때문에 네 판단력이 흐려졌을지도 몰라. 네 자신의 영혼이 아니라, 우리네 인간을 그토록 증오하는 다이댁트의 영혼이 너를 이끌고 있으니까."

"아니다. 결국 선택은 오로지 나의 몫이었으니. 지금도 달라질 것은 없다네, 오랜 친구여."

그는 다시 눈을 감고 생각을 가다듬었다. 아침걸이는 흥 하고 콧김을 내뿜었다.

"그럼 네 영혼이라 쳐. 주위를 둘러봐. 이걸 보고도 만족스러워?"

"미안하구나. 그럴 수만 있었더라면 달리 했을 터인데."

그는 몸을 일으키고 발을 들추다 말고 작은 형상이 똬리를 튼 채 잔뜩 신경을 곤두세우고 있는 그림자 속을 돌아보았다.

"곧 의식을 치를 예정이니라. 형을 내리는 것이지. 이로써 부디 정의가 바로 서기를, 비로소 종지부를 찍기를 바랄 뿐이니. 네가 함께해준다면 영광이겠구나."

아침걸이는 고개를 끄덕였다.

"벌을 주려는 거야?"

"그런 셈이니라."

"선조식 정의라, 과연 어떤 정의인지 어디 두고 보자."

녀석은 가슴 깊은 곳에서부터 아르릉거렸다.

―――――○――――○―――――

일곱 번째 계절이 찾아오자 푸르스름한 조명이 촌락 상공에 매달렸다. 노랫가락이며 나무 북을 치는 소리가 언덕마다 울려 퍼졌다. 거리마다 웃음과 이야기꽃이 피어났고, 사람들은 살짝 취기가 돌 때까지 덤불에서 자라는 산딸기를 발효시킨 달콤한 즙을 마셨다. 선조도 드높은 탑에서 내려와 인간과 자리를 함께했다. 아마 별빛내기의 제안이리라고, 아침걸이는 짐작할 따름이었다.

"옛 은하계를 일깨우는 한편, 새로운 탄생을 위해 잔치를 합시다!"

괜찮은 생각이다 싶었는지, 촌락 사람들은 너도나도 잔치 준비에 들어갔다. 선조는 어떤 음식을 장만해 잔칫상에 올릴지 인간과 상의한 뒤, 매콤한 야채 스튜를 그럴싸하게 흉내 낸 요리를 내놓았다. 아침걸이는 엉터리 고기라도 아예 없는 것보다는 낫다고 선조를 설득해보았지만 결국 먹히지 않았다. 인간은 주변 언덕에서 구한 과일과 채소들로 독특한 별미를 만들었다. 생명가공사들은 식물을 비롯한 세세한 데까지 주변 환경을 조금씩 개선시켜 나가고 있었다.

묘한 분위기가 감돌았다. 그토록 많은 것을 잃으며 그동안 쌓이고 쌓였던 감정이 순식간에 북받쳐 올라, 격렬한 춤사위와 고통을 간직한 울부짖음이 곡조로 승화되었다. 크샤마누네들은 지하 세계에서 사랑하는 여인을 데려오려고 무수히 노력했지만 결국 고배를 마셔야 했던 영웅의 일대기를 노래했다. 크하마누네들은 노랫가락을 알아듣지 못했지만, 노래에 담긴 의미는 간단했다. 삶은 스쳐 지나갈 뿐이지만 죽음은 영원하다. 과거를 잊지 말되, 현재 속에서 과거를 추억하라. 자리를 메운 사람들 사이에서 추모사와 음담패설이 오갔다. 다들 울고 웃다 가끔은 울음과 웃음이 동시에 나오기도 했다.

비네브라는 아침걸이와 다시 만났다. 둘은 헤일로에서의 얽힌 추억을 나누었다. 아침걸이는 자신과 다시 만나기 전 챠카스와 비네브라, 그리고 비네브라의 할아버지인 한아비가 겪은 이야기에 흠뻑 빠져 경악하면서도 열심히 귀를 기울였다. 이어서 녀석도 자신의 경험담을 들려주었다. 곁에 있던 사람들은 둘의 이야기를 듣고는 여기저기 입소문을 퍼뜨렸다. 잔치에서 몰래 빠져나가려던 비네브라가 세 번이나 들키는 바람에 둘은 잔뜩 기대에 부푼 군중 앞에 놓인 높다란 단상에 올라섰다. 그러고는 자기네 경험을 흥미진진한 모험담으로 각색해 사람들에게 들려주었다.

하지만 비네브라가 발효된 산딸기 즙을 마시고 반쯤 취하는 바람에, 흥겹게 노래하고 휘파람을 불며 분위기를 띄우던 아침걸이의 발목을 잡고 말았다. 둘이 겪었던 무시무시한 순간뿐 아니라 도저히 믿기 어려운 이야기가 꼬리에 꼬리를 물었는데, 살짝 부풀린 점만 빼면 전부 사실이었다.

"세상에, 만 마리가 넘는 흉측한 괴물들하고 치고받고 싸웠다니까요!"

비네브라가 목청껏 소리치기 시작했다.

"병에 걸려 문드러진 시체들이 산처럼 몰려왔어요! 키가 삼백 뼘이나 되는 야수신이 시체 병사들을 이끌고 있었죠. 전부 최고 건축사가 꾸민 음모였어요! 죽어서 구더기한테나 실컷 파먹혔으면 좋겠다니까요!"

비네브라가 바닥에 침을 탁 뱉고는 발로 콱콱 밟아대자 청중은 환호성을 질렀다.

거리를 가득 메운 시끌벅적한 인간들에게 둘러싸인 채, 별빛내기와 푸름을 향한 찬가는 가만히 귀를 기울였다. 찬가는 별빛내기의 어깨에 손을 얹었다.

"참 용감한 친구들이네요."

찬가가 다정하게 말했다.

"둘도 없는 친구들이지요."

"그러던 우리는 유령 마을에 포로로 붙잡히고 말았죠!"

이제는 아침걸이가 말을 받았다.

"늑대 별은 점점 가까워지다 어느새 코앞까지 닥쳤고, 나쁜 선조들이 우리 모두를 유령으로 만들려고 수작을 부렸어요. 하지만 내가 도리어 골탕을 먹였답니다! 나는 거기서 챠카스를 풀어줬고, 결국은 녀석이 우리 모두를 구했어요! 늑대 별을 멈출 유일한 희망은 챠카스의 영혼뿐이었거든요!"

비네브라는 잃어버린 친구를 생각하며 잠시 먼발치를 바라보았다. 아침걸이는 잔을 받아 가득 채웠다.

"챠카스를 기리며!"

녀석은 머리 위로 잔을 높이 치켜들고 건배했다.

"개처럼 용감한 크하마누네는 처음 봤어요. 녀석의 영혼이 세세토록 우리를 지켜보며 안전하게 지켜주기를."

별빛내기와 찬가도 잔을 높이 들었다. 별빛내기의 부관은 잔을 벌컥벌컥 들이켜더니 우욱 하며 쓰쓸한 즙을 바닥에 퉤퉤 내뱉었다. 그 꼴에 다들 박장대소했지만, 부관이 잔뜩 인상을 쓰며 으름장을 놓자 도로 조용해졌다. 별빛내기가 흘긋 쏘아보자 부관은 입술에 묻은 즙을 닦아내고는 겸연쩍은 듯 헛기침을 했다. 그러더니 무대에 오른 배우처럼 허리를 굽혀 꾸벅 인사하는 것이 아닌가. 그 모습에 다들 도로 웃음을 터뜨렸다. 서먹한 거리감은 눈 녹듯 사라졌다. 선조도 더 이상 신이 아니라, 크하마누네들과 다름없는 사람일 뿐이니까. 인간들은 선조도 자기네 춤판에 끌어들였다. 노래를 가르쳐주며, 그들보다 작고 가벼운 친구들의 동작을 엉거주춤하게 따라하는 선조들의 모습을 흐뭇하게 바라보았다.

밤이 새도록 흥겨운 분위기가 이어졌다. 어느덧 지평선에서 다시 해가 떠오르면서 희미한 빛줄기가 근처 언덕들을 감쌌다. 웃고 울며 떠들고 즐기던 사람들은 어느덧 깊은 잠에 빠져 있었다. 아침걸이는 촌락 변두리에 있는 나무에 올라 앉아 햇빛이 비치는 방향으로 강줄기가 느긋하게 흘러드는 풍경을 바라보았다.

"같이 있어도 될까요?"

아래에서 들려온 소리에 내려다보니 시련이 서 있었다. 아침걸이는 고개를 끄덕이고는 옆자리를 두드렸다. 시련은 체구에 걸맞잖게 우아하리만큼 유연한 몸놀림으로 나무를 오르더니, 아침걸이가 앉은 가지에 나란히 걸터앉았다. 시련의 기다란 다리가 공중에 대롱거렸다.

"혹시 알고 있나요? 원래 인간과 선조는 원수지간이 아니라 형제지간이랍니다."

"형제 사이라고 안 싸우는 건 아녜요."

"저는 외동이라 잘 모르겠네요."

"난 형이 하나 있어요. 어릴 적에는 날마다 누가 더 힘이 센지 겨루고는 했죠. 보통은 형이 이겼어요. 그런데 나이를 먹고 언제부턴가 내가 더 세다는 사실을 뼈저리게 알게 해주었죠."

"형님은 어떻게 됐나요?"

아침걸이는 어깨를 으쓱였다.

"지금쯤 뼈까지 가루가 됐겠죠."

"인간 치고는 별나군요. 체격이 이렇게 작은데도 다른 사람들과 금세 친해지고, 어느새 누구보다 앞장서니 말예요."

"체구가 작으니까 그렇죠!"

아침걸이는 피식 웃었다.

"하지만 가만 보니 혼자 있는 편을 더 좋아하나보군요."

"그러고 보니 참 어울리는 이름이네요. 시련은 시험이고, 시험은 곧 골칫거리죠. 어쩌다 그런 이름이 붙었어요?"

"날 입양한 가족이 붙여준 이름이죠. 처음부터 생명가공사였던 것은 아니랍니다. 그렇지만 벌써 천 년도 지난 일이고, 원래 살았던 행성은 이제 사라지고 없어요."

"원래 가족한테는 무슨 일이 있었던 거죠?"

아침걸이가 불쑥 묻자 시련은 설레설레 고개를 저었다.

"건축사 일가였답니다. 플러드가 닥치기 오래전에 세상을 떠났죠. 행성을 오가던 도중 인근 항성이 갑작스레 붕괴되고 말았어요. 변고가 있기 전, 저는 계층을 바꿔 생명가공사가 되고 싶다고 했다가 호되게 야단맞은 적이 있었죠. 가족들은 연을 끊겠다고 으름장을 놓더니, 그렇게 횡사를 당하고 말았어요. 가족을 등질 수는 없었지만 그렇다고 타고난 천성까지 등질 수도 없었죠. 이후 동료들은 나와 상종조차 하지 않았지만 생명가공사들은 그런 저를 흔쾌히 받아줬어요. 그때의 시련을 통해 거듭난 저는 다가올 거대한 고난에 맞설 준비를 하기 시작했죠."

시련은 아침걸이의 어깨에 손을 얹었다.

"아침걸이 당신보다도 오래 묵은 교훈에서 따온 이름이랍니다. 삶이란 시련의 연속이지요. 우리는 시련을 통해 성장하고, 시련이 있기에 지금의 우리가 있는 법이랍니다. 선조는 그 시련을 통과하지 못했어요. 이제는 인류가 수호자의 의무를 짊어질 차례랍니다."

"우리라면 선조보단 잘해나가겠죠."

아침걸이는 무심코 말을 던졌지만, 내뱉기가 무섭게 의심이 밀려들었다.

"믿어도 될까요?"

녀석은 조용히 콧김을 내뿜을 뿐, 더는 토를 달지 않았다.

○───────○

어느 날 아침 예고도 없이 아크의 가짜 땅덩이 위로 포탈이 덩그러니 열렸다. 선조는 촌락을 오가며 인간들을 모아 언덕으로 데려가서는 둥그스름한 물고기 모양 배로 인솔했다. 드디어 에르데 티레네로 귀향할 날이 밝았다. 서로 다른 인종들끼리 각각 선별된 지역으로 보내진다는데, 시련과 찬가는 이러한 방식이 인류의 발상지를 다시금 깨워내고 자생시키는 데 도움이 되리라 덧붙였다. 혹시 선조도 함께 남아 조만간 들이닥칠 한 맺힌 유령 무리를 달래도록 도와주지는 않을까? 대신 연일 잔치라도 벌여 실컷 마시며 노래하게 해준다면 좋을 텐데. 하지만 굳이 그런 말을 꺼낼 필요도 없었다. 제아무리 생명가공사라 한들 그런 자잘한 보살핌에는 무관심했으니. 차라리 자신을 알아보는 유령들이 있는 곳으로 되돌아가지 않는 편이 최선일지도 모르겠다는 생각마저 들었다.

"우리네 크샤마누네를 바다 한복판에 있는 푸른 섬에 살게 해주면 안 되나요?"

아침걸이는 시련에게 물었다.

"뜨겁고 메마른 초원에서 나고 자라긴 했지만 늘 다몬킨 분화구에 있는 섬보다 훨씬 크고 좋은 섬에서 살아보고 싶었거든요. 변화무쌍한 바닷가를 따라 노닐면서, 철썩이는 파도랑 비바람 사이에서 하루 종일 따사로운 햇볕을 쬘 만한 그런 곳이요. 꼭 살면서 한 번쯤 탐험해볼 만한, 언젠가 자식이 생기면 그렇게 얻은 지식을 대대로 전해줄 만한 곳 말예요. 혹여 자식을 보게 된다면 우리가 여기서 멀리멀리 떨어진 다른 섬에 벽으로 아담한 미로를 만들었던 일도 얘기해서, 아이들과 함께 돌을 모아다 거기도 하나 짓게요."

말이 청산유수처럼 쏟아져 나왔다. 더는 그놈의 유령들과 얽힐 일이 없는 팔자 좋은 상상이었다. 어느 성난 유령이 찾아와도 겹겹이 둘러싸인 벽에 가로막혀 우왕좌왕할 테고, 그러는 동안 나는 두 발 뻗고 푹 잘 수 있겠지.

시련은 웃음을 지었다.

"어머, 아무렴 자식을 보게 되겠지요. 바로 그러라고 여러분을 구했는걸요."

시련은 생각에 잠긴 표정을 짓더니, 앤실라한테서 영상 하나를 전송받았다.

"적당한 후보지가 있네요."

아름다운 바닷가와 군데군데 새하얀 바위로 얼룩진 새까만 모래사장이 눈에 들어왔다. 시련은 장소를 바꿔 정글 깊숙이 있는 따뜻하고 습윤하며 초목이 우거진 섬도 보여주었다.

"여러 섬에 정착시켜 드릴 수 있겠군요. 이 섬에는 작은 코끼리도 풀어놓을 계획이죠. 여러분한테 딱 알맞은 크기랍니다."

생각에 잠겨 있던 아침걸이가 물었다.

"우리가 사냥해도 되나요? 잡아먹어도 괜찮나요?"

"삶이란 시련의 연속이죠."

"작은 코끼리들한테도 마찬가지일 테고요."

"그게 당신의 바람인가요?"

"바람이고말고요."

녀석은 마침내 만족스레 대답했다.

슬립스페이스 관문이 하늘 한복판에 열리자 검푸른 거품 모양의 통로가 나타나 인공 태양보다 훨씬 밝게 타올랐다. 사람들이 떠나간 촌락 사이로, 배들이 이륙하면서 생겨난 바람이 흘러들었다. 배들은 하나둘씩 하늘에 난 길로 올라갔다. 그렇게 인간은 까마득한 옛날부터 자신들이 태어났던 땅으로, 에르데 티레네로 되돌아갔다.

물고기 모양 배들은 한때 마론틱이 있던 곳에서 그리 멀지 않은 먼지투성이 평원에 모습을 드러냈다. 거대한 선조 기계가 활짝 열리면서 일부는 땅속을 파고들었다. 포탈의 동력이 바람을 뒤흔들자 사방이 성난 구름과 빗줄기에 둘러싸였다. 배들은 이곳저곳에 멈춰 서면서 수많은 사람을 토해냈다. 북극에는 일전에 라이브러리안이 채취한 인종 분포에 따라 다른 이들을 내려보냈다. 각각의 배는 라이브러리안의 계획에 따라, 그리고 새로 덧붙인 계획에 따라 서로 다른 항로를 끼고 이동했다. 시련, 찬가, 그리고 아침걸이의 계획을 이루고자. 그렇게 살아남은 소수의 인류는 이곳 고색창연하며 무수한 고난을 겪었던 행성의 익숙하고도 낯선 품으로 되돌아왔다.

크샤마누네들을 태운 배가 길고 찬란한 해변에 착륙했다. 해가 뉘엿뉘엿 저물어갈 무렵이었다. 노을이 지면서 주홍빛에서 금빛, 다시 붉은빛으로 물들다 수평선을 따라 켜켜이 펼쳐진 먼지 뒤로 넘어가며 잠깐 순청빛으로 변했다. 진짜 해였다. 아침걸이는 물고기 모양 배에서 내려 진짜 흙으로 이루어진 땅에, 바스러진 낙엽에, 새까만 모래 위에 참으로 오랜만에 발을 디뎠다. 문득 겁이 덜컥 났다. 자기도 모르게 이곳이 낯설어진 것이다! 바다 쪽으로 걸어가 부서지는 어두운 파도에 발을 담근 채, 축축한 모래에 발가락을 박고 선 녀석은 혼자서 조용히 흥얼거리더니 웃음을 지었다.

다른 크샤마누네들도 바다에 첨벙 뛰어들어 서로 물을 튀기며 장난치더니, 조금은 마음을 놓았는지 메마른 모래사장 너머 밀림 속을 탐색하기 시작했다. 새로운 보금자리로 삼을 섬의 반대편 해안곳이 어디 있는지 살폈다. 짙은 녹색으로 뒤덮인 땅에 험준한 산맥이 들어선, 따뜻하고 습윤한 내륙이었다. 하늘에 맞닿을 것처럼 높고 커다란 산이 보였는데, 아침걸이는 그 높은 산꼭대기에 눈이 조금 쌓인 모습을 상상했다. 여기저기서 폭포 소리도 들려왔다.

"훌륭한 보금자리가 되겠네."

아침걸이의 말에 누군가 맞장구쳤다.

"암!"

이어서 발치에 모인 난쟁이 군중에 비하면 키가 크고 늘씬한 시련이 물고기처럼 생긴 배에서 내려왔다. 마찬가지로 거구의 별빛내기가 시련의 뒤에서 나타났지만, 오히려 시련보다 초라해 보였다. 흡사 인간과 다름없다는 착각이 들 만큼.

"마음에 든다니 다행이로군. 다 생명가공사들이 수고해준 덕이지. 너희 모두 삶이 뜻대로 되기를 바란다. 우리는 이만 여기서 헤어져야겠구나. 이곳 행성에서는 어린 아침걸이 너와 두 번 다시 만날 수 없겠지."

아침걸이는 은근히 자기를 어리다며 얕보는 말에 콧김을 내뿜고는 고개를 한쪽으로 까닥였다. 그러고는 물고기 모양 배 옆에 서 있는 시련과 별빛내기에게 다가가 손을 활짝 벌려 뻗었다. 시련과 별빛내기는 주저 없이 손가락을 쓰다듬어주었다.

"우리한테 주어진 땅에서 잘 먹고 잘 살아야지. 그런데 선조는 어쩔 셈이야? 이제 어디서 살아갈 거야?"

"나도 아직 모르겠다. 다만 이곳으로 돌아오지 말아야 한다는 점은 자명하구나. 지금껏 다른 종족의 삶에 참견할 만큼 참견했으니."

아침걸이는 의아하다는 듯 인상을 썼다.

"참견쟁이 선조가 이제 나서지 않겠다고? 믿어도 되는 약속이야?"

"아무렴요."

못 미더워하는 물음에 시련이 대답했다.

"여기라면 정말 새로운 삶의 터전이 될 거야."

"포탈은 그대로 남겨두마."

별빛내기가 말했다.

"아, 그렇담 거짓말이네."

아침걸이는 그렇게 말했지만 딱히 발끈하지도 놀라지도 않았다.

"필요한 시기가 오면 찾아내도록 땅속 깊숙이 묻어두마. 언젠가 너희 자식들이 포탈을 타고 돌아온다면 부디 우리 자식들과 만났으면 좋겠구나."

"아무리 나라도 살아서 그런 날을 보게 될지 모르겠네."

"하지만 훗날 우리의 후손이 형제가 되어, 다시금 난관에 맞서 사고도 치면서 힘을 키워나간다는 생각만으로도 흐뭇해지는구나."

별빛내기가 감정이 북받쳐 오른 나머지 전투복이 주인을 보호하려 들었지만 쇄도하는 거센 감정 앞에서는 어쩔 도리가 없었다.

"그리되기를 희망할 따름이구나."

그러고는 말을 잇지 못했다. 인간들이 알아서 살길을 모색하도록 남겨둔 채, 둘은 물고기 모양 배로 돌아갔다.

아침걸이는 나무 위에 자리를 잡고 선조 배들이 바다 위로, 수평선 위로 떠오르며 타오르는 붉은 노을 속으로 사라지는 모습을 마지막까지 지켜보았다. 그러고는 땅으로 내려와 동족을 모아 탐험에 나섰다. 지금까지 자신들이 길고 별난 꿈속을 지나왔다는 사실을 깨닫기까지는 오랜 시간이 걸리지 않았다. 꿈속에서는 인간과 선조를 비롯한 온갖 종족이 속세의 힘과 만용을 벗어던지고 하나가 되었다. 정말로 일어났던 일일까? 녀석은 콧김을 뿜고는 작은 무리에서 앞장서서 걸어갔다. 아담하고 자그마한 남녀 크샤마누네들은 산들바람처럼 속닥이고 새처럼 노래하며, 마침내 자유의 몸으로 돌아와 살아 숨 쉬는 기분을 만끽하고 있었다. 머잖아 잠자리에 들어 자식을 만들겠지. 이곳은 어린아이들이 자라기에 더할 나위 없는 장소이니까.

어쩌면 차라리 유령들을 반갑게 맞이할 때인지도 모르겠다. 유령들을 어리둥절하게 만들어 쫓아내기 위해서가 아니라, 길을 인도하며 자신들이 원래 어디에 있었는지, 지금도 추억 속에서 자신들을 기리는 이들이 누구인지를 되새겨주기 위해 벽을 짓자고 해야겠다. 이제 잠에서 깨어나 다시금 삶을 이어갈 때다. 녀석은 흙을 한줌 퍼서는 꿈인지 생시인지 확인해보려고 손으로 꽉 쥐었다. 언젠가 다시금 전쟁이 벌어지겠지. 사람들은 서로 죽고 죽이면서 고난과 학살을 일삼을 테고, 그렇게 지난날의 죄를 까맣게 잊고서 또다시 죄를 더하겠지. 하지만 그런 굴곡 속에서도 삶은 계속될 것이고, 망자는 이승으로 돌아와 환영을 받겠지.

아침걸이는 주먹에서 스르르 힘을 빼고, 한 줌 흙을 불어오는 바람결에 날려 보냈다.

멘디컨트 바이어스의 심판

"선조식 정의라, 과연 어떤 정의인지 어디 두고 보자."

녀석은 가슴 깊은 곳에서부터 아르릉거렸다.

거대한 함선이 짙푸른 하늘에서 천천히 내려왔다. 마중 나온 센티넬 편대가 무리지어 상승하며, 함선을 정거장으로 안전하게 유도하기 위해 선체에 가느다란 에너지 사슬을 연결했다. 모래사막에 설치된 착륙대에서 육중한 두 기계팔이 올라왔다. 아침걸이는 별빛내기와 함께 하늘 높이 떠 있는 플랫폼에 서서 착륙 과정을 지켜보았다. 두툼한 의례용 전투복을 차려입은 선조들 곁에 있자니 거북한 기분이 들었지만, 다행히 몇몇 인간도 함께였다.

함선이 가까이 다가오자, 엔진에서 발산되는 깊은 파장에 녀석의 가슴도 덩달아 고동쳤다. 정거장의 기계팔이 뻗어 올라가 함선의 널찍한 선체를 고정하고 조심스럽게 착륙대로 내렸다. 마침내 함선은 요란한 굉음을 울리며 지면에 착륙했다. 함수의 삼중문이 접히며 차가운 안개가 솟구치더니 높아지는 열기에 소용돌이치며 자취를 감췄다. 고형광선 진입로가 깜박이며 형성되자, 깊숙한 선내에 마지막으로 남아 있던 안개를 헤치며 거대한 물체가 모습을 드러냈다. 은회색 금속으로 이루어진 타원형에, 표면을 따라서 일정한 주기로 고동치는 푸른빛의 선이 새겨져 있었다. 타원형 물체는 아래로 내려오다 땅에 닿기 직전 공중에 멈췄고, 거기서부터는 센티넬 편대가 고형광선 사슬로 견인했다. 아침걸이는 문득 관을 이는 상여꾼이 생각났다.

센티넬 편대는 타원형 물체를 견인하며 정거장을 가로질러 일행이 지켜보는 가운데, 아직도 모습을 갖추고 있는 미완성 상태의 다른 건물로 향했다. 건축용 센티넬들이 조금씩 올라가는 골조를 따라 실을 잣는 거미처럼 단단한 고치를 만들었다. 바위와 모래를 뚫고 내려간 아크 깊숙한 곳에는 거대한 무덤이 준비되어 있었다. 관이 내려갈 통로는 이미 마련되어 있었다. 센티넬 편대는 진짜 흙도 땅도 없는 기이한 묘혈의 가장자리로 관을 끌어다 놓고 대기하고 있던 틀에 단단히 고정했다. 타원형 관의 푸른 선이 바깥으로 퍼져 나가며 버팀대를 확인했다. 아침걸이는 뺨을 불룩 부풀리고는 키다리 친구를 올려다보았다. 별빛내기는 엄숙한 잿빛 얼굴로 의례를 지켜보고 있었다. 표정을 읽기가 어려웠다. 플로리안인 아침걸이의 눈에는 선조 전사들의 얼굴이 하나같이 엄숙한 잿빛으로 보였으니까.

준비가 모두 끝나자, 별빛내기는 양팔을 들어 무덤을 호명했다.

"앤실라 05-032 멘디컨트 바이어스, 너는 수호자의 의무의 가장 큰 적과 결탁했다."

관에서 나온 굵고 낮은 목소리가 플랫폼을 가로지르며 증폭되어 함선, 정거장, 그리고 이제 마무리만 남은 무덤 안에 메아리쳤다.

"심판을 내리는 자는 자신부터 심판해야 하는 법입니다. 심판해야 하는 법입니다…… 하는 법입니다……."

어느새 목소리는 먼발치의 절벽과 협곡에까지 울려 퍼졌다.

"죄에 맞서고자 죄를 짓는 것이다. 거대한 악에 맞서고자 작은 악을 감수한다. 나로서는 불가피한 선택이다. 네가 아무리 변명한들 이제는 부질없는 짓이니라."

"그렇다면 어째서 저를 살려두는 겁니까?"

"형을 선고하고자 이곳에 들인 것이다. 행여 네가 필요할 때를 대비해 즉각 파괴하지 않았느니라. 너는 플러드를 소상히 알고 있지 않느냐. 놈들이 침공할 경우 그 지식이 요긴하게 쓰일 것이나, 너를 결코 믿을 수가 없으니 다시는 자의적 재량을 주지 않을 것이니라. 너는 이곳에 안치된다. 영원히 처리회로가 봉인된 채로, 오로지 용서만을 구하도록 동결될 것이다. 네가 필요한 날이 온다면 다시 깨워낼지 모르겠으나, 그렇지 않다면 너는 현세가 끝나는 날까지 이곳에 묻혀 있을 것이니라."

"그렇다면 저는 선조가 지은 죄의 산물로 남겠습니다. 그것이 당신의 바람이라면 말입니다."

별빛내기는 고개를 저었다.

"나는 오직 수호자의 의무를 받들기를 바랄 뿐이다."

"후회스러울 따름입니다. 제가 저지른 과오는 결코 용서받지 못할 일임을 잘 알고 있습니다. 유형을 달게 받겠으며, 언젠가 죗값을 치를 순간이 오기를 기다리겠습니다."

"아이야, 그렇게 될지어다."

별빛내기는 철탑에 팔을 뻗어 즉석에서 형태를 갖춰가는 제어반 위로 손을 펼치고는 주먹을 그러쥐었다. 건축용 센티넬들은 작업을 끝내고 무덤의 기틀 속으로 들어갔다. 멘디컨트 바이어스의 관이 무덤에 안치되었다. 곧 무덤 전체가 서서히 땅속의 묘혈과 기반 물질 속으로 내려가는 가운데, 관에 새겨진 푸른 선 역시 점점 고동이 느려졌다.

"영원토록 오로지 한 가지만 생각하겠습니다."

멘디컨트 바이어스가 말했다. 마치 애석해하는 듯한 목소리였다. 곧 불빛이 점멸하듯 깜박이더니 이내 어두워졌다.

"속죄만을."

무덤은 칠흑처럼 검게 변했다. 멘디컨트 바이어스의 마지막 말이 인공 사막 위로 울려 퍼지며 인공 산맥에 부딪혀 메아리쳤다. 별빛내기, 아침걸이, 시련, 찬가, 그리고 심판을 지켜보던 나머지 사람들 모두 침묵을 지키는 가운데, 멘디컨트 바이어스는 영원한 유형을 선고받은 채 말없이 모래에 묻혔다.

선조—오랜 과거 고도의 문명을 이룩해 은하계를 호령했으며, 헤일로를 축조한 의문의 고대 종족. 이렇게 간추린 설명만 들으면, '건장한 군인이 외계인과 싸워 이기는 이야기'라고 축약된 헤일로의 줄거리와 더불어 B급 영화 같은 느낌이 물씬 풍깁니다. 어쩌면 비교적 최근까지도 이 말은 사실이었을지 모릅니다.

사실 얼마 전까지만 해도 선조에 관해 알려진 바는 고도의 기술 문명을 이룩했고, 헤일로를 축조했으며, 인류를 적대시하는 외계연합 코버넌트의 숭배 대상이라는 것뿐이었습니다. 거기에 황금기를 구가하던 중 갑자기 자취를 감췄다는 점까지 더하면, 선조는 여느 SF 또는 판타지에서 등장할 법한 수많은 '멸망한 고대 문명' 클리셰와 별다른 차이가 없습니다.

헤일로 3부작의 마지막 작품인 '헤일로 3'편이 발매되기 전까지, 두 편의 게임과 네 편의 소설을 통해 선조는 그저 빈약한 윤곽만이 잡혀 있었습니다. 게임의 배경이 되었던 고리형 행성 헤일로처럼 선조는 오로지 그들이 남긴 유물로만 인지될 뿐이었고, 등장인물들은 선조의 유물에 감탄하며 그들 문명이 고도로 발달했을 것이라고 추측만 할 따름이었습니다.

그러나 이야기 속의 이야기라 할 수 있는, 선조의 기록이 담긴 터미널이 도입됨으로써, 게임의 제목이자 이야기 전개의 근간을 이루는 소재인 헤일로를 축조했던 선조의 역사는 3부작이 완결된 시점부터 비로소 시작되었습니다. 무엇보다도 터미널을 통해 그전까지 아무도 몰랐던, 선조-플러드 전쟁의 내막이 드러난 것입니다.

헤일로 3편의 터미널 이후로는 모호한 굴레에서 벗어나 차츰 뚜렷한 윤곽을 드러내기 시작했습니다. 터미널을 통해 선조사의 큰 틀이 잡힌데 이어, 헤일로 최초의 공식 영상물인 '헤일로 레전드'를 통해 최초로 시각화되었고, 소설 '헤일로: 에볼루션' 개정판을 통해 선조와 고대 인류에 관한 준비 작업을 마쳤습니다. 또한 저명한 SF 소설가 그렉 베어를 영입함으로써 343 인더스트리는 본격적으로 선조 살붙이기 작업에 들어갔습니다.

이로써 이제까지 수수께끼로만 남았던 선조의 세세한 일면이 한 꺼풀 벗겨졌습니다. 선조 3부작에서는 선조의 인간적 면모를 묘사하면서 그들 사회에도 선한 인물과 악한 인물, 그리고 당면한 문제를 회피하려 드는 소시민이 있음을 그려냈습니다. 어느 문명의 일원들과 마찬가지로 선조 역시 일상을 살아가며 생업에 종사하고, 때로는 죽기도 합니다. 가족 사이에는 화목과 불화가, 사회에는 화합과 대립이 상존하며, 이들이 번영을 이룬 배경에는 치욕스런 원죄가 자리 잡고 있었습니다.

그렉 베어의 선조 3부작은 지금까지 그 어떤 헤일로 매체에서도 보여주지 못했던, 선조에 관한 충격적 진실을 던지고 있습니다. 이전까지의 헤일로 소설은 군사 SF의 전형이었으나, 선조 3부작은 26세기라는 기존의 시간적 배경에서 벗어났을 뿐만 아니라, 전반적인 분위기도 사뭇 다릅니다. 또한 3부작 모두 선조의 기록을 후대에 번역한 문서라는 형태상의 공통점을 갖추고 있습니다.

크립텀은 선조 행성 오닉스에서 발굴된 기록, 프라이모디움은 아크의 잔해에서 정보국 요원들이 발견한 선조 인공지능을 심문한 기록, 그리고 마지막 사일렌티움은 카탈로그라는 선조의 유해에서 수집한 기록이라는 형태를 취하고 있습니다. 크립팀과 프라이모디움에서는 각각 선조와 인간을 화자로 세워 서술이 한쪽에 치우치지 않도록 균형을 잡았습니다. 또한 사일렌티움에서는 다수의 화자를 통해 광범위한 상황을 제시함으로써 선조 제국 말기의 혼란상을 실감나게 전하고, 여태껏 깔아둔 복선을 훌륭히 회수하며 이야기를 마무리하고 있습니다.

첨언하자면, 책의 말미에 덧붙인 부록 '부활'은 본래 원서에 없던 내용입니다. 책장을 넘기다 보면 장마다 선조 문자가 하나씩 첨부된 것을 볼 수 있습니다. 이를 엑스박스에서 사용 가능한 헤일로 어플리케이션인 '헤일로 웨이포인트'에 차례로 입력하면 오디오북 형식의 부록이 등장합니다. 일종의 추가 콘텐츠인 셈인데, 작가가 특별히 마련한 선물을 놓칠까 염려스러운 마음에 그 내용을 글로 옮겨 부록 형태로 실었습니다. 모쪼록 즐겁게 읽어주셨기를 바랍니다.

선조 3부작의 완결을 통해 국내 독자들의 선조에 관한 의문이 해소되었기를 바라며, 마지막으로 3부작을 작업하는 내내 정성으로 교정을 봐주시며 글을 다듬는 데 누구보다도 큰 도움을 주신 김혜리 씨께 감사의 말을 전합니다.

2014년 2월
정호운